미당 서정주 전집

7

문학적 자서전

• 이 도서의 국립중앙도서관 출판시도서목록(CIP)은 e-CIP홈페이지(http://www.nl.go.kr/ecip)와 국가자료공동목록시스템(http://www.nl.go.kr/kolisnet)에서 이용하실 수 있습니다. (CIP제어번호: CIP2016003066)

미당 서정주 전집

7

문학적 자서전

천지유정

은행나무

"세계의 명산 1628개를 다 포개 놓은 높이보다도 시의 높이와 깊이와 넓이는 한정 없기만 하다"

대원암에서 처음 읽은 능엄경

미당이 아끼던 목탁과 염주

평생의 은사 석전 박한영 스님

석전 스님의 가르침을 받은
대원암에서 김동리와

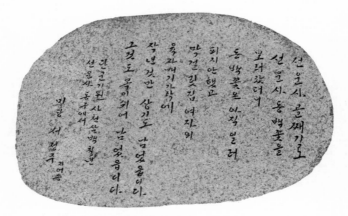

선운사 입구에 세워진 「선운사 동구」 친필 시비(1974)

질마재 생가에서 선운사로 가는 길목에 가로놓인 장수강가 조화치 나루터의 미당(1960년대)

『신라초』 출판기념회 (1961.1.13.)에서
왼쪽부터 화가 김환기, 시인 김광균, 미당, 소설가 최정희와 김동리

『서정주문학전집』 출판기념회(1972.11.6.)에서
화가 천경자, 소설가 황순원과

일본 도쿄에서 시인 박재삼과(1982)

63년을 함께한 미당 부부

「내 아내」의 초고(1969)

마지막 발표작
(『시와 시학』 2000년 봄호)

발간사

    미당 서정주 선생의 탄신 100주년을 맞이하여 선생의 모든 저작을 한곳에 모아 전집을 발간한다. 이는 선생께서 서쪽 나라로 떠나신 후 지난 15년 동안 내내 벼르던 일이기도 하다. 선생의 전집을 발간하여 그분의 지고한 문학세계를 온전히 보존함은 우리 시대의 의무이자 보람이며, 나아가 세상의 경사라 하겠다.

    미당 선생은 1915년 빼앗긴 나라의 백성으로 태어나셨다. 우울과 낙망의 시대를 방황과 반항으로 버티던 젊은 영혼은 운명적으로 시인이 되었다. 그리고 23살 때 쓴 「자화상」에서 "나를 키운 건 팔할이 바람이다"라고 외쳤고, 이어서 27살에 『화사집』이라는 첫 시집으로 문학적 상상력의 신대륙을 발견하여 한국문학의 역사를 바꾸었다. 그 후 선생의 시적 언어는 독수리의 날개를 달고 전통의 고원을 높게 날기도 했고, 호랑이의 발톱을 달고 세상의 파란만장과 삶의 아이러니를 움켜쥐기도 했고, 용의 여의주를 쥐고 온갖 고통과 시련을 지극한 아름다움으로 바꾸어 놓기도 했다. 선생께서는 60여 년 동안 천 편에 가까운 시를 쓰셨는데, 그 속에 담겨 있는 아름다움과 지혜는 우리 겨레의 자랑거리요, 보물이 아닐 수 없다. 선생은 겨레의 말을 가장 잘 구사한 시인이요, 겨레의 고운 마음을 가장 잘 표현한 시인이다. 우리가 선생의 시를 읽는 것은 겨레의 말과 마음을 아주 깊고 예민한 곳에서 만나는 일이 되며, 겨레의 소중한 문화재를 보존하는 일이 된다.

미당 선생께서 남기신 글은 시 아닌 것이라도 눈여겨볼 만하다. 선생의 문재文才와 문체文體는 유별나서 어떤 종류의 글이라도 범상치 않다. 평론이나 논문에는 남다른 통찰이 번뜩이고 소설이나 옛이야기에는 미당 특유의 해학과 여유 그리고 사유가 펼쳐진다. 특히 '문학적 자서전'과 같은 산문은 문체를 통해 전달되는 기미와 의미와 재미가 풍성하여 미당 문체의 진미를 맛볼 수 있다. 미당 문학 가운데에서 물론 미당 시가 으뜸이지만, 다른 글들도 소중하게 대접받아야 할 충분한 까닭이 있다. 『미당 서정주 전집』은 있는 글을 다 모은 것이기도 하지만 모두 소중해서 다 모은 것이기도 하다.

미당 선생 생전에 『서정주문학전집』이 일지사에서, 『미당 시전집』이 민음사에서 간행된 바 있다. 벌써 몇십 년 전의 일이다. 오늘의 관점에서 보면 그 책들은 수록 작품의 양이나 정본의 측면에서 아쉬움이 많다. 지난 몇 년 동안, 본 간행위원회에서는 온전한 전집을 만들기 위해서 많은 수고를 아끼지 않았다. 서고의 먼지 속에서 보낸 시간도 시간이지만 여러 판본을 두고 갑론을박한 시간도 만만치 않았다. 특히 미당 시의 정본을 확정하고자 미당 선생의 시작 노트나 육성까지 찾아서 참고하고 원로 문인들의 도움도 구하는 등 번다와 머뭇거림을 마다하지 않았다. 참으로 조심스러운 궁구를 다하였으니, 앞으로 미당 시를 인용할 때 이 전집에 의존하는 경우가 점점 많아지기를 바랄 뿐이다.

한편으로, 미당 전집의 출간은 두려운 일이다. 그것은 미당 선생의 모든 작품을 제대로 보여 준다는 형식적 의미를 지니기 때문이다. 세상에 어떤 전집이 있어 미당 선생의 모든 작품을 제대로 보여줄 수 있을 것인가? 우리에게도 그것은 현실이 못되고 희망이겠지만 그래도 우리는 그 희망에 최대한 가까이 가고자 했다. 우리가 그 희망에 얼마만큼 근접했는지는 앞으로의 세월이 증명해 줄 것이다. 다만 지금으로서는 지극한 정성과 불안한 겸손이 우리의 몫일 따름이다.

마지막으로 감히 말하건대, 우리는 미당의 전집 간행을 긍지와 사명감으로 하고자 했다. 우리는 미당을 통해서 이 세상에는 아주 특별한 것이 아주 드물게 존재함을 알게 되었다. 그리고 그 특별하고 드문 것을 우리 손으로 정리해서 한곳에 안정시키는 일에 관여하는 기쁨을 누렸다. 우리의 기쁨이 보람이 있어 세상의 기쁨이 된다면 그 기쁨은 곱이 될 것이다. 아니 그보다 미당의 문학이 이 세상에서 제 몫의 대접을 받게 된다면 우리는 사필귀정事必歸正이라는 네 글자를 진리로 받들면서 더 큰 기쁨을 누릴 것이다.

미당 선생 탄생 100주년이 되는 해의 유월에
미당 서정주 전집 간행위원회

이남호, 이경철, 윤재웅, 전옥란, 최현식

미당 서정주 전집 7 문학적 자서전
천지유정

차례

미당 서정주 전집 6 유년기 자서전
도깨비 난 마을 이야기

차례

서문

여기 이 『천지유정天地有情』은 『도깨비 난 마을 이야기』와 더불어 나의 자전의 한 부분이 된다. 이 제목 '천지유정'을 붙인 데에는 한 가지 재미있는 사연이 있다. 『월간문학』지에 이 글을 연재하려던 당시의 일이다.

1953년 가을, 내가 가지고 다니던 시작 노트의 표지에는 '天地無情'이라는 네 글자가 씌어져 있었다. 외우 김동리가 이걸 보고 '천지무정'보다는 '천지유정'이라야 하지 않겠느냐고 했다. 그때엔 나는 아무래도 '무정'이라야만 해서 고치지 않고 그대로 두었었는데, 이 글을 쓰려고 내 시詩의 소시少時 때 일을 이것저것 기억해 내다가 마음이 여기에 와 다시 생각해 보니, 역시 동리가 '유정'이라 하라 한 것이 맞은 듯하여 이걸 가져다가 이 편력기의 제목으로 한 것이다.

사람은 누구나 현재의 자기 사생활과 밀접하게 관계되어 있는 가까운 과거의 일은 깊은 데까지는 이야기하기를 싫어하는 걸로 아는데, 나로 말하면 일단 무슨 이야기를 꺼내기로 하면 바닥까지 다 말해야만 속이 시원한 성질이어서, 내 현재 생활과 가까운 부분의 이야기들은 좀 더 세월을 기다려서 하는 것이 마음 편한 일일 것 같아 나머지 이야기들을 남겨 두는 것이다.

하루 속히 식소사번食少事煩의 형편에서 벗어나서 못다 한 뒷이야기도 곧 하기는 해야겠다. 이쯤 아시고 다음의 내 편력의 속편이 나올 때까지 우선 이 글로써 부족한 대로나마 내 과거의 시와 인생의 역정을 더듬어 살피시기 바란다.

1977년 맹하孟夏
관악산 문치헌聞雉軒에서

일러두기

『미당 서정주 전집 7』 '문학적 자서전'은 첫 연재지인 『월간문학』(1968.11.~1971.5. '천지유정' / 1974.2.~11. '속 천지유정')을 저본으로 하고, 『서정주문학전집』(일지사, 1972), 『나의 문학적 자서전』(민음사, 1975), 『천지유정』(동원각, 1977), 『미당 자서전』(민음사, 1994)을 참고하였다. 이 책의 서문은 『천지유정』에 실린 것이다.

단발령

1

1933년 가을의 어느 날 오후 두 시쯤, 열아홉 살의 소년 나는 정동의 어떤 서양인 영사관 뒤 풀밭 언덕에 놓인 쓰레기통 옆에 우두머니 주저앉아서 내려쪼이는 연연한 햇볕에 불그레 흥분되어 있었다. 어깨에 메고 다니던 무거운 넝마주이 바구니를 잠시 내려놓고 쉬며 골통대에 담배를 쟁여 피우고 있었는데, 내 앞 좁은 골목길로 스무 살쯤 되어 보이는 밤빛 머리의 예쁘장하고 토실토실한 서양 여자 하나가 이상히 여기는 눈으로 나를 내려다보며 지나가는 것을 보고 한층 더 흥분하여 이젠 그만 이 짓거리를 집어치워 버릴까 하는 생각을 냈다.

마포 도화동에서 을축년 대수재大水災로 흘러들어 온 빈민들을 도와 톨스토이주의를 펴고 있던 일본인 크리스천 하마다 다쓰오라는 이가 이끌던 마을에 입주해서 그중 제일 할 수 없는 사람들이 하고 돌아다니던 이 직업에 한몫 끼워 하루 30전의 벌이로 입에 풀칠을 하고 지낸 지 이틀째 되는 날이었는데, 벌써 그만두고 말 생각이었다.

상밥집 백반이 한 상에 10전씩이고, 호떡이 한 개 5전씩이니, 부지런히 쓰레기통을 뒤지고만 돌아다니면 한 달 2원 50전의 방세까지 합쳐도 먹고 자고 사는 건 꾸려 갈 것 같긴 했지만, 그 젊고 깨끗한 서양 여자가 나를 보는 눈을 되바라보니 아무래도 이 일은 나와 하마다 씨의 톨스토이주의와는 별도로 함 직한 일 같지가 않았다.

더구나 이때 볏백이나 양전히 추수하는 소지주의 아들로서 새 맥고모자에, 새 작업복에, 발 편한 새 신발까지 말쑥이 사 신고, 치레로 골통대까지 비스듬히 피워 물고, 그 심란스런 문학청년의 장발을 어깨에 닿도록 늘이고 다니며 기껏해 이런 짓을 한다는 것은 마치 그게 무슨 가짜 훈장이나 가슴에 달고 다니는 것 같은 느낌이 들면서 무심결에 낄낄낄낄 너털웃음이 혼자서도 터져 나왔다.

이때 내 마음속에는 톨스토이와 함께 니체의 '짜라투스트라'가 같이 살면서 둘이 서로 올라갔다 내려갔다 하고 있었는데, 나는 마침내 톨스토이를 잠시 접어 둘 마련이 된 것이다.

가야금꾼이었던 내 친구 배미사와 같이 범부 선생(동리의 백씨伯氏)을 찾아가서 그동안 지낸 이야기와 그 소감을 말씀 드렸더니 역시 깔깔거리고 웃으시면서, "그만큼 해 봤으면 됐다"고 하시고 미사와 같이 나를 어느 선술집으로 이끌어 내가 취하는 걸 말리지 않았다. 선생은 겉으론 웃으셨지만 쓰레기통 옆의 내 모양을 상상하곤 거기서 막다른 길에 든 한국 사람의 한 상징을 느끼고 있는 것 같아 내 마음은 마음이 아니었다. 그는 그의 그런 느낌을 얼마 뒤 한 수의 시로써 미사를 통해 내게 보여 주었다.

그러나 이 조그만 일로 한 고승에게 내가 의젓한 한 사람의 수도자의 대접을 받게 된 건 가관이다.

승적에도 몸을 둔 일이 있는 미사가 이때 친분을 가지고 지내던 불교의 종정 스님 석전 박한영 노사에게 가서 내 기행을 말한 것이 그분에게 적지 않은 공감을 일으켰던 모양으로 "거 아집은 넘어선 사람이라" 하시면서, "빨리 데려오너라, 좀 보자"고 하신다는 것이었다.

그래 그해 겨울의 어느 날, 석전 스님에게 불리어 가 그분의 권고로 동대문 밖 개운사 대원암의 한 소년 거사가 되었다. 석전 스님은 그 웃음소리가 듣는 사람 누구나를 마음속까지 모조리 웃겨 놓고 마는 묘한 웃음을 가진 분이었다. 학문이 유불선에 두루 통달한 대학자였고, 덕행이 철저하여 이조 말 뒤의 승려 중 종정의 자리를 제일 오래 지킨 분으로, 또 그때엔 현 동국대학교의 전신인 중앙불교전문학교의 교장직을 겸하고 계셨다. 육당 최남선 씨와 춘원 이광수 씨가 한동안씩 이분의 문하에서 공부했던 것과, 춘원은 또 이분에게서 삭발한 것을 들어 알고 있던 나는 그의 그 따라 웃지 않을 수 없는 묘한 매력을 가진 웃음소리에 접하자 그게 첫째 궁금해 쾌히 그 권고를 받아 여기 한동안 머물기로 한 것이다.

내가 삭도로 머리를 깎고 있는 걸 옆에서 그 묘한 웃음소리로 지켜 보시며 '파란 알 같다'고 좋아라 하셨고, 설날 불공 때엔 그 많은 제자 사문들의 이름의 말미에 거사 칭호를 붙여 내 이름도 끼어서 다복하기를 빌어 주셨다. 『능엄경』 한 질을 이듬해 5월까지 배웠는데, 재주 있다는 칭찬도 가끔 해 주었다. 제자가 뭘 조금 잘 이해하는 것을 이분처럼 전신으로 좋아하시던 스승을 나는 내 생애에서 아직도 본 일이 없다. 그 좋아하시는 모양은 가뭄에 쏘내기를 만난 작은 나무들 위의 무슨 큰 나무의 사운거림 같기도 해서, 참말 배우는 보람이 느껴졌다.

> 이슬 머금은 새빨간 동백꽃이
> 바람도 없는 어두운 밤중
> 그 벼랑에서 떨어져 내리고 있습니다
> 깊은 강물 우에 떨어져 내리고 있습니다

——「삼경三更」

　최근에 『현대문학』지에 발표한 이 소품은 그때 여기서 써서 1934년 봄, 『학등』이란 잡지에 발표하고 잊어버렸던 것을 올여름에 다시 기억해 내 좀 고쳐서 낸 것이다.
　끝없는 적정寂靜에 몰입하는 이 동백꽃의 생기에는 석전 스님의 웃음도 많이 담기어 있었던 것 같다.

2

절에서 석전 스님이 좋아 불경을 읽고 있기는 했지만, 한 불교 신도가 되기에는 나는 아직도 '정리하지 못한 여러 가지 것과 또 도달하지 못한 여러 가지 것'을 가지고 있었다.

톨스토이주의가 갖는 사람들의 고난에 대한 연민이라면 그건 물론 승려들 속에도 많이 있었다. 그러나 이미 소년 시절의 그 무작정한 연민심 때문에 한때 사회주의에도 감염되었다가 탈피해서 니체와 그리스신화의 신성의 분위기에도 상당히 또 젖어 있었던 나로서는 그리스신화적 그 육감과 혈기라는 것은 여간한 매력이 아니었다. 그리고 나는 아직도 이것을 불교의 그 넓은 세계 속에 포함하여 안한 安閑할 만한 실력도 되지 못했고, 또 그 나이도 아니었던 것이다.

나는 석전 스님 몰래 가야금꾼인 내 친구 미사와 같이 음주도 가끔 했고, 기생집에도 가 보았고, 또 한번은 법당 뒷방 마루에서 담배를 피우다가 스님한테 들켜 혼도 났다.

"이 사람! 꼭 굴뚝 같네. 최남선이는 서른이 훨씬 넘어서도 담배를 끊고 공부해서……"

지금도 맑은 새벽에 눈이 뜨이면 그 꾸지람 소리가 귀에 역력하다. 그 소리는 내가 일곱 살 땐가 툇마루에서 낮잠이 들었다가 구을러 그 아래로 떨어지려 할 때 어디에서 지켜보고 계셨는지 재빨리 쫓아 나와 나를 그 두 팔에 받아 안던 내 할머니의 그때의 음성과 그 안쓰러워하시는 울림이 같은 것이다.

거기다가 광주학생사건 때 만세를 부르다가 일본 경찰에 끌려가서 웃통을 벗기고 가죽 채찍으로 얻어맞고 나와서 속이 달라져, 이듬해엔 네 사람의 대표자 가운데 하나가 되어 한 학교의 학생 전부를 이끌고 소란을 피우다가 감옥 구경까지 한 소년이었던 내게는, 이 할 수 없이 살아야 하던 때의 내 부모가 할 수 없이 내게 걸었던 고등관 8등쯤의 촉망도 무엇도 다 내팽개쳐 버리고 일찌감치 쫓기는 자의 쫓기는 길을 골라 헤매고 다니던 망국의 한 문학청년이었던 나 같은 사람에게는, 이런 고향의 마지막 사랑의 소리의 울림마저도 나를 한군데 잘 머물게 하지는 못했다.

미사의 양할머니였던 최상궁이라는 이가 나를 특별히 아껴 손수 지어 준 하얀 모시의 다듬이질 두루마기를 아주 제법 어른다웁게 걸쳐 입고 범부 선생과 미사의 뒤를 따라 기생집 같은 데 가서 앉아 있던 일을 생각하면 우습다. 사람들은 아무리 망국이 되어도 동포 여인의 누군가 기생이 되어 앉은 옆에 가서 한때의 위안도 구해야 하고, 또 그런 습관은 여기 이 흰 모시 두루마기의 소년처럼 스물이면 벌써 연습되어야 하는 것이니까……

염계화라는 이름을 가진, 흰 옥비녀를 머리쪽에 찔러서 그런지 꼭 무슨 옥으로 한 조각 같은 느낌을 주는 스무서너 살 되어 보이는 이 기생은 가야금산조를 아주 잘했는데, 우리 셋은 어느 편이냐 하면 그 잘 찾아 더듬어 가는 이 젊은 여자의 가야금 가락 속의 한의 골짜기를 찾아가는 것이었다. 나는 그것을 명명할 길이 없었는데, 범부 선생이 그걸 '한恨'이란 말로 가끔 명명해서 내게 가르쳐 주었다. 그건 간단한 한 음절의 말로는 무던히 들어맞는 말이다.

무슨 대학생이 배 주고 간 아이를 하나 낳아서 기르고 있다던가. 이 염계화를 생각하면 저절로 또 떠오르는 것은 낙원동의 찌부러져 가는 지붕 밑에서 한 상에 10전짜리 상밥을 지어 팔고 있던 그 고마운 상밥집의 딸이다. 나는 이틀 동안 쓰레기통을 뒤지고 다닐 때 해 어스름 굴풋하여 지나가다가 이 집을 발견하고 들어갔던 것인데, 거기 하얗게 소복한 계집애 하나가 말뚝처럼 꼿꼿이 서서 마치 나거나 나 같은 사람 누구를 여러 해 기다리고 있었던 것 같은 눈을 하는 것이다. 대개 여자들이 여직껏 나를 보던 눈은 보이는 나거나 보고 있는 자기를 어느 만큼씩 에누리하고 있는 것들이었는데, 이건 그런 게 영 없이 그냥 자기와 나를 같은 무게로 저울질하고 있는 듯한— 그러면서 그게 신기하게 반가운 듯한 그런 눈이었다.

그래 나는 여기 이 계집애를 발견한 뒤 혼자 배고프면 더러 이 집을 드나들었지만, 단 한 번도 거기 그 애한테 말을 건네 본 일은 없고 말았다. 이것이 나다. 마음속으로 가까웁게 느끼면 느낄수록 여자 앞에서 오금을 바로 펴지 못하는 것이 나다. 보들레르도 사바체 부인이란 여자 앞에서 그러다가 여자가 송두리째 대들자 도망쳤던가 하는 이야기는 그 때문에 문학청년 나한테는 아주 친밀감을 많이 준 것이다.

나는 이 여자한테는 꿀 먹은 벙어리였지만 내 친구 미사에게는 그 말을 해서, 미사는 아주 이 여자와 결혼을 해 버리라고 그의 양할머니를 여기 선보러 보내기까지 했다고 한다. 뒤에 남대문시장으로 이

사 간 집까지 찾아내고, 우리 집이 지내기 괜찮다는 말도 전하고, 그 애가 아버지 상복을 입고 있는 중이라는 것도 알고 했지만, 나는 그 애한테 그만 장가를 들지 못하고 말았다. 이것이 난데, 이건 참 묘하게는 못생긴 기질인 줄 나도 안다. 망국한 때의 일종의 망국민의 기질인지, 나만 가진 특별한 것인지 하여간에 이런 것이 나다. 그러나 인제 시간이 오래되어 돌아다보니, 내 이 못난 기질은 그런대로 내게 한 힘을 주어 온 건 사실인 것 같다. 그것은 말도 않고 한 번 끌어 안아 보지도 않고 말았기 때문에, 이 계집애의 영상은 그대로 고스란히 살아남아서 여성의 바다를 아직도 신비한 것으로 비추고 있으니 말이다.

나는 이보단 앞서 내가 나서 생장한 마을의 한 계집애의 옆에서도 꼭 똑같은 태도로 떠나왔었다. 그 애는 나와 같이 어린 때를 이웃에서 자란 한 살 위로, 내가 열예닐곱 되어 마을에 들러 지나가면 모시밭 사잇길로 물동이를 이고 지나가다간 멈춰 서서 엿보기도 더러 해주었고, 나도 마음속으로 많이 그러했다. 그러나 이 눈치를 알아채고 그 집 할머니가 안 찾던 우리 할머니를 자주 찾아다니는 걸 보고도 나는 내 할머니에게까지도 내가 그 애를 좋아한다는 것을 못 알리고 말았다.

그렇지만 아래와 같은 내 근년의 구절에까지도 그 애의 그 길던 눈썹은 모델이 되기도 한다.

대추 물들이는 햇볕에

눈 맞추어

두었던 눈섭.

　　　　　　　　　　　　　　—「추석」 중에서

　그건 우스운 일이라고 할 것이다. 그러나 그건 나의 뚜렷한 사실이다.

3

　1934년 5월, 새 잎사귀들도 좋게 피어나고 그대로 가만있기 어려워 금강산으로 참선이나 좀 하러 가 보겠다고 하니, 석전 스님은 "참선도 불교를 무얼 좀 알아야 하지" 하시더니, 마침내는 내 소원을 들어주셨다. 걸어서 가야겠다고 하니 아무 말도 없이 그분이 가끔 신고 다니시던 운동화를 신장에서 꺼내 주시며 그럼 이걸 신고 가 보라고 했다. '이 학인이 찾아가는 절마다 먹이고 재워 보내 달라'는 도중의 각 사찰 주지에게 전하는 쪽지 한 장을 써 주셔서 그것을 가지고, 동두천 가면 나루를 타야 한다고 나룻삯으로 몇 원이던가 쥐어 주어 그것도 가지고, 그 몇 원 중에서 알대가리를 덮어 뜨거운 걸 면하게 큰 밀짚모자 하나 사 쓰고, 다리야 날 살려라 하고 내달리어 갔다.

　첫여름의 녹음과 들꽃들과 젊은 햇빛 아래 완전히 해방되어 발걸음을 옮기는 것은 정말 신기한 일이다. 길은 어디로나 갈 수 있도록 사방으로 뻗치어 오직 그의 선택의 자유만을 기다리고 있다. 이런 출발에서 사람은 한동안씩 인간 이상의 자유—말하자면 신의 자유 같은 것을 의식하는 것이다.

한국 사람들은 그 자질 때문이었던지 환경 때문이었는지 일찍부터 이런 자유를 획득해 이쿠어 왔다. 그것은 신라 상대上代 때부터 그랬다. 살아 있는 사람들 속에서 사람 노릇 하는 일 외에 영원한 혼과 끝없는 자연의 호연한 기운 속에서 사람 노릇 하는 길을 또 하나 두어, 가정과 사회 속의 사람 노릇에서 낙오하거나 절망하는 경우에도 여기서 쓰러져 버리지 않고 자연과 영원의 문을 열고 들어가 다시 생자生者의 기운을 부활해 재기해 나섰었다.

이 풍류의 길은 오랜 역사 속을 아주 매몰치 않고 이어 흘러서, 일정 치하의 그 혹독한 역경 속에서도 '한산인부'니 '장돌뱅이'니 하는 이름의 인격으로 재현되었었다. 집안과 마을과 민족의 살림에서 어떤 환난, 어떤 비극을 겪더라도 먼지 탈탈 털고 일어나서 뜨내기 중처럼 나서 버리면 또 살길이 열렸던 것이다.

한산인부의 무서움을 오륙십 대 이상은 아직도 잘 기억할 것이다. 의지할 집도 절간도 없이 이 고을에서 저 고을로 발 닿는 곳 어디거나 흘러 다니며 날품을 팔아 호구를 하고 지내던 그 의리 깊고도 끝없이 용맹하던 일정 때 뜨내기의 일당들 말이다. 무식하면 무식한 대로 그들은 눈치와 입을 통해 그 마음을 아비에게서 아들에게로 아들에게서 손자에게로 끈질기게 전해서 오래오래 이 따로 사는 길 하나를 지켜 와 한산인부니 장돌뱅이니 하는 데까지도 이르렀던 것이다.

나도 일테면 일찌감치 이런 뜨내기에 맛을 들이지 않을 수 없게 된 것이다. 그러나 그때는 그것이 아주 전통적인 일이라는 것도 별로 자각도 해 보지 못한 대로…… 채색한 『당사주책』같이 그리스신화의 육미肉味의 색채에도 상당히 물들기까지 해서……

첫날 밤은 망월사, 다음 날 밤은 동두천 건너 연천 땅의 심원사, 다음 날은 철원의 도피안이던가 무엇이라는 절, 그다음 날은 금성의 또 무어라는 절이었는데 이건 무던히는 고생 잘못한 중이 주지하는 절간이었다. 종정 스님의 쪽지를 보여 주었는데도 무식해 안 보여서 그런지 알고도 믿지 않아서 그런지, 내게 천수진언千手眞言을 외우는 시험까지를 치르게 하려 했다. 나는 내가 염불중이 아니고 그저 학인이라는 것을 말하고, '수리수리 마하수리……' 하는 천수진언쯤은 외우긴 외우지만 그걸 여기서 이렇게 외우기는 거북해 못 하겠다고 하면서, 밥은 안 먹어도 좋으니 그 어디 빈 툇마루에라도 하룻밤 묵어가게만 해 달라고 하니, 못마땅타는 얼굴을 할 뿐 그 말엔 아무 대꾸도 없이 나를 앉아 있던 툇마루에 놓아두고 자기 갈 데로 쑥 들어가 버렸다.

나는 마음에 드는 여자 앞에서는 바보지만, 이런 마당에 오면 조금은 배포도 있는 편이다. 그냥 모른 체하고 궁둥이 붙인 툇마루에 그대로 늘펀히 누워 있었더니, 조금 뒤에 그 중의 아내인 듯한 여자가 갔나 안 갔나를 살피러 온 듯 냉큼 엿보고 가선, 그래도 어찌 생각했는지 잡곡밥 한 상을 차려 내왔다. 아마 시주도 옥수수 같은 거나 들고 오는 이밖엔 없는, 지독하겐 가난한 절간이었겠지. 그러나 여기서부터 금강산 사이에는 묵을 만한 절간이 별로 없단 말을 듣고 온 터라, 앞으로 160리를 두고, 이 어려운 신세를 안 질 수도 없었다.

이튿날 새벽에 일어나 다시 걸어서 금강산 봉우리들이 동으로 내다보이는 단발령 위에 올라섰을 때는 햇발은 이미 기울어져 누엿누엿한 때였다. 장안사는 여기서 30리, 벌써 130리 길을 강다짐으로 걸어온 내 발바닥은 콩알같이 부르텄던 것이 번져 온통 거의 다 떠 있었다. 점심도 없이 냉수만 길길이 마셔 온 끝이라 땀과 허기증도 상당했던 듯하다.

나는 눈앞에 나타난 금강산을 한 손으로 바윗돌에 기대어 서서 우두머니 바라보며 맨 먼저 춘원의 『마의태자』를 생각했다. 신라 망한 뒤에 이 단발령을 삼베옷으로 넘어서서 금강산으로 중노릇 갔다는 그 왕자 말이다. 그러고 또 그 마의태자의 뒤를 이은 그 뒤의 그 많았을 마의태자식 사내와 여자 들을 생각해 보았다. 그러곤 나도 또 어쩔 수 없이 이 적지 않은 인류의 공동 숙명 속에 매말려들어 마음의 상복을 입고 와서 있음을 느꼈다. 그러고는 '할 수 없다'는 생각을 하고 또 여기 아주 잘 들어맞는 뻐꾸기 소리를 들었다. 내 시 속에 꽤 많은 그 '할 수 없는 것'들은 이런 데서 형形이 잡힌 것이다. 뻐꾸기니 솥작새 소리 같은 것도……

눈물 아롱 아롱
피리 불고 가신 님의 밟으신 길은

진달래 꽃비 오는 서역西城 삼만 리.

흰 옷깃 여며 여며 가옵신 님의

다시 오진 못하는 파촉巴蜀 삼만 리.

—「귀촉도歸蜀途」중에서

이런 것도…… 그러나 나는 저 뻐꾸기 소리만은 아직 영 10분의 1도 표현하지 못한 것 같다. 나는 지금도 기회 있어 그 소리가 들리면 모든 걸 다 접어놓아 두고 한동안씩 그 소리에 몰입하지만, 이 새소리에 내가 치러야 할 표현은 생전에 다 끝날 것 같지 않기만 하다.

이날 밤 열 시쯤 금강산 장안사에 닿았고, 당시의 대선사 송만공 스님을 이튿날 그의 마하연으로 찾아가 만났더니, 선禪을 하려면 거사로는 안 되고, 아주 중이 돼라, 그러나 중이 되려면 여간 각오로 안 되는 것이니 뒤에 후회 않겠는지를 많이 생각해 보라는 것이었다. 겨우 이 선택의 자유만을 내게 주는 몇 말씀만 하고는 그는 그 넓은 작약 꽃밭 속의 영원암의 그 호탕한 휴식의 본자태로 돌아가, 나는 본체만체하고, 웃음 잘 웃는 예쁘장한 여자 중들하고 어울리기만 했다. 왕년의 미국 영화배우 게리 쿠퍼연한 단정한 미목眉目과 훤칠하고 힘세 보이는 큰 키와 혈색 좋은 얼굴을 가진 이 호걸 대선사는 나와는 뭔지 길게 못 어울릴 인연이었던 모양이다.

하룻밤을 그의 영원암에서 자고 이튿날 아침 바로 나는 그를 찾아 "후회할 것 같아서 그냥 가겠습니다" 하곤 거기를 또 떠나 버렸다.

푸른 나무 그늘의 네 거름길 우에서
내가 볼그스럼한 얼굴을 하고
앞을 볼 때는 앞을 볼 때는

내 나체의 에레미야서
비로봉毘盧峰상의 강간 사건들.

미친 하눌에서는
미친 오픠이리아의 노랫소리 들리고

원수여. 너를 찾어가는 길의
쬐그만 이 휴식.

나의 미열微熱을 가리우는 구름이 있어
새파라니 새파라니 흘러가다가
해와 함께 저물어서 네 집에 들리리라.

　　　　　　　　　　　—「도화도화桃花桃花」

　이 작품을 문자화한 것은 이 금강산행보단 2년 뒤이지만, 그 상이
가진 여러 요인들은 금강산 갔던 때도 이미 내게 있었던 것인데 이런
것들을 내가 원만히 정리해 내는 데 송만공 스님은 큰 힘이 될 것 같

지 않았던 것이다. 물론 그때의 내 소년적인 감각에 비춰기가 말이다.

내가 가겠다니 그는 피식 웃으며 왔던 길이니 금강산 구경이나 하고 가야지 하며 내게 여비를 내어 주었다. 그러고는 잘 가란 말— 그런 말 한마디 없이 여전히 그 작약 꽃밭 속의 예쁘장한 여승들의 웃음판 속에 어우러져 버렸다. 지금 같으면 나도 좀 그 웃음판 속에 한몫 끼어 어우러질 수도 있는데, 벌써 오래전에 입적하시어서 유감이다.

4

1935년 4월, 나는 석전 스님의 권고를 다시 받아 그분이 교장으로 계셨던 중앙불교전문학교에 입학했다. 1934년에 금강산을 다녀나온 뒤 와룡동이란 데서 어느 회사원 집 국민학교 아이 가정교사 노릇을 하고 있었는데, 석전 스님이 세묵 스님(현재 정읍 내장사 주지)과 세진 스님 두 젊은 중을 보내 나를 불러다가, 명년에 중앙불교전문학교에 입학이 예정된 이 두 중의 일본 말 공부를 보조하는 일을 맡긴 것이, 이듬해 봄이 되자 이 두 입학 예정자는 사정으로 입시를 연기하게 되고, "그럼 그 대신 생각 있건 자네나 한번 다녀 봐" 하는 권고가 나오게 된 것이다. 그래서 여길 들어가 본 것이 오늘도 오히려 동국대학교의 밥을 먹게 된 원인이 되었다. 석전 스님은 이런 것까지 내다보시고 있은 듯도 하다.

학교에 들어가니, 몇 문학청년이 거기 끼어서 기다리고 있었다. 그중에는 함형수라는 청년이 좋은 아래턱 수염을 달고 투르게네프 풍의 늘인 웨이브가 고운 장발을 아주 길게 늘이고, 오렌짓빛 양말을 바지 밑으로 잘 드러나게 신고, 똑같이 장발한 나를 아주 호감 있는 눈으로 바라보고 섰다가 내게 다가와 악수하고 인사를 청해서 그날부터 친구가 되어 버렸는데, 그의 성북동 하숙엘 따라가 보니, 그는 그 아래턱 수염과는 달리 하모니카를 애용해 불고 있는 소년이었다. 도리고의 〈세레나데〉를 잘 불어서, 나는 지금도 이 〈세레나데〉라면 언제나 그의 하모니카 소리를 먼저 기억한다. 나이는 나보단 한 살 아래인 스무 살짜리로, 그도 나처럼 소년 시절에 함북 경성의 고향에서 학생사건에 주모하여 감옥 구경을 한 뒤였으며, 그는 또 그와 한 감옥에 갇혀 있다가 옥사했다는 아버지의 유언서를 양복저고리 한쪽 안 포켓에 실로 밀봉해 지니고 있다고 내게 고백해 주었다. 그러나 그건 아무에게도 보일 수는 없다고 해, 내게도 그건 끝까지 보이지 않았다.

로스케의 튀기를 연상시키리 만큼 굵직하고 성글성글한 쌍꺼풀진 눈에, 짙은 눈썹에, 묵직히 솟아오른 콧날에, 유달리 새빨간 입술에, 샛하얀 이빨(이 샛하얀 이빨은 그의 시에도 많이 나왔다)에, 어느 예쁜 시인들의 행렬 속에 놓아도 그는 빠지지 않을 만한 호장부였다. 동리한테 데려다 보였더니 웃는 것이 '까치 같다'고 '까치'라는 별명을 붙여 주었는데, 동리 그도 형수가 풍기는 그 반가운 것을 느껴 그랬던 것일 것이다.

이 함형수는 1935년부터 조선일보에 조택원 무용 評의 반 페이지 특집도 내고 또 무엇도 쓰고 해서 일찌감치 교내 학생 명사가 되었지만, 내가 시단에 정식으로 들어선 것은 그보단 한 걸음 늦게 1936년 신춘 동아일보에 「벽」이라는 작품이 당선된 뒤부터였다.

그것도 이 현상에 응모해 된 것이 아니라 몇 해 전부터 여기 가끔 기고해 왔던 관계로, 1935년 늦가을 어느 때 심심해 이걸 기고해 둔 것이 신문사 책상 위에서 어쩌다가 현상 응모 원고와 혼동된 것인지, 뜻하지 않게 뽑힌 것이다.

그래 1936년 가을 함형수와 나는 둘이 같이 통의동 보안여관이라는 데에 기거하면서 김동리, 오장환, 김달진 들과 함께 『시인부락』이라는 시의 동인지를 꾸며 내게 되었다. 그때 내가 기초起草한 창간호의 편집후기에 보이는 것과 같이 우리는 한 정신의 편향을 바라지 않고, 여러 지향들을 합해 이루는 심포니를 만들어 보려 했던 만치 동인들의 정신 지향은 자세히 보면 여러 갈래였지만, 사람의 기본 자격 그것을 주로 생각한 점에서는 누구나 모두 일치했던 걸로 본다.

이 기본 자격을 향한 짙은 향수, 이 기본 자격을 박탈당하는 이들의 울부짖음과 몸부림, 이 기본 자격을 향한 벅찬 질주, 이런 것은 이때 우리들에겐 한 불치의 숙명처럼 되어 있었던 것이다.

그러나 이 한 여관방에 자리 잡은 시인부락사도 오래 계속될 만큼 팔자 좋은 것은 아니었다. 우리는 또 곧 이것을 걷어치우고, 형수는 한개 만주의 소학 교사로 가게 되고, 나는 또 나대로의 방황을 되풀이해야 할 마련이었다.

해인사

1

학교의 출석은 1학년 1학기를 비교적 열심히 다녔을 뿐, 그다음부터는 다니다 말다 흐지부지하다가 졸업장도 그만 못 받고 말았다. 그러니 내가 지금 한개 교수로 있는 이 학교에서 나는 아직도 복학할 자격을 가진 한 학생의 신분을 아울러 가지고 있는 것이다. 이 유례를 별로 볼 수 없는 내 식의 교수 겸 학생의 신분은 지금도 가끔 속으로 나를 웃긴다.

1935년 늦가을의 어떤 날, 그러니까 중앙불교전문학교(동국대학교) 1학년 2학기째 내가 다니고 있던 어느 날, 첫째 시간인가 둘째 시간이 막 끝난 뒤 나는 한 반의 어떤 학생을 학교 앞마당으로 불러 내 앞에 세우고, 다짜고짜로

"왜 당신은 같은 반의 동창생을 의심하는 권리를 마구 행사하는

가?"

하고 대들었다.

이로부터 며칠 전에 시계를 반 안에서 잃어버렸다고 소문난 이 학생은 나와는 같은 줄에, 나한테서 서너 자리 앞 좌석에 앉아 있었는데, 시계를 잃은 뒤론 묘하게 의심하는 듯한 눈초리를 하고 우리들을 눈여겨보고 지내다가 문득 나와 시선이 마주치기도 하던 끝이라 그만 내 신경질이 터지고 만 것이다.

"시계를 잃어버렸으면 잃어버렸지, 어쩌자구 남을 함부루 의심하고 노려보는 권리까지 마구 써!"

내 어세는 상당히 높았던 모양이다.

"아니, 하필에 왜 당신이?…… 내가 당신을 의심하다니…… 당치 않은 말씀이오, 서 형."

그는 천만뜻밖이라는 듯이 나직이 대답했다.

나는 그건 나 하나의 문제가 아니라는 것을 말하고, 부디 다시는 그런 눈초리로 우리를 둘러보지 말아 달라는 당부를 했다.

그런데 문제는 여기서 끝난 게 아니라 인제부터로 되었다. 나한테 단단히 부대낌을 당한 이 시계 잃은 학생이 가만히 입을 다물고 있었더라면 좋았을 텐데 내가 하던 말을 자기와 친한 학생들한테 쭉 소개한 모양으로 오래잖아서는 반 안의 몇몇 딴 눈초리들이 나를 힐끔힐끔 노려보곤 또 서로 소곤거리기 시작했으니 말이다.

"작자, 제가 가져가지 않았으면 그만이지 웬 딴전이야?"

"이상한데…… 다, 가만히 있는데, 이상해……"

"제 발이 저리니까 그러는 거 아냐?"

이런 말들이 다는 안 들리나 몇 마디씩 들리는 단어로 짐작될 만큼 나직이 몰려와서는 내 쇠약한 신경을 짓이겨 댔다.

그래 만 이십 세의 문학청년 나는 이 무렵부터 학교를 많이 빼먹기 시작하다가 이어 시의 조직의 세계에 몰입해 가면서 학교를 아주 나가지 않고 말아 버린 것이다.

조끔 더 우스운 것은 이로부터 5년 뒤인가, 내가 『인문평론』이란 잡지에 쓴 「나의 방랑기」란 글에서 아직도 그 학창의 신경쇠약이 잘 가라앉지 않은 어조로 이 시계 사건을 말해 놨더니, 『인문평론』지 누가 썼는지 그 편집후기에 '조선의 프랑수아 비용' 어쩌고 풀이해 놓은 일이다. 프랑수아 비용의 생애의 전설같이 나도 무슨 범죄인의 세계나 편력하고 다니던 사람같이 만들어 주었으니 말이다.

그러나 여기까지 쓰면서 생각해 보니 이 글로써도 나는 아직 한 절도범의 혐의를 아주 벗은 것도 아니겠다. 아니, 인류한테 의심하는 눈이 남아 있는 한 내 혐의도 또 아마 영존해야 할 일이겠지. 그건 그렇지만, 인제 내 나이 쉰네 살이나 되어서 누가 뭐라 의심하건 그걸 견딜 만한 배포쯤은 생겼으니 그것만이 다행이라면 다행한 일이라 하겠다.

2

내 영원은
물빛
라일락의
빛과 향의 길이로라.

가다 가단
후미진 굴형이 있어,
소학교 때 내 여선생님의
키만큼 한 굴형이 있어,
이쁜 여선생님의 키만큼 한 굴형이 있어,

내려가선 혼자 호젓이 앉아
이마에 솟은 땀도 들이는

물빛
라일락의
빛과 향의 길이로라
내 영원은.

—「내 영원은」

1960년 3월호 『현대문학』에 발표한 이 시 속의 소학교 여선생님엔 한 모델이 있다.

나는 열두 살 때 담임이었던 그 여선생님을 따라 소풍을 갔었는데, 그 여선생님이 하이힐을 신고 가서 나중에 발병이 나 잘 걷지를 못해 박동근이라는 스물이 넘는 큰 학생한테 업혀 돌아올 때 뒤따르며 많이 질투를 했었다. 박동근이는 그 여선생님을 업을 만한 힘이 있는데 나는 그게 없어 업어 보지 못하는 데서 온 질투다. 그런 종류의 질투와 사랑이 내 생애에는 그 뒤 가끔 나타나고 그 때문에 나는 말하자면 그렇게 못난 덕으로 시라는 걸 택해 쓰게 된 것 같다.

빅토르 위고라든지 그런 낭만주의 소설가들이 여주인공을 다루듯이 나는 내가 선택한 여자를 여신같이 마음속으로 만들어 놓곤, 나를 영 형편없는 걸로 미리 작정하고 질투하고 사랑하고 시를 만들고 해 온 것이다. '정복해 본다면 별수도 없는 것일 것이다'라든가, 그런 종류의 생각이나마 가끔 가지게 된 것은 사십 넘어서부터의 일이다. 그렇지만 지금도 이런 생각은 가끔이고, 한번 그 선택이 되면 소년 때나 마찬가지로 여성은 닿기 어려운 한 성당이다.

내가 전문학교를 다니다 말다 하던 때에도 이런 내 소학교 여선생님의 다른 하나가 또 선택되었다. 그런데 내 진짜 소학교 여선생님은 내 소학교 때 한번 떠나선 지금까지 나타나지 않고 만 채 아직도 내 질투와 사랑을 이어받고 있지만, 후자는 인젠 그렇지 못한 걸 보면 내가 무얼 가르쳐 내기도 했어야 할 부족하기도 한 인물이었던 모양이다. 그러나 처음엔 전연 그런 줄을 몰랐다.

그 여자는 나처럼 문학소녀였고, 일본 유학의 대학생이었고, 또 전라도의 한 고향 사람이었는데, 이런 여러 가지 같은 점을 떠나서 나와 다른 것은 언제나 선택한 여성 앞에 내가 못난이였던 데 비해 이 여자는 모든 남자 앞에 두루 잘날 수 있는 사람이었던 일인 것 같다.

이 여자는 자기만이 그럴 뿐 아니라 남자도 또 어디서나 잘나야 하는 남자만을 골라 데불고 다녔다.

당시 유행의 유물론에, 사회주의에, 셰스토프에, 언제 어디서나 똑똑하게 잘난 아주 말쑥한 새 양복을 입은 무슨 연극 지도자라는 사람하고 같이 단둘이만 짐을 꾸리고 있는가 하면, 획 내 곁을 스쳐 지나가는 이때의 희귀한 택시 속에 어떤 신문 사회부 톱 기자하고 어깨를 나란히해 앉아 있기도 하고, 또 어느 때엔 명동 일류의 다방 주인 사내하고 나란히 소공동 모퉁이를 돌아서고 있기도 했다.

나는 기름때가 번지르한 껌정 세루의 학생 정복에 발뒤꿈치를 기운 양말을 신고 이 여자의 하숙을 찾아가서는 우두머니 장승처럼 서서 이 여신을 질투하고 사랑했지만, 말은 영 한마디도 하지를 못했다. 그러다가 몇 줄의 연애편지라는 걸 써 놓았는데, 그건 '나는 당신의 옷고름 하나에도 감당하지 못할 버러지 같은 겁니다' 어쩌고 한 그런 것이었던 듯하다. 김동리가 마지못해 이걸 갖다가 전하긴 한 모양인데 물론 한마디의 대답도 오지 않았다.

이런 내 꼴은 도스토옙스키의 『백치』의 무슈킨보단도 훨씬 더 바보고 처참하다는 것을 그때에도 똑똑히 의식하면서도 웬 지랄인지 어쩌지를 못하고 한동안 이 여자의 둘레를 헤매고 다녔다.

해와 하늘빛이
문둥이는 서러워

보리밭에 달 뜨면
애기 하나 먹고

꽃처럼 붉은 울음을 밤새 울었다

— 「문둥이」

그때 쓴 이 작품에서도 보이는 것같이 지독한 문둥이와 같은 격리
감 속에 그 질투와 사랑의 맑은 숙제를 풀지 못해 헤매고 다녔다. 그
러고는 내가 쓴 시들을 정서精書해서 그 여자한테 보냈다.

그것이 몇 해 뒤, 1941년이던가, 내가 아버지의 고르신 처녀를 얻
어 결혼해서 큰아이를 낳아 데불고 아내와 함께 잠시 고향 집을 다
녀서 상경하는 열차 속이었는데, 거기서 우연처럼 딱 그 여자와 만
났다. 그래 잠깐 인사말을 나누곤 헤어져 우리 세 식구는 사뭇 딴 자
리에 앉아 갔는데, 서울역에 내려 밖으로 나오자 여자는 자기와 동
행하던 딴 여인을 시켜 내게 한 초청의 뜻을 전했다.

"모월 모일 개성을 한번 가 보고 싶은데 무엇하시면 동행하시라구요."

나는 왜 그랬는지 그 말이 떨어지기가 바쁘게 바로 거절했다. 인
제 생각하니, 그것도 역시 어리석은 번열기의 탓이었지만……

3

　1935년 가을의 중앙불교전문학교 교실의 시계 사건 뒤의 어느 첫겨울날 해 어스름, 동창 함형수와 나는 그때 연전延專 재학 중이었던 내 소학 동창인 이성범과 셋이서 이상을 그의 입정동의 질척질척한 골목 속의 집으로 찾아갔다. 그 내 것보단 더 많아 보이는 비극량과 그것을 아무렇지도 않은 양 디디고 서서 부리고 있는 익살이 좋아 보여서였는데, 그는 낮과 밤을 거꾸로 다루어 사노라고 낮에는 늘 자고 있는 듯이 비로소 부시시 자리에서 일어나 우리를 대접해 술집 순례의 길에 나서 주었다. 김동리보고도 같이 가자고 꾀어 봤으나 "갈 테건 너이들이나 가 보고 재미있건 와서 애기나 하라문" 해서 할 수 없었다. 동리라는 사람은 그제나 이제나 늘 이런 사내다.

　우리 네 사람은 종로를 거쳐 서소문의 중국인촌 가까이까지 이르는 동안 여러 군데 선술집(지금의 왕대폿집)을 헤매 다니다가, 자정 무렵쯤 하여 지금의 반도호텔 근처의 어떤 한가한 여염집 비슷한 데에 들렀다. 반도호텔은 뒤에 생겼고, 이 무렵의 여기는 지금의 계동 비슷한 기와집 마을이었다. 이상은 우리들 맨 앞을 서서 이 쓸쓸한 선술집에 들어서자 거기 혼자 무슨 화장한 미라처럼 앉아 있는 주모한테 약주를 청하고는 그의 장기인 창부타령을 한바탕 멋들어지게 불렀다. 따라간 우리 세 사람의 학생들도 그걸 시늉해 보았지만, 도저히 우리로선 따를 수 없을 만큼 그건 유창하기도 하고 음색도 좋고 멋있는 창법이었다.

그러더니 몇 순배씩 술이 돌자 이상은 문득 주모 가까이 바싹 다가서선, 무슨 속셈인지 주모의 스웨터의 앞가슴께를 무얼 찾는 듯한 눈초리로 뚫어지게 쏘아보고 섰다가 갑자기 바른손을 들어 거기 달린 어떤 단추 하나를 엄지손가락으로 되게 눌러 대기 시작했다.

　주모는 처음엔 "아이 이분이 왜 이러셔……" 어쩌고 하다가, 그 짓이 멎지 않을 뿐 아니라 좀 아프게까지 된 듯 나중엔 "아야야야! 왜 이래 괜히!" 하고 비명을 울렸다.

　그래도 이상은 거기서 손가락을 떼지 않고 한동안 더 그 짓을 계속하고 있었는데, 이 주모의 비명 때문에 나는 바짝 정신을 차리고 이상의 눈과 그 엄지손가락이 하는 짓을 똑바로 살피다가 그만 오싹하는 몸서리가 온몸에 끼치는 걸 어쩔 수가 없었다. 무슨 익살을 떨고 있는 줄만 여겼더니, 다시 보이는 이상의 그 두 눈은 도저히 이어서 정시할 수 없을 만큼 처참한 극한의 것이었고, 그 바른손의 엄지가 누르고 있는 것은 한 술집 여자의 스웨터의 가슴 단추가 아니라 무슨 구급용 초인종 단추였고, 그가 이때 하늘론지 단군한테론지 그 영원이라는 것에론지 보내고 있는 SOS의 구급 신호는 그 처참한 이상 혼자뿐만을 위한 것이 아니라, 우리 남루한 동시童屍 미라가 된 민족청년 전체를 대신하고 있는 짓거리라고 느껴졌기 때문이다.

　'왜 그르느냐'고 우리 셋의 누구도 묻지도 않았고, 또 그도 왜 그랬단 말 한마디도 하진 않았지만, 우리는 다 이상의 이 상징의 실감 때문에 그 짓이 끝난 뒤 한동안 뜸해져 있었다. 이상만이 가끔 그의 예의 해학의 포석을 벌여 보려 했지만, 이 밤의 자정 뒤만은 어쩐지 그의 그것도 좀 서먹서먹해 보였다.

마침내 이 처참한 이상의 상징의 충격은 오래잖아 같이 갔던 연희전문의 이 군을 통해서 나타났다. 그 술집을 나와 소공동 거리를 걸어서 지금의 상은商銀 본점 옆을 우리 일행이 돌아서려 하는데, 이 군이 그만 몸을 지탱하지 못하고 길거리에 쓰러져서 뻐르적거리며 못 견디는 통곡 속에 빠지고 말았으니 말이다. 이런 이 밤의 이상과 연전 이 군의 동작은 1930년대 후반기 우리나라 청소년들의 본심의 발로의 한 상징으로 볼 수 있을 줄 안다.

처참한 이상……

"박제가 된 천재를 아시오? …… 굿바이!" 하던 그의 소설 「날개」 서문이 생각난다. 소학교 때부터 사뭇 연달아 수석만 하던 사내라는 것도, 의주로의 연초전매청의 설계도 그의 손으로 된 것이라는 것도, 이학박사 학위 따는 공부하러 가는 것까지 다 작파하고 시작한 시인 노릇이라는 것도 다 잘 알고 있었지만, 나는 그가 곧 죽어야 하는 병 하나를 우리보단 더 가지고 있었다는 것만은 이때엔 깜깜하게 모르고 있었다. 그나 우리가 다 정신적 동시童屍의 팔자라는 것까진 알고 있었지만, 오래잖은 임종을 그가 늘 바라보고 살던 사람이었다는 것까진 아직 미처 몰랐었다. 그는 자기의 그런 사정은 남한텐 절대로 보이지 않기로 하고 살다 간 청년이었으니까.

4

1936년 동아일보 신춘현상문예 시부詩部에 졸작 「벽」이라는 것이 당선되자 학교는 접어 두고, 어디 산수 좋은 자리에 놓여 마음을 좀 가다듬어 보고 싶어 합천 해인사로 갔다. 나보단 한걸음 앞서, 이 절을 경영하는 해명학원이란 학당에서 순장巡長 노릇을 하다 온 김동리가 소개장을 해 주어서 그 뒤물림 노릇을 해 보며 숙식을 의탁하게 되었던 것이다.

절로 또 들어간 걸 보니 불교로 다시 돌아갔느냐고? 아니다. 절밥을 먹고 지낸 걸 생각하면 미안한 일이지만, 이때의 나는 일테면 그리스신화 속의 아폴로 신 같은 거나 구약의 솔로몬의 노래 속의 사내 비슷한 무엇 그런 데 가까우려는 것이 하나 되어 있었다. 그런데 그것도 불교에서 무명無明이라 하는 혼돈과 암흑과 또 식민지 조선인의 역경의 시름 그것을 잔뜩 짊어지고 말이다. 그러나 역시 나는 무엇보다도 육체부터 먼저 싱싱히 회복되어야겠다고 생각했다. 18, 9세 때 읽은 니체의 『짜라투스트라』가 많이 마음속에 다시 얼씬거렸다. 비극의 조무래기들을 극복하고 강력한 의지로 태양과 가지런히 회생하고 싶었던 것이다.

　　따서 먹으면 자는 듯이 죽는다는
　　붉은 꽃밭 새이 길이 있어

핫슈 먹은 듯 취해 나자빠진
능구렝이 같은 등어릿길로,
님은 달아나며 나를 부르고……

강한 향기로 흐르는 코피
두 손에 받으며 나는 쫓느니

밤처럼 고요한 끓는 대낮에
우리 둘이는 왼몸이 달어……

—「대낮」

이것이 이때 해인사에 와서 맨 처음으로 쓴 것이다.

이런 마음이니, 페스탈로치가 제대로 되어질 리도 없었다. 아이들하고는 산수니 일본 말이니 그런 공부보단도 신화 얘기를 더 즐겨 했고, 그보다도 더 즐긴 것은 해인사에서 더 깊숙이 들어간 계곡의 맑은 물속에 순 나체로 가만히 들어앉아 있는 일이었다. 이때에는 나는 자각 견성자自覺見性者가 불佛이라는 것도 잘 이해 못하고 있던 때라 불교적으론 자기 정신의 현재라는 것을 생각해 보려 하지도 않았지만, 어쨌든 한 신神 그것인 셈이었으니, 지금 돌이켜 보면 더러 불교적이었던 점도 없진 않았던 셈이다.

범산 김범린 선생이 파리에서 철학을 공부하고 돌아와 이때 마침 이곳에서 불경 공부를 하고 있던 때였는데 나더러 불어 공부를 할 생각이 있으면 가르쳐 주마고 하여 한동안 그것도 해 보았다. 선생은 어느 날 오후던가 나더러 불어를 잘 공부하라고 당부하면서, 언젠가 우리나라에 밝은 날이 오거든 우리 같이 프랑스 학술·문학 번역 사업도 해 보자고 했다. 그러나 그때 나는 그 밝은 날이 올 걸 선생만큼 믿을 수가 없어 아무 대답도 하지 않고만 있었다. 1945년 해방된 뒤 오래잖아 노상에서 우연히 선생을 만나 "보아. 내가 말하던 대로 되었지?" 해서야 비로소 그가 정확했던 것을 느낄 만큼…… 그렇게 우리 나이의 세대는 우리보단 일이십 년씩 앞선 세대보단 절망이란 것이 더 많았고, 불신이 더 많았고, 그렇기 때문에 나는 위선 이런 심산 속으로까지 스며들어 와서라도 먼저 자연이 준 싱싱한 젊음 그것이나마 새로 자각해 보는 것이 무엇보단 먼저 필요했던 것이다.

여자에 대해서는 나는 여전한 숙맥이었다. ×라는 성을 가진 여류 화가가 이곳에 와 한동안 있으면서 장발청년 나를 발견하고 그녀의 여관으로 놀러 오라고 초대해 주었지만, 나는 그 서구 귀부인풍의 사치한 옷차림과 그 비단옷처럼 사치스런 살결과 내 기름때 묻은 학생복을 비교해 보곤 그 방문을 그만 단절하고 말았다. 반 고흐라는 화가와 니체가 그렇게 역시 여자에 숙맥이었던가. 나도 아마 그랬던 모양이다.

그러니 만치 내 시 속에 여자 냄새는 꽤 많이 나는 편이지만 그것은 거의 내 생각 속만의 것이다.

사향麝香 박하薄荷의 뒤안길이다.

아름다운 배암……

을마나 크다란 슬픔으로 태여났기에, 저리도 징그라운 몸뚱아리냐

꽃다님 같다.

너의 할아버지가 이브를 꼬여내든 달변의 혓바닥이

소리 잃은 채 낼룽그리는 붉은 아가리로

푸른 하눌이다. ……물어뜯어라. 원통히 물어뜯어.

달아나거라. 저놈의 대가리!

돌팔매를 쏘면서, 쏘면서, 사향 방촛길 저놈의 뒤를 따르는 것은

우리 할아버지의 안해가 이브라서 그러는 게 아니라

석유 먹은 듯…… 석유 먹은 듯…… 가쁜 숨결이야

바늘에 꼬여 두를까 부다. 꽃다님보단도 아름다운 빛……

크레오파트라의 피 먹은 양 붉게 타오르는

고은 입설이다…… 스며라! 배암.

우리 순네는 스물 난 색시, 고양이같이 고은 입설…… 스머라! 배암.

—「화사花蛇」

　이런 따위의 육감이라 할 수 있는 것도 별다른 실제의 경험도 없는 마음속의 도가니 속만의 일이었으니 말이다. 이것을 쓴 때는 내가 해인사 원당이란 암자에 있던 여름의 어떤 밤이었는데 조그만 박쥐 새끼 한 마리가 열어 놓은 창틈으로 날아들어 와 방 안을 퍼덕거리며 수선을 떠는 것을 잡아서 내 양말 깁기용 큰 바늘로 벽에 꽂아놓고 나서, 이 여름 구상해 오던 이것을 술술 써냈다. 육체를 중요시하는 자의 감각은 고대 그리스나 로마인들이 흔히 했던 것처럼 일종의 잔인을 또 자초하는 것인 모양이지.

　내 참 재미나는 얘기 하나 숨겨 두었던 것 하겠다. 이 무렵 도시 유키라는 이름을 가진 일본 낭인 하나가 이 해인사엘 굴러들어 왔다가 나하고 만나서, 얘기해 보니 마음이 맞아 나 있는 원당에 같이 하룻밤을 재웠더니, 밤중에 깜깜한 속에서 자는 나를 얼싸안고 애무하고 있었다. 잠 깨인 나는 물론 그러지 못하게 했지만, 이런 일로 결국은 이때의 내 육체 중시의 사상이 냄새 풍겨 불러온 일 아니었던가 하는 것이다. 오스카 와일드나 그런 유의 사람들이 불러들이던 그런 일들과 비슷하게 말이다.

조선일보 폐간 기념시

1

해인사에 있는 것은 겨우 봄부터 여름까지의 한 학기 동안. 그러나 이 동안에 나는 여기서 귀한 선물을 하나 얻긴 얻었다. 그것은 다른 게 아니라 솥작새라고도 하고 두견새라고도 하는 바로 그 새의 소린데, 한두 마리가 우는 소리가 아니라 여러 백 마리가 산골이 기울어질 만큼 울어 대는 그 맑은 슬픔의 쏘내기 같은 것이다.

나는 시방도 내가 아는 어디서 견디기 어려운 딱한 일이 생긴 걸 보고 들을 땐 가끔 이 해인사의 두견새 울음의 쏘내기를 역력히 기억해 낸다. 그만큼 이것은 내 여직까지의 생애가 마련한 마음속의 여러 영상들 가운데서도 중요한 것의 하나다.

못 오실 니의 서서 우는 듯

어덴고 거기 이슬비 나려오는

박암薄暗의 강물 소리도 없이……

다만 붉고 붉은 눈물이

보래 핏빛 속으로 젖어

낮에도, 밤에도, 거리에 서도,

문득 눈웃음 지우려 할 때도

이마 우에 가즈런히 밀물쳐 오는

서름의 강물 언제나 흘러……

봄에도, 겨울밤 불켤 때에도,

—「서름의 강물」

  이런 것은 육체의 건전한 돌진으로 모든 비극을 이겨 내려던 내 시집 『화사집』 속의 일련의 시들과는 또 다른 한 방향을 이루는 것이지만, 이런 불치의 슬픔의 대하大河가 내 속에 열릴 때마다 그 해인사의 솔작새의 울음의 쏘내기는 늘 다시 살아나 불을 밝혔다.

  해인사에서 고창의 내 대숲 속 초당으로 돌아와 몇 달 묵는 동안 썼던 이 「서름의 강물」과 전후해서 여기서 쓴 「귀촉도」에도 물론, 그 솔작새의 울음은 많이 들어 있다. 이 「귀촉도」는 불전佛專의 동기 최금동이 1937년에 동아일보 신춘현상문예에 당선한 시나리오 「애련송哀戀頌」 속에 넣겠다고 해서 써준 것이라 1941년에 낸 내 처녀시집 『화사집』에는 그것의 가 앉은 푼수를 생각해 넣지 않고 빼놓았다가 1948년에 낸 둘째 시집 『귀촉도』 때 다시 생각해 보고 여기에 넣기로 했다. 「귀촉도」는 레코드판 속에도 들어가 있는 모양이니 여기 다시 옮겨 놓지 않는다.

이해(1936년) 가을 다시 서울로 올라와서 앞에서 말을 비친 것처럼 불전 동기 함형수와 다시 만나 『시인부락』지를 시작했는데, 말이 잡지지 그 출판비는 동인들의 호주머니에서 10원씩 긁어모은 것으로 부수도 2백 부인지 그쯤 되었던 듯하다. 그렇지만 그건 대단한 호화판으로 트럼프만 한 부피의 상질上質 아트지 표지에 계란빛의 장부지帳簿紙를 속종이들로 한 멋들어진 것이었다.

사람 사는 기척을 한번 해 보노라고 두루 호주머니를 털어 이런 것을 한두 차례 내놓고는 종로로 어디로 이것이 진열되어 있는 서점을 기웃거리며, 빨가벗고 돈 한 닢 찬 아이들처럼 잠시 우쭐거리고도 다녀 봤지만 그만한 것으로 발가벗긴 알몸뚱이가 뜨시할 리도 없었다.

연계 한 마리를 고아 먹으려고 털을 뜯어 놓았더니 이놈이 슬그머니 빠져 도망가 버려서 화가 난 사람이 "제 춥지!" 하고 뇌까려 화나는 걸 달랬다는 이야기를 이 무렵 누군가가 우리한테 들려주어 전해져서 우리는 가끔 딱하게 된 친구를 보곤 이 '제 춥지'를 써먹었었는데, 말하자면 우리도 결국은 이 춥게 되어 달아나고 있는 연계들인 것이었다. 가을이 짙을 무렵은 유난히 스산하고 으시시하고 헤성헤성하여 견딜 길이 잘 보이지 않았다.

이 가을이었던 듯싶은데, 나는 이 땅에 나서 처음으로 너털웃음이 자꾸 터져 나와 잘 참지를 못했다. 이런 너털웃음 때문에 내 벗 함형수는 나더러 '새쓰개'('미친 이'라는 함경도 사투리)라고 한동안 하더니, 그건 그래도 무슨 힘이 좀 들어 있는 것같이도 느껴졌는지 뒤엔 '잉끼시노프'라는 별명 하나를 내게 붙여 주고 겨우 안심하는 듯했다. '잉끼시노프'가 뭐냐고 물으니까, 나를 단성사에 데불고 가서 자기가 먼저 본 영화 하나를 같이 보아 주었는데, 〈아시아의 대동란〉이라는 조르주 심농 원작의 영화에 나오는 머리 박박 깎은 주연 사내의 눈퉁이 모습과 너털웃음 소리가 꼭 나 같다는 것이다.

　이 너털웃음은 무슨 호걸이 되어 나온 것도 아니고, 무슨 힘이 세어 나온 것도 아니고, 그저 너무나 어이없어 저절로 한동안 쏟아져 나왔던 것인데, 이만한 것이라도 외로운 형수에게는 든든해 보였었는지 이 너털웃음 이후 내게 대하는 것을 보면 어떤 때는 흡사 언니 앞에 아우 비슷기도 했다.

　청량리 뒤 수풀 속으로 들어가 마른 풀을 깔고 앉아 쐬주를 들이키고 있다가 "형수, 네 속주머니에 들어 있는 것 좀 보자"고 너털거리며 옥사한 즈이 아버지의 유언장을 보이기를 청하면, "이 새쓰개, 이건 안 돼! 아무한테도 안 돼!" 하고 손으로 나를 밀쳐 내면서도 내게 지어 보이는 그 쓴웃음은 두어 살 손아래짜리 아우의 것 비슷이 되어 있었다.

　이상이도 이 무렵의 나를 경성대학의 어느 일본인 문학청년에게 소개할 때 '무서운 사내'라고 한 일이 있다. 이것은 내게서 풍기는 무엇이 그들 둘의 것보단 더 목숨이 모질게는 질긴 것이었던 것을 느끼고 한 표현 아니었을까.

이 두 천재 소년이 산 채로 입관되어 요절한 것은 정상이고, 내가 살아남아 지금까지 있는 것은 한 비정상이라고만 시방의 내겐 생각된다.

형수와 나의 교외 방황 속에는 한적한 공지에서 열리는—운동장도 없는 가난한 사립 국민학교 아이들의 운동회 구경이 가끔 포함되었다. 왜 우리가 이러느냐고 그걸 우리는 서로 한 번도 묻지 않았지만 몇 시간씩 이 아이들의 운동회 구경꾼들 속에 섞여서 그들이 뛰노는 것, 왁자지 소리를 나란히 해 떠들어 대는 것, 또 합창을 하는 것을 듣고 있는 것은 어디에 있는 것보단도 우리 둘에게 평화를 주었다. 나라가 망한 뒤인 것도, 우리는 기껏해야 입관되어 있다는 것도 영 모르던 어린 철이 저절로 우리는 나란히 그리웠던 것인가. 그런 뚜렷한 목적이 있었던 것도 아닌데도 마치 남의 집 불을 바라보는 출옥 직후의 장발장 같은 행색을 하고서 우리 둘은 물끄러미 물끄러미 이 아이들의 세상 영문 모르는 도약을 바라보고만 지냈다.

2

보지 마라 너 눈물 어린 눈으로는……
소란한 홍소哄笑의 정오 천심天心에

다붙은 내 입설의 피묻은 입맞춤과
무한 욕망의 그윽한 이 전율을……

아— 어찌 참을 것이냐!
슬픈 이는 모다 파촉巴蜀으로 갔어도,
윙윙그리는 불벌의 떼를
꿀과 함께 나는 가슴으로 먹었노라.

시악씨야 나는 아름답구나

내 살결은 수피樹皮의 검은빛
황금 태양을 머리에 달고

몰약沒藥 사향麝香 의 훈훈한 이 꽃자리
내 숫사슴의 춤추며 뛰어가자

웃음 웃는 짐승, 짐승 속으로.

　　　　　　　　　　—「정오의 언덕에서」

　1937년 4월부터 6월까지 제주도에 와 있으면서 쓴 첫 작품인 이
시에는 '향기로운 산 우에 노루와 적은 사슴같이 있을지니라' 하는

구약성서 속의 솔로몬 왕의 노래의 한 절이 본문 앞에 인용구로서 붙어 있다. 기독교도가 되어서가 아니라 이 솔로몬의 노래는 먼저 그 육신과 정서의 건전함이 마음에 들어서였다. 물론 제주도에 와 있을 무렵의 나는 아직도 그리스나 로마 신화 속에 있는 것과 거의 비슷한 한개의 신이었다. 모든 비극의 하상河床 위에 늠름하고 좋은 육신으로 일어서 있는 한 수컷인 신이고자 하는 마음이 비교적 태양이 더 뜨겁게 지글거린다는 여기를 찾아온 것이지만, 주피터도 아폴로도 뜻대로는 되지 못하고, 그저 날마닥 들이킨 벼락쐬주와 날카로워진 신경쇠약 때문에 마지막엔 납작해지고 말았다.

허무주의자로 통하는 이곳의 내 친구 윤용석의 아버지는 한 면장이기도 하려니와 대단히는 아들을 아끼던 분으로서 극진히는 아들의 친구인 나를 대접하도록 했지만, 나는 항시 그분 내외의 후의를 실망케만 하는 참 따분한 사내였다.

좋은 돼지를 잡아 주어도 그런 건 안 먹는다. 전복 찜을 해 들여 주어도 남들은 다 맛있게는 먹는데 이 사내만은 까작까작하다가 밀어 내버리고 만다. 속옷을 빨아 줄 터이니 벗으라고 해도 "예" 한마디 하곤 영 아무 말도 행동도 더는 없다. 저녁도 먹지 않은 금쪽 같은 아들을 데불고 나가서는 밤 깊도록 솔밭에 앉혀 두고 벼락쐬주만 마시게 해 엉성한 병인을 만들고, 저도 병들어 간다—이런 손님은 그렇게 손님 박대 말기를 당부한 주피터 바로 그라 하여도 아마 쫓아내 버리라고 함 직한 것이었다.

그렇지만 이 댁의 주인 윤 노인은 나를 못마땅하게 여기기는새로 아마 그 애들이 경치가 못마땅해서 그러는 게라고, 중문면의 자택에서 옮겨 경치 좋은 서귀포로 가기를 권하고, 그곳의 정방폭포지기에게 말해 그 폭포 옆에 있는 빈집 한 채를 덩그렇게 빌려주었다. 그러나 나는 고맙다는 인사말 한마디 할 줄도 몰랐다.

'물 맞는 집'이라고 불렀던 이 정방폭포 뒤의 빈집에선 늘 바다의 온갖 소리가 다 정밀하게 들릴 만큼 바다가 바짝 가까웠고, 한 스무 걸음쯤 옆에 폭포는 바다로 쏟아져 내리고 있었다. 또 이 집 앞 넓은 바다 언덕은 보리밭도 좋고 잔디밭도 좋아서 바짝 해 밑에 배꼽을 내놓고 해 쪼이기를 하기엔 안성맞춤이었다.

밥은 아주 쬐금—한 서너 숟갈씩만 먹고, 그 대신 바다에 나가서 손수 줏어 오거나 아는 사람들이 줏어다 주는 돌거나 보말 같은 걸 많이많이 씹어 먹고, 그다음엔 벼락쇠주를 마시고, 이 서귀 해변의 보리밭 옆 언덕에 반듯이 누워 있는 정오나 오후 한 시, 나는 내 곁을 지나가는 해녀들과 이 아래 바다에 거침없이 뛰어드는 해녀들을 보기를 즐겼다. 보티첼리의 그림에 보이는 비너스의 해중 탄생의 무르익은 육신의 아름다움을 그들한테서 보는 걸 즐겼다.

그러나 나는 아폴로처럼 그들 중의 누구 하나의 뒤를 좇기에는 너무나도 동양과 한국의 습관에 길든 수줍은 청년이었고, 주피터처럼 느물 만큼 한 배포도 용기도 가지진 못했었다. 그저 그들의 휘파람과 함께 물결 새에 부침하는 육신들을 여신으로 높여 보고, 다시 태양을 보고, 또 자기의 무한한 존경을 자각해 보고 할밖엔 별 수가 없었다.

어느 때는 그 해녀들의 한 무데기가 바닷가로 나와서 뜯어 온 생

미역이나 흑산호의 가지 같은 걸 들고 너울거리고 춤추며 노래하는
게 보였다. 그러고는 내가 누운 언덕 속 길로 나와 내 옆을 코에 아린
바다 냄새를 풍기고 지나가며 쌩긋 흰 이빨을 내놓고 웃어 보이는
일도 있었다. 그러면 나는 불그레 홍조를 두 볼과 두 눈에 느끼며 그
들의 손발로 시선을 옮긴다. 손톱이나 발톱도 분홍과 반달이 선명한
여신의 것 같은가 훔쳐보기 위해서다. 그러나 그건 기대와는 달리
깜정때가 들어 있기도 한 불투명한 것이어서 내 흥건한 흥취를 위축
시키고, 원경遠景으로만 내 눈을 다시 몰고 가게 했다.

> 모래 속에서 일어난 목아지로
> 새벽에 우리, 기쁨에 오열하니
> 새로 자라난 이[齒]가 모다 떨려.
>
> 감물 디린 빛으로 짙어만 가는
> 내 나체의 샅샅이……
> 수슬수슬 날개털 디리우고 닭이 웃으면,

—「웅계雄鷄 1」 중에서

어쩌고 한 것이 이때 쓴 건데, 이런 것이 새나 짐승이나 햇빛과 한
덩어리가 되려 했던 내 언덕 위의 일광욕의 훈련에서 온 것들이다. 슬
픔이라는 것은 어떤 종류의 것이건 듣지도 보지도 생각지도 않기로

했었다. 또 자기의 사회 속의 형편도 민족의 놓여 있는 형편도……

3

1937년 6월, 흐느적흐느적 지친 몸이 되어 가지고 다시 고창 월곡의 집으로 돌아왔다.

이 집 둘레에 있는 대밭은 한 삼백 평 될까, 그 속에는 나 하나만을 위해서 마련된 마루 한 칸과 방 한 칸의 쬐그만 초당이 있어서 여기 한번 들어배기면 가족과는 며칠이라도 얼굴을 대하지 않고 지낼 수도 있었다. 심부름하는 계집아이가 세때의 먹이를 날라다 주면 되는 것이다.

아버지는 나한테는 질리실 대로 질려 있었다. 어려서는 학교 공부를 아주 잘해서 제국대학에 보내 법학을 시킬 작정이었는데, 자식은 엉뚱하게 빈민굴로 절간으로 어디로 다니다가 하필에 불교전문을 골라 들어가더니, 그거마저 놓아두곤 바람처럼 흘러만 다닌다. 집에 어쩌다가 새어 들어와도 안방에 들어와 단 5분을 오붓이 앉아 보는 일도 없이 제 방에 두꺼비같이 웅크려 박혀서는 아버지가 어쩌다가 올라가 창문을 열어 봐도 군불을 지피고 있어도 영 모른 체 누워만 있다. 아들의 속을 모르는 아버지는 많이 답답기만 할밖에 없었다. 어느 날이던가는 창문을 열어도 영 기척이 없으니까

"이놈아 너는 사람이 아니다. 뻘로 만든 놈이지, 사람은 아니

여……."

하시던 말씀이 생각난다. 이러시면 그전 같으면 휑 집을 나가 버리기가 일쑤였지만, 인제는 그럴 패기도 없어져서 그저 픽 싱겁게 웃어 보이곤 했다. 가을이 되어 쌀이 얼마큼 모이자, 아버지는 아들의 혼인을 서둘렀다. 자식 볼일은 다 봤으니 어디 무던한 데 아무 데나 한 군데 골라 쩜매놓게 택일擇日을 해 버리자는 것이다.

어머니가 참 오랜만에 내 초당에 올라오셔서 어떠냐고 물으셨다. 나는 즉석에서 좋다고 승낙을 했다.

어머니가 내게 이걸 물으러 오시기 전에 나는 앞당겨서 이 눈치를 채고 옆에 있는 화투로 패를 한번 떼어 봤더니, '님'이라는 별명이 붙은 공산은 안 떨어지고 중매쟁이로 통하는 홍싸리 넉 장이 고스란히 떨어진 때문이었다. 영 풀 길이 없는 문제는 이렇게 풀어 버리는 것이 첩경이라는 진리는 앞으로도 사람의 세상에서는 오래 통용될 듯하다. 그래서 1938년 3월엔가 나는 〈정읍사〉를 낳은 그 정읍이라는 곳으로 장가를 갔는데, 물론 혼례복이나 의식은 모조리 구식으로, 당나귀를 타고 신부 집에 들어가서 치르는 그런 것으로였다.

그러나 나는 처갓집에 장가와서 처음으로 마음에 든 건 아내보단도 장모였다. 이분은 이때 나이 서른여덟이었고 내 아내는 겨우 열아홉이었는데, 장모님은 모든 규모가 크고 의젓해서 여신에 방불한 데가 있었지만 아내는 자기 어머니 비슷기는 해도 그 규모가 작아 뵈는 때문이었다.

그래 재행 갔던 날 처음 저녁상 머리에서 장인 장모님하고 같이 앉아 술잔을 기울이다가, 장모님은 이쁘시다는 말을 했더니, 찰유생인 장인께서 뭉클해져 화를 내시는 바람에 어디 입과 얼굴 둘 곳을 몰라 쩔쩔맸다.

땅 위의 어떤 남편들은 결혼할 때 그 아내보다도 아내의 아버지나 어머니 또는 언니를 더 좋게 보는 나머지, 그걸로써 아내를 데불고 살 마음을 내게 되는 것이 아닐까. 더구나 문벌이니 가풍이니 하는 것을 중요하게 보는 사람들의 자녀들의 결혼일수록 이런 경우는 더 많을 것으로 생각된다. 그래서 아내에게 마음을 붙여 천천히 친구가 되어 가고, 남편이 되어 가고, 애아버지가 되어 가는 것이다.

어느 해 봄이던가, 머언 옛날입니다.

나는 어느 친척의 부인을 모시고 성城 안 동백꽃나무 그늘에 와 있었습니다.

부인은 그 호화로운 꽃들을 피운 하늘의 부분이 어딘가를 아시기나 하는 듯이 앉아 계시고, 나는 풀밭 위에 홍근한 낙화가 안씨러워 줏어 모아서는 부인의 펼쳐든 치마폭에 갖다 놓았습니다.

쉬임 없이 그 짓을 되풀이하였습니다.

그 뒤 나는 연년年年히 서정시를 썼습니다만 그것은 모두가 그때 그 꽃들을 줏어다가 디리던 ― 그 마음과 별로 다름이 없었습니다.

그러나 인제 웬일인지 나는 이것을 받어 줄 이가 땅 위엔 아무도 없음을 봅니다.

　내가 줏어 모은 꽃들은 제절로 내 손에서 땅 위에 떨어져 구을르고

　또 그런 마음으로밖에는 나는 내 시를 쓸 수가 없습니다.

—「나의 시」

　이것은 쓰기는 해방된 뒤 얼마 지나서야 쓴 것이지만, 이 시 속의 친척 부인은 바로 우리 장모님 그분이다.

　결혼한 이듬해던가 첫봄에 내가 잠시 시골집에 들러 있는 동안에 정읍에서 장모님이 찾아와서 나는 우리 식구들과 함께 그분을 모시고 고창 모양성 안을 구경시켜 드리다가 어느 크고 오랜 동백꽃나무 밑에 다다랐다.

　봄마다 여러 백 송이의 꽃을 보이는 이 동백꽃나무는 인제 그 꽃들의 반쯤만을 지탱하고 있고, 그 반쯤은 땅 위 풀밭에 떨어트려 놓고 있었다. 그 나무 밑 풀밭에 장모님은 아조 잘 어울리게 조용히 가서 앉아 주셨다.

　이분에겐 이런 앉을 때의 조화가 늘 있어, 내가 그 뒤 늘 내 아내에게서도 그것을 찾아보려고 눈여기곤 한 까닭이 되었었지만, 나는 그때 이 조화가 좋아 위의 시에서 보인 대로 그분의 상복 아닌 소복의 하얀 치마 위에 그 풀밭 위의 낙화들을 줏어다 놓아 드렸다.

　이것은 내가 여직껏의 생애에서 해 온 온갖 손발놀림의 행동 가운

데에서도 그중 마음에 드는 행동 중의 하나다. 손과 발을 가지고 일생 동안 해내는 행동들이라는 것도 잘 따져서 가려보면 아조 좋은 건 얼마 되지도 않는 것인 모양이다. 이건 보고 듣고 느끼고 생각하는 것만을 주로 해 오는 나 같은 사람에게만 그런 것인지……

4

1940년, 내 나이 스물다섯 살 되던 해 정월에 내 큰놈 승해가 생겨났다. 그러나 그 아이 돌보는 것도 부모와 아내에게 맡겨 두고 나는 어디로 굴러다니고 있었다.

그 봄에 임대섭이라는 우리 『시인부락』의 동인 한 사람이 고창 우리 집으로 자전거를 타고 찾아와서 문을 들어서자 바로 냉수를 한 사발 달라기에 그걸 갖다 주게 했더니 "이 냉수도 인제는 그냥은 잘 못 마시겠어……" 하는 것이다. 그는 찰예수꾼이었는데, 다시 나보고 어디 가까운 방랑이나 같이 해 보자고 해 함께 떠나서 그의 외갓집으로 어디로 한동안을 쏘아다니다 돌아왔다. (나는 이것이 임대섭이가 나하고 나눈 마지막 하직의 정이었던 것은 뒤에사 알았다. 왜냐면 대섭이는 그 길로 변산이란 데 들어가 어떤 구석진 곳의 바위에 앉아 굶어 죽어 버려서 까마귀가 두 눈 다 파먹은 시신만이 오랜 뒤에사 가족한테 넘겨졌다고 전해 들었으니 말이다.)

집에 돌아오니, 엽서 한 장과 전보 한 장이 나를 기다리고 있었다.

둘이 다 조선일보 학예부장 김기림이한테서 온 건데, 엽서의 내용은 조선총독부에서 신문을 폐간하라고 하여 그 기념호를 내게 되었으니 며칠까지 기념시를 한 편 빨리 써 보내라는 것이고, 전보는 그것을 다시 독촉하는 것이었다. 그러나 헤아려 보니 그 기념호가 나온 날짜는 이미 지났고, 나는 초청받고도 너무 늦게 가서 이미 끝난 잔치 자리에 혼자 불사른 재나 밟고 서 있는 꼴이 되어 있었다.

그래도 늦은 대로 나는 그걸 안 쓰고는 있을 수가 없어 「행진곡」이란 제목으로 하나 지어 보았다.

　　잔치는 끝났드라.
　　마지막 앉어서 국밥들을 마시고,
　　빠알간 불 사루고,
　　재를 남기고,

　　포장을 걷으면 저무는 하눌
　　일어서서 주인에게 인사를 하자.

　　결국은 조끔씩 취해 가지고
　　우리 모두 다 돌아가는 사람들.

　　목아지여
　　목아지여

목아지여

목아지여

멀리 서 있는 바닷물에선

난타하여 떨어지는 나의 종소리.

—「행진곡」

　나는 이것을 내 어린것이 칭얼거리는 옆에서, 석유 호롱의 희미한
불 밑에 괴상할 정도의 열심으로 쓰고 있던 것이 생각난다. 김기림
은 1941년 내 처녀시집 『화사집』이 나온 이후 몇 년 사이 나를 누구
보담도 잘 알아주던 얼마 안 되는 사람 중의 하나다. 내 『화사집』 출
판기념회가 단 열 사람의 참석으로, 10원씩의 회비로 요정 명월관
에서 열렸을 때도 그는 아조 반가운 미소로 나를 격려해 주더니, 이
한 마지막 판을 당해서도 내 생각을 내주었던 모양이다.
　지금 문단의 어떤 이들은 그가 1950년의 6·25사변 때 자진 월북
한 걸로 알고 있지만, 그건 잘못 생각인 듯하다. 믿을 만한 당사자들
의 정보 집계에는 그가 납치당해 간 사실이 적혀 있다고 나는 들어
서 알고 있다. 그는 한번 작정하면 변덕을 부릴 사람은 아니다. 해방
바로 뒤 한때 좌익을 기웃거려 본 것도 사실이지만, 우리 정부가 선
뒤에는 우리한테로 다시 돌아와서 1949년에 창립한 한국문학가협
회의 발회식에도 나와 가담했으니 납치된 게 틀림없을 듯하다. 하여

간 이런 것은 확실히 서로 밝혀, 만일에 그들이 납치당한 거라면, 그 서럽게도 끌려가 사는 사람들을 더 서럽게 만드는 일이 없도록 해야 겠다.

1940년의 여름 한동안 나는 고창군청의 임시 고원으로 취직해 서무를 거들고 한 달 30원씩의 월급을 받았다. 이보담 앞서 정읍의 합승 자동차 회사의 사무원을 지망해 시험을 치렀는데, 멋들어진 지 팽이를 짚고 다니는 내 습관 때문에 구두시문하는 사장의 사무실에 그걸 짚은 채 들어갔다가 미끄러진 뒤였다.

서무니까, 깨알보다도 더 잘게 써내는 문서들이며 때로 주판이며 그런 것을 만지고 있는 것이 내 일이었는데, 주임 말이 그래도 영 엉 터리는 아니고 잘할 수 있는 싹이 있다고 해 주었다. 주판 놓는 건 내 자신 생각에도 해롭지 않은 것 같았다. 거기 파묻혀 자잘한 수들이 가감승제되어 나오는 것에 몰두하고 있는 것은 별일다웁지 않은 것 도 가벼워서 좋으려니와, 딱해서 못 견딜 여러 가지 생각들을 접어 놓아두게 하는 것이 더 좋았다.

난세의 역경이 많아 자녀들이 헤매게 될 때는 그 애들에게 주판 같은 걸 만지고 밥 버는 일을 가르치는 것이 무방하지 않을까 하는 게 지금 생각이다.

만주 광야에서

1

1940년 가을의 어느 오후, 나는 만주 국자가(연길)라는 곳의 교외 벌판의 황막한 먼지흙 위에서 유랑하는 곡마단들이 보이는 여러 가지 서커스의 재주들을 감상하고 서 있었다.

서커스라는 것은 볼 만한 것이다. 서커스 중에서도 특히 하늘의 먼 끝에 채색한 포장을 치고, 많지 않은 관객만을 상대해 아주 싼 입장료로 흥행하는, 포장에 구멍들이 숭숭 뚫어진 —그런 시골돌이 곡마단의 갖은 잔재주들을 만주 벌판 같은 곳의 해 어스름에 혼자 보고 듣고 있는 것은 입은 옷 속을 스며 살에까지 고스란히 젖어 들어오는 묘한 맛이 난다.

몸에 찰싹 달라붙은 속샤쓰 같은 한 벌 옷차림으로 말을 타고 나와서 타는 불 위를 뛰어넘어 달려가는 젊은 여자들, 공중에 높이 걸

린 외줄 위에서 한 바퀴뿐인 자전거를 손잡이도 안 붙들고 두 팔을
번쩍 공중으로 치켜들고 타고 가는 미인들이 이렇게 뜨거웁게 되어
말 발 털을 끄슬리며 간담을 태우며 겨우 살고 있는 것을 보고 있노
라면 살이 오싹해지는 무엇이 있어 쉽게는 그 앞을 뜨기가 어렵다.
더구나 나 비슷하게는 초라한 사내가 낮에 껌정을 찍어 바르고 나와
서 갖은 못난 짓만 골라 해 보이는 것을 아울러 바라보고 있자면 이
게 아무래도 남의 일 같지 않아 뼛속까지 오싹해지곤 한다.

　　바보야 하이얀 멈둘레가 피었다.
　　네 눈섭을 적시우는 용천의 하눌 밑에
　　히히 바보야 히히 우숩다.

　　사람들은 모두 다 남사당패와 같이
　　허리띠에 피가 묻은 고이 안에서
　　들기면 큰일 나는 숨들을 쉬고

　　그 어디 보리밭에 자빠졌다가
　　눈도 코도 상사몽도 다 없어진 후
　　쐬주[燒酒]와 같이 쐬주와 같이
　　나도 또한 날아나서 공중에 푸르리라.

　　　　　　　　　　　　　　　　　　　　　　　—「멈둘레꽃」

이것은 쓰기는 이해 겨울에 밤잠이 잘 안 올 때 이불을 뒤집어쓰고 쓴 거지만 만주에 발을 들여놓았을 때부터 생각은 늘 이 비슷했으니, 아마 그 곡마단의 남녀들 마음하고도 많이 비슷했을 것이다.

나는 특히 그 곡마단의 여자들을 두고 좀 많이 생각해 보았다.

괴테가 쓴 『빌헬름 마이스터』 속의 그 슬픔을 언제나 고운 웃음으로만 처리하고 흘러 다니는 순례의 여인하고도 대조해 보았다. 사랑의 상채기를 아름다운 웃음으로 고친 한 편의 노래를 지어 부르고 흘러 다니며 한 그릇 밥에는 두세 그릇어치 일을 해 주고 가던 괴테의 『빌헬름 마이스터』 속의 그 여자와 이들은 비슷한 데도 있긴 있다. 그러나 이들의 혹사되는 고역은 그게 그 얼마치인가. 슬기 있고 사람 웃기는 수작들과 참 부지런한 노역들을 보이고 슬그머니 우리 앞에서 사라져서 우리에게 하늘 멀리 아스라한 여수를 보내게 하는 점은 이들도 괴테의 그 순례의 여인과 비슷하다. 그렇지만 그 괴테의 여인이 우리 만주돌이 한국인 곡마단의 한 사람이 되려면 뼉다귀가 휘이는 먼지 속의 고생을 훨씬 더 많이 쌓은 뒤라야 할 것이다.

일본인들이 부의라는 청조淸朝의 황족 하나를 데려다가 황제로 앉히고 만주제국이라는 이름을 붙여 놓곤 실력 행사는 무어든 저희들 마음대로 하던 이곳에서라도 무슨 취직이라는 걸 하나 해 보기로 온 것인데, 그게 아직은 되지 않아, 나는 날마다 부랑하고 있는 판이었다. 이 곡마단보다도 만주의 그 광막하고 을씨년스런 황야를 귀로써 듣고 직접 느끼게 하는 것은 저 행길가의 음악가들이 날마다 불고 키어 합주해 내는 그 묘한 멜로디다. 이름이 무어더라, 그 산에서 나는 아가배를 말려서 엿을 발라 꼬챙이에 꿰어 파는—새콤한 그것을 깨물어 먹으면서 부랑하고 헤매 다닐 때 이 기이하게도 으시시하고 짙은 남빛이 나는 멜로디는 언제나 나를 따라다니며 내 살이 아니라 뼉다귀들을 울렸다.

어떤 음악은 가슴에 또 어떤 음악은 살에 닿아 와서 아리스토텔레스의 말마따나 한 카타르시스라는 것을 일으키는 것이지만, 만주 벌판의 이 가락은 그저 우리 뼉다귀 속으로 무시무시하게 파고들어 올 뿐 딴 일은 없다. 아마 무엇보다도 뼉다귀가 세야만 사는 데라서 이것도 이런 것인가. 이 멜로디는 키 높은 고량밭 머리의 벌판에서 옆으로 포장마차들이 지나가는 것을 보면서, 되도록이면 황혼에, 또 공동묘지 같은 걸 옆에 끼고 듣는 것이 효과가 있다.

공동묘지 말이 났으니 말이지만, 만주의 공동묘지같이 처참한 실감을 주는 것도 이 하늘 밑에선 드물 듯하다. 관을 땅에 묻는 것들이 아니라 그냥 벌판에 그대로 늘어놓아 둔 건데, 여기 와서 어푸러져 우는 통곡 소리가 또 우리 것하고는 영 아주 다른, 몸서리치게 하는 것이다. 우리나라 사람들이 하는 죽은 이 앞의 곡이라는 것은 대개의 경우 정말 속으로 우는 것이 아니라 그냥 음성만 아이고아이고 내는 한 음악으로서, 전라도 같은 데서 좋게 개인 날에 어떤 여자들이 이걸 하고 있는 걸 들어 보면 거기엔 육자배기 가락도 어느 만큼씩 섞이어 있기가 예사인 것인데, 여기 만주 것은 이것 역시 목의 살에서 울려 나는 것이 아니라 꼭 뼉다귀를 긁어서 내놓는 것 같은 그런 것이었다. 내가 보고 들은 것은 어느 아이의 관 앞에 엎딘 청의靑衣를 입은 중년 여인의 울음소리였는데 (자기 자녀의 주검 앞이라면 손윗사람의 관을 대하는 것과는 다르기야 하겠지만) 끅! 끅! 끅! 끅! 하는 소리가 내 뼉다귀마저 긁어 대는 것 같아 도무지 오래는 그대로 듣고 있을 수가 없는 것이었다. 모든 것을 억센 뼉다귀로만 견디어 내다 보니 울음마저도 드디어 이렇게 틀이 잡혀 버린 것인가.

그래도 이 가을의 내 부랑자 생활의 일정 속에는 이 공동묘지를 끼고 도는 일이 어느 날에도 거의 끼어 있었다. 그런 통곡 소리는 오래 견디어 들을 순 없었지만, 그래도 이것은 내 속에 있는 것보다도 뼈대가 억센 것 같아 그게 한 의지가 되었기 때문이다. 여기를 지나와서 변두리의 초라하고 음침한 중국인의 빼갈 가게에서 날마늘 한 쪽에 독한 빼갈을 한두어 컵 들이키고 거나해 가지곤 또 한 가지 보러 가는 것이 있었다.

그것은 딴 게 아니라 먼지가 발등까지 파묻히는 땅바닥에 널판자 하나를 깔고 그 위에 마른 호떡을 몇 개 놓고 파는 머리털이 아주 흰 한 중국인 할아버지였는데, 그 점잔하게 정좌하고 앉아서 고스란히 잘 주무시고 있는 힘이 아주 썩 위대해 보여서였다. 마지막 아들도 아마 공동묘지에 들어갔겠지. 공동묘지에서 과히 멀지 않은 땅바닥에 영감은 영 세수도 아주 작파해 버린 듯, 온몸이 먼지 절어서, 기름때 묻은 내리닫이 청의 하나를 걸치고 아주 점잖게 앉아서, 내가 찾아가면 어느 때나 거의는 두 눈을 고스란히 감고 자고 있었다. 이 태연도 내게는 큰 상급생으로만 보여 가 보고 돌아와서는 그걸 또 오래씩 생각해 보고 지냈다.

2

사킨이란 사람이 그린 건데, 한 여자가 콘크리트질로 화석해 이끼가 자욱이 끼인 채 흐트린 머리털의 어느 부분과 누깔은 전류 비슷한 것에 감전까지 되어 가지고 쬐그만 장방형의 아무것도 없는 콘크리트 방에 기댈 것도 팔걸이도 없는 스툴 하나만을 깔고 가만히 앉아 있는 그림이 있다. 그 원색 사진판 한 장만을 벽에다 붙여 놓고 밤에는 E. A. 포를 읽고, 낮에는 부랑하고 다니는 동안 겨울이 되어 나는 만주양곡주식회사라는 아주 큰 회사에 취직을 했다. 이곳 간도성間島省의 한 고등관이 내 친구의 형이어서 그의 힘으로 경리과에 한 구석 자리를 얻은 것이다.

내 시골에서 잠깐 군청의 고원 노릇을 할 때보다도 여기 일은 내게는 영 딴 세상 일이었다. 수지收支의 장부 기입을 깨알 같고 맵시 있는 숫자로 계산해 써 나가고 또 그 복잡하게 많은 걸 다 주판을 놓아 내는 일인데, 이 주판 놀이라는 걸 혼자 할 땐 느린 대로 혼자니 괜찮지만 여기 능한 일본인들이 여럿이 모여들어 같이 놓아 검산을 하자는 데는 딱 질색이었다. 그래 나는 밤잠도 제대로 못 자고 그 주판 연습이라는 것도 많은 밤을 해냈었다.

그래 영 엉터리는 아닌 걸로 보였었던지, 얼마를 여기 국자가에 있은 뒤 나는 이 회사 용정 출장소에 옮겨져서 그 출장소 직원 중의 제3석의 자리에 앉게 되었다. 말이 3석이지 고정된 직원은 모두 다섯 사람뿐으로 나는 겨우 내 아래 고등학교를 갓 나온 두 사람의 중국

청년을 두었을 뿐이었다. 소장은 물론 일본인이었는데, 제2석 자리의 우리 동포가 내게 재빨리 귀띔한 걸 들으면 일본에서 겨우 순사부장(경사)이라는 걸 지내다가 흘러들어 온 인물이라는 것이었다.

그런데 이 일본 사내가 나를 대체 어떻게 다루려고 속셈해 본 건지, 여기 부임해 와서 하룬가 이틀이 되자 불쑥 밖으로 내몰아 임시 인부들에게나 시킬 일을 시키는 것이다. 두 중국인 직원과 같이 회사 마당에 첩첩이 쌓인 큰 목재들에다 회사 마크가 새겨진 쇠망치 도장을 쳐 박으라는 건데, 몇백 개를 때려 쳐 박고 나니 손바닥 가죽이 벗겨져서 쓰려 더 이상 찍어 낼 재주가 없었다.

두 중국 청년은 나보다도 훨씬 더 먼저 이곳에 와서 이 일도 꽤 많이는 치러 낸 듯 손바닥이 벗겨지기까진 않았지만, "셴숀, 찔렁찔렁(선생님, 참 춥습니다)" 하고 둘이 번갈아 가며 말하곤 그 참 너무나 사람 좋게는 에누리 된 숙명적인 웃음을 웃어 보여 주었다.

나는 일본인 소장이 마음속으로 무척 못마땅했지만, 우선 꾹 참고, 해 어스름이 설핏이 이 대륙에 기기 시작할 무렵까지 손뼈 속이 아리도록 마구잡이로 쇠망치 도장을 목재들 위에 내리쳐 댔다. 무얼 많이 생각도 했었는데 다 잊었지만, '어디 이놈 두고 보자'고 했던 생각은 아직도 기억에 있다. 나는 내 지난 생애에서 남을 '이놈 두고 보자'고 생각한 일은 아조 드문 편인데, 이때는 정말 꽤나 손바닥이 터져 아팠던 것이다.

일이 끝날 무렵 소장은 나와서 우리 셋이 해 놓은 일을 휙 둘러보았다. 그러곤 아조 예기豫期 이상으로 만족한 듯 눈을 덩그렇게 뜨고 내 곁에 와 웃으며 "서 씨, 고마워" 했다. '군'이란 말은 안 붙인 대신 고맙다는 말은 반말로 말이다. 아마 이날 우리 셋이서는 보통 노동자들보단도 훨씬 더 많이 찍어 낸 모양이었다.

이래 놓고 나서, 하숙에 돌아와 밤늦도록 잠을 안 자고 끙끙거리고 누워서 나는 이 소장에 대한 작전 계획을 세우고 있었다. 순사부장쯤 지내다가 가난하고 옹졸하여(그 옹졸은 이미 내게 시험한 짓으로 보인 것이다) 만주까지 굴러들어 온 인물이라면 일본식의 귀족적 꾸밈새나 언동 앞엔 꼼짝 못하리라는 것에 내 생각은 닿았다.

그래 나는 먼저 내 옷차림을 어떻게 했으면 좋은가를 연구한 끝에, 일개 변방의 출장소장 저쯤으로는 엄두도 못 낼 것을 이것저것 대조해 보다가, 당시의 사장족 아니면 잘 입지 않는 호피 조끼라는 것을 비싼 대로 쓱 하나 사 입기로 작정했다. 양복저고리와 바지는 결혼식 때 좀 좋은 걸로 맞췄던 걸 입고 있어서 이건 사장의 것보다 나아 보였기 때문에 그 호피 조끼 하나만 쓱 입는 날은 그는 첫째 그 것만으로도 이것저것 마음을 쓰노라고 다시는 나더러 그 손바닥 벗겨지는 일까지는 못 시킬 것이라 상상한 것이다. 그리고 언어 동작은 아주 귀족적 정중을 다해 대하기로 작정했었다. 왜냐면 이 일본인은 나보다도 더 시골뜨기로 말도 영 쌍스런 선을 넘지 못하고 있었기 때문이다.

바로 이튿날 퇴근 뒤에 나는 용정 시내에 러시아 사람 옷 가게를 찾아, 직장을 밝히고 멋들어진 표범의 털가죽 조끼 하나를 몇 달 월부로 사 입게 되었다.

그리고 그다음 날은 그걸 보란 듯이 잘 끼어 입고, 발걸음도 더 점잖이 사무실로 들어가서, 아주 명치 때 경어 문장 같은 말투와 동작으로 극진히 아침 인사를 하곤 내 자리에 앉아 그의 거동을 살폈다.

아닌 게 아니라 호피 조끼는 내 예상대로 순사부장 출신의 이 일본인을 자극해서 그의 시선을 아주 여러 차례 흡인해 들였다. 그리고 많이 재빠른 편이었던 그의 말씨도 좀 뜸해지고, 그러곤 그 뒤부터 다시는 나더러 마당 일을 나가란 말은 하지 않게 되었다.

아마 내 배후엔 무슨 무서운 각하라도 하나 앉아 있을 것이라고쯤 상상했는지도 모르지.

3

그런데 이 유력한 호피 조끼도 오래잖아서 어쩔 수 없이 벗어 버려야 할 형편이 되었다.

만주에서 겨울을 맞으면서 나는 당장에 외투라는 걸 마련할 돈이 없어, 고향에서 같이 온 내 친구의 동생 것을 하나 임시 빌려 입고 있었는데, 어느 날 이 사람이 국자가에서 용정까지 어떤 중년의 사내 하나를 데불고 와서 안되었다고 하며 그 외투를 그만 벗겨 가 버린 것이다. 이 외투를 빌려준 형제는 다른 사람들이 아니라 바로 나를 이 만주양곡회사에 취직시켜 준 그 만주국 고등관의 친동생들인데, 중학 때의 동창인 내 친구는 성공서(도청 같은 것)에서 일을 보고 있었고, 이 외투의 임자인 맨 끝이는 어떤 회사에 나다니고 있는 터였다.

나는 월급을 받아 외투를 마련할 동안만 좀 더 빌려줄 수 없겠느냐고 물었다. 내 친구의 동생은 그랬으면 좋겠지만 자기도 외투가 없으니 입어야지 않겠느냐고 했다. "자네는 외투를 입고 있으면서……" 하고 그 입고 있는 걸 가리키며 말하니, "이건 나도 임시 빌려 입고 온 것이라우" 한다. 그는 나이는 나보단 서너 살 아래일 뿐이지만, 내가 형의 친구라고 말은 늘 존댓말을 써 주었다.

일이 이쯤 되면 아무리 뻔뻔한 사람이라 할지라도 빌려 입은 외투를 안 벗어 주는 재주는 없을 것이다. 나는 더 딴말은 않고 그 자리에서 즉시 외투를 돌려주고 위에서 말한 것처럼 그 "안되었어라우"의 인사말을 받아 버렸다.

그렇긴 하지만 만주 벌판에서 한겨울에 외투를 못 입게 된다는 것은 적지 않은 일은 일이었다. 내 하숙에서 회사까지의 거리는 그리 멀진 않았지만 한 이틀 그것 없이 거리를 걸어 보는 맛은 상당했다. 또 일본인 소장도 내 외투 없는 출근의 꼴을 많이 주목하는 듯해 그게 한결 더 못 견딜 일이었다.

그래 궁리하다가 할 수 없이 작정한 것이 내게 참한 그 호피 조끼를 팔아 외투를 사는 일이었다.

만주의 어떤 때의 치위에는 눈알맹이가 얼 염려가 있어 방한 안경이라는 것을 써야 하고, 우리가 누는 오줌은 땅에 떨어지면서 벌써 고드름으로 얼고, 벌판 둘레의 산에 사는 새들의 약한 것은 날다가 그만 얼어 떨어지기도 한다. 산새가 얼어 떨어지는 일쯤은 언젠가 신문에도 난 것처럼 우리나라 북쪽 중강진 같은 데서도 어쩌다간 있는 일이지만, 만주의 치위는 그보다는 한결 더 깊고 무거운 것이다. 이상의 「화로」라는 글을 보면 치위의 위력을 바다의 밀려오는 만조에 또 큰 폭동에 비기고 있는 게 보이지만, 만주의 그 넓고 깊고 무거운 치위는 그런 종류다.

나는 할 수 없이 먼저 한 벌 외투를 장만하기 위해 도문이란 곳으로 벗 함형수를 찾아가지 않을 수 없었다. 형수는 서울서 나하고 같이 『시인부락』지를 내다가 중단하고 곧 만주국으로 들어와서 소학교사 시험을 치러, 그 일을 이때는 도문에서 하고 있던 때였다.

나는 걸어야만 할 곳을 걸어가다가 뼈다귀들이 두루 강치위의 만조에 휩쓸리는 걸 충격받을 때는 본능적으로 마구잡이로 막 뛰었다. 국민학교 겨울 체조 시간에 이렇게 하면 땀이 나던 일만을 오직 하나의 기억으로 하고 느낌으로 하고 지혜로 하여 국민학교 운동장을 달리듯 마구 뛰었다.

형수는 역시 예상대로 마음 든든한 한 채의 제 오두막도 없이 으시시한 헛간 같은 데에 셋방을 하나 빌려 들어 홀어머니와 누이동생 하나 사내 동생 하나 모두 네 식구가 두텁지도 않은 이불 하나를 의지해 새우잠을 자고 깨어 일하고 있었다. 그래도 동리가 별명 붙여 준 그 까치웃음, 까치 소리는 오히려 한결 더 는 것 같아 보였다.

그가 하자는 대로 나는 이 방 한 이불 밑에서 하룻밤을 지새면서 외투 때문에 온 걸 말하고 입은 채로인 내 호피 조끼를 가리켜 보이며 팔겠다고 하니, 남자 걸로는 유난히 긴 그 두 눈의 속눈썹을 아무 말도 없이 까물거리고 있다가 "그것 팔 데가 있다" 하며 좀 재미나는 듯 그 까치웃음을 한참 웃었다. 이 조끼와 일본인 소장과의 관계는 내가 먼저 말해 다 알고 있었던 것이다.

이튿날 형수는 나를 그 호피 조끼 살 사람한테 데불어다 인사를 시켜 주었는데 한 회사원인 이 청년은 살바도르 달리의 그림을 특히 좋아하는, 초현실주의 물도 좀 든 사내로 악수할 때 남의 손을 너무나 세게 아프게 쥐는 버릇이 있어서, 이때 소심해 있는 나를 좀 당황케도 했다.

이 사람에겐 참 작은 얘기가 하나 곁들여 있었다. 이 사람은 초현실주의적인 시라는 것도 가끔 써서, 1938년인가 함북에서 낸 초현실주의파의 시 동인의 하나로도 활약한 일이 있었는데, 서울서 간 초현실주의자 아닌 이 모라는 어느 시인한테 초현실주의자가 아니라는 이유만으로 술상 위의 매운탕 냄비를 들어엎어 뒤집어씌워 버렸다는 얘기와 함께 언제나 그 이름이 불려져 온 사람인 것이다.

나는 이 과격파가 내가 비위에 맞지 않아 내 호피 조끼를 사 주지 않으면 어쩌나 해서 좀 마음이 불안해 있었는데, 역시 이 조끼는 내게는 인연이 없고 그에게는 그게 있었던지 그의 것이 되고, 나는 또 나대로 한겨울 외투 없는 신세를 면하게 되었다.

뭐라 하느냐
너무 앞에서
아 ― 미치게

짙푸른 하늘.

나, 항상 나,
배도 안고파
발돋음 하고
돌이 되는데.

—「소곡小曲」

이것이 이 겨울 만주에서 또 쓴 것이고, 그 밖엔 「만주에서」라는
것 하나—여기선 모두 합해 세 편의 시밖엔 쓰지 못했다.
여기 보인 「소곡」이나 「멈둘레꽃」이나 「만주에서」나 그것들은 내가
쓴 것 중 가장 딱했던 것들이다. 만주는 그렇게 딱한 곳이었으니까.

4

연전에 작고한 희곡 작가 김진수의 웃음소리의 특별한 맛에 주의
해 본 이가 있는지 모르겠다. 나는 용정에 있는 동안 우연한 기회에
이때 이곳의 어느 중학에서 교편을 잡고 있던 그를 처음 만나게 되었
는데, 그의 술 실력과 웃음 실력이 내 것보단 두루 나은 것 같고 또 이
런 실력이 만주살이에는 무방해 보여 곧 그와 친구가 되어 버렸다.

이 무렵의 간도성에는 한국인, 중국인, 일본인, 러시아인 대개 네 민족이 살고 있었지만 러시아 사람은 얼마 되지 않고 제일 많은 게 한국인, 다음이 중국인, 그다음이 일본인으로서, 러시아 사람은 거의 전부가 옷이나 피물 장사고, 중국인은 소수의 사무원이나 교사들을 빼면 대다수는 먹을 것 장사거나 아편쟁이인 듯 헤매는 사람들, 일본인은 헌병이거나 그 비슷한 용역의 사람들, 한국 사람은 크게 나눠서 마적과 일본계 용역과 그냥 단군 이래의 곰 비슷한 세 가지가 있었다.

그런데 처음 만나 본 우리 김진수의 쉬는 때가 적은 그 묘한 웃음소리는 어느 편이냐 하면, 위에 말한 네 나라 민족의 어느 층에다가도 엉덩이를 붙이는 걸 작파하고, 오직 빼갈과 바람 속에서만 그 독특한 융통성을 이룬 듯한 그런 것이어서 어디에서도 쉽게 안정이 안 되던 내게는 김진수의 그것이 괜찮겠다고 생각했던 것이다.

아편쟁이들이 널판자 쪽들을 깔고 늘편히 누워 있는 중국인의 목간통이라는 데도 들어가 같이 누워 보았다. 그러나 그렇게는 나는 아조 되어 버릴 수가 없었다.

50전짜리 은전 한 닢을 주면 청의 입은 중국 색시하고 둘만이 들어앉아 차를 마시고 볶은 수박씨를 까 먹고, 또 1원쯤만 더 내면 같이 이불 속에도 들어갈 수 있는 그 서원이라는 이름 붙은 집도 기웃거려 봤다. 그러나 나같이 센티멘털이 지나친 사내는 이런 여자들에게서 흔히 어딘가 병들고 망해 주춤거리며 마을을 떠나간 고향의 소녀가 느껴져서 오래 견디지 못한다.

바로 용정에서 몇십 리 안 되는 곳까지 김일성의 공산 마적 떼는 늘 몰려오고 있었지만, 나는 공산주의자일 수도 없을 뿐 아니라 첫째 체력이 견딜 만하지도 못했다.

　그렇다고 일본인의 한 용역인 셈인 나는 그 일에도 공중 떠서 영 안정이 안 되었으니, 자연 김진수식의 빼갈과 웃음의 연습만이 가장 필요한 것이 될밖에 없었다.

　함형수는 순간적으로 반가운 것은 까치같이 잘 느끼고 또 잘 전하는 청년이었다. 그러나 그는 나나 김진수보단도 꼭 웃어 버려야만 할 고된 고비를 만나면 그러지는 못하고 바른쪽 발을 달달달 떨고 앉아서 거기다가 소년 적의 운율만을 주고 있었다. 그러지 말라고 해도 잠시 멈출 뿐 또다시 그랬다.

　형수는 겨울방학이 되자 용정으로 나를 찾아와서 내 하숙에서 같이 한동안을 뒹굴고 지냈는데, 그동안 지낸 얘기를 들으니, 어디서 순회극단이 하나 굴러들어 와서 거기 있던 어떤 여배우 하나하고 눈이 맞아 한동안 동거 생활을 해 오다가 헤어졌다고 했다. 어디로 가 있는가, 괜찮으면 다시 만나 사는 게 좋지 않은가 하니, "앵이" 하곤 무슨 쓴 걸 마신 것 같은 표정을 짓는다.

　그 여자는 그가 밤에 잠든 틈을 타서 빠져나가 없어져 버렸다는 것이다. 그러고는 한 이불 속에서 내 등 뒤 척주가 뻗쳐 있는 곳에 무릎께를 대고 또 한번 그 바른발인 듯한 것을 불 끈 깡깜한 어둠 속에서 달달달 떨었다.

　김진수한테도 둘이 같이 찾아가서 빼갈을 하며 김진수의 그 약한

대로 융통력 있는 웃음도 보이고 또 나도 덩달아 그 비슷하게 웃어
대고 했어도 혼자 마음속으로 무얼 그리 열심히 보고 있는지 잠시
알은체하곤 또 저 혼자에 파묻히고 했다.

이렇게 대하고 만 것이 나와 함형수가 이 세상에서 서로 본 마지
막이다. 그는 요즘은 웬일인지 안 보이지만 몇 년 전까지만 해도 내
꿈속에 이따금씩 나타나 보였는데, 꿈속에선 언제나 돈 없어 중퇴하
고 만 대학생의 정복이었다.

나는 어느 만주적 위치에도 적합지 못한 나를 물론 오래 여기 둘
수는 없었다.

김진수 덩달아 웃고 빼갈을 마시는 것도 마침내는 더 못하고, 꾸
려 갔던 이불 한 채 다시 꾸려 메어다 싣고, 나는 다시 만주에서도 밀
려난 자가 되어 낙향해 올밖에 딴 재주가 없었다.

도문역에서던가 내려서 기차를 갈아타게 되었을 때 오줌이 급작
스레 많이 마려워서 한적한 곳을 찾아 한참 잘 깔겨 대다가 일본 헌
병한테 발각되어 함부로 막 군화 발길에 차이고 따귀를 맞고 한 것
은 만주 생활 마지막의 기념으로 지금도 기억에 썩 새롭다. 서울에
서는 어쩌다가 술이 취해 골목에서 이걸 누다가 순사한테 들키는 일
이 있어도 그저 50전 벌금이면 되었었기 때문에, 역에서 멀리 떨어
진 창고 옆 으슥한 곳이고 해서 무방할 줄 알았더니 이것 참 만주는
일본의 식민지 조선 안에서보다는 또 달리 무서운 곳이었다. 뒤에
만주를 잘 아는 어느 친구보고 그 얘기를 했더니, "너 참 운 좋았다,
그런 데 오줌 누다가 잘못 걸리면 죽을 수도 있다"고 했다.

부랑하는 뒷골목 예술가들 속에서

1

1941년 2월, 나는 만주에서 고향 집으로 돌아가는 길에 서울에 들렀는데, 그것은 이미 아들까지 하나 가진 처대자妻帶者로서 넉넉지도 못한 아버지한테만 다시 의존할 수도 없어 그 어디 허주레한 밥벌이 자리라도 하나 구해 봐야겠다는 속셈에서였다. 이런 속셈은 서울에 내려 아무 일자리도 없이 부랑하는 내 친구 예술가들 속에 휩싸이자 한쪽으로 미안한 생각도 들어 문득 계면쩍은 얼굴도 해야 했지만 이때 내게는 어쩔 수 없는 일이었다. 그래 나는 나와 같은 속셈으로 살고 있는 몇몇 친구들의 응원을 얻어 동대문 바로 옆에 있는 동대문여학교라는 사립 소학교에 3학년을 담임하는 한 훈장 자리를 얻어, 내 아내와 돌이 겨우 넘은 큰놈을 데려다가 행촌동에 셋방 살림을 차렸다.

소설가 이봉구가 이때 쬐끄만 서점 하나를 경영하고 있었는데 솥이며 밥그릇이며 식칼 도마까지 첫 살림의 기명들을 사다 주었고, 시인 이용악은 명란젓 한 통을 들고 와서 "나는 방이 없어 이걸 둘 데가 없으니 니나 먹어라" 하며 놓고 갔다. 이용악은 일본서 대학을 하고 이때 『인문평론』이라는 잡지의 편집 일을 보고 있었으니 내가 셋방살이하는 속셈쯤만 가졌어도 방 하나쯤은 유지할 수도 있었을 텐데 나와는 또 달리 그는 늘 있는 거라곤 술뿐 방도 굴도 없는 낭인이어서 봄부터 가을까진 공원 벤치의 신세도 많이 지고, 아니면 김상원 같은 친구의 약국 가게에서 문 닫기를 기다려 밤을 지새우기도 예사였다. 그러면서 그는 살려는 게 아니라 죽음이 오기를 기다리는 듯했다.

이때의 신진 소설가였던 임서하라는 사람이 이 이용악을 두고 「감정의 돌멩이」라는 수필을 쓴 일이 있다. 방이 없는 이용악이 혼자 방 하나를 쓰고 있는 임서하한테 가서 가끔 끼어 자고 지냈던 것인데, 어떤 겨울밤에 이용악이가 늦게 와서 일각문을 두드려 대는 걸 조을리기도 하고 너무 피곤해 있어서 내버려 두고 가만히 있었더니 성난 이용악이가 그만 주먹만 한 돌멩이 하나를 판자 울타리 너머 임서하 방 불 꺼진 미닫이를 겨누고 내던져서 그것이 창호지를 뚫고 방 속으로 굴러들어 임서하의 엉덩이라던가를 맞췄다는 내용이다.

이런 이용악 같은 친구들이 그렇게 겨울밤을 제 방도 안 가지고 헤매는 어둠 속에서, 문간 셋방인 대로 제 방을 가지고 제법 아내와 자식을 한 이불 속에 두고 밤자리에 들면, 무언지 많이 미안하고 불안하고 죄진 것 같기도 했다. 그렇지만 그건 어쩔 수도 없는 일이었다. 이 '어쩔 수 없다'는 생각 하나를 조금씩 더 키우면서 나는 겨우한 가장이 되어가기 시작했다. 그런데 이용악은 이런 내가 마침내는미워졌던지 어떤 날 밤 내가 어느 돈 좀 있는 친구하고 같이 어떤 바에서 술을 마시고 있는 자리에 들어서선 조끔 있다 이내 내 새로 빨아다려 입은 와이샤쓰를 지니고 있던 예리한 나이프로 가슴께서부터 배있는 데까지 주욱 그어 찢어 놓았다. 아마 그는 임서하 방에 돌맹이가되어 들어갔던 정情을 나한테는 나이프로 나타내야 했던 모양이다.

내가 나가던 동대문여학교는 단 한 사람의 일본인 여교사를 제하면 전부 우리나라 사람으로만 돼 있는 사립인 데다 교장은 또 문학도 이해하는 인물이어서 나같이 규격에 잘 맞지 않는 시객도 에누리해 눌러 봐주었다. 이렇게 어느 직장에서든지 한국 사람이 끼리끼리봐주는 힘도 없었더라면 나 같은 사람들은 영 부지해 내지 못했을것이다.

나는 가끔 한복 차림으로 두루마기를 너펄거리고도 학교에 나갔던 것 같다. 2차 세계대전이 터진 지 2년이 지난 때에 이건 많이 봐주는 한국 사람 경영의 사립학교에나 겨우 있을 일이었을 것이다.사실은 양복이 너무 남루해져서 그랬었던 것 같은데 이걸 괴물로 본이도 더러 있은 듯하다.

최정희 여사는 나를 만나 심심하면 지금도 가끔 그때 얘기를 하곤나를 놀리는데, 이분이 어느 날 이 학교 운동장이 빤히 잘 들여다보이는 동대문 옆길을 지나가다가 흘깃 넘어다보니, 내가 아이들을 데불고 체육을 가르치고 있고 한복을 입은 채 두 손을 번쩍 치켜올렸다 내렸다 야단이어서 괴물이더라는 것이다.

교실에서 하는 공부 시간에는 나는 얘기를―그것도 그리스신화 얘기를 틈틈이 했다. 아이들을―그 햇빛 속에서 금시 뛰어 나온 것 같이 세상 속도 모르고 낄낄거리는 아이들을 그리스의 신들이라도 만들어서 나처럼 비극을 견뎌 내게 해 볼 배포였다.

내 아내는 이때 서울의 첫 살림살이를 기억해 내곤 시방도 가끔 웃으며 말한다. 누가 잡아다가 팔아먹을까 봐 낮에는 방 문고리를 안으로 늘 잠그고 있었다고. 이런 아내라 놓아서 나는 다시 어디로 불쑥 떠날 수도 없이 이어 서울에 눌어붙어 세 식구의 목구멍에 풀칠할 밥을 벌어들이는 한 취직자가 될 수 있었던 것이다.

밤이 깊으면 숙아 너를 생각한다.
달래마눌같이 쬐그만 숙아 너의 전신을.
낭자언저리, 눈언저리, 코언저리, 허리언저리,
키와 머리털과 목아지의 기럭시를
유난히도 가늘든 그 목아지의 기럭시를
그 속에서 울려나오는 서러운 음성을

서러운 서러운 옛날말로 울음 우는 한 마리의 버꾹이새.
그 굳은 바윗속에, 황토밭 우에,
고이는 우물물과 낡은 시계 소리 시계의 바늘 소리

허물어진 돌무데기 우에 어머니의 시체 우에 부어오른 네 눈망울 우에

빠알간 노을을 남기우며 해는 날마닥 떴다가는 떨어지고

오직 한결 어둠만이 적시우는 너의 오장육부. 그러헌 너의 공복空腹.

뒤안 솔밭의 솔나무 가지를.

거기 감기는 누우런 새끼줄을.

엉기는 먹구름을. 먹구름 먹구름 속에서 내 이름자 부르는 소

리를. 꽃의 이름처럼 연거퍼 연거퍼서 부르는 소리를.

혹은 그러헌 너의 절명絶命을

혹은,

혹은,

혹은,

여자야 너 또한 쫓겨 가는 사람의 딸. 껌정 거북표의 고무신짝

끄을고

그 다 찢어진 고무신짝을 질질질질 끄을고

억새풀잎 우거진 준령을 넘어가면

하눌 밑에 길은 어데로나 있느니라.

그 많은 삼등 객차의, 보행객의, 화륜선의 모이는 곳

목포나 군산 등지 아무 데거나

그런 데 있는 골목, 골목의 수효를,

크다란 건물과 버섯 같은 인가를, 불 켰다 불 끄는 모든 인가를,

주식취인소를, 공사립 금융조합, 성결교당을, 미사의 종소리
를, 밀매음굴을,

모여드는 사람들, 사람들을, 사람들을,

결국은 너의 자살 우에서……

철근 콩크리트의 철근 콩크리트의 그 무수헌 산판알과 나사못
과 치차齒車를 단 철근 콩크리트의 밑바닥에서

혹은 어느 인사소개소의 어스컹컴한 방구석에서
속옷까지, 깨끗이 그 치마 뒤에 있는 속옷까지 베껴야만 하는
그러헌 순서.
깜한 네 열 개의 손톱으로 쥐어뜯으며 쥐어뜯으며
그래도 끝끝내는 끌려가야만 하는 그러헌 너의 순서를.

숙아!

이 밤 속에 밤의 바람벽의 또 밤 속에서
한 마리의 산 귀또리같이 가느다란 육성으로 나를 부르는 것.
충청도에서, 전라도에서, 비 나리는 항구의 어느 내외주점에서,

사실은 내 척수신경의 한가운데에서,
씻허연 두 줄의 이빨을 내여놓고 나를 부르는 것.
슬픈 인류의 전신全身의 소리로써 나를 부르는 것.
한 개의 종소리같이 전선電線같이 끊임없이 부르는 것.

뿌랙 뿔류의 바닷물같이, 오히려 찬란헌 만세소리같이,
피같이,
피같이,

내 칼끝에 적시여 오는 것.

숙아. 네 생각을 인제는 끊고
시퍼런 단도의 날을 닦는다.

—「밤이 깊으면」

　이 무잡한 것을 쓴 것은 1939년이지만 내 아내나 그런 사람들에
대한 이 비슷한 염려는 내게 더 오래 계속되어서 이것이 나를 밥벌
이 자리에서 견뎌 내게 하는 힘이 되어 주었다.
　이 무렵의 우리 취직자들 중에는 나 같은 사람도 상당히 많았을
것이다.

2

동대문여학교에서 몇 달인지 있다가 나는 또 용두동에 있는 동광학교란 데로 옮겨 6학년 담임을 맡았는데 산수만은 상당히 진땀을 뺐다. 나는 소학교 때 공부를 썩 잘한다 해서 5, 6학년을 합쳐서 일 년에 해내고 진학을 했기 때문이다.

사범학교를 나오고 일본 국민복이라는 것을 입은 두 사람의 사내 훈도는 머리털을 덥수룩이 기르고 국민복도 입지 않은 나를 처음엔 멀리서 넘어다 보고만 있었지만, 오래잖아 나를 찾아온 조우식이라 는 화가 겸 시인 청년과 함께 선술집에 가서 술을 몇 잔씩 나눈 다음 부터는 재빨리 내게로 기울어졌다. 선술이라는 것은 이때의 우리 청 년들의 허전한 고립을 느꾸게 하는 데는 큰 힘이 있었던 것이다.

이 조우식이란 사내는 일본에서 하루야마 유키오 등이 하던 『신 영토新領土』에 일본 말로 시를 써서 내기도 한 사람으로 이때는 이 동 광학교 바로 옆에서 홀어머니와 단둘이만 살고 있었는데, 이 사내같 이 쓸쓸한 걸 못 참는 사람을 나는 지금까지도 본 일이 없다.

그저 아침에 눈만 뜨면 베레모 하나 머리에 얹고 영국제라는 파이 프 하나 입에다 물곤 종로로 명치정(명동)으로 종종거리고 쏘아다 니며 다방마다 들락거리고 다니거나 술 마시는 친구들 속에 가 끼이 는 것이 일이었는데, 이 허전하고 굴풋하고 딱한 식민지의 소명사小 名士가 역시 허전하고 굴풋하고 딱하기는 매일반인 한 달 45원짜리 촉탁 훈도인 내게 한동안 찰싹 달라붙어 버린 것이다.

학교 시간이 끝나기가 바쁘게 또 어떤 때는 그걸 단축까지 해 가며 나와 조우식이는 시게무라라고 창씨한 사범 출신의 동료 훈도를 데불고 선술집이란 선술집마닥 누비고 다니는 게 일이었다. 내가 편집해 냈던 『시인부락』 동인이었던 오장환, 『삼사문학』의 동인이었던 시인 이시우, 화가 김만형, 유후작柳候爵이란 작호를 아마 나한테타 가진 사람 좋은 미술 청년, 항시 말을 하면 '주타(좋다)'를 으레 끼우고 또 늘 긴 턱주가리 가죽을 부르르 떨며 너털거리고 웃던 김동석이라는 일본서 갓 나온 문학청년—이런 사람들이 우리 일행 속에는 늘 교체해 가며 끼어들었다.

술은 푼돈만 가지고도 많이 마시는 길까지가 열려 있었다. 주로 이 길은 오장환이가 잘 만들었는데, 그건 비어홀의 웨이터나 선술집의 오동갈보(남자 접대부)들하고 의형제나 의숙질의 사이까지를 어느 틈엔지 감쪽같이 맺어 두어서, 주인의 눈을 속여 낄낄거리며 들이키는 것이다.

종로에도 본정(충무로)에도 우리 사촌 형님뻘이나 사촌 동생, 아저씨뻘들은 술집에 꽤 많이 들어박혀 있어서 "성님, 성님, 사촌 성님 시집살이 어쩝디까" 어쩌고 우리 일행이 너털거리고 들어가면, 우리 사촌 형님들은 저쪽 구석에서 웅크리고 있다가 진짜 정말 사촌이나 만난 듯이 곧 얼굴에 산 기운이 돌아 가지고 빙그레하며 십중팔구는 공짜로 먹이는 선술 사발이나 맥주 조끼를 날라오는 것이었다. 물론 그건 대단히 번화하게 북적거리는 데를 골라서 가는 거니까, 한 번도 들키는 일도 없었다. 우리 이 사촌 형님들은 지금은 어디에들 살고 있는지 하여간 교묘하게 우리한테 공술을 먹이기에 애도 많이 탔을 것이다.

그러나 그냥 가만히 앉아 있기도 어려워 헛기세를 부리고 쏘아다니는 이런 식민지의 소명사 노릇이라는 것도 오래 두고 내 마음에 들 리 없었다.

공일날이면 나는 이들 북새꾼들에게 끼이는 것보다도 안암동에서 이때 가정교사가 되어 있던 가야금꾼 친구 배상기를 찾아 같이 오나팔이란 노인을 만나는 것이 오히려 호젓한 위안이 되었다.

오나팔은 내가 동광학교에서 가르치던 아이의 학부형이었는데 이 무렵 벌써 환갑이 지난 노인으로 구한국 때에 병영에 나팔수로 있던 경력을 가진 인물이다. 늙었어도 몸은 느티나무 둥치처럼 굵직하게 단단하여 같이 있으면 어딘지 든든해서 좋은 데다가 웃음도 우리 북새패들같이 뒤에는 곧 허전함이 깔리는 그런 너털웃음이 아니라 깡치가 아주 거세게 백여서 뒷 허전함을 느끼게 하지 않는 것이 잠깐씩이나마 의지가 되었다.

그는 구한국 때의 나팔을 이때까지 보존하고 있지는 못했지만, 몇 잔 거나해서 흥이 나면 나팔도 안 쥔 두 손을 그 육중한 얼굴 밑의 육중한 입에 가져다 대고 나팔 소리 흉내를 목청으로 뽑아냈는데, 그건 이 근처의 토배기들의 인기여서 무언가 듣는 이의 마음에 젖어들게 하는 것이 있었다.

나는 북새패들 속에 끼어 다니노라고 한동안 시 한 편도 못 쓰다가 이 오나팔 노인을 사귄 뒤에 비로소 다시 붓을 들 수가 있었다.

우리 그냥 뻘밭으로 기어다니며
거이 새끼 같은 거나 잡어먹으며
노오란 조금에 취할 것인가

맞나기로 약속했든 정말의 바닷물이
턱밑에 바로 들어왔을 땐
고삐가 안 풀리여 가지 못하고

불기둥처럼 서서 울다간
스스로히 생겨난 메누리발톱.

아아 우리 그냥 팍팍하야 땀 흘리며
조금의 막다른 길에 해와 같이 저물을 뿐
다시는 다시는 맞나지도 못하리라.

—「조금」

　오나팔이라고 해서 내게 무슨 다시 만나는 길이 있다는 걸 말했거
나 눈치로라도 보인 일은 물론 없다. 그러나 하여간 그가 견디고 있
는 힘은 우리 식민지의 소명사들이 견디고 있는 힘보단 훨씬 더 뿌
리 깊은 것 같아서 그를 본받아 팔랑거리는 걸 쉬기로 했다. 그래 내
아내도 좋아라고 찌푸린 이마를 펴고 웃어 보이고 쌀도 됫박으로밖

엔 팔 줄 모르던 걸 말쌀로도 팔아먹기 시작했다.

3

배상기를 생각하면, 얘기하는 게 좀 늦었지만 창경원 잉어를 낚아다 회 해 먹던 일이 떠오른다. 그것도 그의 양할머니인 이조 말의 상궁댁에서 가야금을 한 곡 뜯고 나서 그 낚아 온 걸 회 해서 같이 먹던 일이 생각난다.

내가 열일곱이었던가 여덟이었던가 중앙, 고창의 두 고등보통학교를 한 군데는 퇴학 맞고 (여기선 8·15 해방 후 명예 졸업생 대우라는 걸 해 주었지만) 또 한 군덴 권고 자퇴를 당하고 겨우 한개 문학소년이 되어, 아버지 돈 3백 원을 훔쳐 가지고 중국 북경으로 뛰려다가 서울에 앉게 되어서 그를 처음 만나 그의 집에 묵게 되었을 때 나는 어느 날 창경원의 잉어 좋더라는 얘기를 했다.

그랬더니 그땐 마침 밤벚꽃이 한창인 땐데 그는 "가만있어. 그것 우리 한번 낚어 먹어 볼까" 했다. 그리고는 바로 손수 철사를 숫돌에 갈고 굽히어 낚시를 만드는 일에 착수하였다. 그는 가야금 줄도 사지 않고 비단실을 구해서 자기 손으로 늘 꼬아 냈듯이 낚시도 큼직하게 잘 만들어 냈다.

그래 미사는 빈 쌀자루를 하나 두루마기 안 허리춤에 감고 가서 수정水亭 앞 으스컹컴한 곳에서 그것을 낚고, 나는 겁보인 대로 망을

섰었다. 그래서 한 마리 수월찮이 큰 놈을 잡아 그는 그 민첩한 가야금 줄 누르는 솜씨로 잘 감추어 내왔던 것이다.

미사는 나보다는 여섯 살 위, 형뻘일 뿐만 아니라 중앙고보의 선배인 데다 우연처럼 또 내 선고先考와는 같은 서당 훈장에게서 공부한 동문인 사이기도 했지만, 이 잉어 낚시질 뒤부터는 나를 그런 것들로 재지 않고 그냥 한 친구로 대해 주고 한 식구로 보아 주었었다.

그 배상기가 김동리의 형님 범부한테서 호도 얻고, 범부와 함께 유럽으로 강연 겸 공연 행각을 하기로 하여 그 여비를 마련할 양으로 미두(증권)라는 걸 시작하고 경마도 하다가 집도 절도 다 없애고, 내가 동광학교 있을 때는 겨우 내가 담임하고 있는 어떤 반 아이의 가정교사가 되어 웅크리고 있었던 것이다.

그러나 이때에도 그는 그 돈이라는 걸 다시 움켜쥔다는 희망을 아주 버리지 않고, 경마가 있을 때마다 나가 그 불법인 합백合百이라는 걸 하고 있었던 것인데, 나도 어떤 공일날은 이 합백 판에 끼어 보기도 했다.

뛰는 말에 거는 것은 아닌 게 아니라 꽤 재미있는 일이다. 내가 『안나 카레니나』에서 우론스키의 말이 앞을 서 가다가 허리가 삐어 꺼꾸러지는 것을 그 애인 안나 카레니나가 보고 서러워하던 얘기를 하니까, 그는 아무 대답도 없이 경마장의 땅바닥만 아마 한 5분도 더 뚫어지게 내려다보고 있었는데, 앞서 뛰다가 허리 삐고 다리가 부러지는 자기 말을 혹 머릿속에서 보고 있은 듯도 하다.

미사는 이어 "자네 건 자네대로 해 봐" 하곤 버글거리는 저쪽 딴 합백꾼들 속으로 들어가더니 한동안 영 모양이 안 보이다가 두어 시간 뒤에사 내 앞에 다시 나타나서 "인젠 나가세" 했다.

그는 나를 한 유리컵에 10원씩 하는 쐬주에 무우짠지만이 있는 술집으로 끌고 들어가서 먼저 어느 켠이던가 그 한쪽 주먹을 내 눈 앞에 드러내 놓아 보였다.

손등 위의 가죽들은 무얼로 그리 됐는지 마치 잘 안 드는 칼날 같은 걸로 억지로 그어 놓은 듯이 여러 군데 피가 배일 만큼 긁히어져 있었다.

"이게 뭔 줄 아는가" 그는 말했다. "그것들한테 또 내가 져서, 마지막 이 주먹에 걸머쥔 것을 안 뺏길려다가 그것들 손톱에 할퀸 자국이네."

이날은 아니고, 이 무렵 언젠가 그는 황매천의

> 한밤중 책 덮고 옛날 일을 생각하니　中宵俺卷懷千古
> 글 읽는 사람 되기 참말로 어렵구나.　人間難作讀書人

하는 구절을 나한테 귀띔해 주던 생각이 난다.

나는 그에게 많이 배웠다. 그는 일정 말기의 딱하던 때에 하늘이 내게 보낸 가장 큰 스승이요, 형이요, 또 벗이었던 것이다.

자네도 시나 좀 써 보라면 그는 또 그냥 방바닥이나 땅만 보고 말았지만 시도 그는 나보단도 더 잘 보는 눈이 있었다.

> 거북이여 느릿느릿 물살을 저어
> 숨 고르게 조용히 갈고 가거라.

머언 데서 속삭이는 귓속말처럼
물니랑에 내리는 봄의 꽃니풀,
발톱으로 헤치며 갔다 오너라.

오늘도 가슴속엔 불이 일어서
내사 얼굴이 모다 타도다.
기우는 햇살일래 기울어지며
나어린 한 마리의 풀버레같이
말없는 사지만이 떨리는도다.

거북이여.
구름 아래 푸르른 목을 내둘러,
장구를 쳐줄게 둥둥그리는
설장구를 쳐줄게, 거북이여.

먼 산에 보랏빛 은은히 어리이는
나와 나의 형제의 해 질 무렵엔,
그대 쇠먹은 목청이라도
두터운 갑옷 아래 흐르는 피의
오래인 오래인 소리 한마디만 외여라.

—「거북이에게」

이것을 이 무렵 언젠가 써서 미사 그한테 보였더니 어찌 그리도 좋아하는지 그렇게 반가워하는 사람의 모양도 드물 것 같았다. 이것이 좋아서 그는 나를 어디로 어디로 데불고 다니며 오래오래 술을 마시자고 했다. 주머니에 있는 대로 다 털고 나중엔 어느 날의 두자미杜子美마냥 제 옷도 전당 잡히자고 했던 것 같다.

이 시에는 미사의 모양이 어느 만큼은 나타나 있는 듯하다.

4

소학교 훈장 노릇도 내겐 웬일인지 이어 오래 할 것은 되지 못했다. 나는 꼭 일 년쯤 이것을 하곤 1942년 봄엔 치워 버렸다. 그러곤 연희동 궁골이라는 마을에 또 셋방을 하나 얻어 이사를 해 갔는데 호구책은 별다른 아무것도 없고 그저 인문평론사 사장 최재서한테서 책 한 권 번역할 것을 의뢰받아 있는 것뿐이었다. 시게마쓰라는 일본 사람이 쓴 『조선 농촌 얘기』라는 것이 그거였는데 저자는 금융조합연합회(지금의 농협)의 간부고, 내용을 읽어 보니 그저 무방한 우리 농촌에서의 외국인의 체험담으로 번역해도 욕될 건 없을 듯하여 그걸 승낙한 것이다. 원고료는 4백 자 한 장에 60전(지금의 180원 정도), 한 달에 백 장을 번역해도 60원은 받으니 우선 호구 연명은 되고 차분히 쉬며 무얼 좀 생각해 볼 수도 있겠다는 계산에서였다.

그렇지만 이 일은 또 그만 중단해야만 했다. 백 장 남짓 번역해 가지고 인문평론사에 가서 60원을 달라고 했더니 다 마쳐 와서 한목 계산하자는 것이며 지금 당장 그렇게 60원을 지불해 낼 아무 계획도 없다는 것이다. 그의 말이 옳기는 옳은 것을, 나는 흥분하여 가지고 갔던 원고 뭉치로 그의 책상을 쳐 내동댕이치고 그냥 돌아오고 말아 버렸던 것이다. 이렇게 나는 아직도 흥분 잘하는 시골 사람이었다.

그다음에 살길이 영 없어 맡은 것이 동대문 밖 남창서관이던가에서 맡아 온 『옥루몽』의 번역이다. 이것은 아까 것보다도 훨씬 더 싸게 4백 자 한 장에 30전.

그래도 이건 백 장이라도 써 가는 쪽쪽 돈을 주니까 살 만한 일이었다. 뿐만 아니라 이 『옥루몽』은 내가 어렸을 때 얘기로만 대강 듣고 놓아두었던 옛날의 아름다움과 슬기와 힘들이 밋밋이 내게 스며들어 오게 해 주어서 번역하는 재미도 꽤 있었다. 더구나 백 장을 번역해다 주고 30원을 덩그란히 받아 들고 와서 내 아내와 어린것한테 수박이나 참외 같은 거라도 사서 먹이고 같이 웃는 재미는 내가 부부 생활이라는 것을 한 뒤에 처음 겪는 신기한 일이었다.

이 궁골이라는 마을은 문자 그대로 참 궁상맞고도 형편없는 황토의 골짜기다. 그때에도 연희동의 한 부분이니 서울시긴 했지만 전기도 들어오지 않고 수도도 없고 차를 타자면 한 삼사십 분은 걸어 나가야 하는 곳이었다.

내가 세든 집은 이조 때 무슨 참봉 같은 말직을 살던 사람의 집이어서 초가인 대로 대문과 문간채도 있고, 침모나 유모 같은 사람의 방인 듯한 방도 있고, 제법 칸수는 많았지만 식구는 사내라곤 예닐

곱짜리 어린애 하나뿐이고 일흔이 넘은 미묘한 귀신같이 미소하는 할머니가 한 분, 정신이상이 된 삼십 대의 과부 며느리가 하나, 국민학교를 갓 나온 듯한 열서너 살짜리 손녀가 하나—그렇게 살고 있을 뿐이었다.

아들이 죽은 뒤에 남아 산다는 미친 며느리는 밤 깊도록 내가 『옥루몽』 번역을 하고 앉아 있으면 손가락으로 내 방의 창에 구멍을 소리 나게 뚫으면서, "담뱃불 좀 빌려주세요. 팥 좀 삶을라구 그러니—"하고 그 '그러니'의 '니' 음을 유난히 길게 늘이면서 내게 불을 청하기가 예사였다.

창을 열어 보면 어디로 어디로 밤 이슬에 젖어 뒹굴고 돌아다니다 왔는지 머리가 헝클릴 대로 헝클어진 미친 이는 씨익 누우런 두 줄의 이빨을 드러내고 나를 조소하는 듯이 웃으며 내 담뱃불을 자기 담배꽁초에 붙여 가지곤 쏜살같이 또 뒤꼍 황토 언덕으로 사라져 가기가 일쑤였다.

아침이 밝으면 세 살 먹은 내 어린놈이 깨고, 나는 그것의 손을 끌고 해 떠오른 언덕 위로 올랐지만, 그 아이가 묻는 무슨 단어들부터 먼저 가르쳐 내야 할지 한참씩 멍해 있었다.

개미, 엉겅퀴, 흙—그렇게 세어 가르치다가도 미친년이라든지 그런 말은 영 음성이 잘 나와지지 않았다.

그런데 이 집은 나한테 천천히 그 숨은 보물들을 드러내고 나와서 나와 내 식구들의 불안을 완화해 주었다.

이사가서 얼마 만이던가 이 집의 미묘하게 미소하는 귀신 같은 할머니가 나와 내 아내를 그 안방 옆의 마루로 불러 처음 꺼내 보이는 것은 새빨간 주홍의 이조 적 칠 솜씨가 아주 좋은 크고 작은 몇 개의 함, 그 속에 들어 있는 이조의 다색다채한 저고리와 치마와 헝겊 나부랭이들이었는데 그중에서 무엇이든 마음에 드는 것이 있으면 골라 가지라는 것이었다.

나와 내 아내는 물론 다 좋다고만 하고 아무것도 다 사양했다.

그랬더니 이 할머니는 "아이, 댁엔 함도 하나 없어 어쩌나" 하면서 여러 함 중에 제일 쬐그맣고도 이쁜 것 하나를 그분 손녀에게 억지로 들려 우리 방에다 갖다 놓았다. 열어 보니 그 속에는 이조의 선비들이 좋은 글 쓸 때 쓰던 다듬이질한 오색 종이가 한 축 들어 있었다.

며칠 뒤엔 내가 내 어린것을 데불고 언덕에 올라 들꽃을 꺾어 온 걸 보곤 "아이 가엾어라. 꽃이 있는데 꽃병이 없군" 하곤 귀가 좀 떨어진 대로 구석구석이 무명꽃 같은 이조의 작은 백자 항아리 하나를 꽃 옆에 갖다 놓아 주었다.

이튿날은 또 무엇을…… 또 다음 날은 또 다른 무엇을…… 할머니는 연달아 무엇인가를 가져와서 우리 생활의 빈틈을 찾아 메꾸기에 골몰하시어, 나는 여기 어울리게 대접해 드릴 것을 챙겨 내기는새로 마침내는 이런 일들을 그냥 땅에 흙 있는 일만큼 보는 데 길들고 말았고, 미친 며느리가 밤중에 나타나 담뱃불을 달라는 일도 역시 그냥 그렇게 보는 데 길들어 갔다.

옛날 일, 옛 어른들의 일—그것은 어느 허주레한 황토 속에서 무심결에 나오건 거의 우리한텐 이렇게 오지 않느냐.

유산상속과 그 뒤에 온 것

1

1942년 여름, 서울 연희동 궁골에서 『옥루몽』 번역으로 입에 풀칠을 하고 있던 때 고향에서 아버지 병이 위독하니 빨리 내려오라는 기별이 와서 우리 내외는 세 살 된 승해를 데불고 전북 고창으로 갔다.

아버지는 1941년에 고창 읍내 가까이 있던 집과 전답을 팔고, 내가 태어난 마을—부안면 선운리란 데로 되돌아와서 계시다가 병이 난 것이었다. 마을의 어떤 사람들은 "한번 타관에 나가서 살게 되었으면 옛 살던 데로 다시 돌아와 사는 게 아니다"라고 했다. 그건 퍽 옛날부터 경험방으로 우리나라 사람들이 일러 온 말이다. 그렇지만 아버지는 이 오래 내려온 말도 영 잘 들리지 않을 만큼 지쳐서 이 아늑한 옛터만이 그리웠던 모양이다.

속칭 '질마재'라고도 하는 이 선운리라는 마을에서 나는 나서 아홉 살까지 자랐지만 이렇게도 유달리도 아늑하고 외진 곳을 나는 아직도 보지 못했다.

철로에서 육칠십 리, 자동차 길에서도 이십 리쯤은 떨어져 있는, 세 쪽이 낮지 않은 산이고 한쪽만이 바다인 이 마을에는 시방도 기차를 원경으로도 보지 못한 노인과 어린이들은 적지 아니 살고 있을 줄 안다. 바로 어젯밤에 난 범의 발자취를 봤다는 사람들도, 도깨비 서방을 얻어 전답을 장만했다던 이쁜 과부가 살다 간 집도 지금도 고스란히 그대로 남아 있는 마을. 십 년을 살아도 죄라고는 막걸리를 빚어 마시다가 들키어 벌금 낼 돈 대신 징역살이 가는 사람이 하나쯤 있을까 말까 한 요순 적 같은 마을이다.

서쪽으로 오 킬로쯤 저만큼 늘어서 있는, 이 나라 팔경의 하나인 변산반도와 마을 사이는 한 바다호수가 되어 있고, 바다는 또 남쪽 두 산맥 사이를 뚫고 사오백 미터쯤의 넓이로 띠처럼 십 리는 남아 치솟아 올라가고 있어, 그 바닷물과 민물이 서로 만나는 언저리에 백제 가요에도 그 이름이 보이는 〈선운산가〉의 옛 자리 선운산과 선운사가 있다.

마을의 동쪽에 높이 솟은 소요산에서 흘러내리는 돌개울 물이 마을 한가운데를 흘러 바다로 늘 쏠리고 있어, 바다에 어느 만큼의 해일이 생기면 바닷가 아랫마을의 어떤 집 마당에는 울타리 사이로 바닷물도 어느 만큼 끼어들어 와 망둥이나 새우 같은 것이 거기 남아 있기도 한다.

이 마을의 집들 옆은 거의 모시밭으로 뒤덮여 있어, 여름이면 사람의 키보다는 훨씬 높이 자라는 모시밭 속에 묻혀서 그 사이를 오고가는 사람들의 모양은 조금 멀리서도 잘 보이지 않는다.

병든 아버지는 그런 모시밭 앞 그런 돌개울가에 여러 백 년 되어 귀신이 붙었다고 어려서 내가 들은 아주 늙은 평나무 옆집을 골라 들어 계셨는데, 이미 걷는 것도 제대로는 되지 않았다. 정월 대보름 날 윗마을과 아랫마을이 줄다리기 할 때 썼던 큰 줄을 언제나 그 큰 둥치에 칭칭 감고 지내던 이 평나무—언제나 바싹 돌개울 옆에 구부정하고 서서 밑둥치는 거의 늘 그 맑게 흐르는 바닥이 비치는 물에 씻기고 있던 그 평나무는 내게도 그리운 것이었지만 아버지한테도 가깝게 느껴진 것인가. 아버지 등에 업혀 밤에 외갓집엘 갈 때 이 평나무 옆 개울물을 두 발로 점벙거리시던 소리가 다시 들리는 듯하여 나는 모든 걸 단념한 듯한 아버지의 얼굴을 다시 유심히 들여다보았다.

그는 내가 잘 알지만 나보다는 훨씬 더 지혜나 재주가 많은 사람이었다. 열네 살 때 서울로 과거를 보러 가려고 했다. 그러나 새 시대의 힘이라는 것이 우리나라에도 나타나기 시작하여 과거제도는 폐지되었다. 그래 아직 지방 고을에 남아 있는 백일장이라는 것을 보아 그것에서만 겨우 장원이라는 것의 맛을 보았다. 일찍 돌아가신 우리 할머니는 그거나마 큰 자랑이어서 내가 어렸을 때 내게 자주 그 말을 했다. 삼현육각을 잡힌 속에 관기들은 춤을 추고, 현감이 손수 버선발로 내려와 열네 살짜리 느이 아범에게 술잔을 드려 권했다고…… 그러나 이듬해인 열다섯 살엔 심한 도박꾼이었던 우리 할아버지가 많은 노름빚을 지고 돌아가신 바람에 그 상속된 채무로 그 관가에 끌려가 팔을 한동안 제대로 못 쓸 만큼 주리를 틀리고, 집도 전답도 다 넘어가고 할 수 없이 되어 아직 어린 몸으로 몽학훈장이 되어 이 선운리에 처음 발을 들여놓았었다.

그래 여기서 내 어머니가 된 어떤 어부의 과붓집 딸한테로 장가도 들었지만 먹고 살길은 아득했던 모양이다. 그는 생각하다 못해 홀어머니와 젊은 아내를 가난과 자연 속에 한동안 놓아두고, 서울로 올라가 측량학이라는 것을 전공했다. 이 무렵 새 시대가 열리기 시작해서 우리나라 땅을 새로 재기 시작한다는 말을 듣고, 그러면 밥을 먹을 것 같아 그렇게 했다는 것이다. 아마 가난과 주릿대는 무척 아프셨던 모양이다. 그래 그는 바로 고창군청의 측량기수가 되고, 그 걸 하고 다니다가 호남의 대지주 동복 김기중 영감을 알게 되었다 한다. 이분은 인촌 김성수 선생의 선군자 되는 분이다. 동복 고을 현감을 지냈대서 그 명칭이 붙은 동복 영감은 내 아버지를 그의 집의 문서를 다루는 한 서생으로 써 주어서, 이 서생 노릇과 농감 노릇을 겸해 한 십여 년 하는 동안에 그는 큰돈은 못 모았지만 가난한 선운리 마을에서는 그래도 주호主戶가 될 만큼은 되었다.

동복 영감 댁이 서울로 이사를 가게 되자 줄포라는 곳의 그의 그 큰 집을 내 아버지한테 맡겨서 나는 여기서 국민학교를 다녔고, 그런 관계로 중학도 인촌 댁에서 세운 중앙고등보통학교를 다니게 되었다.

내가 국민학교 때 성적이 좋은 걸 보자, 아버지는 그의 궁여지책대로 아들을 일본 사람의 세상에서도 그저 무던히 살게 하려면 판사나 검사 같은 것이 되는 게 상책이라 생각하고 꼭 대학은 제국대학의 법과를 다니라고 하셨다.

그러나 나는 아버지의 당부를 일찌감치 어기고 제국대학 법과는새로 그 중학마저도 식민지 노예교육 반대운동의 한 주모가 되어 쫓겨나고 또 감옥 구경까지 해야만 했다. 1945년 해방이 되어 중앙고등학교는 내게 명예 교우의 대우를 다시 해 주었지만, 그때는 네 사람의 주모의 하나로 감옥에까지 끌려가서 나이 아직 어리다는 이유로만 기소유예 처분이 되었던 것이다.

아버지는 내가 감옥에서 풀려나와 아버지의 저녁 밥상머리에 당도했을 때 자시고 있던 밥숟갈을 무심결에 방바닥에 떨어뜨렸다. 그러고는 밖에도 안 나가고 여러 날을 골몰해 생각하고 있더니, 동복영감 댁과의 관계를 일절 끊기로 하고, 고창 읍내로 이사를 가자고했다. 이것은 벌써부터 이분을 위해서 내가 권해 오던 일로서 그건창피하다는 것이었다.

그러나 나는 고창에 있는 고창고보라는 데를 아버지의 권고대로또 들어가긴 들어갔지만 여기도 오래잖아 자퇴해 버리고 말았다. 나는 무언지 모두가 신경에 맞지 않기만 해서 그랬지만 이것은 아버지의 내게 건 막다른 희망까지를 꺾어 버렸다.

아버지는 다시는 나를 바로 대해 보려고도 안 하셨다. 그래 집에있는 돈을 몰래 훔쳐 달아나서는 중국으로 뛰려 했지만 그렇게도 길이 안 열려 혼자 헤매 다니다가 겨우 문학청년이라는 것이 되고, 절간 가까이나 서성거리는 자가 되고, 불교전문학교라는 데나 잠깐 들어가서 걸터앉아 있다가 나오고, 마지막엔 겨우 된다는 것이 입에 풀칠도 고작인 사립 소학교의 촉탁 훈도나 하나 되었지만 그것도 집어치우고 만 뒤인 것이다.

이런 아버지와 나의 지난 관계를 똑똑히 기억하면서, 아버지의 귀신 붙은 평나무 옆의 마지막 꼴을 대하는 것은 내게는 더 있을 수 없는 한이었지만 또 뭐라고 할 말도 없었다. 지금까지 그가 살았더라면 내가 말하지 않아도 그는 나를 알아는 주었을 것이다. 그러나 그때는 내가 뭐라고 말해도 그는 알아들을 길이 없는 채 불안 속에 살아 가야만 했던 것이다.

한약도 양약도 벌써 그에겐 아무 효력도 없었다.

석오石悟라는 그의 아호나 광한光漢이라는 그의 이름 비슷하게 그는 아조 단단히 조용하고 하나도 흐린 빛을 보이지 않는 임종을 가졌다. 그는 단 한마디의 말도 없었다. 큰아들인 내가 "무엇 안 잊히는 것 있건 말씀하십시오" 해도 앞에 앉은 우리 형제들—스물여덟부터 여덟까지의 다섯 아들딸들을 휙 둘러보고는 그저 한두 번 머리만 저었을 뿐 이내 숨을 거두어 버렸다.

이런 이들은 일정 36년 동안에 많았을 줄 안다.

이런 부당한 일생, 그 부당에 억지로 소 길들여지듯 길들여져서 살다 가는 그것엔 나는 지금도 많이 민감한 편이라고 스스로 생각한다. 이건 아마 많이 내 아버지 때문이기도 할 것이다.

그가 고인된 뒤에 툇마루에 남아 있던 돼지가죽으로 된 한 켤레의 반구두를 나는 지금도 가끔 역력히 기억한다. 이것은 내가 일생 동안에 그에게 사 드린 단 한 가지의 물건이기 때문이고, 이것 하나나마 내가 사 드리게 되던 때는 때가 하도 험악해서 구두도 이런 것밖에는 별로 남아 있지도 않던 때였기 때문이다.

2

아버지의 장례식이 끝난 다음에 유산을 정리하고 생명보험금을 찾아내고 왔다 갔다 하고 있는 중에 하루는 이 선운리 마을에서 이십 리쯤 떨어진 고전리라는 곳에 살고 있다는 장웅수라는 환갑 무렵의 사내 노인이 찾아왔다.

그는 작지 않은 방울눈에 나이보다는 아조 단단하고 흰 이빨을 가진 데다가 어른 노릇이 아니라 처음부터 허물없는 친구같이 대해 와서 나는 적지 아니 호감을 가져 약주도 같이 좀 마셨던 것 같은데, 뒤에 들어 보니 이 사람 좋아 뵈는 인물은 사실은 강도로서 징역을 살고 나온 사람이라는 것이다. 밤에 남의 집 황소를 한 마리 훔쳐 내다 들키자 있는 힘이라 주먹을 쓰고 달아나다 붙잡혔다나. 징역살이 가 있는 동안에 마누라는 먹을 게 없어 어린애 하나를 데불고 딴 사내를 얻어 가서 살고 있었는데, 이 장웅수는 그걸 자식과 함께 되찾아다가 아무렇지도 않게 잘 살아왔을 뿐 아니라 세 식구가 다 부지런

해서 고전리란 마을에서 꽤 잘사는 사람 축에 들게 되었다는 것이다.

나를 찾아온 용건은 딴 게 아니라 아버지가 살아 계실 때 이 장응수 씨에게다 고전리 근처의 밭을 여남은 마지기 팔았는데 이전을 미루고만 있다가 돌아갔으니, 나보고 그걸 서둘러서 해내라는 것이었다. 보여 달라고 하기 전에 그는 내 선친의 도장이 찍힌 매도 증서라는 것까지를 내어 보이며 "이것 보소. 여기 있단 말이여" 하기까지 했다. 나는 물론 되도록 빨리 이전 수속을 해 드리겠다고 약속해 그를 돌려보냈다.

그런데 내 어머니의 말씀을 뒤에 들으니 장응수 씨한테 내 선친이 밭을 판 사실은 있을 수 없는 일이라는 것이다. 단 한 마지기의 밭을 팔거나 사거나 어머니가 모르는 일은 한 번도 없었는데, 아버지가 무엇에 필요해서 자기 몰래 열 마지기도 넘는 밭을 팔았겠느냐는 것이다. 더구나 장응수 씨로 말하면 강도로서 징역도 산 사람이니까 믿을 수 없다고 하시는 것이다. 강도를 한 사람이라도 아버지 도장이 찍힌 매도 증서까지 보이는데 의심을 해서 되겠느냐고 내가 말씀드려도 이분은 끝내 아니라 하시어, 그다음 어느 날인가 장응수 씨가 또 찾아왔을 때는 어머니가 손수 나오셔서 멀쩡한 거짓말 말라고 호통을 치시고, 장응수 씨는 또 장응수 씨대로 "어디 두고 봅시다" 큰소리를 하고 물러갔다.

그로부터 한동안 지난 어느 날 내게는 정읍법원 민사부에서 소환장이 왔는데, 그것은 원고 장응수 씨가 피고인 나를 걸어 법에 호소

한 땅 이전 불이행의 일을 따지자는 것이었다.

우리 집에선 작은할아버지와 내가 나가 이건 판 사실이 없으니 잘 조사해 달라고 말해, 법원은 현지에 조사단을 보내고 문서와 도장 감정을 하고 어쩌고 하노라고 며칠을 쓴 뒤에 마지막 공판 날이 왔다.

결과는 재판장의 되게 노한 주먹이 법탁을 두들겨 치는 데서부터 시작하여, 장웅수로 말하면 문서와 도장을 위조한 사기범으로 판명되었으니, 피고가 원하기만 한다면 즉시 구속해서 법의 심판을 받게 하겠다는 것이다. 나는 환갑 무렵의 나이와 이미 오랫동안 살았다는 징역살이와 그의 되찾아 온 아내와 아들을 생각해 보고, 내 원대로 도 될 수 있는 일이라면 그건 원하지 않는다고 했다. 이 한국인 재판장은 내 처가와는 가까운 사이이기도 해서 나는 인사말이 아니라 간곡히 내 소원을 말했던 것이다.

그래 그 때문이었는지 어쩐지는 모르지만 장웅수 씨는 나무람만을 톡톡히 당하고 이 일에서는 무사하게 되었다.

재판이 끝나고 법원 밖을 나서자 장웅수 씨는 내게로 쫓아와서 내 손을 붙들더니 울음 섞인 소리로 "살려 주어서 고맙네" 했다.

"천만에"라고 했던가 뭐라고 했던가 하여간 나는 조끔 재미나서 웃었던 것 같다. 그러고 그도 아마 덩달아서 웃었던 듯하다.

그는 이 은혜는 안 잊겠다고 하고, 자기 집에 꼭 한 번만 다녀가 달라고 했다. 숭어가 우굴우굴하는 데가 있으니 그걸 같이 가서 잡아다가 먹자는 말도 했다.

그래 나는 대강 일을 정리한 뒤에 이 장웅수 씨 댁을 찾아가 보는 것은 재미있을 듯싶어 이십 리나 되는 데를 터덕터덕 걸어서 그의 집에 들렀다.

　장웅수 씨 일가가 나를 맞이하는 반가움은 대단한 것이었다. 마치 센 비바람에 산대추가 후두두둑 떨어져 내릴 때 아이들이 그 밑에서 느끼는 것 같은 그런 것이 내 피부 속에까지 잘 스며들 만큼 한 매력을 띠고 나를 에워쌌다.

　이런 반가움과 이렇게 싱싱한 산 사람의 맛을 나는 참 오랜만에 보았다. 어린아이들이 죄나 실수하는 것이 무엇인 줄도 모르고 가끔 저지르듯이 그렇게만 그는 저지르고는 이내 잊어버리고 그냥 싱싱하기만 한 사람인 것 같았다.

　테니스 할 때 치는 것 비슷한 그물은 즉시 찾아내지고, 그 그물의 어딘가 터진 데를 가지고는 바늘과 실이 다 나오고, 실이 바늘귀에 잘 안 들어간다면서는 연년 묵은 돋보기도 나오고, 한참 사람들 좋은 법석을 떨더니, "허허이, 인제 다 되었네, 가세 가" 하고 장웅수 씨는 걸음걸이까지 꼭 아홉 살짜리 아이같이 가더니 앞장을 서 나섰다.

　원래는 염전 저수지였다가 그만둔 곳인지 수문을 단 방축 안에 바닷물이 꽤 많이 고여 있는 곳이었는데, 날씨는 벌써 싸늘한 가을인데도 장웅수 씨 부자는 속바지 바람으로 그 속에 들어가서는 긴 막대를 단 그물의 한 끝씩을 단단히 붙들어 잡고는 저수지의 한쪽 가를 향해 재빠르게 몰고 갔다. 아닌 게 아니라 그물이 마른땅에 가까워질 무렵부터 큼직큼직한 숭어들이 하늘로 치솟아 뛰기 시작하더니 땅에 바짝 닿았을 때는 열 마리쯤은 됨 직한 숭어 떼들이 맨땅을 건어차며 파딱거려 댔다. "허허이, 이것, 봐라, 이것, 이것, 이것!" 이런 소리가 장웅수의 입이 아니라 바로 뛰는 심장에서 역시 풋대추 후두두둑 떨어져 내리듯이 아조 급한 속도로 연달아 쏟아져 나왔다.

그의 제일 재미나는 이 일은 물론 나한테도 많이 재미있는 일이어서 나도 "야! 야!" 소리도 같이 쳐 봤지만 도무지 그의 감동만큼 매력 있는 것으로는 느껴지지 않았다.

그의 집으로 돌아와서, 그 숭어로 회를 해 놓은 늦은 점심상을 우리가 받았을 때 장웅수 영감과 겸상을 한 나는 그 영 맛이 없는 숭어 회보단도 옆에 앉아서 긴 담뱃대를 빨고 있는 이 댁 할머니와 가만히 방바닥만 지켜보고 있는 나보다도 열 살은 더 손위인 듯한 이 댁 외아들을 자주 눈여겨보는 것이 재미였다. 이 두 모자는 보아하니 이 땅 어디에 갖다 놓아도 모범이 될 만큼 소박하고도 후해 보이는 그런 사람들이었다. 할머니는 나를 무척이나 아껴서 왜 숭어는 안 먹느냐, 밥도 좀 더 먹어라, 물이라도 말아 먹어라, 숟갈 놀리는 걸 낱낱이 지켜보며 걱정하고 있었다. 얼굴도 여자로서 탐낼 만한 데라고는 한 군데도 보이지 않는 일테면 장웅수의 어머니라고 했으면 알맞을 모양의 그런 분이었다.

이런 할머니에게도 남편 밖의 딴 남자를 따라가서까지 살아야 하는 욕도 와야 한다는 것은 내게는 적지 않은 슬픔이 되었다.

또 이들이 이런 사람들이라는 것을 속속들이 안다면 어느 재판장도 쉬이 죄의 선고가 내려지지 않을 것이라는 것도 속으로 생각하고 있었다. 장웅수 영감은 나이만 환갑 무렵이지 영 어린애 그대로고, 그의 죄는 그저 어린애의 장난이거나 실수였을 뿐이었을 테니까 말이다. 사람 웃기는 그런 어린애의 장난 말이다.

3

장웅수 영감을 찾은 뒤에 한동안 걸려서 아버지 돌아가신 뒤처리가 대강 끝나 서울로 올라가려고 선운사 동구의 버스 정류소를 향해 나는 늦가을의 가느다란 이슬비 속을 우산도 없이 혼자 터덕터덕 걸어가고 있었다. 여기 바닷물이 소동파 「적벽부」 속의 송강松江 노어鱸魚와 족보가 같은 갈때기들을 몰고 십 리도 더 기어 올라오는 옆을 따라서 침향과 동백과 복분자 술로 알려진 선운사 동구에 닿은 것은 오후 두 시쯤 되었을까.

굴풋하고 출출한 데다 너무 허전하여 길 옆의 주막인 듯한 집 창 앞에 가 주인을 찾으니, 나이 한 사십쯤 되었을까 한 훤칠한 여인이 창문을 열고 점잖은 음성으로 들어오라고 한다. 술이 있느냐고 하니, 마침 아직 개봉도 안 한 꽃술이 적지만 한 독이 그득 고여 있다고 방 아랫목을 손가락질해 가리킨다.

들어가 보니 방 아랫목은 알맞게 뜨끈하고 하여 나는 돌아가신 아버지의 일도 잠시 잊고, 닭 한 마리를 삶아 이 중년의 안주인과 같이 그 도가니의 술을 마셔 대기 시작했다.

안주인은 이때에 이런 데 있으니 그렇지, 잘 보니 이조 왕궁이나 어디 그런 데다 옮겨 놓으면 좋은 후궁감도 넉넉히 됨 직한 그런 다스려진 모양을 지니고 있어, 미안치만 육자배기나 부를 줄 알면 조금만 들려 달라고 해 봤다. 그녀는 처음엔 모른다고 하다가 술을 반억지로 권해 몇 잔 거나하게 마시게 했더니 내종은 그걸 나직이 불러 주었다. 그것은 한때의 우리나라 여자 국창이었던 이화중선의 소리 비슷하게 짙은 애수를 띠는 듯하기도 하고 또 김남수의 소리의 그 달빛의 투명을 아울러 가진 것 같기도 했다. 물론 아마추어지만 그대로 거기엔 한 제대로의 격이 갖추어 있었다.

도가니의 술이 점점 줄어져 가면서 우리 둘은 나이의 차도 깡그리 잊고, 무슨 전생의 애인이나 오랜만에 만난 것 같은 느낌 속에 멍청히 취해 있었다.

선운사 골째기로
선운사 동백꽃을 보러 갔더니
동백꽃은 아직 일러 피지 안했고
막걸릿집 여자의 육자배기 가락에
작년 것만 상기도 남었습디다.
그것도 목이 쉬어 남었습디다.

—「선운사 동구」

이것은 물론 쓰기는 근년에 쓴 것이지만, 이 시 속의 막걸릿집 여자의 모델은 바로 이 여인이다.

한 심미審美의 기회라는 것도 참 묘하게는 오는 것이다.

이건 우리의 자력의 추구만으로는 오지 않고 반드시 저켠에서도 마주 항해 와서만 우연처럼 이루어지는데, 이걸 석가모니가 전생의 인연이라 한 것은 정말 실감 있는 해석이다.

나는 지금도 내가 적어도 한 말은 넘을 것인 그 술 한 도가니를 거의 혼자서 다 마시고 이 점잖은 여인에게 했던 수작을 아렴풋이 기억한다. 나는 잠뿍 취해서 부엌에 나가는 그녀를 따라 나가서 또 뒤란으로 가는 것까지 뒤따라가서 비로소 그의 뺨에다 뺨을 갖다 대고 또 거기 뽀뽀를 했던 것 같다. 그녀는 남편이 올 거라고 간단히 대답하고 나를 피했다. 그러고는 내가 방으로 들어와도 내 뒤는 따라오지 않고 부엌에서 버티었다.

나는 그만 일어서지 않을 수 없었다. 벌써 해는 깡깜하게 저문 뒤고 곧 버스가 올 때라고 여인이 주의를 시켰으니 말이다.

거기다가 문득 생각해 보니 이런 여자도 어쩌면 욕 속에 놓였을 때의 그 장웅수 씨 부인 같지 않겠느냐는 마음도 새로 생겨난 때문이었던 것 같기도 하다.

나는 호주머니 속이 두둑해 있던 때라 술값보다는 훨씬 더 많이 주고 재빨리 여기를 떴다. 그녀는 총총히 떠나가는 내 등 뒤에서 "동백꽃이나 피건 또 오시오 인이……" 했다.

'인이' 하고 이걸 치모음으로 발음하던 음성이 지금도 가끔 내 뒤를 따른다.

그런데 한 사오 년 전에 고창의 서울 유학생들이 나를 선운사로 한번 초청해 주어서 이 여인도 한번 다시 볼 겸 스무 몇 해 만엔가가 보았더니 그 주막은 어느 하늘로 날아갔는지 온데간데없고, 그 집이 있던 빈터엔 실파만 자욱이 나서 자라고 있었다.

그 집 어디 갔느냐고 옆엣집에 물으니 나이 나보단 훨씬 지긋한 한 할아버지가 그 집은 6·25 사변 때 헐렸다고 한다.

왜냐고 재쳐 물으니, 한참을 짬짬하고 있다가 공산당 빨치산들이 몰려와서 불을 질러 버리고 말았다는 것이다.

"그 집의 안주인은 어디로 갔소?" 하고 물으니, 나를 끔찍한 눈으로 빤히 쳐다보고 나서 "죽여 버렸지라우. 순경들이니 청년 단원들하고 마음이 맞는 사람이라고 끌어내다가 죽여 버렸지라우" 한다.

폴 발레리가 쓴 「잃어버린 술」이란 14행 시를 보면, 바닷물에 뿌려 놓은 붉은 리쾨르주의 흔적이 무색투명한 바다에 동화되어 흔적을 감추는 일과 또 그것이 텅 빈 공중에 무형의 형상으로 도약하고 있는 걸 표현하고 있다.

이때 이 빈 집터와 거기 돋은 실파와 그 근처의 동백꽃을 보는 눈에도 그 여인은 그런 것들에 노래 부르며 들어 있을 걸로만 느껴졌다.

지금 동아일보에서 편집 일을 보고 있는, 그때의 고대생 조강환 군더러 그 여자의 이야기를 대강 했더니 쓱 웃으면서 "그것 참 신비한데라우" 했다.

이런 일은 직접 겪지 않은 사람에게는 그것, 참, 신비할 뿐이다.

그러나 직접 겪은 사람에게는 참 기가 막히는 현실력일 따름이다. 실파밭 속에서, 집 날아간 빈터의 공기 속에서, 동백꽃 속에서 그 노래를 듣는 것도 현실력인 것이다.

흑석동 시대

1

1942년 늦가을에 나와 내 아내와 내 아들 승해 세 식구는 돌아가신 아버지의 유산의 일부분으로 한강 건너 '검은 돌[흑석동]'에 아조 쬐끄만 새집 한 채를 마련했다.

구멍탄도 한목 한겨울치를 암거래로 사다 들이고, 김장이라는 것도 제대로 다 해 보고, 아내의 여우 목도리 그런 것도 못 해 보던 것이라 시국에 영 어울리지 않는 대로 하나 사서 두르게도 해 보고 — 그 돈이라는 것이 너무 없어서 해 보고 싶어도 도무지 못 해 봤던 것을 그래도 골라서 몇 가지쯤은 해 보았다. 이런 일은 제 힘으로 고생해서 번 돈이 아니라 유산이란 걸로 그걸 손에 잡아 보는 사람들이 거의 한동안씩은 해 보는 일일 것이다.

그렇지만 때는 벌써 2차대전의 고비에 와서 있어서 우리 세 식구의 오붓한 새집 살림이라는 것도 제대로 계속될 수는 없었다. 군기 제조를 위한 쇠붙이의 공출이니 뭐니 그런 것은 다 접어 두고라도 양식마저 거의 다 강제로 빼앗겨 첫째 배고파서 살 수 없는 때가 되었다. 농민들의 먹고 살 곡식마저 반나마 빼앗아 가고 나니 혹 암거래되는 말쌀이나 됫박쌀이 있다 해도 그건 너무나 비싸서 여간 큰 부자가 아니고선 그걸 팔아 살아 내는 재주도 없었다.

내가 새집 살림을 차렸다고 친구들은 처음엔 거의 날마다 패를 지어 몰려왔지만, 같이 겸상하는 밥그릇 속의 밥값이라는 걸 계산하면서 숟갈을 놀려야 할 만큼 야박한 때가 되어서 드디어는 점점 그 발걸음마저 뜸해지고 말았다. 그래도 끝까지 나를 부지런히 찾아다닌 건 시 쓰는 오장환이와 조지훈 등이었는데, 오장환이는 나중엔 그냥 밥 먹기가 미안해서 호박이니 팥단 같은 걸 구해 들고 드나들었다. 쌀도 보리도 영 말라붙을 때에는 배급이라고 해서 주는 옥수수 가루 같은 걸로 말갛게 미음을 쑤어 쬐끔씩 나눠 먹으며, 이 호박이나 팥국 같은 것에 많이 기대기도 했다.

술이라는 건 뜨물 같은 막걸리만이 서울 시내의 단 몇 군데 술집에서 배급되고 있었는데, 그걸 며칠 걸러 한 사발씩 사 먹으려면 한 오백 미터쯤은 긴 줄에 가 끼어 늘어서야 했고, 또 그렇게 해서도 세 번에 두 번쯤은 그게 동나서 허탕을 쳐야 했다.

그런데 이런 대흉 속에서도 오장환이만은 술이나 밥 나올 곳을 찾아내는 데는 귀신이었다. 그는 이런 곳을 찾아내면 저 혼자만 다니는 게 아니라 너무나 굴풋하다 지친 우리들을 두루 모두 데불고 다

넜다. 문학청년인 외아들을 둔 부유한 어떤 토목 청부업자의 양단 보료를 아주 썩 잘 깔아 놓은 사랑방이라든지, 알코올 병이 늘어서 있는 사택병원의 약장 옆이라든지, 그런 데를 그는 곧잘 찾아내서는 우리를 안내했다. 쐬주라는 게 하늘의 감로수보다도 더 귀하게 됐던 때에 병원용의 알코올은 냉수만 적당히 섞기만 하면 하느님 주기에 도 아까울 만한 것이었다.

1943년 여름부터 1945년 8월의 해방까지 이 두 해 동안은 대다 수 서울 시민의 한 단식 수행기라고 할 수 있다. 잘 굶는 힘을 가진 사람들은 해방까지 남아 있었고, 그렇지 못한 사람들은 그냥 신음하 다가 그 숨들을 하늘에 풀어 버리고 말았을 것이다.

나는 시골에 양식을 기댈 만한 토지도 없는 데다가 어디 취직할 만한 자리도 보이지 않아서 지난해부터 하고 있던 『옥루몽』의 번 역을 계속했다. 이 『옥루몽』은 그걸 내려던 출판사가 뒤에 불에 탔 다던가 해서 허사로 돌아가고 말기는 했지만, 4백 자 한 장에 겨우 30전(지금의 약 120원)씩인 대로 그때 한동안 우리 식구들한테 큰 힘이 되었다. 그걸로 과천 근방에 가서 감자 같은 걸 사 날라다가 아 주 쐬끔씩 곡식을 섞어서 시장기를 면해 갔다.

그러나 이런 때를 당해서 자기나 민족의 장래를 생각해 보는 것은 정말 따분한 일이었다. 일본은 이미 중국에 왕정위王精衛의 정권을 세 우고 동남아시아 전역을 처먹어 들어가고 있어서, 이것이 두 해 뒤 에 풀리어 해방이 되리라는 것은 나 같은 사람으로선 예상도 할 수 없었다. 인생에서 아무 목적도 보이지 않고, 어디 갈 곳도 요량할 수 없는 암담한 상태가 내 속에 계속되었다.

1943년의 어느 여름날, 나는 무슨 속셈이었던지 이 전쟁 때에 흰 모시 두루마기가 입고 싶어 고의적삼 위에 그걸 떨쳐입고 나와 노량진에서 동대문으로 가는 전차를 탔다.

전차 속에서 우연히 수주 변영로 선생을 만났는데, 이분은 옷감은 내 것과 사촌뻘인 마포麻布지만 나와는 반대로 그걸로 중학생 양복 같은 모양의 양복을 지어 입고 있었고, 발에는 많이 닳은 껌정 고무신을 신고 있었다. "자네 어디 가나?" 하셔서, "글쎄요. 별로…… 선생님은요?" 하니, "어디 호박이나 감자라도 먹고 살 수나 있나, 시골에 좀 내려가 볼려고……" 했다.

이분은 서울역에서 그 목적지를 향해 내렸다. 그러나 나는 그 전차를 그대로 타고 한참을 더 가서 종로3가의 안전지대에 내리기는 했지만, 막상 내려 놓고 보니 아무 데로도 갈 곳도 따로 없이 이 전차를 타고 왔던 게 비로소 생각났다.

그 종로3가의 안전지대 위에 아마 나는 한 십 분쯤 그대로 장승처럼 오두마니 서 있었다. 그렇지만 아무리 생각을 해 봐도 갈 곳은 한 군데도 없었다.

나는 그 자리에 그대로 섰다가 동대문에서 노량진 쪽으로 오는 전차를 되잡아 타고 돌아오고 말았다.

노량진에서 내린 나를 '검은 돌'을 향해서 걸어 돌아가게 한 것은 물론 단순히 나만 믿고 사는 내 아내와 내 어린 자식을 기억해 내고서다. 집으로 가면서 나는 그 후줄근한 모시 흰 두루마기까지가 너무 많이, 돌아가신 내 아버지와 같은 걸 의식하고 있었던 것 같다. 국으로, 우거지로 살다 가야 했던 내 아버지와 너무 많이 비슷해진 것을 의식하고 있었던 것 같다.

2

『옥루몽』번역도 그 남창서관이란 데가 불타 버려서 그만두어 버리고, 감자 사 먹을 돈도 떨어지고, 할 수 없이 되어 아내는 어린애를 데불고 시골로 양식이나 좀 얻어 올 양으로 내려가 버리고, 나 혼자 빈집을 지키고 있는데 한 미모의 소년과 내 바로 손아래 처제가 하룬가 이틀쯤을 사이에 두고 내 곁으로 밀려닥쳤다.

내 처제는 보육학교를 마치고 시골 유치원에서 보모 노릇을 하고 있던 처녀였는데 코에 축농증이라는 것이 생겨서 수술을 받으러 올라온 길이고, 미소년은 나이는 열일곱이던가 된 이정호 군으로 경남 다솔사에서 김동리와 같이 지내며 내 이야기를 하다가 만나 보고 싶어서 왔다는 거였다.

사람은 좀처럼 그냥 굶어 죽으라는 법은 없는 것인가 보다. 나는 인젠 아주 양식이 떨어져서 조금 남은 보리를 솥에다가 볶아서 그걸 한 웅큼씩 깨물어 먹곤 냉수를 마시거나 아주 견디기 어려우면 이웃 구멍가게에 가서 언제 확실히 갚을 마련도 없이 수박이니 참외 그런 걸 외상으로 사다가 짓씹고 있었는데, 처제는 보리하고 쌀을 한두

말 꾸려 들고 왔고, 이정호는 또 호주머니에 돈을 어느 만큼 남겨 가지고 왔다는 것이다.

정호는 두 눈이 드물게 총명하게 반짝거리는 소년으로 나이는 어리지만 벌써 넥타이 매는 양복을 차려입고 있었고, 머리도 단정한 올백으로 잘 길러 넘겼고, 이야기를 해 보니 R. M. 릴케니 발레리의 『바리에테』 속의 「레오나르도 다 빈치의 방법론 서설」 같은 것도 이해를 곧잘 하고, 차이콥스키의 〈비창〉이나 그런 것에도 익숙해져 있고 해서, 나이는 나보단 상당히 아래지만 친구 될 만한 자격이 충분히 있다고 나는 생각했다. 내 처제는 얼굴이 좀 거무잡잡한 편이긴 하지만 문학이나 예술을 잘 모르는 대로 거기 공감을 많이 가질 수 있는 감정과 미소를 지닌 인물로 아주 외로운 사람의 외로운 때에는 한 좋은 벗이 될 수 있는 처녀였다. 그러니 이 두 사람의 출현은 보리 볶은 걸 한 옹큼씩 씹고는 나자빠져 있던 이때의 내게는 다시 없는 복음과 같았다.

나는 도스토옙스키의 『죽음의 집의 기록』 속의 어떤 장엔가 보이는 말—"알레이. 너 같은 소년이 이 세상에 살아 있다고 생각하는 것은 내게는 더없는 힘이다"라던가 그런 구절도 마음속으로 기억해 내 생각하며, 정호하고 같이 건넌방에 질펀히 누워서 하루 종일 그리고 또 그 이튿날까지 이야기하는 것이 좋았다. 그러다간 처제가 병원에 간 동안에 남겨 놓고 간 가방을 정호하고 같이 열어 보곤 "꼭 그 『죄와 벌』 속의 라스콜니코프의 시골서 온 누이동생 소냐의 가방 속 같겠지?" 어쩌고 하며 낄낄거려 대기도 했다. 요절한 이 가방의 임자,

인제는 저승의 두루 빤한 데에서 이런 이야길 쓰는 형부를 보고 많이 웃겠다.

그러나 처제가 가져온 곡식도, 정호 호주머니 속의 적은 돈도 세 입을 풀칠하는 데 여러 날을 견딜 것은 되지는 못했다. 우리 셋은 다시 식량난에 빠졌고 보리를 볶아 한 옹큼씩 짓씹어야 했고, 그다음에는 어찌해 그리 되었던지 기억이 아스라하지만 나는 지독한 학질에 걸려 쓰러져서 누워 있었고, 이 여러 직의 학질은 나를 마치 『피터팬』 속의 어린애처럼 한정 없이 하늘에 날아다니게 했다.

지나친 열병 속에서 의식이 현실에 머물지 못하고 육체까지를 대동하고 하늘로 둥둥 떠서 날아다니며 산도 넘고 바다도 건너고 하는 상태—이런 상태를 나는 이미 열여섯 살의 중학생 때 장질부사를 앓으며 많이 경험했었다. 그러나 이번에 겪는 것은 그 허탈감이 훨씬 더했다. 열여섯 살 때 겪던 것은 무척 현기증이 나는, 날아다니기가 무섭고 싫은 그런 거였지만 이번 것은 오히려 시원해서 좋은 그런 것이 되었다. 이 공중 유영에서 의식이 현실로 돌아와 병과 머릿골치를 느끼게 되는 것이 싫어 오히려 이 비행의 편을 바라는 상태에 놓여 있었다.

나는 지금도 아슴푸레 졸다간 가끔 그 찬란한 원색판의 산과 바다 위를 곧잘 날아다닌다. 이런 의식의 습성은 열다섯 살과 스물여덟 살의 이 두 번의 열병 속의 비행에서 굳어진 것이 아닌가 생각한다.

내 옆을 한동안 떠나서 있던 이정호가 다시 찾아와서 이런 꼴 속에 있는 나를 발견하고, 내가 가끔 그 약장의 알코올을 얻어 마시러

다니던 어떤 병원의 문학청년 의사를 데려와서야 내 다섯 직 된 학질은 고쳐지게 되었다. 그동안 처제는 무엇을 먹고 지냈는지 또 내게는 무엇을 먹였는지 이 글을 쓰고 있는 지금 영 기억이 안 나서 아내에게 물어보니, 처제가 그동안 먹은 거라곤 역시 볶은 보리쌀 조끔과 이웃 구멍가게의 참외 같은 것뿐이었다고 한다. 그렇다면 나는 거의 완전 단식 속에서 여러 날 이 열병을 치르고 비행하고 있은 것이다.

열병도 낫고, 시골서 양식을 조끔씩 얻어 꾸려 가지고 아내도 올라오고, 돈도 얼마큼 들어오고 하여, 나는 다시 그 후줄그레한 모시 두루마기를 입고 꽤 오랜만에 나들이를 나갔다.

별다른 목적도 없이 남대문에서 즉흥적으로 내리고 싶은 대로 전차를 내려 지금의 시경 쪽 인도를 지향도 없이 걸어가고 있었는데 한국은행까지 가려면 한 백 미터쯤의 거리가 되는 곳에 허술하게 물건들을 마구 늘어놓은 골동품 가게가 하나 내 관심을 끌었다.

입추가 겨우 지난 맑은 햇빛과 공기 속에서 어느 마지막 고향으로 나를 이끌어 들이는 손길과 같이 내 눈에 참 반가이 스며들어 오는 것은 그 우중충히 먼지 낀 유리 진열장 속에 던져진 듯 늘어서 있는 이조 순백자의 항아리들의 빛깔과 선이었다.

나는 어려서부터 골동 취미라는 것을 아직 따로 가져 본 일도 없고 또 이 방면에는 전연 무지한 거나 다름없었다. 그런데도 이때 내 눈에 비친 그 이조 무문無紋의 백자 항아리들의 빛과 선은 이 세상의 무엇보단도 살에 대 보고 싶고 눈에 대 보고 싶고 내 정서의 가장 깊은 곳에 대 보고 싶은 매력을 가지고 내 감각에 배어들었다. 이런 것은 무엇인가 책으로 옛 선인들의 역사나 가르침이나 지혜나 느낌을 읽어 얻는 것보단도 훨씬 더 직접적으로 곧장 스며들어 와 이런 친근력과 영향력에 무관심했던 것이 새삼스레 이상하게 느껴졌다.

나는 상투 꽂은 늙은 사내가 미라처럼 혼자 앉아 있는 그 가게에 들어가서 한 개 오십 전짜리의 제일 싼 것으로 쬐끄만 것 몇 가지를 사 들고 세상 영화나 독차지하고 가는 것처럼 날듯한 걸음으로 귀로에 올랐다.

3

가을 어느 날, 내가 혼자서 무슨 일로던가 종로 네거리 근처를 걸어가고 있는데 이 글의 첫 장에서 내가 잠깐 말한 일이 있는 마포 도화동 빈민굴의 보호자였던 일본인 하마다 다쓰오 씨가 전투모에 국민복이라는 것 차림으로 지나가다가 나를 알아보고 "야, 죠 상(서 선생)!" 하고 외쳤다.

나는 이 톨스토이주의의 크리스천 밑에서 이틀 동안 쓰레기통을 뒤지고 다녔던 열여덟 살 때 일을 돌이켜 기억해 내고 약간 좀 얼굴을 붉히고 섰는데 저쪽에서 다짜고짜로 내 손을 끌며 자기 사무실까지 같이 좀 가자는 것이다. 가서 보니, 거기는 종로 네거리에서 안국동 쪽으로 조끔 올라가는 데에 있는 남조선 전기 주식회사던가 그런 이름의 간판이 붙은 집이었는데, 이 사람은 이곳의 상무라는 것이었다. 그는 내게 도화동에서 갈린 뒤의 지난 일을 물어서 대강 말하고 겨우 이곳의 한 신진 시인이 되었다는 것과 1941년에 낸 내 처녀시집 『화사집』의 출판 사실도 알렸더니, 회전의자에서 일어서서 내 곁으로 바싹 다가와 어깨를 손바닥으로 가벼이 어루만지듯 두들기며 "역시 예상한 대로요. 거 참, 고맙소" 하고는 언제 틈이 있는가, 친한 친구는 없는가, 있다면 다 데불고 내 초대를 한번 받아 줄 수는 없는가 했다.

그래 나는 오래잖아 그의 초대로 난생처음 정릉의 청향원 별장이라는 일류 요정 구경도 다 하게 되었고, 그의 자택에 가서 그의 부인이 시봉하는 저녁 식사 대접도 받게 되었고, "궁하거든 언제든지 말해 달라"는 부탁과 함께 굳이 맡기는 5백 원짜리던가의 소절수도 마지못하는 체 받게 되었다. (물론 그한테 돈이라는 걸 받은 건 이 한 번뿐이었지만.) 그래 나는 그 5백 원으로 이때의 제일 매력이 되었었던 그 이조 백자의 항아리니 병이니 접시니 세숫대야니 하는 것도 어느 만큼은 사들이게 되었다.

미리 앞당겨 이야기하거니와, 1945년 해방이 되어 그가 일본으로 돌아가게 되었을 때 그는 나더러 간절한 부탁으로 마포에 있는 자기 소유의 연탄 공장이나 영등포 번대방동에 있는 그것을 맡아서 경영해 줄 수 없느냐고 말하고, 본보기로 번대방동에까지 데불고 가 보여 주기까지 했다.

나는 아무래도 그런 건 못할 것 같다고 했다. 그랬더니 경남 진영이라는 데 자기 농장이 있는데 그거나 하나 맡아 달라고도 했다. 물론 그저 그냥 무엇이거나 하나 주어 나를 도웁겠다는 것이었다. 그러나 나는 해방 직후라 놓아서 친일파로 되게 몰려 또 감옥에나 끌려갈까 봐 겁도 나고 또 그런 것의 큰 값이라는 것이 어쩐지 잘 인식도 되지 않아 역시 못하겠다고 하고 말았다. 그런 거라도 하나둘 맡아 두었더라면 지금쯤 나도 한 재벌이 되었을걸, 괜히 그랬나 보다.

그래 그는 그의 가족이 쓰던 찬장 하나와 거기 담긴 기명 얼마큼과 자기 장서 몇십 권을 내게 주고 갔는데, 한 달인가 두 달 만에 일본에서 단신으로 다시 나와 어느 초저녁에 내 집을 찾았다. 그리고는 나와 같이 하룻밤을 누더기 이불 속에서 같이 자며 흐느껴 울었다. 그의 공장들 농장들을 맡은 사람들이 어느 만큼씩의 대가를 내겠다고 했는데, 다시 나와서 대하니 모두 만나는 것까지 꺼리기만 할 뿐 하룻밤 같이 자는 것마저 원하지 않더라는 것이다.

이런 그였으니, 내가 만일 그에게 곤궁했던 일정 말기의 식생활을 의탁할 계획만 있었더라면 어느 만큼 그것도 가능했을는지도 몰랐다. 그러나 나는 한 번 5백 원짜리 소절수를 받은 것만으로도 많이 무색한 사람이 되어서 일정이 끝나도록까진 그의 집엔 자주 드나들지도 못했었다. 아직도 갚지 못한 이 빚을 내 여생의 언제 갚기는 갚아야겠는데, 언제 또 만나게 될 것인지 아득기만 한 일이다.

가신 이들의 헐떡이든 숨결로
곱게 곱게 씻기운 꽃이 피었다.

흐트러진 머리털 그냥 그대로,

그 몸짓 그 음성 그냥 그대로,

옛사람의 노래는 여기 있어라.

오— 그 기름 묻은 머릿박 낱낱이 더워

땀 흘리고 간 옛사람들의

노랫소리는 하눌 우에 있어라.

쉬여 가자 벗이여 쉬여서 가자

여기 새로 핀 크낙한 꽃 그늘에

벗이여 우리도 쉬여서 가자

맞나는 샘물마닥 목을 축이며

이끼 낀 바윗돌에 텍을 고이고

자칫하면 다시 못 볼 하눌을 보자.

　이 「꽃」이라는 시는, 발표는 1948년에 내 둘째 번 시집 『귀촉도』 때 처음으로 했지만 쓰기는 그 이조 백자를 조끔씩 모으던 1943년 가을에 된 것이다. 그때 바로 써낸 이것을 본 사람은 소년 이정호와 몇 사람이 있었지만, 아무도 내가 그때 여기 담은 실감을 두루 이해해 주는 것 같지는 않았다.

　그러나 이 「꽃」이라는 작품은 내 시작詩作 생활에 한 전기를 가져

온 작품이다. 시집 『화사집』 속의 백열한 그리스신화적 육체나 부엉이 같은 암흑이나 절망이나 그런 것들에서도 인젠 떠나서 죽음 저너머 선인들의 무형화된 넋의 세계에 접촉하는 한 문을 이 작품의 원상原想은 잡아 흔들고 있는 것이다. 이조 백자의 선보단도 오히려 그 색채가 내게 이 시의 원상을 짜게 하는 동기가 되었다. 그러면서 나는 아무렇게 우거지로 살다가 죽어도 된다는 체념을 마련했고, 이 너무 혹독하던 환경 속에서는 그게 그대로 한 삶의 의지가 되었다. 쉬엄쉬엄 살다가 본의 아닌 죽음도 다 당해도 괜찮겠다는 생각이 들기 시작했다. 이런 것은 그대로 또 다른 하나의 용기와도 비슷한 것이 되었다.

나는 이조 백자의 세숫대야 모양의 그릇 속에 세숫물을 담아서 세수도 해 보고, 어린놈과 함께 산골로 돌아다니며 풀꽃들을 꺾어다가는 백자의 항아리에 담아 놓아 보기도 하고, 또 옛날 이 도령이 입던 것과 꼭 같은 쾌자와 복건 그런 것의 고물을 사다간 벽에 걸어 두기도 하고, 심심하면 그걸 내려 입고 써 보기도 하고, 또 비단실로 굵직하게 꼬아서 끝에 수슬을 단 그런 옛날 같은 끄나풀을 구해 허리띠를 하기도 하고, 전깃불에다가 우리 한지를 씌워 밤이 오면 지등이 되게 하기도 했다. 이런 내가 안심찮았는지 아내는 귀신집 같다고 못마땅해 하기도 했지만, 이런 식의 한동안은 어이튼 내게는 그리 않고는 살맛이 하나도 없는 필연적인 것이었다.

고이즈미 야쿠모라는 성명으로 일본에 귀화한 서양인 라프카디오 헌이 중국의 『금고기관今古奇觀』이란 소설 속의 어떤 것을 번안해

낸 그 귀신과 현실과의 교합의 이야기에 심취하다간 그 원본『금고
기관』과 그 일본판 완역본을 같이 사들여 대조해 읽기도 했다. 형체
도 없이 된 선인들의 마음과 형체 있는 우리와의 교합의 이야기는
내가 언제 국으로 죽어 무형밖엔 안 될는지도 모르는 이 막다른 때
에 무엇이든지 내게 무엇보단 제일 중요한 일이 되어 있었다.

붕궤

1

1945년의 해방을 한 해 앞둔 1944년이 되었다.

4월 초승의 어느 날 밤 꿈에 나는 누구에겐가 쫓기어 여러 층 되는 어떤 빌딩 위의 옥상으로 달려 올라갔는데, 또 보니 이 집은 마치 이탈리아에 있는 피사의 사탑처럼 엿비슷히 기울어진 게 점점 더 기울어지면서 할 수 없이 쓰러져 가고 있었다. 꿈속에서 소리를 꽤 크게 쳤던 모양으로 아내가 흔들어 깨워 눈은 떴으나 나는 그 꿈을 이야기하면 아내를 무척 불안하게 할 것 같아 그 자리에서는 그걸 말하진 않았지만, 뭔지 자꾸 무너져 드는 것 같은 초조한 마음을 어쩔 길이 없었다. 벽에 주저리주저리 걸어 놓은 이조 도령용의 쾌자니 복건도 초조하고, 여기저기 방바닥에 늘어놓은 —어느 묘에서 파낸 것인지 모르는 고려와 이조의 그릇들도 초조하고, 이 무렵 내가 제일 많이 듣고 지내는 것이었던 차이콥스키의 〈비창〉의 레코드판들도 초조하고 불안해 견딜 수가 없었다.

그럭저럭 뜬눈으로 누워 머뭇거리고 있다가 아침이 되어 세수를 하러 나갔더니 그사이에 또 문득 방에서 무엇이 쾅! 하고 큰 소리로 떨어져 내렸다. 아내가 뛰어들어 가 보더니 그건 벽에 걸려 있는 벽시계가 내려져 깨어진 것이라고 했다. 나는 아까 꿈과 이것을 대조해 느끼면서 이 두 가지는 좀 어울리는 일이라고 생각했다. 차이콥스키의 〈비창〉 속의 그 마지막 무엇이 무너져 들어가는 소리와 저 고려, 이조의 자기들과 또 저 전구를 둘러씌운 내 자작의 지등과 너절하게 걸어 놓은 이조의 쾌자·복건의 고물들과도 어젯밤 꿈은 어울리긴 잘 어울리는 것이라고 생각했다. 그래 아내보고도 "시계는 너무 큰데, 걸어 논 못이 작아서 그렇지 뭘……" 하고, 그건 모다 잘 어울리는 일이라고만 말했던 것이다.

그러나 나는 이로부터 꼭 두어 시간 뒤에는 너무나 빨리 오는 이 어울림의 한 클라이맥스를 앞에 놓고 하도 어이가 없어서 깔깔깔깔 마구잡이로 폭소가 터져 나오는 것을 감당할 길이 없었다.

아침을 먹고 나서 내 어린것의 여윈 다리를 만져 보고 있다가 불쑥 밖으로 정처도 없이 또 나가 볼 생각이 나서 양복으로 막 갈아입고 난 참인데 밖에서 누구 귀에 익은 듯한 음성이 내 이름을 크게 불렀다.

아내가 나가서 마중해 들이는 걸 보니 그건 두 사람이었는데 그중 하나는 천만뜻밖에도 내 고향인 전북 고창의 경찰서에 근무하고 있는 이윤길이라는 구면의 순사부장이었다. 이 사람은 우리 시골집이 고창 읍내에 살 때 내 선친과는 어느 만큼 아는 사이인 데다가 사람 도 수수한 데가 있어서 우리 집을 찾으면 나하고도 곧잘 말벗도 되 던 터라 나는 그가 서울에 볼일이 있어 왔다가 심심해서 잠시 한 동 행과 함께 나를 찾은 것이려니 생각하고, 처음엔 반가이 악수해 그 를 맞았다.

그러나 그는 내 무턱대고 사람 좋은 웃음과 악수를 마지못해 하는 양 싸늘한 웃음으로 받아 내고 나더니, 같이 온 사람에게 눈짓해 그 사람의 호주머니에서 나온 하얀 종이쪽 한 장을 받아 들고는, "정주 씨, 이건 개인 친분으로는 미안스런 일이지만 공무상 명령이라 할 수 없이 왔습니다" 하고, 그 종이쪽지를 내게 보였다.

쭈욱 훑어보니 그건 전주 지방 검사국이 낸 내 구인장(구속영장) 이었다. 그래 나는 비로소 지난밤 꿈과 너무나도 잘 어울리는 이 한 클라이맥스 앞에, 나와 같이 막걸리도 마신 일이 있는 구면의 순사 부장 동포의 쓴웃음을 안주로 해서 참을 길 없는 폭소를 터뜨린 것 이다.

"야, 참, 이거야 모두 너무나 딱 들어맞았군…… 이윤길 씨, 당신이 그런 걸 가지고 올려고 그랬군……" 어쩌고 떠들어 대며 나는 꽤 많 이 너털거려 댔던 것 같다. 그러곤 지난밤 꿈 이야기를 그에게 했다. 그랬더니 그는 같이 온 일본인 순사하고 같이 눈을 맞추면서 둘이 다 잠시 무언지 허서그픈 표정을 했다. 이야기가 이렇게 되는 때는 잡으 러 온 사람의 눈에도 잠시일망정 그런 건 나타나기 마련인 모양이다.

무슨 일이냐고 하니 그건 가서 보면 알 것 아니냐고 일본인 순사가 대답하고 이윤길은 또 한번 미안하다고 하며, 나를 재촉했다. 그래도 그는 나와 그전에 막걸리 마신 걸 갚는 셈인지 일본인 순사와 상의해서 수갑 채워 데불고 나가는 일은 하지 않고, 내 아내에게는 또 별 큰일도 아닌 듯하니 곧 풀려나올 거라고 안심도 시켰다. 동포는 뭐니 뭐니 해도 이런 마당에서까지도 역시 쬐끔이라도 동포라는 것을 나는 느끼면서 끌려갔던 것 같다.

일각문을 나서서 가는 내 등 뒤에선 어린 자식을 안은 아내의 울음소리도 들렸지만, 쓰러지면서 있는 피사 탑 위에서 쓰러져 들어가면서 있는 자에게는 그것도 그저 아스라이 멍멍한 것이기만 했다. 못마땅하게 보인 시인이나 소설가들은 모조리 잡아다가 여의도 비행장에다 모아 놓고 없애 버린다는 등, 흉한 소문은 이미 여러 가지로 많이 떠돌고 있던 중이었으니 말이다.

2

고창경찰서에 구금되어 고등계(사찰과)에서 취조를 받으면서 알아보니, 여기엔 나보단 앞서 내 영향 밑에 민족주의 운동자가 된 여러 청년이 끌려 들어와 있다는 것이었다. 그들이 붙잡힌 동기는 이해 이른 봄내에 이 지방 일대를 순회하면서 공연한 어떤 연극의 내용이 민족주의 정신을 띤 때문이었는데, 그들을 잡아들여 다루니,

그들의 입으로부터 그건 서정주의 말에서 배운 거라는 자백이 나왔다는 것이다.

나는 내 말에서 그걸 배웠다는 김방수, 박형만 또 그 밖에 몇 청년과 나의 관계를 생각해 보고 또 내가 그들한테 무슨 말을 했던가를 자세히 기억해 내 봤다. 그러나 나를 이렇게까지 구속영장까지 떼서 잡아들일 만한 발언을 한 건 아무래도 잘 기억이 되지 않았다.

다만 한 가지 생각나는 건 1940년 조선일보 폐간 때 그 학예부장이었던 김기림이 폐간 기념시의 청탁장을 보낸 것을 내가 방랑에서 돌아와 폐간된 뒤에야 받고 「행진곡」이라는 시를 써서 그들에게 읽어 주었던 일, 그때 막걸리를 그들과 같이 마시면서 무척 우울한 느낌을 말했던 일이 어떨까 싶기는 했지만, 그만한 일로 사람을 범법자로 다룰 수는 없지 않겠느냐는 생각이 들었다.

그래 나는 그들의 연극이 어떤 것인지 안 봐서 알 수는 없지만 내가 그들에게 영향을 주었다면 그건 단순히 한 시인으로서의 영향뿐이었다는 것, 우울하니까 우울하다고 말했을 뿐이라는 것, 당신네들은 우울하다는 말도 하지 않느냐는 걸 강조해서 대답했다.

이하라라는 일본인 경부(경감)가 전북도 경찰부(경찰국)에서 나를 다루려 일부러 나왔는데, 보니 이 사람도 또 우연처럼 나오는 알 만한 얼굴이었다. 내가 지금의 동국대학교 전신인 중앙불교전문학교에 재학 중이고 또 동아일보 신춘문예에도 당선하고 하던 해에 잠시 고창의 시골집에 들렀다가 이 사람이 마침 우리 집에 호구조사 나온 걸 만나 서로 성명을 통했던 것인데, 그때 그는 내가 읽다가 손에 들고 있던 프랑스 시집을 부러워했었다. 자기도 중학 시절부터 문학작품 읽기를 좋아했다고 하고, 일본의 소설가 나쓰메 소세키와 구니키다 돗포, 시인 기타하라 하쿠슈와 이시카와 다쿠보쿠를 특히 좋아한다고도 했다. 그것이 서로 마음에 들어 나는 초대면의 그날 그에게 우리 좋은 약주를 대접했고 또 그는 그의 집으로 나를 초대해 자기 마누라를 같이 앉히고 그들의 도꾸리 정종이라는 걸 맛보여 주기도 했었다. 그가 이 칠팔 년 동안에 경부가 되고 또 나를 맡아 취조하게 된 것이다.

어느 날 취조실에 들어서서 이 경찰서장과 대등한 경부복 차림의 이하라가 거기 앉아 있는 걸 보고 나는 좀 놀랐지만, 그가 나를 감싸주랴 싶어 그저 "야, 오랜만이오" 하고 그의 낯빛만 보았다.

그는 나한테 취조하면서도 끝까지 존댓말만 썼다. 그러나 웬 놈의 취조를 그리도 오래 하는지, 우리는 오전 열 시쯤부터 시작하여 오후 한 시가 넘도록까지 우울하다는 말은 몇 번이나 했는가, 처음 우울하다는 말을 할 때는 술을 마셨는가 안 마셨는가, 그다음 우울하다는 말을 할 때에도 막걸리를 마시고 있었는가—이따위 문답만을 이어 가고 있었다.

나는 무심결에, "이하라 상" 하고 그를 불렀다.

"점심이나 좀 먹고 이야기합시다. 시장하오."

나는 그가 한 순사일 때 같이 시도 이야기하던 걸 기억하면서 이렇게 말했다. 무슨 죄 될 일도 없으면서 이야기하기도 서로 따분하지 않느냐는 감정에서였다.

그러나 그는 내 입에서 이 말이 나오기가 바쁘게 얼굴이 새빨갛게 달아오르더니 벌떡 일어서서 내게로 쫓아와 나를 그 깜정색 군대용 구둣발로 마구 걷어차기 시작했다.

나는 처음엔 좀 당황하여 "왜 이래요? 이하라 상……" 했으나 내종엔 무감각한 나무토막같이 되어 나자빠져서 그가 하는 대로 내버려 두었다. 이런 데서 이렇게 당하는 것은 처음에나 좀 억울하거나 아프지, 오래잖아 아무렇지도 않은 멍멍한 일이 되는 것이다.

그는 인제는 하대하는 말로 "너만 점심을 안 먹었느냐? 나도 너 때문에 굶고 있지 않느냐? 이 못난 놈아, 네까진 놈도 시인이냐?"

입마저 구둣발만 못하지 않게 마구 퍼부어 대는 것이었다.

그래도 실컷 차고 실컷 욕지거리를 하곤, 나를 바로 유치장에 집어넣어 점심을 먹게 해 주었다. 이것이 일본인의 기질이다. 뒤에 생각해 낸 일이지만, 그는 나한테 그의 순사 때의 호의를 그대로 가지고 나를 법으로 도우려 대들었던 모양이다. 그걸, 이 점 나는 내게 범법 행위가 없다고 생각했기 때문에 오히려 그를 더 친구답지 못하다고 느껴 말한 것이 일본인 그의 뱃속을 건드린 것이다. 그는 이 뒤엔 더 조사도 하지 않고 바로 전주로 돌아가 버렸다. 나는 그가 그냥 전주로 돌아갔다는 말을 듣고 속으로 덜컥했지만 또 그것도 할 수 없이 내게는 잘 어울리는 일 같았다.

내게는 사실은 아무렇지도 않아 보이는 이 '영향죄'라는 것보단도 속으로 적지 아니 겁이 나는 일이 하나 있긴 있었는데, 그것이 끝까지 탄로되지 않은 건 그래도 불행 중 다행이었다. 그것은 내가 열일곱 살 때 잠깐 고창고등보통학교에 중도 편입되어 있을 때 몇몇 학생들의 권고로 가담했던 비밀독서회의 일인데, 이것이 만일 누구의 입에서건 새어 나오는 날은 불가불 몇 해의 징역살이는 면하지 못할 것으로 생각되었다. 또 이것으로 입건만 되는 날은 여러 사람이 끌려와 오랜 감옥살이의 고생을 겪어야 할 것이었다. 1945년의 민족 해방과 동시에 완전히 이것도 해방된 일이어서 제대로 고백이거니와 만일 이게 발각된다면 나와 같이 비밀독서회의 멤버였던 인촌 김성수 선생의 큰사위인 유일석 군을 비롯해서 전 전북 도지사였던 박정근 씨의 큰 자제 박병기 군, 그 밖에도 여러 동창들이 걸려들어야 할 것이었다.

그러나 1931년의 일이었으니 1944년의 이때까진 꼭 13년이 되는 이 일만은 그래도 고스란히 아직도 그 비밀이 지켜진 듯 끝까지 문제가 되지 않았다.

나는 이게 제일 조마조마 가슴에 걸려 어느 날 밤엔 깊도록 잠을 못 이루다가 때마침 혼자서 유치장(구치소)을 지키고 있던 어떤 마음 좋은 동포 순사에게 그 시효 여부를 타진해 보았다.

"당직 순사 선생, 무얼 한 가지 물어도 좋습니까?"

"말하시오."

"범죄의 시효라는 것이 있지요? 그건 어떻게 되는 거지요?"

"아따 죠 상(서 선생)은 시인이라고 들었는데 법률도 공부하시오? 가벼운 건 10년이면 된다고 들었지만 그것도 꼭 정해진 것도 아닐 걸요. 나도 잘은 모릅니다."

이 밤중의 답변자는 며칠 전 어느 밤 열두 시 넘어 너무나 심심한지 감방 속에서 역시 잠 못 자고 기침을 하고 있던 내게 이야기를 걸고, 담배까지 한 개 불붙여 들여 주고, 같이 톨스토이의 소설 『부활』이 좋다는 이야기도 한 일이 있는 사람이라 나는 안심하고 물어본 것이었다. 그렇지만 지금 생각해 보면 역시 무모한 짓을 한 것임엔 틀림없었다. 그가 다행히 내 믿음을 저버리지 않았으니 망정이지 만일이라도 내 이 물음을 수상히 여겨 밝혀내려 나섰다면 뭐라고 핑계해 무사할 작정이었던지?

3

아무리 사상범이라도 유치장 감방이란 데를 들어서면 맨 처음엔 으레 그 냄새나는 똥오줌통 가까운 데 자리를 맡긴다. 여기서도 그 우선권이라는 것은 무척 인색하게 가려지는 것이다. 나도 이곳의 통례 그대로 처음 며칠은 그 똥오줌통 바로 옆에 앉아 지냈다. 우리 방에는 무얼 어떻게 훔치다 그랬는지 절도죄로 들어온 열대여섯 살밖에 안 되어 보이는 소년도 끼어 있어서, 어떤 사람은 이 애를 그 제일 딱한 데 앉히라고 하기도 했지만, 그 애도 나보다는 선배인데 억울해할 것 같아 내가 자진해서 그 애보단 더 딱한 자리에 가 앉아 주었다. 이게 또 내게는 잘 어울리는 것 같기도 해서 말이다.

그러나 오래잖아서 나는 아주 급진적으로 이 딱한 자리에서의 진급이라는 걸 안 할 수 없게 되었다. 세때의 밥이라는 것을 입에 잘 맞지 않아 한동안 반도 채 다 못 먹고 남겼더니, 이걸 노리다가 얻어먹고 덕 본 사람들이 그 은혜 갚기로 내게 자꾸 그 자리의 진급이라는 걸 권해서 반억지로 시켜 주는 것이었다.

나는 여기 들어와서 한 열흘이 채 다 못 되어 밖으로 드나드는 나무 창살문 바로 옆의 감방장 지위의 자리를 차지하게 되었다. 그것은 나보단도 훨씬 먼저 여기 들어온 어떤 삼십 대의 사기 피의자가 앉아 있던 자린데, 그가 군산 검사국으로 옮겨 가면서, 아직도 방의 한가운데쯤에 앉아 있는 나를 특별히 지명하여 올려 앉힌 것이다. 그것은 무슨 내 인격이 이 속에서 특별히 좋아서가 아니라 그저 단순히 하찮은 몇 가지 물건 덕이었다고 기억된다. 그나마 그건 반쯤은 내 것도 아닌 것들로서……

가령 나와 같은 사건으로 들어온 옆방의 김 군의 집이 바로 여기여서 밤늦게 조용한 때는 한국인 순사를 끼고 조깃국이니 하얀 쌀밥이니 떡이니 그런 걸 가끔 들여온다. 그러면 그게 내게도 차례가 온다. 그 내게 차례 온 것을 나는 한방 사람들하고 같이 나누어 먹는다. 가령 내 어머니한테서나 처가에서 잠깐씩 들여보내는 사식이라는 것, 그 사식 속에 몰래 넣어 보내는 담배와 성냥, 그런 것을 조금씩 번갈아 가며 또 나누어 준다.

아마 이런 것들의 은혜 갚음으로 그 전임 감방장은 그 좋은 자기 자리를 내게 양보하고 나갔고 또 남은 이들도 별 반대가 없는 걸로 안다. 이것은 서글프다면 적지 아니 서글픈 일이었다. 그러나 나는 나이도 남은 사람들 속에서 윗줄인 것 같고 하여 그 감방장이라는 것에 일찌감치 취임했다.

여기 석 달 가까이 있는 동안에 내게 제일 매력이 있게 된 것은 음식의 맛과 담배의 맛이었다. 여기서 가끔 얻어먹는 사식의 맛이나 감방 맨 뒤에 높지막이 달려 있는 쇠창살을 향해 서서 몰래 마시고 뿜어내는 담배 몇 모금씩의 맛이란 그것이 드물면 드물수록 대단한 매력이 되었다. 나는 지금도 생각해 본다. 내가 지금까지의 생애에서 먹어 본 음식이나 담배 맛 중에선 언젠가 했던 15일 동안의 단식 뒤만을 빼놓고는 이때 것이 그중 맛이 있었던 것을…… 그래서 한번 전과를 가져 본 무뢰한들은 거듭거듭 이 맛을 찾아 이런 데를 무상 출입하게 되는 것은 아닐까 생각도 해 본다. 거지 노릇 하는 사람들도 이 없는 것뿐인 속에서 어쩌다가 어려웁게 얻어먹는 그 맛이 좋아서 그러는 건 아닌가 하는 생각도 해 본다.

이런 데 들어와 있는 사람들이 즐겨서 하는 일들—이를 잡는 것, 감시 순사 테이블 위의 재떨이에서 담배를 낚아내 오는 것, 무슨 쇠붙이로든지 바늘과 낚시를 만드는 것, 바느질을 하는 것 그런 것들 중에서 내가 배워 사용한 것은 이를 잡는 것과 바느질을 하는 것 두 가지였다. 가끔 끌려 나가 되게 다루어지는 일밖엔 아무 할 일도 없는 여기에서는 속옷에 꼬인 이들을 잡고, 그 이가 실은 알들을 잡고 하는 것은 그것을 전멸시킬 수 있다는 가능성에서보단도 그 일 바로 그것이 상당히 시간을 많이 잡아먹는 것이어서, 무엇이든 그들의 죄목 밖의 한 가지 일에 몰두하고 싶은 사람들에겐 매우 중요한 일 중의 하나가 되었다. 그들 중의 어떤 사람은 제 옷엣것만 잡는 것이 아니라 시간만 있으면 남의 옷엣것까지 도맡아서 잡기를 좋아했다. 그래 나 같은 성질의 사람은 이걸 모다 남의 손을 빌려서 잡아내는 호강을 누려도 좋게 되어 있다. 내게는 이들의 이 이잡기 대리의 광경이 성화聖畵에 가까울 만큼 눈시울 뜨거웁게도 느껴져 그들의 손에 내 속옷을 맡기곤 한참씩 그 광경 속에 몰두하곤 했다. 이런 데 정이 들어서 또 전과자들은 이 속으로 거듭거듭 날아들어 가는 것인지도 모른다.

내가 주로 많이 한 것은 바느질을 하는 일이었다. 내가 입고 있는 양복바지는 좀 낡은 거였는데 여러 날을 지내는 동안에 궁둥이께가 망가지기 시작해서 나는 그들에게서 배운 대로 양말 회목이나 속샤쓰 손목의 실들을 풀어 상당히 큰 실꾸리를 나뭇젓갈에 감아 마련하곤 그걸로 양복바지를 몽땅 전부 누비기 시작했다. 곤색 세루 바탕을 살빛과 회색 실로 굵직굵직하게 누벼 가면서 보니, 그건 별난 스코치 천 같은 맛도 있어 여기 온 기념으로 여러 날을 걸려 그걸 전부 누벼 냈던 것이다. 이걸 나는 6월달에 여기서 풀려나올 때 기념품으로 가지고 와서 아내더러 잘 두라고 했는데 불길하다고 아내가 어디다가 치워 버린 모양이다.

4

내가 고창경찰서에 구속되어 한 한 달 남짓 되었을 때의 어떤 날 오후 몇몇 순사들은 마치 어느 깊은 산으로 사냥 가서 좋은 멧돼지나 한 쌍쯤 잡아 온 양 한 쌍의 남녀를 유치장 안으로 몰고 들어오며 낄낄거리고 재재거리고 희희낙락했다. 사내는 육 척에 가까운 한복 바지저고리 차림의 무식궁하게 생긴 오십 대 가까운 장한이었고, 여자는 그저 다 수수하기만 한 스무 살 남짓한 새파란 젊은 나이였다.

그 둘을 몰고 온 동포 순사의 하나는 히죽거리며 뇌까렸다.

"으흐흐흐흐 흐흐흣…… 이것들은 도대체가 사람이 아니여…… 네 이것들, 거기 꿇고 앉아라. 가만있자, 이것들을 어디다가 노나 넣더라? 으흐흐흐 흐흐흣……"

그러고는 감방을 여기저기 기웃거려 대더니 내가 있는 곳이 제일 적당하다고 생각했는지 그 사내만은 우리 감방 문을 열고 되게 덜미를 짚어 밀치며 몰아넣어 버렸다.

이 사내가 우리 방으로 몰려 들어오자 이 사내와 아까 같은 자리에서 취조를 받아 이 사내 일을 대강 들어 알고 있는 어떤 사람은 화를 버럭 내며 자리에서 일어나 침 뱉는 시늉을 하고, 딴 사람들은 무슨 죄냐고 그 깨끗해 하는 사내한테 물었다. 그 침 뱉는 시늉을 한 사내의 말을 들으면, 이 멍청하게 생긴 오십 대 가까운 장한은 그 외아들이 일본으로 징용을 간 사이에 제 며느리와 통해 애를 낳았는데, 이웃이 부끄러워서 그걸 죽였다는 것이었다.

우리 방 십여 명의 식구들은 감방장인 내가 명령하기 전에 벌써 똥오줌통 바짝 옆에 그의 자리를 주고, 우리 중엔 제일 나이 많은 그를 꽤 여러 날이 지나도록 한 자리도 올려 주지 않았다. 우리나라 사람들은 이런 사람에 대해서는 죄인들까지도 많이 각박하다. 그는 꽤여러 끼니를 밥을 거의 먹지 않았는데도, 그의 밥을 얻어먹은 사람들까지도 그에게만은 자리를 조금도 올려 주려 하지 않았다. 말하자면 자타가 공인하는 죄인 중의 죄인은 이 사내였다.

그는 내가 감방장이고 사상범 피의자라는 걸 눈치채서 그러는지 내게는 특별히, 무슨 가축이 주인 보듯 하는 눈으로 물끄러미 우러러보곤 해서, 처음엔 사람으로 보지 않던 나도 다시 생각하는 마음이 생겨 어느 날은 바로 내 옆에 불러 앉히고 말을 붙여 보았다.

직업은 목공이고 한문도 『고문진보』를 알아 읽을 만큼은 배웠는데, 그의 집이 마을에서 외딴 데 떨어져 있는 데다가 달밤에 술을 많이 마시고 늦게 돌아온 것이 화근이었다고, 나와 말을 나눈 지 며칠만엔가 그는 그의 잘못의 모든 것을 내게 말했다.

식구라고는 외아들이 일본으로 징용간 뒤엔 며느리하고 자기 둘뿐이었는데 달밤 늦게 취해 돌아와 보니 며느리는 혼자 툇마루에서 잠이 들어 있었다. 그래 그 옆을 지나가다가 그만 어찌 되었는지 눈이 뒤집히고 말았다는 그는, 이 '눈이 뒤집히고 말았다'는 말을 하면서 음성이 떨렸다.

이 마지막 고백을 내게 한 것은 우리 방 사람들이 다 깊이 잠들고 우리 두 사람만 깨 있는 밤 깊어서였던 것 같다. 그는 나보고 그 나이도 잊고 선생님이라고 불렀다.

"선생님, 나 같은 사람도 살 자격이 있을 거라우?" 하고 그는 그의 이야기를 끝내고 나서 물었다.

나는 죽는 게 낫다고 할까, 그래도 살아 내 보라고 할까, 도무지 쉽게 대답이 안 돼서 한참을 망설이다가 "어디 절간으로 좋은 스님이나 찾아가 보라"고 했다.

"절간에서는 나를 받아 줄 거라우?" 그는 다시 물었다.

나는 바로된 중들이면 짐승도 동포 대우하는 것을 짐작은 하고 있었으므로, "물론 받지" 하고 단호히 대답했다.

그는 틀림없겠느냐 다짐하고, 나는 또 "물론"이라고 했다. 그랬더니 그는 잠시 침묵하고 있다가 "감옥에서 안 죽고 풀려나오면 절간이나 찾아가 보겠소" 했다.

그래 이튿날부터는 내 바로 밑엣자리에 불러 앉히고 소년들이 지나치게 구박하는 것도 더러 말려 주었다.

그는 내 본을 뜨기 시작했다.

나는 이 무렵 할 일 없어 견디기 어려운 때엔 번듯이 정좌하고 눈 감고 발 개고 앉아 수를 세 가는 것이 중요한 일과가 돼 있었는데, 내가 그러고 앉아 옆으로 몸을 까딱까딱 움직이며 몇 시간씩 수를 세다 문득 옆을 돌아보면, 이 할 수 없는 사람 꼴이 되어 온 사내도 다만 발만은 미안해선지 차마 개지 못한 채로 나머지는 거의 나 같은 모양이 되어 눈 감고 몸을 까딱거리고 있었다.

내가 그의 옆구리를 손가락으로 꾹 찌르고 웃으면서 무얼 생각하고 있었느냐고 물으면 "무얼 생각했으면 좋을지 그걸 좀 가르쳐 달라"고 했다. 나는 수를 몇천 몇만까지든지 세 낼 수 있는 데까지 계속해서 세 보라고 했다.

물론 이렇게 수를 세 가는 동안에도 괴로운 기억들은 틈틈이 끼어들어 그걸 계속해서 세 내는 것을 쉽지 않게 한다. 그러나 지그시 그것들을 접어 두고 계속해서 세 가는 데 길만 들면 당석의 고민이라는 것을 더는 데는 이것도 한 힘이 되는 걸 나는 경험에서 알고 있었기 때문이다.

그는 처음엔 그게 잘 세지지 않는다고 한탄을 했지만, 날이 겹치는 동안엔 어느 만큼은 달통해졌는지 딴 아무 소리도 없이 아주 조용히 앉아 있었다.

그는 나보단 훨씬 늦게 와서 또 나보단 훨씬 빨리 검사국이란 데로 옮겨 갔다. 감방에서 나가 옷장에서 허리띠니 조끼니 그런 것을 찾아 입고 띠고 할 때 그는 그의 조끼 속에서 꺼낸 듯 1원짜리 지폐 두 장인가를 꼬작꼬작 콩알만 하게 꾸겨 감방 창살 틈으로 나를 향해 던져 주었다.

여기 와서 내가 내 정신을 가지고 보답을 받은 건 이 사람한테 받은 이 2원뿐이다. 정신이라는 것은 사람들이 흔히 쓸 필요가 없다고 문 닫아 버리는 곳에서 오히려 더 긴요하게 쓰여지는 수도 있다는 것을 나는 생각하면서, 그 돈을 끼니때 밥 들이는 사람한테 몰래 전해 담배를 사 오게 해 가지곤 감방 안 사람들하고 한동안 잘 노나 피웠다.

이러고 지내다가 6월 하순께는 나도 이 뜻하지 않은 굴형 속을 어떻게 어떻게 해서 빠져 나올 수가 있었다. 아까 위에서 말한 이하라 경부가 다시 전주서 와서 서장실로 나를 불러 "앞으로는 취중일망정 언동을 삼가라"는 훈시를 하더니 그대로 놓아주었다. 문제가 된 그 연극과는 직접 관계는 없는 데다가 이하라 경부의 내게 대한 그 전의 호감도 어느 만큼 작용해서 풀리게 된 것일 것이다.

그 연극을 한 시골 친구들은 그 뒤 바로 형을 받고 1945년 8월의 해방을 맞이해서야 놓여 나왔던 것이다.

창피한 이야기들

1

　나는 여기 인제 내 생애에서 가장 창피한 이야기들을 한바탕 벌여 놓아야 할 마련이 되었다. 그것은 1944년 6월 내가 민족주의극 공연 사건에 영향을 주었다는 혐의로 석 달 동안의 구치소 신세를 진 뒤 풀려나와서부터 이듬해 즉 1945년 봄까지의 반 해 남짓한 동안의 일들로서, 제목은 친일적 업적 또는 전범 여부에 대한 것이다.

　시인 박희진이 언젠가 무슨 세미나에서 내 이야기를 하다가 내가 친일적인 시를 썼다는 말을 했던 것을 읽은 걸 기억하는데, 그것은 사실이다.

　나는 제2차대전에서 싱가포르가 일본군에 함락당했다는 기별과 그 축하 잔치를 보고 들은 뒤부터는 일본과 독일과 이탈리아가 동맹한 추축군이란 것이 마침내 이기지 않을까 하는 생각을 한쪽으로 가져 왔다. 그러다가 1944년 여름에 와서부터는 그들의 승리를 불가피한 것으로 예상하기에 이르른 것이다. 이것은 인제 와서 보면 어이없는 일이 되었지만, 그때의 내 식견과 성찰력으로는 그 이상이 될 수는 없었던 것이다.

미국 태평양 지구 총사령관 맥아더 장군이 일본군에게 포로되어 형편없이 끌려다니는 영화가 영화관마다 상영되었다. 싱가포르뿐만 아니라 아시아의 전역은 거의 다 일본군에 점령되어 가고 있는 소식만이 날이 갈수록 번성해 갔다. 중국의 독립 정부는 중경重慶 구석으로 몰린 채 재기한다는 기별은 영 캄캄하고, 유럽은 완전히 히틀러와 무솔리니의 손아귀에 들어간 걸로 알려져 왔다. 거기다가 일본 중심의 대동아 공영권이라는 것은 벌써 장차의 시베리아 총독엔 한국인을 기용한다는 소문까지를 길거리에 파다하게 퍼뜨리고 있었다.

물론 콧수염을 익살맞게 단 맥아더 장군 포로의 영화를 비롯해서 거짓말이 너무나 많은 보도들이었을 것이지만, 그게 거짓이라는 걸 알게 된 건 1945년 8월 15일 해방 뒷일이고, 이때엔 나는 이걸 거부할 만한 딴 지식을 가지고 있지 못했다.

그래 창피한 대로 꽤 길 미래의 일본인의 동양 주도권은 기정사실이니 한국인도 거기 맞추어서 어떻게든 살아 내야 한다는 생각을 세우고 만 것이다. 정치 세계에 대한 부족한 지식이 내 그릇된 인식을 만들고, 이 그릇된 인식에서 나온 언행들이 내 생애의 가장 창피한 일들을 빚었다. 그러나 그때에는 나는 나를 가장 객관적인 관찰가라고 생각했던 것이다.

　자기磁器를 서로 좋아해서 한동안 그걸 두고 내왕하며 이야기를 나누어 오던 최재서와 나는 의견이 우리 민족의 진로 문제에 미치자 거기에서도 많은 공통점을 찾았다. 두 시골뜨기 우물 안 개구리의 객관은 정말 기묘한 데로까지 자기 취미의 친분을 몰고 갔던 것이다. 그와 나와는 의견이 서로 안 맞는 점도 있었지만, 일본인의 꽤 오랠 미래의 동양 주도권을 기정사실로 보는 데서는 일치했고, 그러니 아리건 쓰리건 여기 참가해서 겨레의 살길을 찾을밖에 별수가 없다는 데도 생각이 같았다.

　그래 둘이 가끔 만나 의견을 교환하고 지내다가 그의 권유로 그가 경영하던 『국민문학』이라는 일본어 잡지에 내 맨 처음의 일본어 시작試作의 시 「항공일에」라는 것을 9월호엔가 10월호에 냈다. 여기 그 잡지가 내 가까이 없고, 그 전문이 다는 기억되지 않아 전부를 옮기지는 못하지만 생각나는 대로 번역하면

　　……
　　일곱 살짜리 내 이 어린 서운녀西雲女가
　　'하늘은 서울이래야'
　　속삭이던
　　그 하늘이어라.

　　마늘과

기름때의 형제들이

가고 가서 물들인

그 하늘이어라.

……

어쩌고 한 구절들이 끼어 있는 것으로서, 1943년에 내가 쓴 우리말 시 「꽃」의 형이상학하고는 많이 공통하는 것이었다.

그리고 이런 일이 또 인연이 되어, 이해 가을 일본군이 호남평야에서 대기동 연습을 할 때에는 나도 최재서와 함께 그 종군기자라는 것의 하나가 되어 병졸의 군복으로 갈아입고 며칠을 거기 끼어 다니기도 했다.

그러나 밤잠도 제대로 못 자고 언덕과 평야를 누비고 다니던 이 기묘한 돌진의 물결 속에서도 내가 거의 전문으로 몰입하고 지낸 건 주검과 허무와 그것들을 담은 그 캬랑한 우리나라 하늘이었다. 병정들의 대가리와 대가리 사이마다, 병기와 병기 사이마다, 더구나 옆에 있는 최재서의 머리와 내 머리 사이에 육박해 넘쳐 나는 이것들의 위력을 어떻게도 물리칠 길은 없었다.

강경평야에서 김제평야로 넘어가면서 이리에 와 어느 국민학교 마당에서 잠시 쉬며 점심을 먹게 되었을 때 최재서와 나는 어떤 철봉대 밑에 둘이서만 나란히 앉았다. 그리고 나는 문득 도스토옙스키의 『악령』 속의 키릴로프라는 인물이 생각나 최에게 그걸 말했다. 왜 밤중에도 영 잠을 못 자고 책상 밑 같은 데 어린애처럼 기어 들어

가서 옴싹 않고 있어야만 배기던 그 괴인, 그러다간 무슨 긍정할 만한 순간이라는 것을 하나 골라 맞추어 피스톨로 빵 그 머리통을 쏘아 멎어 버리고 말게 한 그 괴인의 이야기를 했다. 그리곤 "우리는 이 키릴로프보단 좀 나은 셈인가요?" 하고 물었다. "글쎄…… 역시 지나치게 고단하군요. 음…… 고단해……" 최는 대답했다.

나보단 일고여덟 살은 손위이고, 또 늘 목을 꼿꼿이 버티기를 좋아하는 그라 '음……' 소리는 여기서도 한마디 집어넣었지만, 그 역시 이런 걸음걸이가 팍팍하고 따분하기는 내나 거의 매한가진 모양이었다.

김제에서 연습하고 있는 동안에는 김제고녀 정문 근처에서 마침 하학하고 퇴굣길에 있는 내 둘째 처제와 그 동급들 앞에 딱 마주쳤는데 그건 참 묘한 느낌이었다. 나는 찐 고구마를 어디서던가 사 가지고 거기 한참 정신이 팔려 먹으며 가고 있었는데, 정읍에서 기차 통학을 하던 내 처제가 정거장 쪽으로 가다가 이런 나를 발견하고 일본 말로 "에그머니" 하며 십칠팔 세짜리 소녀의 두 눈을 덩그라히 뜬 것이다. "내 모양이 어떻냐"고 물으니, 눈을 꺼먹꺼먹하며 "좋은데요" 했다.

그러나 나는 그 말을 귀로 들으면서도 좋은 일인지 언짢은 일인지 확실한 자신은 없었다. 어떻게 느끼면 이 일본 군복 차림으로 찐 고구마를 먹다가 소녀 처제한테 들킨 자기라는 것은 살다 살다 막되어서 더 갈 데 없이 되어 일본군에게 얹혀서 뒹굴어 다니는 것 같기도 하고, 그런가 하면 그 눈이 동그란 소녀들을 어떻게든 살려 내야

겠다는 연장자의 행색인 것 같기도 하고, 또 그 두 가지를 다 합친 것 같기도 했으니 말이다. 이런 좀 복잡한 느낌 속에 우리 민가의 마을들 사이를 돌진하고 있던 것이 이때의 내 마음의 본모이기도 했다.

연습 마지막 날 밤은 군산항으로 옮겨 무슨 요정인 듯한 집에서 우리 종군기자들에겐 참 오랜만의 정종이니 불고기니 그런 옛날 이야기 같은 것들이 꽤 푸짐하게 안겨졌다.

최재서는 여기서 술을 좀 과하게 마셨는지 오래도록 잠자리에서 잠들지 못하고 뒹굴어 대더니 마침내는 내게 바싹 다가와서 나를 마치 그의 애인이나 되는 것처럼 껴안고 흑흑 흐느껴 울었다. 그는 사무탁事務卓에 앉아 있을 때 보면 되게 완강해 보이지만 그건 약한 속을 안 보이기 위해서 버티는 것이고, 사실은 술 취해 내게 엉켜 와 흐느끼고 있는 이게 그의 본모양이었다. 그리고 이 흐느낌은 그의 친일이라는 것의 본모양이기도 했던 걸로 나는 안다.

대학에서 영문학을 공부해서 대학원까지 가지 않고도 바로 대학 강사가 될 만큼 재주도 있는 사람이었고, 또 T. S. 엘리엇 등의 20세기 영문학 비평 연구로는 이때 우리나라에서 누구보단 정밀했던 사람으로, 동경대학에 가서 T. S. 엘리엇의 비평 연구를 발표해 절찬을 받은 것은 그의 큰 자신이 되어 있었다.

그런 그가 영·미국과 싸우는 일본과 진퇴를 같이하기로 했으니 그것도 딱한 일이었지만, 그보단도 더 단순히 불가피하다고 생각하고 내디딘 한 대동아 공영권인으로서의 잘 맞지 않는 보행이 그를 울린 것으로 안다. 나도 이 점은 물론 그와 거의 같았지만 그러나 나

는 그처럼 울지도 않았다. 나이는 그보단 적었지만 체념은 그보단
더 되어 있던 때문이 아니었는가 생각한다.

2

일본군의 호남평야 대연습에 종군하고 와서 나는 이내 최재서의
초청으로 그가 경영하던 출판사 '인문사'에 들어갔다. 그래 처음에
는 거기서 나오고 있던 일본어 잡지 『국민문학』의 편집을 돕다가 이
어 『국민시가』라는 것이 창간되자 그걸 주로 맡게 되었다. 이것도
물론 일본어로만 하던 것이다.

내가 여기 이렇게 쉽사리 취직하여 한 반 해쯤 되는 동안일망정
나와 내 가족의 호구를 해 나가게 된 것은 그 사장 최재서의 호의도
물론이지만, 그 주위의 몇몇 일본인 문학인들의 내게 대한 호평의
힘도 작용했던 것 같다.

내가 『국민문학』에 발표한 맨 처음의 일본어 시 「항공일에」라는
것은 내 예상과는 달리 일본인 문학인들의 눈에도 상당히 좋게 보
였던 모양으로, 노리타케 가즈오라는 시인은 내가 인문사에 입사하
자 바로 찾아와서 "오래 만나기를 기다렸다"고 했다. 그리곤 자기 집
으로 나를 초대해서 맛있는 우동(가락국수)도 끓여 주고, 드문 막걸
리도 병째 내놓아 같이 마시고, 자기는 시인 미요시 다쓰지의 제자
라는 것과 우리가 앉아 있는 그 방이 바로 미요시 다쓰지가 중국 갈

때 들러 하룻밤 묵어간 방이라는 것도 말했다. 미요시 다쓰지는 나도 좋아서 한동안 읽은 일이 있는 당대 일본의 제일 좋은 시인 중의 하나였다. 그래 미요시의 제자면 안심해도 좋겠다고 나는 생각했다.

그는 내 「항공일에」라는 것을 그가 근래에 읽은 시 중에 제일 좋은 것이라고 말하고, 자기들한테는 없는 묘한 유통력流通力이 있다고 칭찬해 대더니, 우리가 처음 만난 지 몇 달 안 되어선 그의 처녀시집의 원고 뭉치를 내게 가져와서 그 서문을 부탁하기까지 했다. 일본 사람들에겐 우리와 다른 묘한 데가 있다. 나는 이때 겨우 스물아홉 살의 청년이었고 그는 마흔이 머지않은 나이인 데다, 그는 지배국 사람이요 나는 아무래도 그의 식민지 사람인 것인데, 이런 일본인의 경우엔 한번 감동하고 존경하면 그뿐 나이도 국적도 그런 차별 같은 건 눈에도 안 보이는 모양이었으니 말이다. 이것은 우리와는 많이 다른 점이다. 그리고 이런 게 그들이 아마 현대에서 우리보단 더 잘 살게 된 이유를 빚은 게 아닌가 생각도 된다.

뒤에 "서문은 누구 것도 없이 하기로 했소. 참 미안하오" 하여, 내가 준 그걸 무얼 다시 생각했는지 그의 첫 시집 『풍영집風詠集』에 수록지는 않고 말았지만, 하여간 일본인의 이 식만은 지금도 내가 잘 잊지 못하는 것 중의 하나다.

둘째 번으로 내가 좋아서 찾아온 일본인은 시와 소설 양쪽을 다 써내고 있던 고타마 긴고란 본명과 시미즈 무엇이라는 필명을 가진 역시 삼십 대의 사내였는데, 그는 내 시보단도 내가 종군하고 와서 『국민문학』지에 발표한 종군기가 소설보단 재미있더라는 것이었다. 그는 나와 사귄 지 오래잖아 자기는 한 개 2전짜리 두부장수의 아들로 동경대학을 마쳤기 때문에 겨우 된 것은 조선 땅의 한개 중학 교사고 만년 문학청년일 뿐이라고 했다. 「보리 이야기」라는 자작의 단편소설 한 개를 내게 보여 주어서 보니 소에게 먹히는 청맥靑麥 모개를 의인화해서 일인칭으로 다룬 동화적인 산문시풍의 글이었는데, 좀 유치한 대로 나 같은 시골뜨기 맛이 있어 가까웁게 느껴진 데다가 늘 과묵 속의 메마른 두꺼비 같은 호주好酒가 밉지 않아 사귈 수 있었다.

그다음으로 나와 가까워진 사람은 이미 회갑이 넘어 있던 노시인 사토 기요시이다. 그는 오랫동안 경성대학에서 영문학을 가르쳐 온 노교수로 최재서를 가르쳐 낸 사람도 그였다.

마침 『벽영집碧靈集』이라는 그의 시집이 발행되어서 무슨 식당에서 시집 출판기념회를 가졌는데, 나더러도 그 테이블 스피치라는 것을 한마디 하래서 그걸 비교적 남보단 자세히 했더니, 그것이 그의 마음에 들었던 모양이다.

이 『벽영집』이라는 시집은 한국만이 갖는 것이라고 사토가 생각한 이곳 겨울 하늘의 그 새파랗게 차거운 영적인 공기를 찬양해서 써낸 것들이었다. 이런 것은 이때의 내 기호와도 맞는 데가 있어 칭찬해 주었던 것이다. 우리나라를 좋아하던 일본인으로 야나기 무네요시가 있지만 사토 기요시도 그만 못하지 않게 우리나라의 자연과 예술과 청담한 기풍을 좋아하던 사람인 걸 『벽영집』은 보여 주고 있다. 하나도 악기惡氣 없는 좋은 노인이었는데 1945년 해방 뒤의 그 자살의 종말은 딱한 일이었다.

들으면 그는 해방 뒤 일본에 돌아가서 어느 사립대학 교수로 여전히 영문학을 가르치다가 세대교체 바람에 몰려나게 되자 그걸 견디지 못해 철도자살을 하고 말았다고 한다.

여기 와서 우리나라 사람 다 되어 간 줄 알았더니 종말의 처리를 보면 역시 일본인이었던 것인가. 그가 좋아하던 그 한국의 엄한의 하늘의 영기靈氣, 그 고려와 이조의 자기의 빛들, 참기름과 소금 묻혀 살짝 구워 먹던 걸 즐기던 이곳 해태海菩의 독특한 맛, 또 참기름 탄 물에 씻어 싸 먹던 그 여름 상치의 미각들로도 그 세대교체 끝의 비극 하나 마침내는 견디지 못할 만큼 역시 그는 일본인이었던 것이다.

내가 이 인문사 입사를 전후해서부터 쓴 일본어 시론 앞서 말한 「항공일에」 외에 또 한 개, 제목은 잊었지만 일본 군인들의 옥쇄라는 것을 다룬 게 있다. 소형 비행기에 혼자서 타고 가서 미국이나 영국의 배에 그대로 떨어져 내려 바스라져 버린다던 그것 말이다. 나는 이 옥쇄부대에는 우리 학병들도 많이 끼어 있단 말을 듣고, 그들의 그런 비행과 종말의 정신에 맞출 양으로 이걸 하나 썼었다.

미국이나 영국에 대한 적대 감정이라는 것은 또 어떻게 해서 일어났냐 하면, 확실하다는 일본측 보도로 영·미국인들은 일본병의 포로들을 불도저 밑에 무데기로 넣고 깔아뭉갠다는 둥, 그 시체의 뼈로 페이퍼 나이프를 깎아 만들어 그걸로 종이를 썰고 있다는 둥, 간단히 말해서 그런 것들 때문이었다.

그 페이퍼 나이프에는 우리나라 병정의 뼈로 된 것도 더러 있겠다는 생각—그런 생각은 내 적대 감정을 일으키기에는 충분한 것이었다. 그러나 정치와 전쟁 세계에 대한 내 무지와 부족한 인식이 빚어 낸 이것, 해방되어 돌이켜 보니 참 너무나 미안하게 되었다. 여기 깊이 사과해 둔다.

나는 위에 말한 두 개의 일문 시와 한 편의 일문 종군기 외에 또 한 편의 친일적인 우리말 시를 매일신보에 썼다.

그것은 우리나라에서 뽑혀 간 학병들의 모습이 더러운 개죽음이 아니라 의젓하다고 한 것이다. 이것도 그때 내 생각으론 이밖엔 달리 말할 길이 없어 그렇게 한 것이지만, 그것도 틀린 것이었던 건 물론이다.

3

그러나 그 인문사에도 나는 끝까지 있을 마련도 아니었다.

최재서와 나는 한 직장에서 늘 낯을 마주 대하고 일을 하기엔 성격도 잘 맞지 않는 데다가 인문사의 재정이라는 것도 적자만을 거듭하여 그 사원의 몇을 줄여야 할 판에 와서, 내가 편집던 『국민시가』라는 것도 겨우 한 호인가 두 호를 내고는 접어 두어야 할 형편이 된 것이다.

그래 나는 1945년 봄부터는 다시 실직 속의 방황을 또 겪어 가야 했던 것이다. 이런 많이 고달프고 시장하던 봄의 어느 날 내 아우 정태가 꼼짝없이 적출당해서 일본병으로 입영을 하게 되었다.

그는 일본 동경에서 공부를 하고 있다가 우리 학병들이 뽑혀 나가는 걸 보고 슬그머니 학교를 접어 두고 지난해부터 나한테 와 있었다. 그래 내 아는 어떤 토목 청부업자의 능곡 쪽의 도로 공사장에 십장 노릇을 하며 숨어 있었던 것인데 할 수 없이 그도 드디어는 그 길로 끌려가지 않을 수 없이 되었다.

그래 능곡에 있는 그의 직장에서는 병으로 죽은 소라던가 그런 것의 내장을 어디서 한 옹큼 용하게는 구해다 삶아 놓고 하룻저녁 마지막 잔치를 열고, 그의 형인 나도 초대했다.

큰 행길을 내는 공사장인 만치 쐬주도 몇 됫박 있었다.

나는 여기에 가서 그 억센 후조候鳥—한산인부들의 틈에 끼어 내 아우와 함께 하룻밤을 지내며 쐬주를 마시고, 그 소똥내가 너무나 많이 나는 죽은 소 창자를 씹고 있는 동안 말문이 영 열리지 않아 뭐라고도 한마디도 말은 못했지만, 밤이 깊어 감에 따라 나와 내 아우가 인제는 벌써 인간의 질서가 아니라 우연같이 떨어지는 하늘의 운성隕星의 질서 속에 들어가 서고 있는 것을 느꼈다.

그래 이튿날 그가 떠날 때 "너 운성이란 것 생각해 본 일 있나?"고 물으니, 내 아우는 "예……" 대답했다.

대답하며 뻥긋 웃고 있는 걸 보니, 그는 나보단도 벌써 더 많이 그런 것 다 생각하고 난 뒤인 모양이었다.

이때에 우리 학생으로 일본 병정 나간 사람들이나 그 가족들은 거의가 다 나와 내 아우의 이 한 토막의 대화 같은 상태에 결국은 놓이지 않았을까.

이런 운성들은 우리의 혈육들 속에서도 늘 떠나고 있었고 또 낙하해 바스러져 가고 있었고 그러니 나는 그걸 더럽다 못하고 장엄의 장식을 주어 감싸야 했다.

그러나 물론 나는 조금도 그때의 나를 변명하려고 이런 말을 하고 있지는 않다. 다만 내가 그때 그렇게 되어 있었던 사실만을 기억해 말하고 있을 따름인 것이다.

아우가 가고 나자 이내 내 뒤에는 몰인정하게도 또 일본 경찰의 미행이 붙기 시작했다. 나까지를 노리다니 지독한 놈들이라고 속으로는 화가 치밀었지만 이것 역시 또 할 수 없는 일이었다.

하루는 집의 내 방에 드러누워 아무것도 생각하지 않는 연습을 하고 있노라니, 일본 말로 크게 누가 내 이름을 밖에서 부르곤, 밀짚모자를 쓴 두 장정이 성큼 내 방의 열어 놓은 미닫이 옆에 다가섰다.

"다쓰시로 시즈오 씨 있소?"

그중의 한 사내가 일본 사람 아니면 못 할 정확한 발음의 일본 말로 내게 물었다.

물론 그 다쓰시로 시즈오란 것은 내 창씨개명에 지나지 않았던 것이지만, 나는 이런 식으로 들어와서 나를 찾을 일본인은 형사 빼놓고는 달리 없는 것을 즉시 눈치채고, "네. 그분은 지금 시골 갔소" 하고 거짓말을 했다.

그랬더니 그들은 책 좀 보자고 방으로 들어서서 내 빈약한 책꽂이의 책들을 이리 뒤적 저리 뒤적 하더니 그중에서 영어로 된 성경과 영어사전, 그 밖에 몇 권의 영문법 책을 빼내 놓곤 "당신은 누구냐?"

고 또 물었다.

나는 대답도 될 만큼은 다 되어 있던 때라 서슴지 않고, 나는 그 다쓰시로 시즈오 씨의 사촌 아우라는 것과 오랜만에 뵈오러 왔더니 그분이 시골 가고 없어서 잠깐 쉬고 있는 중이라고 태연히 대답했다.

그래 그들은 일단 그대로 가고, 나는 아내와 긴급히 모의해서, 바로 길 건너 앞집과 친분이 있는 걸 생각해 내고, 우선 거기 가서 숨어지내며 끼니는 날라다 먹으면서 그들의 재습再襲이 있는가 없는가를 보기로 했다.

이 집은 부인의 친정아버지가 사상범으로 붙잡혀 다닌 경력이 있어서 재미있어라고 나를 숨겨 주고 또 우리 집과 연락도 잘 취해 주었다.

하루를 걸러서 그 다음다음 날인가, 녀석들은 역시 또 나타나서 내 유무有無를 알아보고 갔다. 그리고는 하루만큼씩 이틀만큼씩 와서 우리 집을 감싸고 맴돌다 갔다.

일이 이쯤 되면 여기도 내가 그냥 머물러 있을 곳은 되지 못했다.

나는 또 불가불 여기를 멀리 떠야 했다.

그래서 내가 생각해 낸 것이 아주 어디 시골로 가서 군청이나 면사무소의 고원 노릇이라도 하고 묻혀 있는 길이었다.

나는 바로 최재서를 다시 찾아 국민총연맹의 한 간부에게 소개를 받고 그 간부의 소개로 곧 또 전라북도 지방과장을 찾아서 전주로 가게 되었다.

그래 정읍군청에 한 고원의 자리를 내락 받았다. 그리곤 아내와 내 친구 미사 배상기한테 연락해서 흑석동의 집을 팔게 했다.

　그러나 이 미행 바람에 잃어버린 건 겨우 집 한 채뿐이고, 나는 정읍군청의 고원까지 될 팔자는 저절로 면해야 하게 되었다.

　정읍군청의 발령이 정식으로 나기를 기다리며 시골 구석으로 또 서울의 뒷골목으로 그 숱한 시장기를 견디며 쫓기는 굶주린 들고양이처럼 헤매고 있는 동안에 여름도 거의 가고, 뜻 아니한 8월 15일의 해방이 온 것이다.

　이것은 내게는 한 완전히 새로운 천지개벽과 같았다.

해방

1

1945년 8월 15일 오후 한 시쯤 나는 내 친구 미사와 함께 서울역으로 몰려가는 태극기 든 인파 속에 끼어 걸어가고 있었다.

나는 이 무렵 머지않아 전북 정읍의 군청 고원이라는 것이 되어 갈 양으로 흑석동의 집을 팔고 거기서 멀지 않은 어떤 집에 잠시 셋방을 얻어 들고 있던 판이었는데, 이날 아침에 이웃에 사는 어느 피혁 회사원인 '강'이라는 이가 일부러 나를 찾아 이 기별을 말해 주어서 그걸 확인할 양으로 종로의 어떤 여관에 있던 미사를 찾아 나간 것이 드디어는 이 인파 속에 한몫 끼이게까지 된 것이다.

라디오에서 듣는 일본 천황의 말소리는 꼭 얻어맞고 우는 거지 아이 같은 느낌을 주었고, 반바지의 벗은 허벅다리에 손바닥으로 장단을 치며 "얼씨구! 얼씨구!" 하고 있는 미사의 소리는 거기 대조되어

이 뜻 아니한 변화에 점점 눈을 동그랗게 떠 가고 있던 나를 어느덧 한바탕의 폭소로 이끌었다.

나는 일본의 하급 국민복에 헝겊의 일제 전투모를 쓴 그대로, 미사는 헌 마포 반바지에 나무 바닥의 싼달을 알발에 끌고, 어떻게 되어 가나 우선 큰길의 움직임을 살피기로 하고 종로 네거리로 나왔다.

거기엔 이미 많은 사람들의 물결이 종로 종각 모퉁이를 돌아서 남으로 남으로 몰려가고 있었다. 언제 나왔는지 일본군의 소위나 중위의 정복에 긴 칼을 옆에 찬 사람들도 더러 끼어 가고 있었고, 어디다가 고스란히 그렇게 잘은 넣어 두었다가 꺼내 쓰고 입었는지 아주 말쑥한 외교관 같은 차림과 걸음걸이로 발을 옮기고 있는 중년 넘은 사내들도 가끔 보이긴 했지만, 그 거의는 미사나 나 같은 남루한 옷에 또 거의 바닥이 닳은 검정 고무신이나 나무 바닥의 싼달들을 끌고 있었다. 드문드문 '미소 양군 환영'이라 쓴 광목의 플래카드를 두 개의 장대 사이에 매달아 높이 치켜올려 들고 가는 학생들의 모양도 눈에 띄었다.

"어디로 가느냐"고 그들 중의 하나한테 미사가 물으니, "미군과 소련군이 서울역에 내린다고 해서 간다"는 것이다.

나는 이렇게 될 것을 미리 알고 대비치 못한 사람이라 선선히 거기 끼어들 배포가 생기지 않았으나 미사가 "우리도 한번 가보세" 하고 앞장서서 끄는 바람에 한 개의 덤인 양 거기 휩싸여 갔다.

서울역 앞 광장에 다다라 보니 단 한 사람의 미군도 소군도 거기 나타나지는 않았지만 시민들은 끊임없이 소리를 합쳐 "만세! 만세!

만세! 만세!"손에 든 태극기들을 높이 추켜들며 만세만을 부르고 있었다. 그런 소리는 또 내가 이 세상에 생겨나서 처음으로 들어 보는 음색이었다. 그것은 그냥 기쁨이나 반가움의 소리가 아니라 아직도 그 족쇄와 멍에의 부분품들을 다리와 목에서 다 끊지도 못한 채 탈옥해 나온 사람들이 아직도 탈출해 가며 응원을 청해 외치고 있는 소리처럼만 들렸다. 그래 나도 거기에 소리를 끼어 기껏 그걸 연거푸 불러 보니 내 것도 역시 마찬가지였다. 나는 여기서 나와 내 동참자들의 같은 음색을 느끼며 많이 울었고 또 '참 일은 묘하게도 되기는 되는 것'이라는 생각을 난생처음으로 비로소 하기 시작했다.

그러나 해방의 정신적 감동도 감동이지만 우리는 첫째 너무나 굶주리고 굴풋하여 창자에 어느 만큼의 기름기를 올리는 것이 무엇보다도 급했다. 그래 이때 우리나라의 거리와 골목이 두루 그랬듯이 우리 미사도 종로 종각 뒷골목에 술집 겸 국밥집을 하나 어느 동감同感의 전주錢主를 물고 와서 차렸다.

여기 들어서면 언제나 8·15날의 그 마포 반바지 바람으로 미사가 진일 마른일을 두루 지휘하고 있었기 때문에 모든 것이 마냥 굴풋하기만 한 우리들—그를 잘 아는 사람들한테는 많이 편리했다. 여기에는 수주 변영로와 공초 오상순 두 선생을 비롯해서 조지훈, 오장환 등의 시인들도 한동안 진을 치고 몰려들었지만, 미사와 나의 중앙고보 시절의 은사였던 국사학자 애류 권덕규 선생의 얼굴도 자주 보였다.

"자네 바지가 꼭 사마천의 『사기열전』에 나오는 사마상여 고용살이 시절의 쇠코잠뱅이 같어……" 어쩌고 들어가면, 돈이야 있건 없건 두루 거나할 만큼은 먹이고 마시게 해내야 했으니 이게 오래 갈 리는 없었지만, 친구들을 위한 사업으로야 아주 때에 썩 잘 들어맞는 좋은 사업이었다.

미사는 이런 사내다. 그는 한 달인가 달포쯤 이 짓을 해서 그 단벌의 해방 전부터의 마포 반바지 외에 딴 바지 하나를 더 사 입은 일도 없었지만, 친구와 자기한테 좋은 일이라면 쇠코잠뱅이를 차고 진창에도 성큼 들어서는 사람이다.

이때 여기 오던 이들 중에서도 권덕규 선생의 모습을 나는 지금도 영 잊을 길이 없다. 선생은 한국 역사가 학교 과목에서 아주 빠진 뒤로부터 열 몇 해를 호구도 제대로 못 하는 가난 속에 시들다가 해방되어 바로 이화여고에 국사 선생으로 자리를 하나 얻기는 했었지만, 이때는 벌써 수족마저도 제대로 잘 움직이지 못하고 말도 그전의 그 영롱하던 것과는 아주 달리 심하게 더듬거렸다. 그래서 손에 잡은 분필이 말을 안 듣고, 말하고 싶어도 입이 말을 잘 안 들어 수업도 제대로 잘 못하겠으니 불가불 이것마저 그만둘밖에 없다는 것이었다.

그런데 뒤에 들으면 이분이 이 미사 술집에 드나든 지 얼마 되지도 않아 댁에서 어떤 날 나가서는 돌아오지 않은 채 영 무소식이라는 것이다. 그래 어디 가서 어떻게 되었는지조차 깡깜한 채로 그 무소식은 지금까지 계속하고 있다.

이분의 미사 술집 때의 모습과 이 행방불명의 소식을 대조해서 생각해 보고 나는 이대로의 이분의 일생을 한국적인 선비의 지조와 그

운명의 한 상징이라고 생각하게 되었다. 비록 자기 민족이 백년을 천년을 남의 나라 식민지가 되어 사는 경우라도 선비는 그 지배국과의 사이에 어떤 정치적 동일 보조라는 것도 절대로 취해서는 안 되고, 견디어 살 수 있는 데까지 견디어 기다려 보다가 죽게 되면 어떤 죽음으로건 그냥 죽어 가야 하는 것이라는 새로운 배움을 얻게 되었다. 그는 더구나 국외로 나가지도 못하고 국내에 머물러야 했던 남의 식민지 선비의 한 표준으로 느끼어졌다.

그래 나는 중앙고보의 그 문하를 떠난 뒤 꽤 오랫동안 잊었던 이분을 거울로 해서, 비록 짧은 동안이었지만 불가피한 대세고 살길이라 하여 내 나름대로 추구했던 모든 일들이 마치 교실에 붙잡혀 와 벌을 서는 아이같이 한없이 뉘우쳐졌다.

그러나 나는 아이도 아닌 벌써 만 서른이 꼬빡 다 된 나이로서, 어디에다가 그 가장 경건해야 할 일에 경건치 못했던 죄를 빌고 어쩌고 할 자리도 없는 것 같았다.

이 죄의 벌은 바로 곧 눈에 역력히 보이게 바짝 내 앞에 닥쳐왔다.

시인 오장환이라면 나와는 1936년에 낸 시 동인지 『시인부락』 때부터의 가장 가까운 친구로 한동안은 두 쌍둥이 아이처럼 늘 맞붙어 다니며 지내던 사인데, 해방 바로 뒤 한동안은 나를 따라 미사네 술집에도 드나들고 하더니 오래잖아 내게는 등을 두르고 새로 생겨난 좌익의 문학가동맹 쪽으로 끼어들어 버린 뒤론 길에서 나를 만나도 낯을 딴 데로 돌리고 갔지만, 나는 그걸 멍하니 보고만 있는 밖에 어쩌지도 못했으니 말이다.

나는 이 오장환이만은 잃고 싶지 않았다. 그래 나는 그를 타일러 좌익으로 넘어가는 걸 막아 보려고 작정도 해 보았다. 그러나 그는 언젠가 우연히 천도교 본부 마당에서 몇몇 젊은 패들과 함께 나를 만났을 때 그의 패들 가운데 누가 나보고 들으라고 '친일파' 어쩌고 하며 깔깔거리고 웃으니 맞장단 쳐 소리 내 웃으며 나를 힐끗 돌아다보더니, 그 뒤로 오래잖아 그의 외면이라는 것이 시작되고 또 친일파 처단을 제일 큰 구호로 내걸던 문학가동맹에 들어가 버리고 말아서, 내가 뭐라 해야 들어 줄 것 같지도 않아 작파하고 말았다. 아니 이건 어쩌면 내 자격지심 때문이었던 것 같기도 하다. 어이튼 나는 제일 가까웁던 친구 하나도 어쩌지 못하는 어줍잖은 꼴이 되어 있었던 것이다.

이런 속에서 나는 현재 내가 아직도 살고 있는 공덕동 집을 세로 얻어 들었다. 내가 해방 전에 알고 있던 일본인 시인 노리타케 가즈오가 세 들고 있던 집이었는데, 이런 이사마저가 친일파적인 것 같아 마음에는 많이 저렸지만 당장 갈 곳이 없어 이렇게 한 것이, 인제 와선 내 유일한 재산이 되었다.

2

패전 일본인들이 제 고장으로 돌아가며 내다 판 헌 양복을 한 벌 사서 입고, 역시 누가 신던 일본 군화를 한 켤레 사서 신고 9월 말경이던가의 어느 날, 아무 할 일도 없이 종로에서 안국동 쪽으로 걸어 가고 있는데, 경제학을 하는 고승제가 나를 알아보고 무척 반가워하 며 무얼 하느냐고 물었다. 아무것도 하는 게 없다고 하니까 "그럼 되 었다. 춘추사에 편집부장이라는 걸 한번 해 보면 어떻겠느냐"는 것이 다. 좋다고 했더니, 그는 바로 연락해서 나를 그 자리에 갖다 앉혔다.

이 고승제로 말하면 지금은 물론 대경제학자지만, 내가 처음 안 때는 일본에서 대학을 하고 어느 만큼 연구실 생활을 하다가 막 서 울로 돌아온 때로 우리는 그때 내가 있던 인문사에서 첫인사를 했는 데, 자기가 하는 경제학의 근본정신은 시정신이라고 하고는 그의 보 자기 속에 꾸려 가지고 있던 말린 가재미를 두 마린가 내게 꺼내 주 며 꼭 먹으라고 했다. 함경도 바닷가에 있는 그의 시골집에서 온 거 니까 맛이 아주 썩 좋다고 해서, 집에 가지고 가 먹어 보니 아닌 게 아니라 맛이 썩 좋았던 것인데, 그 고승제가 여기 몇 해 만에 길거리 에서 나를 보고 그때 그 가재미를 주던 꼭 그 투로 내게 또 직업을 하나 얻어 준 것이다.

춘추사는 일정 때에도 몇 해 동안 우리말로 『춘추』라는 잡지를 발간했던 곳으로 일정 때의 그 얼굴들이 대부분 그대로 있어 내게 는 구면들이어서 편했다. 이 『춘추』에다가 나는 그 정간 직전까지도 『옥루몽』의 번역을 싣고 있었던 관계로 가끔 드나들던 곳이었던 것 이다.

편집부장이라곤 하지만 편집부라는 것엔 나까지 모두 두 사람뿐 이어서 외근 내근 다 해야 했고, 편집에 교정까지 뭐든지 다 봐 내야 했다. 거기다가 들어가서 보니, 당시 점차 두각들을 드러내면서 있던 좌우의 대립 속에서 『춘추』의 간부들은 겨우 중간을 하려는 것으로 이것은 내 생각과는 맞지 않아 결국 그 첫 잡지만을 꾸며 내놓곤 여길 물러나야 했다.

여기 있는 동안에 어느 날 오후 문학평론가 임화의 아내 지하련이 나를 편집부로 찾아왔다. 이 임화는 일정 때 일본 정부의 정책으로 우리나라에 사회주의 언론 예술의 자유라는 것을 인정했던 1925~1934년 사이에 그 사회주의 예술가의 단체였던 '조선 프롤레타리아 예술동맹' 서기장이라는 것까지를 아직 어린 나이로 지낸 일이 있던 사람으로, 해방 후에는 좌익 문학가동맹의 실질상의 두목이 되었던 사내고 또 박헌영의 조선공산당에서도 문화관계의 제1인자이기도 했던 사내다.

1941년 내가 첫 시집 『화사집』을 냈던 무렵 한때 순수문학인이되어 있던 임화가 내 시집 출판기념회에 참가한 걸 계기로 나는 이들 부부와 알게 되었던 것인데, 나를 찾은 임화의 아내로 말하면 어느 편이냐 하면 그 남편과는 달리 사회주의문학이 아니라 순수문학으로 첫 출발을 한 여류 소설가로 나보단 나이는 한두 살 위이지만 문단 연조로는 나보단도 조금 후배다. 『문장』이란 잡지의 추천으로 임옥인과 한 무렵 소설가로 등장한 여인이었다.

이 여인은 경남 마산산의 꽤 볼 만한 얼굴로, 일정 때 그들 내외가 같이 순수문학이라는 걸 하고 있을 무렵에는 내 시를 많이 좋아해서 내게 한동안 편지질까지 꾸준히 했고, 또 어떤 날 회기동의 그들의 집을 내가 찾았을 때는 우연히 우리 둘만이 같이 자리를 하게 되자 자기 남편 임화는 만나 살아 보니 자기 마음에 맞는 사내가 아니라는 뜻의 말까지 웬일인지 내게 서슴지 않고 한 일도 있어, 이 여인의 해방 뒤의 이 돌연한 첫 방문은 내겐 적지 않은 주목거리가 됐다.

그러나 이 여인의 말이라는 것은 별건 아니고 그저 '여기 계시단 말을 들고 지내다가 궁금해서 잠시 들러 봤다'는 것과 '틈 있으면 우리 집에도 놀러오라'는 것뿐이었다. 그들의 집은 원남동에 있다는 것과 어떻게 물어 찾아오면 찾기 쉽다는 것 등을 말해 주었다.

이건 그녀의 남편 임화의 부탁이었는지 아니면 그녀 단독의 의지였는지 나는 지금도 그걸 모르겠다. 그녀의 남편의 부탁으로 온 것이었다면, 벌써 이때부터 다시 좌익으로 기울어지고 있었던 임화가 나까지도 그들의 쪽으로 낚아 들어 보려는 한 낚시를 드리운 것이었으리라. 그러나 그녀 단독의 의지로 찾은 것이라면 그건 그 내방의 성질이야 어이컨 그녀 말대로 궁금해서 찾은 것일 것이다.

그러나 나는 이것저것 생각해 보고 그 두 내외의 집을 찾지는 않았다. 누구의 의지로 온 것이건 간에 거기를 찾았다간 어찌 좋지 못할 것만 같아 그랬다. 그러나 이 여인만은 지금도 여전히 아깝고 안타깝다. 그녀는 나한테 단 한 번일망정 자기 남편보담도 더 가까운 걸 표현해 준 일이 있었는데, 나는 그녀를 바른길로 이끄는 아무 일도 하지 못하고 말았으니 말이다. 뒤에 이 내외는 북으로 넘어가서, 들으면 임화는 그곳 김일성이 밑에 부수상까지 지낸 박헌영이와 함께 무슨 간첩이라던가 하는 것의 혐의로 사형을 당했다고 하니, 지금쯤 지하련은 살았대도 죽도록 지독한 고생길을 헤매고 있을 것이다.

춘추사를 작파하기로 내정하고 있던 겨울의 눈 오는 어느 날 내게는 뜻하지 않은 전화가 걸려 왔다. 난생처음 들어 보는 걸걸한 목청이 수화기 속에서 껄껄껄 웃곤 자기는 김광주란 사람인데 그 이름을 기억 못 하겠느냐는 것이다.

1930년대에 한때 시를 발표하다가 소식이 없어졌던 시인 김광주였다. "왜 기억을 못 하겠느냐, 잘 알고 있다, 그런데 웬일이냐"고 하니 "여기 전화번호는 999다. 지금 만날 시간이 없건, 이따가 여기로 전화를 걸어 주거나, 지금 만날 수 있으면 바로 만나자"는 것이다.

"거기가 무얼 하는 데냐"고 하니, 그건 인제 이따가 만나 보면 알 것이라고 하고, 그 집의 소재만을 내가 알 만큼 일러 주었다.

찾아가 보니, 거긴 이 무렵 중국에서 돌아온 지 얼마 안 되는 김구 선생의 대한민국 임시정부 선전부였다. 김광주는 나보다도 나이가 훨씬 많은 사람인 줄 알았더니 만나 보니 나보다 겨우 한두 살쯤 더 한 나이의 청년으로, 그 짜장면 비슷하기도 하고 또 황소웃음 비슷하기도 한 텁텁하고 평안한 웃음이, 대뜸 만나자 곧 사람을 안심케 하는 사내였다.

이 무렵 살림으로는 꽤 고급의 가구들 틈에 그는 술병을 간직하고 있다가 아직 사뭇 낮인데도, "어떠냐 한잔 하라"고 내게 잔을 내밀었다.

그래 우리는 당시의 재벌 최창학의 소유라는 이 임시정부 청사에서 그 뒤 거의 날마다 만나게 되었고, 그러다간 거기 한국청년회라는 것이 결성되자 나는 김광주와 함께 아주 거기 머물게 되었다. 글

쓰는 사람으론 우리 둘 외에 김동리, 이한직이 거기 같이 가담했고, 지금의 신민당 의원 장준하, 정우회인가의 김익준 의원, 마라톤의 손기정, 대사 엄요변 등이 이때 이 한국청년회의 간부들이었다. 또 나오는 불교전문 때의 동기인 이영도 같이 일하게 되어, 여기는 내겐 곧 익숙한 데가 되었다.

이 한국청년회란 해방 바로 뒤부터 생겨났던 우익의 청년단체들 가운데 가장 셌던 것들—서북청년회, 건국청년회, 기독교청년회 등의 대표자들을 간부로 해서 만든 것으로 그 본부는 바로 임시정부 청사 안에 있었으니 만치 임시정부의 지도 아래 움직이게 되었던 것이다.

좌익들한테는 한동안 꽤 무서운 것이기도 했다. 내 학교 때의 동기였던 이영을 선봉장으로 해서 공산당 본부니, 전국 노동자농민단체 평의회니 하는 굵은 공산주의자들의 집합소가 자주 큰 타격을 받아야 했고, 지방의 지부들도 생겨난 곳만은 좌익의 활동이 거의 불가능하게 만들어 냈으니 말이다.

미국에서 『초당Grass roof』이라는 소설을 써서 유명했던 강용흘이란 사람이 이때 우리나라에 돌아와서 충남 공주에 내려가 '아버지가 좋아하는 여자를 아들이 사랑할 수도 있다' 그 비슷한 소리를 강연에서 말하다가 단단히 경을 치게 된 것도 우리 한국청년회원들 때문이었으니 이 청년회는 어느 경우는 단지 좌익한테만 무서운 것이 아니기도 했다.

그래 공주 같은 데서는 유생들에게도 꽤 인기가 있었던 것이다.

3

그러나 이 청년운동의 겨울과 봄과 여름이 지나는 동안 나와 내 식구들은 어떻게도 먹고 살아 나갈 길이 없었다.

그래 참, 여기 처음 고백이지만 나는 특수한 장사를 해서 겨우 식구들의 끼니를 잇기도 했다.

뭐냐면 이때는 일본 사람들이 남기고 간 헌책들이 산더미처럼 길거리로 구을러 나와 넘치고 또 그건 곳에 따라서는 형편없이 싸고, 어떤 곳에서는 어느 만큼 값을 쳐서 매매도 되고 하던 때라 나는 그걸 아주 싼 데서 서너 권씩 네댓 권씩 사 모아 들고 가서 좀 더 비싸게 매매되는 책가게를 찾아 팔아넘기는 일이었다. 우리 집이 있는 마포 쪽으로부터 아현동, 서대문 근처까지에서 골라 산 것들을 도심지 일정 때부터 있던 책값을 알아볼 줄 아는 고본 서점에 가 파는 것이다. 이것은 해방 바로 뒤 내가 할 일 없이 헤매일 적에 서울의 변방과 도심지의 양쪽에서 보고 싶은 책을 뒤지고 다니다가 얻은 지식이었는데, 이 간단한 장사는 1946년 봄부터 가을까지에는 우리 식구들한텐 큰 힘이 되었다.

첫째, 이 장사는 시간이 별로 많이 걸리지 않아 우리 청년운동을 겸행하는 데는 아주 편리했다.

그런데 여기엔 꼭 한 가지 딱한 점이 있었다. 무슨 일이건 그야 딱한 점이 영 안 끼이는 일이라는 건 이 땅 위엔 없겠지만, 이 특수한 책장사를 하면서 내가 느낀 딱한 것이라는 건 너무나 잘고도 또 약아빠진 것이어서 어쩔 수 없이 하기는 하면서도 늘 마음에 걸렸었다.

그건 싼 데서 거두어 산 그 책들의 뒤표지 안쪽에 아주 싸게 매겨 놓은 가격을 고무지우개로 안 보이게 깨끗이 지워 버리는 일이었는데, 이것만은 늘 마음에 께름칙하여 어서 빨리 이 짓을 면하고 싶었다. 더구나 손 힘이 아주 센 누가 연필을 꾹꾹 눌러서 매겨 놓은 것은 영 잘 지워지지 않아 두통거리가 되었고, 그걸 사는 사람이 그 지운 데를 찾아 눈여겨 알아낼까 봐 그것도 늘 걱정거리였다.

이런 종류의 마음 씀에 길이 들어서, 이런 종류의 마음의 조목들의 수를 몽땅 늘려서 이런 걸로 사는 사람이 되어 버릴까 봐 그것도 겁이 났다.

그러나 이런 식으로 고무지우개로 지우고 사는 것쯤으로는 시는 아주 망할 수는 없는 모양으로, 이런 얕은 수작의 곤궁 속에서도 나는 이어 이어 시를 쓰기는 썼다.

해방 직후의 흥분은 날이 가는 동안 차츰 조금씩 가라앉기 시작하여 1945년 겨울부터는 다시 시작에 손을 대기 시작했는데, 이 여름—1946년 여름부터는 자연과 인생에 대한 새로운 침정沈靜된 느낌이 열리기 비롯하면서, 나는 겨우 다시 살 기운을 회복했다.

날이 날마닥 드나드는 이 골목.
이른 아침에 홀로 나와서
해 지면 흥얼흥얼 돌아가는 이 골목.

가난하고 외롭고 이즈러진 사람들이
웅크리고 땅 보며 오고 가는 이 골목.

서럽지도 아니한 푸른 하늘이
홑이불처럼 이 골목을 덮어,
하이연 박꽃 지붕에 피고

이 골목은 금시라도 날러갈 듯이
구석구석 쓸쓸함이 물밀듯 사무쳐서,
바람 불면 흔들리는 오막살이뿐이다.

장돌뱅이 팔만이와 복동이의 사는 골목.
내, 늙도록 이 골목을 사랑하고
이 골목에서 살다 가리라.

　「골목」이라는 제목으로 된 이것은 내가 1945년 겨울에 쓴 것 중
의 하나고, 다음에 옮기는 「밀어密語」라는 작품은 1946년 봄에 상을
얻은 걸 그 여름에 써 본 것이다.

순이야. 영이야. 또 돌아간 남아.

굳이 잠긴 잿빛의 문을 열고 나와서

하눌가에 머무른 꽃봉오릴 보아라.

한없는 누에실의 올과 날로 짜 늘인
채일을 두른 듯 아늑한 하눌가에
뺨 부비며 열려 있는 꽃봉오릴 보아라.

순이야. 영이야. 또 돌아간 남아.

저.
가슴같이 따뜻한 삼월의 하눌가에
인제 새로 숨 쉬는 꽃봉오릴 보아라.

급조 대학교수

1

시 한 편에 얼마씩을 받았던가, 산문 한 장에 또 얼마씩을 받았던
가 잊어버렸지만, 그걸 가지곤 밥 끓일 연탄값도 채 안 되고 또 앞에
서 말한 책 장사라는 것도 오래 할 수 있는 것은 되지 못하고 하여
나는 1946년 가을에는 꽤 살기 난처한 데에 이르렀다.

눈이 부시게 푸르른 날은
그리운 사람을 그리워하자

저기 저기 저, 가을 꽃자리
초록이 지쳐 단풍 드는데

눈이 나리면 어이 하리야
봄이 또오면 어이 하리야

내가 죽고서 네가 산다면?
네가 죽고서 내가 산다면!

눈이 부시게 푸르른 날은
그리운 사람을 그리워하자

「푸르른 날」이란 제목으로 된 이런 것도 이때 썼고, 또 경향신문에 처음 발표하고 뒤에 국정교과서에도 들어간 「국화 옆에서」라는 것도 이때 썼고, 또 산문도 적게 쓴 편도 아니었지만 이런 것에서 얻는 돈이라는 걸로는 도무지 살길이 없어서 그 딱한 다방이란 데 가서 번히 앉아 있거나 길거리에 나오면 서성거리는 팔자가 또 되고 말았다.

그런데 묘하게도 살길을 열어 주는 사람과의 상봉이란 사람에게는 있는 것이다.

지금의 경향신문사 바짝 옆에서 박거영이란 중국서 온 사내가 경영하고 있던 '플라워'란 다방을 나서자 일이라곤 또 서성거릴 것밖에 다른 게 더 없어 그 언저리의 어디던가를 주춤거려 걸어가고 있었는데, 내게 일정 말기 두 개의 일본어 시를 발표하게 해 준 전 인문사 사장 최재서하고 또 한번 딱 마주쳐 서게 되었다.

"어 잘 만났소. 그렇잖아도 상의할 일도 있고, 꼭 좀 만나고 싶었는데, 잘 만났소."

최재서의 말이었다.

그래서 나는 이내 남산으로 옮겨 있었던 그의 집을 찾게 되었고, 또 엉뚱하게도 부산에 새로 생긴 남조선대학(동아대학)의 급조 교수가 될 마련이 된 것이다. 최재서하고 같이 내려가게 된 것이다.

최재서는 내가 먹고 살기가 어렵다고 하니까 이 부산 남조선대학이란 데로 같이 가자고 하고, "당신은 교수는 아직은 못할 테니까, 위선 처음은 도서관 사서를 하면 되겠소"라고 했다.

그래 나는 내 시장한 아내와 어린것이 있는 소굴로 돌아와서 '인제는 살게 되겠다'고 하고, 한 달쯤만 기다리면 월급을 받아 가지고 오마고 하고, 이불요를 큰 보자기로 싸서 등에다 메고 부산으로 떨어져 내려가는 열차에 올랐다.

장로교의 목사님이라던가 주판알에 근시 안경을 씌우고 소리 없는 최단 시간의 미소들을 합해 놓은 것 같은 오십 대의 인물이 내 앞을 서서 "서 선생, 서 선생, 서 선생 일루 오슈, 일루 오슈, 일루 오슈" 연거푸 급속도로 안내해 갔는데, 나는 그 상당한 부피의 내 이불요를 들고 메고 따라가노라고 비좁고 혼란한 속에서 거의 제정신을 차릴 수도 없었다. 그 설 자리도 거의 없던 해방 후 이삼 년간의 서울역과 열차 안을 아는 이는 알 것이다.

이 부산행의 때는 계절이 일찍 오던 해였던가 11월이었는데도 벌써 얼음이 얼고 있어서 우리는 모두 겨울 외투들을 입고 가고 있었는데, 이때 내가 입고 가던 외투를 나는 특별히 지금도 잘 기억한다.

그것은 톨스토이의 『부활』에 나오는 카추샤의 애인 네플류도프 공작 같은 제정 러시아의 귀족들이나 입고 다니던, 깃에 넓게 깜정 털이 달린 그런 것이었기 때문이다.

이렇게 깃에 넓게 모피의 털을 단 외투는 해방 직후 몇 해 동안의 겨울에 우리나라 정계의 거물들만 주로 입던 것이었는데, 그 출처가 제각기 어디서였는지 그건 나는 모르지만, 정계 거물과는 너무나 달랐던 나의 그 외투의 출처만은 지금도 안 기억할래야 안 기억할 수 없다. 이것은 일본인 시인 고타마 긴고가 해방 바로 뒤 내게 주고 간 것이다. 앞에서 말한 일이 있는 욱구중학(지금의 경동중학)의 교사 고타마 긴고―자기 아버지가 한 개 2전짜리 두부 행상을 해서 번 돈으로 동경대학을 다녔기 때문에 겨우 그 아들인 자기가 된 것은 조선(한국) 같은 변두리의 일개 중학 교사라고, 술 마시고 언젠가 내게 말하던 그 고타마 긴고란 일본 사내가 주고 간 것이다.

"아무리 생각해도 당신한테밖에는 이걸 주고 갈 데가 없어서……"

이렇게 말하며, 고타마 긴고는 한 자루의 자기 아내의 부엌용의 식칼과 또 제 어린아이가 쓰다 남긴 연필 몇 자루와 하모니카와 함께 이 월등한 외투를 내게 주고 갔는데, 그건 내가 이 외투를 입고는 저보다는 그 위력을 훨씬 더 많이 발생시켜 두부장수 아들 따위보다는 훨씬 더 큰 생색을 나타내기를 바랐는지도 모르겠다. 패전 뒤에 형편없이 되어 몰려가는 이 한개 일본인 중학 교사 시인의 마지막 관상이 내게로 쏠린 것인지도 모르지. 이게 그런 외투인데, 하기는 나는 이 외투 외에 딴 게 있는 것도 없어서, 그걸 정계의 큰 거물이나 되는 양 쓰윽 걸치고 어깨에 이불을 메고 내려가고 있었던 것이다.

그런데 해방 후 꽤 여러 해 겨울마다 이걸 어쩔 수 없이 입고 다녀야 했던 내 실제 형편과는 달리 이것을 입은 내 모양만을 보고 무슨 오소리티나 되는 것처럼 대하는 사람들을 가끔 보는 것은 나를 속으로 웃기기도 하고 또 적지 아니 서글프게도 더러 만들었다. 이걸 입으면 나이가 많아 뵈는 때문이었을까, 아니면 또 무슨 권위로 봐야 하는 까닭이었나, 나와 나이에 별로 큰 차이가 없을 것 같은 남녀도 이걸 입은 내 앞에 와선 존대를 표시하고, 어떤 어두컴컴한 열차 속에서는 나보단도 훨씬 더 나이가 들어 보이는 여인이 겨우 서른이 좀 넘은 나를 보고 '할아버지'라고 부르기도 했으니 말이다.

2

부산에 오니 모든 것은 그저 을씨년스럽고 으시시하기만 했다. 나는 도서관의 한개 사서로 일할 양으로 여기를 왔지만 도서관을 할 집도 책도 마련이 없어, 나는 애초의 목적과는 달리 바로 무엇인가를 직석에서 꾸미며 무진장 지껄여 대야 하는 그 세칭 해방 교수라는 것이 돼야 했다.

내 담당은 전교생에게 우리글로 문장을 꾸미며 내는 것—그중에서도 우선 우리글로 대학 노트나마 바로 받아쓸 만한 문장력을 주입하는 일이었으니, 일본어에만 길들어 온 학생들에게 먼저 어쩔 수 없이 필요한 일이긴 했다. 또 일본 사람이 남기고 간 창고 속에서일망정 학생들은 꽤 열심껏 내 강의에 귀를 기울여 주기도 했다.

그러나 이 일은 처음 내겐 적지 않게 가슴 찔리는 데가 있었다. 그것은 딴 게 아니라 대학의 한 중퇴자일 뿐 졸업장도 없는 내가 교수랍시고 강단에 버티고 서 있는 데서 오는 것이었다. 강의 도중에도 이 생각이 머리에 문득 비치면 곧 얼굴이 화끈거려지곤 했다. 이런 때는 일본의 소설가 요코미쓰 리이치 같은 사람도 대학 중퇴자로 대학 강단에 섰던 걸 기억해 내고 자위해 겨우 마음을 가라앉히곤 했다.

자고 먹는 걸 한군데서 하면 비싸게 치인다. 하여 방을 따로 빌리고, 밥은 끼니마다 국밥집에 나가서 사 먹고, 인색이란 인색은 다 부려서 나는 겨울방학으로 여길 떠날 때 겨우 우리 식구 한 달치쯤의 생활비를 벌어 왔던 듯하다.

방학에 서울로 올라오자 나는 또 우연처럼 종로의 역사カ± 김두한의 일을 봐 주고 학교 연료 없는 한국의 긴 겨울방학 동안의 호구의 길을 트게 되었다. 왜, 연전에 국회에 불려 와 앉아 있던 정일권 국무총리를 비롯한 여러 장관들에게 밀수입해 들여온 똥통의 똥을 뿌리고 교도소 신세를 진 국회의원 김두한 바로 그 사람 말이다.

김두한은 이때 지금의 내무부 자리에 '대한민주청년동맹'이라는 큰 간판을 걸고 서울 시내의 힘깨나 쓰는 반공청년들을 두루 모아 그 위원장 노릇을 하고 있었는데, 그가 누구한테 들은 무슨 인연으로였던지, 내게 그의 무서운 부하 가운데 하나를 가까이 보내온 것

이다. 옛날 미국 서부의 카우보이들 못지않게 이때 그의 동맹원들은
피스톨도 잘 휘두르곤 했었다.

　김두한의 동맹 간부가 나를 찾은 이유는 김두한의 아버지인 김좌
진 장군의 전기를 나보고 쓰라는 것이었다.

　가져온 자료들을 읽고 들어 보고, 나는 이 선열의 생애에 매력을
느껴 곧 승낙하고 거기 골몰하게 되었다. 특히 그의 생애가 내게 매
력을 준 것은 의지와 육체의 월등한 힘과 아울러 민족을 위한 그의
성찰력에 하나의 오진誤診도 없는 데 있었다.

　그의 완력이 어떤 아주 못된 사내를 충남 서산의 대호지大湖池 너머
저켠으로 들어 팽개쳤다는 이야기, 일본인과의 을사보호조약 때 타
고 가던 애마를 울분으로 힘껏 발로 걷어찬 것이 지나쳐서 말이 거
꾸러져 쓰러지자 전 생애를 통해 오직 한 번 터뜨렸다는 통곡, 그 걸
음으로 달려간 만주에서의 독립군 사령관 생활, 가노라는 소장 인솔
의 일본군 전 병력을 단 하나도 남기지 않고 섬멸해 버렸던 그의 간
도 청산리의 싸움. 마지막으론, 그가 만주에 있는 동포들의 식생활을
위해 꾸며 세운 어떤 정미소에서 잠시 일을 하고 있을 때 반김좌진파
의 이 나라 공산주의 청년 하나가 나타나 그를 저격해 명중시키자 그
가 마지막 남긴 말은 "이놈…… 이 철부지한 놈……" 이 한마디뿐이
었다는 것―이런 그의 생활의 이야기들은 내게 비어 있던 여러 가지
것들을 새로 불어넣어 주어서 나한텐 새로운 힘이 되기도 했다.

　거기에 이 무렵 서울시의 제일 센 주먹이었던 김두한이 바로 그
김좌진 장군의 외아들이라는 사실은, 그 부자 간의 질적 차이야 하

여간에 그 체력의 상당한 일치만으로도 내게는 너무나 희한한 일로만 느껴져서, 이런 일들을 이 겨울 곰곰 생각하고 집필하고 지내는 것은 또 새로운 한 재미가 되었다.

그의 만주 독립군 시대의 부하였던 이범석 장군이 김좌진 장군의 궁거窮居하고 있는 집을 찾았을 때 잠깐 기다리라 하곤 나가서 찬거리 할 고기를 낚아 오더라는 이야기도, 7년 가뭄에 솟은 샘물을 보는 것만 못하지 않게 내겐 반가웠다. 이범석 장군의 굶주리는 말 먹이를 걱정해서 단벌뿐인 겨울의 양피 웃옷을 전당해다 주더라는 이야기도 그랬다.

나는 이 김좌진 장군의 전기 집필로 한동안 가족의 입도 살렸지만 또 여기서 새로 배운 것은 적지 않다. 다만 이 큰 힘이 무잡하고도 어리던 내 이십여 년 전의 글의 표현력으로 많이 가리어지지 않았는가를 염려할 따름이다. 이 책은 1948년 겨울에 을유문화사에서 초판이 나왔을 뿐 이내 곧 절판해 버린 채로 있다.

3

1947년의 새 봄학기가 되자 아내는 내가 부산의 학교로 다시 내려가는 것을 반대했다. 자기가 자수 품팔이라도 해서 보댈 테니 글이나 쓰고 같이 있으라는 것이었다. 미군들이 우리나라 여인의 자수를 좋아해서 잘 팔린다고 우리 이웃 여인들도 파자마 같은 것에 그것들을 많이 놓고 있으니 자기도 하면 된다는 것이다. 그까짓 생활비도 안 되는 대학교수를 혼자 시골까지 가서 해서 무엇하느냐는 것이다.

그러나 이건 식민지에서 해방된 젊은 사내의 그 기분이라는 걸 물론 영 모르는 소리라고 나는 속으로 생각했다. 사내는 참 오랜만에, 아니 난생처음으로 노블하고 산뜻한 새 봄양복도 한 벌 맞춰 입어 보고 싶고, 나는 그래도 대학교수님입네 한번 남 앞에서 우쭐거리고 의기양양해 보고도 싶은데, 어째서 그걸 그렇게도 고스란히 몰라주느냐는 생각이었다.

'해방 아니었더라면 우리한테 언제 대학교수는 고사하고 중학 선생 차렌들 한 번이나 왔겠느냐. 저 멍추는 '교수님' 소리 한마디를 듣는 그 맛이 어쩐지를 모르니까 저래. 내가 일정 때 본 걸로도 교수라는 건 머리털이나 면도한 모양부터 특별히 멋이 있었던 거야. 더구나 그 흰 조끼를 입은 것이라든지 말이지.'

이런 것이 내 속에서 일렁거리던, 말하자면 싱거운 바람—그것도 인제 생각해 보니 싱거운 바람이었다.

그래 나는 아내의 권고를 완강히 물리치고 처가에 부탁해서 좋은 회색빛의 양복을 한 벌 마련하고, 자잘한 블루의 점이 안 보일 듯 박힌 흰 조끼도 하나 특별히 장만하고, 땅에 닿는 데 깜정 수우 뿔이 달린 윤기 좋은 벚나무 단장도 하나 여기저기 뒤져서 구하고, 옳지 또 그 손에 들고 다니는 책가방도 일본의 멋쟁이 교수들이 들던 것과 거의 같은 갈색의 상질 소가죽제로 하나 사고, 그래서는 이것들을 잘 차려입고 들고 짚고 다시 부산으로 내려갔던 것이다.

부산에 가서는 또 바로 지난겨울 그 싼 셋방에 맡겨 두었던 이불요를 찾아 이 무렵 부산시에서도 일류로 이름이 꼽히던 역전 쌍산(?) 여관이란 데로 옮기고, 대학 출퇴근에는 전차 말고 새로 생긴 그 마차라는 것을 타고 다니며 내 교수 흰 조끼의 반향에 마음을 상당히 쓰기도 했다. 또 최재서의 핑크 타이는 내 비위엔 안 맞아 블루로 했지만, 그가 먼저 산 파이프만은 대단히 근사하게 보여 그것도 하나 그 어디 길가에서 사서 피워 물게 되었다.

수업은 전임專任의 한 주일 여덟 시간을 무슨 고집으론지 아무 할 일도 없으면서 하루에다 몽땅 집어넣어 달라고 우겨 그렇게 해 놓고, 나머지 엿새씩은 빈들빈들했다.

남은 엿새는 공부를 해야겠다는 것이 내 핑계였지만 사실은 그 아무 데도 맬 데가 전혀 없는 난생처음의 빈들빈들이 하고 싶어 나는 그렇게 세게 이 한 주일 엿새씩이나 노는 일을 강행했던 것 같다.

놀게만 되는 것뿐인 그 많은 날들을 나는 가장 싱거운 짓만 골라서 했던 것 같은데, 이것도 '짭질하게'라는 것이 싫증나서 의식적으로 잡은 길이라면 또 모르겠으나 그런 의식적인 자각이 따로 있어서 그랬던 것도 아니었던 것 같다.

어떤 짓을 하고 지냈느냐 하면 누구 사람 하나를 그리워하고 누웠다간 그걸 작파하고, 나가서 과히 먹고 싶지도 않은 그 동동주라는 것을 그것이 과히 비싸지 않은 이유로써만 마시고, 여관에 돌아와서는 그 동동주로 너무나 배불러서 끼니는 거의 전폐에 돌리고, 그런

다음 이튿날은 아프고 혹은 그다음 날까지도 아프고 그러고 다시 일어나서 오트밀 같은 거로 겨우 몸을 회복해서 일어서서 걷게 되면 또 전철을 되풀이하는 일인 것이다.

이렇게 말하면 누구 지독하게 안 잊히는 여자라도 하나 마음속에 있었느냐고 물을지도 모르지만, 그것도 전연 아니다. 그 증거로는 이 여관집의 어떤 현역의 하녀의 얼굴도 어떤 날은 마음속에 꼽고 있었으니 말이다.

또 한층 더 싱거웁게 되어 간 건 어떤 날 저녁 나는 내가 마음속에 꼽아 보지도 않았던 어떤 하녀가 밥상을 날라 온 걸 붙들어 잡고 "조끔 있다 오라"고 해 놓곤 그냥 잠이 들어 버린 일 같은 것이다.

이런 상태는 내 생애에서 완전히 처음 시작된 일들이다. 바작바작 애쓰노라 애써도 영 아무것도 되지도 맞지도 않던 상황들 속에서 겨우 풀린 마음이 한번 반자세反姿勢의 순리만을 되풀이해 본 셈이었을까? 아니면 싱거운 바람이라는 것을 한번 타 본 벌에서 오는 것이었을까?

지금 내 생각으로는 이것은 그 두 가지를 다 한 번도 해 보지 못한 것들이어서 한꺼번에 몽땅 해 보느라고 그렇게 되었던 것 같다.

그러나 나는 오래 그렇게 될 사내도 못 된다. 아내는 내 이런 상태를 "지저분하다", "내가 안 돌보면 그러다 죽을 것이다" 하지만 나도 이런 싱거운 상태를 오래 견디지는 못한다.

나는 어느 날 밤부터 새벽까지 이 여관에서 한잠을 못 자고 누웠다가 여관 지붕 위의 하늘에서 나를 비난하고 협박하는 한정 없는 동포들의 소리를 듣고 누웠다가 문득 겁에 질려 일어나서 여관문을 열고 갈 데도 없이 길거리로 뛰쳐나왔던 일을 지금도 잘 기억한다.

그래 나는 첫째 건강이 더 견디지 못하여 이 제1학기만을 겨우 채우곤 서울로 아주 되돌아와 버렸다.

이승만 박사의 곁

1

1947년 여름방학이 되어 부산에서 올라온 지 오래잖아 나는 전 민주당 대통령 윤보선의 초청을 받았다. 이때 민중일보라는 신문의 사장을 하는 한편 미국서 돌아온 지 얼마 안 되는 이승만 박사의 기념사업회장을 겸하고 있던 윤보선 씨가 그의 신문사의 간부들로 있던 몇몇 문인들의 추천으로 나를 이 박사 전기 집필자로 내정하고 그 일을 상의하기 위해 만나자 한 것이다.

나는 물론 즉석에서 승낙하고 부산의 대학교수직을 그만두기로 했다.

'야 그건 참 땡이었구나' 그런 생각을 하고 있었느냐고? 그야 그런 느낌도 상당히 있었지만, 나를 골라 찾아온 이 운은 이때의 내게는 '땡' 그 정도보다는 훨씬 더 벅찬 느낌을 주는 것이었다.

대한민국 수립 바로 한 해 전의, 그 초대 대통령 취임 한 해 전의 이 박사라면 그게 그 누군가? 공산당들까지도 한동안은 그들의 대통령으로 하겠다고 검은 먹글씨로 커다랗게 그 이름을 종이에 써서 종로의 벽마다 붙이고 다녀야 했던 이승만 박사, 해외에서 돌아온 독립운동의 거장들도 많았고 상해 대한민국 임시정부의 요인들도 많았지만 단연히 그들이 누구보다도 훨씬 더 빛나는 원로라고 이 민족된 이 누구나 제일 높이 우러러보던 이 박사, 신문의 제목들도 한동안 그 이름 위에는 반드시 '국부國父'라고까지 붙여 드렸던 분 — 이런 분의 생애의 이야기를 손수 이분한테서 들어 그 전기를 내가 쓰게 되었다는 것은 나한텐 더는 없을 큰 감동이 되었다. 채 가 보지 못한 아버지 할아버지의 고향을 처음으로 가 볼 기회가 생겨서 그리로 향하고 있는 것 같은 짙은 향수가 그 감동 속에서 솟아나 또 나를 이끌고 있었다.

그해 7월이던가의 어떤 날 오후, 나는 민중일보사의 간부였던 이헌구, 김광섭 등과 같이 돈암동의 '돈암장'이라 불리던 집으로 이 박사를 만나러 갔었는데, 서양식의 응접실에서 처음 만나 본 그의 인상은 예상 밖으로 소동少童에 노령老齡에 완강한 무슨 힘을 함께 합쳐 놓은 것 같은 것이었다. 누구던가가 썼던 한산 스님 비슷하기도 했지만 그보다는 훨씬 더 뚱뚱한 것 같았고, 더 뚱뚱한 대로 날래기는 또 한산보단 더하면 더했지 못하진 않을 것 같기도 했다.

그는 프란체스카 부인과 함께 우리 앞에 양복바지에 와이샤쓰 바람으로 나타났는데, 우리와 인사를 나누고 자리에 앉아 조금 이야기를 하다간 불쑥 일어서더니 다짜고짜로 방 안을 왔다 갔다 하고 또

의자 옆에 와서 엣비슥히 기대어 서서 말을 잇기도 하고, 그러는가 하면 또 창 켠으로 가서 다시 그 창 턱에 재빠르게 뿔딱 올라 걸터앉아 말을 보내기도 했다.

이런 그의 노령과 체모를 완전히 잊어버린 듯한 동작들은 전연 예상 밖이어서 처음 나를 적지 아니 당황케도 했지만 차츰 겪고 있는 동안 그에 대한 내 막다른 존경에서 오는 긴장을 늦추고 풀게 해 주어서 여간 고마운 게 아니었다.

나는 어렸을 때 아버지의 어떤 친구한테 인사를 가서 정중하게 발을 개고 앉았는 그분 앞에 무릎을 꿇고 있다가 그분이 너무 오랫동안 나를 놓지 않고 말씀을 계속하는 바람에 다리에 쥐가 나서 뒤에 물러나려 일어서다가 그만 거꾸러져 버린 일이 있다. 그걸 돌이켜 기억하면서 이 박사의 이 산골 도토리라도 줏으러 다니는 소년 같은 모습을 대하고 거기 맞추어 우리 사뭇 나이 아랫사람들도 자유해 있을 수 있는 것은 많이 시원스럽고 기지 있는 일 같아서 좋았다.

그러나 인제 1960년의 4·19 학생 혁명으로 그의 정권이 무너진 지 아홉 해나 지나 그걸 다시 돌이켜 생각해 보니, 그런 그의 아주 몸에 밴 서양적인 동작과 그런 센스의 발산들은 그것이 바로 그를 다시 해외 추방(비록 권고 형식이긴 했지만)으로까지 이끌은 원동력이 아니었는가 느껴지기도 한다.

> 쉰 해를 물 위에 떠서 헤매도   水平汎汎五十年
> 꿈에서도 늘 가는 고향 한남산   夢魂長在漢南山

이 시 구절은 그가 뒤에 나한테 일러 준 것 중에서 내가 아직도 안 잊고 있는 것 중의 하나이어니와 여기서도 보이는 것같이 애국 애족하는 강한 집념과 투지는 누구나 다 알 만한 이는 아는 것처럼 그의 세대에 그를 따를 이가 거의 없었다.

그러나 이런 훌륭한 집념과는 달리 그의 생활 동작과 센스들은 오십 년이나 되는 서양 생활에서 거의 다 서양화되어 우리나라 고유의 토착적인 관습들과는 이미 완전 조화를 이루기 어려울 만큼 되어 있었지 않았는가 생각한다.

첫째는 우리보단 지나치게 빠른 기와起臥 동작과 그 센스들의 속도다. 여기 남녀노유의 대다수는 아직도 천천히 생각하고 천천히 움직이고 천천히 가고 있는데, 영감님은 서양에서 산 반백 년에 그게 너무 빨라져 와서 채용한 부하들의 누구 하고도 거의 잘 맞지 않고, 그러다 보니 부하를 늘 많이 갈아 치우게 되어서 쓸 만한 사람들을 많이 잃게 되고, 그러고도 또 이 나라 살림의 실제의 정황이나 속도가 어떻게 돌아가고 있는가도 잘 요량 못한 채 있다가 정권의 종언을 가져온 게 아닌가 ― 아무래도 그런 생각이 든다.

이것은 좀 자세히 생각해 보면 적지 않은 비극이다. 이 20세기 한국의 제일 큰 애국자가 할 수 없이 강요된 외지 생활 반백 년에 외지의 생활 동작과 그 센스에 송두리째 길들어 와서 잊어버린 그 고장의 관례나 템포 등에 잘 안 맞아 다시 자민족에게 추방되어 객지의 고혼孤魂이 되었다는 것은⋯⋯

그러나 그것은 그분과 우리 민족의 비극일 뿐이고 그분의 가치를 없이하는 것은 아니다.

찰리 채플린이란 사람이 주연이 돼 찍었던 1930년대 영화에 〈모던 타임즈〉라는 것이 있는데, 여기 주인공은 공장에서 못 박는 일의 직공 생활을 하도 오래 바쁘게 해낸 나머지 쉴 때에도 손은 항시 못 박는 동작으로만 움직이게 되어 집에 돌아와서도 아무 테나 대고 그 짓만 되풀이하고 있다. 이 영화들을 머릿속에 되살리면서, 이 박사의 애국 최고 원로로서의 아집과 짧게 남은 생전에 손수 무어든 다 해내려던 초조할 정도의 명령의 속도 등을 회고해 볼 때 그 딴 데서 길들어져 온 급템포는 오히려 그의 비상한 장식처럼 느껴지기도 하니 말이다.

2

나는 이승만 박사의 전기를 쓰기 위해 먼저 자료들을 그 자신에게서 직접 이야기 들어 초 잡아 두노라고 1947년의 여름부터 겨울까지 사이에 자주 그의 머무는 곳에 드나들게 되었다.

아조 첫가을의 가는비 오는 어느 날 오후, 이때는 그가 마포 끄트머리 언덕 위의 마당만 휑하니 널찍하게 달린 큰 창고 같은 집—그 소위 '마포장'이라는 집에 와서 있을 땐데 찾아갔더니 그는 침실에 프란체스카 부인과 같이 있으면서 나를 맞아 주었다.

이 박사는 좀 열이 있어 그런다 하며 침대에 번듯이 누워서 천정만 쳐다보고 있었고, 프란체스카 부인은 남자의 양말을 두 손으로 붙들어 잡고 거기다 무얼 열심히 하고 있었는데, 자세히 보니 그건 전구를 양말 속에다 집어넣어 발에 신은 양말 뒤꿈치 모양을 비슷하게 동그랗게 살려 내 가지고 그 닳아 떨어진 데를 되도록 맵시 있게 바늘에 꿴 실로 기워 가고 있는 중이었다. 이런 것을 본 나라, 나는 이 박사 그가 어느 경우에도 자신의 호강이나 재물을 탐한 분이라고는 생각할 수 없다. 그건 그의 실정失政 뒤에 남았던 재산 목록이나 그 미망인의 너무나 초라한 생활에 대한 신문의 보도들도 우리한테 잘 증명해 주고 있듯이……

나는 이날 그가 외국을 돌아다닐 때 쓴 항해일지를 참고하기 위해 가져가기로 약속해 두었었는데 와 보니 그건 아직 찾아져 있지 않고, 이 박사는 비로소 생각나는 듯 부인에게 그걸 찾아오라고 했다.

조그만하고 가냘프고 유순한 부인은 묵묵히 명령대로 나가 꽤 오랜 뒤에 되돌아와서 그게 어디에 있는지 아무리 찾아봐도 잘 나타나지 않는다고 했다. 그런 일은 어느 집에서나 가끔 있는 일로 자세히 오래 찾아야 하는 일이기 때문에 나는 다음에 와서 가져가겠다 하고, 여기를 뜨려 했다.

그러자 이 박사는 침대에서 허리를 반만 일으키고는 들어와 서 있는 프란체스카 부인을 화난 눈으로 바라보며 영어로 "겔 아웃!(나가!)" 하고 크게 소리치고는 나보고 거기 앉으라고 했다.

나는 그의 부인이 마치 꾸지람 들은 어린애처럼 풀이 죽어 주춤주춤 물러 나가는 것을 보며, 이게 모두 내가 원인이 된 것이 미안해서 어쩔 바를 모르고 하라는 대로 의자에 다시 걸터앉아 있노라니, 뜻밖에 또 껍질 그대로 있는 새빨간 사과 한 개를 요 밑에서 꺼내 들고 그 손을 내게로 뻗치며, "정주……" 하고 아까 부인한테 화내던 소리와는 아조 딴, 아조 다정한 친구 같은 음성으로 나를 불렀다. 칼도 없이 그걸 내게 주는 걸로 보아 그냥 껍질째 불근불근 씹어 먹으라심에 틀림없었다.

그러고는 근작이라고 하며 아래와 같은 한시 절구 한 편을 내게 외워 주었다.

웬일로 강가에 와 사시느냐고	移家何事住江邊
찾는 이 모두 다 나한테 묻네.	來訪人人問不休
그대여 창밖을 내어다보소.	願君須見窓外見
오호엔 연월, 산엔 가득 가을인걸.	五湖煙月滿山秋

그냥 마음속의 기억뿐이라 글자가 혹 하나둘쯤 비슷한 딴 것이었던지는 모르겠으나 뜻은 이런 것이었다.

나는 그냥 "좋습니다" 하기도 안 되어서 손에 사과를 든 채 가만히 있기만 했더니 또 이번엔 이분은 일어나서 침대 머리맡에 닫아졌던 커튼을 열어젖히고, 이 날씨가 언제쯤 갤 것 같느냐고 묻곤 미처 내 대답이 나오기도 전에, "정주……" 하고 또 나를 불렀다.

"하늘은, 세계에서도 우리 하늘이 제일로 좋아…… 이탤리, 거기도 괜찮긴 하지만 우리 하늘에 비기면야 어림도 없어."

이런 템포, 이런 절대, 이런 소년다움, 이런 정취와 애국과 자랑, 이런 것들이 내가 그를 만난 동안 본 그의 모습들이다. 그러고 독자들도 위의 간단한 묘사에서도 보신 것처럼 그의 주권들은 너무 거세고 바빠서 그랬는지 흔히는 우리와 일치할 겨를도 주지 않고 독보를 곧잘 하는 것이었다.

그러나 이렇게 누가 보아도 역력히 뵈는 그의 독주는 그가 거인이기 때문에 갖는 매력이라고만 느꼈을 뿐 이런 것을 이때 나는 염려하질 않았다.

나는 그의 무뚝뚝하면서도 민첩한 돌미륵 같은 얼굴에도 정이 들었지만, 특히 그의 큼직하고 실한 두 손을 믿음직하게 느꼈다.

"어, 이 손으로 나는 눈에도 병이 들어 잘 안 보이는 자릿굽을 세고 있었지. 내가 어려서 마마를 앓고 난 뒤데, 내 선친이 그걸 세 보라고 한단 말이야. 그분이 아들론 나 하나만을 사십이 넘어서 나서 금지옥엽같이 여기셨는데, 지독한 열로 두 눈까지 잘 안 보이게 되어 있었어."

어느 날이던가 그가 내게 말한 추억의 한 토막은 지금도 그 큼직한 손과 같이 내 생각엔 그의 전 생애와 그와 나의 민족 선대들이 그에 건 촉망을 요약해 상징하고 있는 것만 같다. 그 지독한 마마열은 그의 지독한 애국심, 그 자릿굽들은 늘 늘편히 일어나지 못하고 깔려만 있던 이 민족의 형편, 지나친 열로 잘 보이지도 않는 것을 세고 있던 그 큰 손은 그의 거인성으로 느낀다면 말이다. 그렇게 그는 지나친 그 애국의 열과 고난의 결과로 자릿굽들을 이미 제대로 짚어

세어 가지도 못할 노인이 되어 가지고 환국한 게 아니었던가.

그는 이 큼직한 농부 것 같은 손으로 뜰에 풀들도 어느 농부만 못하지 않게 곧잘 다루었고 또 장도리를 들고 다니며 목수들의 어떤 일도 썩 잘했다. 1945년의 해방에서 오늘까지 오는 우리나라 형편과 우리나라 사람들의 일이 농업이나 목공일 같은 거였다면 그는 그 큼직한 손으로 나이도 타지 않고 마지막까지 썩 잘 해냈으리라.

3

이 박사는 1948년이 되면서부터는 정부수립의 준비로 시간이 영 없이 되어 그 전기의 일도 불가불 뒤로 미루어야 했다. 세 번째의 그의 거처 이화동의 '이화장'은 날마다 그 정치가란 사람들로 들끓어 나 같은 사람이 하는 일은 비켜야만 하게 되어, 나는 그에게 많은 미련을 남긴 채 그의 곁을 떠나야만 하게 되었는데, 이건 또 이걸로 그와의 마지막 대면이 되고 말았다. 나는 뒤에서 언제 말하게 되겠지만, 그가 대통령이 된 뒤 전기에 관한 일로 꼭 한 번을 찾아갔다가 만나지 못하고 말았을 뿐 그를 찾은 일도 만난 일도 더는 없었으니 말이다.

그러나 그와의 반 해쯤의 접촉은 내게는 은근히 큰 힘이 되었다. 늘 짓눌리면서도 끈질기게 뚫고 나온 민족혼의 상징을 그에게서 가까이 느끼고, 일정 말기 한때의 엉터리였던 내 오판을 대조해 보고, 다시 살 마련과 용기를 내 속에 일으키는 데에 아주 큰 힘이 되었다.

그렇기는 하지만 일이 중단되자 얼마큼씩 받던 수입의 길마저 끊어져 버린 것은 내겐 또 견디기 어려운 위협이 되었다. 그야 나도 그때 내 또래의 어떤 사람들이 기껏 하고 있던 무슨 정치단체 같은 데라도 가입하여 이 박사의 옆을 다시 뻔질나게 드나들기라도 했더라면, 무슨 감투라도 하나 얻어 썼는지도 모른다. 그러나 나는 그런 감도 되지 못하려니와 또 첫째 우선 그렇게 뻔질나게 쫓아다닐 배짱도 노자도 두 가지가 다 없었다.

그래 기껏해 다시 찾아낸 일자리란 것이 이때 남산에 있던 음악대학에서 시간강사 노릇을 하는 것이었다. 음악 학생들한테 내가 무얼 하느냐고 하니 시와 음악은 밀접한 관계가 있는 것이니 자꾸 시를 이야기해서 음악에도 좋은 시적 정서만 불러일으켜 주면 되는 일이라고, 이곳의 교무였던 작곡가 김성태가 격려해 주어서 연탄값이라도 벌 양으로 나가서 그 시라는 것을 마구 추켜들고 한동안 마구 지껄여 대기는 했지만 어찌 타산지석만 같아 안심치가 못했다.

그러나 여기서도 얻은 게 하나 있긴 있다. 그 이쁘장하고 감각적인 남녀 음악 학생들을 앞에 놓고 그 신선한 눈과 얼굴들을 거울처럼 빤히 들여다보며 되도록이면 효과적으로 내 시 이야기의 정서의 표현을 거기다 반영시키려고 애쓰다 보니, 시간이 지나는 동안에 저절로 는 건 강의용의 말재주인 것이다.

학생들 가운데 하나라도 자리를 이탈하는 사람이 보이거나 상을 좋지 않게 나타내고 있는 사람이 보이면 곧 거기 재빠르게 맞추어 또 딴 걸로 딴 걸로 화제를 바꾸어 가며, 그들의 눈과 얼굴이 모조리 내 말에 심취하기만을 노려 말을 구을려 가다 보니, 그것도 점차로는 거기 며느리발톱까지가 나기 시작해서 꽤 자신 있는 게 되어 가고 있었던 것이다.

이것은 항시 지껄여야 하는 교수 노릇에는 매우 중요한 일이다.

청마 유치환은 대구의 어느 대학에 잠시 있다가 곧 물러나 고등학교 교장 노릇만 종신했지만, 내 생각으로는 그 바위 비슷이 잠잠하기 일쑤였던 말씨가 대학에서 그걸 연습해 보다가 영 비위에 잘 맞지 않아 관두어 버린 것 같다.

나는 부산 동아대학 때도 물론 이것은 크게 중요한 걸 알고 연습은 했으나 거긴 이땐 억센 사내들뿐인 데다가 그 있는 자리도 어스컹컴한 데여서 그 효력을 잘 측정하지 못했었는데, 남산 꼭대기의 밝고 맑은 곳에 예쁘장하고 싱싱한 여학생들을 반나마 섞고 있는 이곳에서는 그들의 완전히 가감적可感的인 눈과 얼굴 그것이 뚜렷한 청우기晴雨器로 잘 드러나 보여서 내 말 표현의 효력을 재어 가기에는 아주 안성맞춤이 되었다. 이곳의 이것은 지금도 내가 하고 있는 대학 훈장의 길에 중요한 한 연습이 되었다.

그러나 물론 이걸로만 살길은 전혀 없어 내 아내는 바느질품을 팔았다. 앞에서도 잠깐 말한 듯하지만, 그건 여기 와 있는 미국 군인들이 즐긴다는 그 동양의 자수를 그들이 입을 파자마 같은 데 놓는 바느질 일이다.

강의도 없는 새봄의 번한 여러 날들을 나는 거의 집지기 노릇만 하고 있었고, 아내는 그 수방집이라는 데에 가서 종일 수놓던 용이며 모란꽃들을 밤에도 들고 와서 이어 놓고 있었다.

아지랑이가 피어오른다
섧고도 어지러운 사랑의 모습처럼
녀릿녀릿 흔들리며 피어오른다

공덕동에 피어오르는 아지랑이는
공덕동에 사는 이의 사랑의 모습.
만리동에 피어오르는 아지랑이는
만리동에 사는 이의 사랑의 모습.

순이네가 사는 집 지붕 우에선
순이네 아지랑이 피어오르고
복동이가 사는 집 지붕 우에선
복동이네 아지랑이 피어오르고

누이야 네 수놓는 방에서는
네 수놓는 아지랑이,
네 두 눈에 맑은 눈물방울이 고이면
맑은 눈물방울이 고이는 아지랑이 피어오르고

'그립다' 생각하면

'그립다' 생각하는 아지랑이,

'아!' 하고 또 속으로 소리치면

'아!' 하고 또 속으로 소리치는 아지랑이,

아지랑이가 피어오른다

섧고도 어지러운 사랑의 모습처럼

녀릿녀릿 흔들리며 피어오른다

　　　　　　　　　　—「아지랑이」

　나는 이런 것이나 느끼고 쓰고 번들번들하면서 참 오랜만에 오금
이 제대로 편 게으름과 가난하고 수심스러운 대로의 여지餘地에 목
침을 베고 뒹굴고 있으면, 아내는 그 촘촘한 수의 바늘을 하루에 몇
만 번씩이나 움직이는 것인지 용의 비늘들과 모란꽃과 잎사귀들과
또 국화니 뭐니 그런 것들을 밤 깊도록 수놓아 우리 창자를 채울 양
식의 한 알 한 알을 세듯이 벌고 있는 것이었다.

　그러나 나는 이 한동안의 휴식기를 내 생애에서 맨 처음으로 행복
하기 시작했던 때로 생각한다.

　그것은 늘 무엇으론지 조여만 있던 내 소년 때부터의 오금이 비로
소 풀리는 것을 의식했던 때이기 때문이다.

동아일보사와 나

1

내 아버지는 인촌 김성수 선생 댁의 한 서생이고 농감이었다. 그의 집은 한동안 이 나라 제일의 지주였고 내 아버지는 가난하여 청년 때 그의 집 서생으로 있다가, 그의 집이 서울로 이사 간 뒤엔 그전북 줄포의 집까지를 맡아서 지키는 농감이 되었다. 그래 나는 국민학교 시절을 그의 그 여덟 갠가 아홉 개의 대문 중문들이 달린 큰저택에서 성장하기도 했고, 뒤에 중학교도 그가 경영하는 중앙엘 다녔고 또 그 인연으로 1948년 봄엔 동아일보사에 입사도 한 것이다.

나는 국민학교 아이 때도 인촌은 마음속으로 존경했었다. 그것은 그가 내 아버지에게 늘 존댓말을 썼기 때문이다. 그 댁의 한 비서이고 농감인 내 아버지한테는 내 아버지보단 나이 아래인 그의 아우까지도 존댓말을 쓰지 않고 반말을 곧잘 쓰는 걸 나는 어려서 들었고,

또 그것이 어린 마음에도 창피했었는데 인촌 그만은 어느 때나 내 아버지를 경어로 상대해 그것이 나를 위로해 주었기 때문이다.

내가 열일곱 살쯤이 되어서 내 아버지한테 존댓말 못 듣는 그 창피를 말해 농감 노릇을 그만두고 고창 읍내로 이사 가게 한 뒤의 어느 날, 나는 아버지의 부탁으로 마침 줄포에 잠시 들른 인촌한테 인사를 하러 간 일이 있다. 열여덟 살 때였던 것 같다.

그의 장판방에 들어서 엎드려 절하고 일어서는 나를, 그는 읽고 있던 영어로 된 책을 접어 두고 그 항시 소년적인 눈으로 빙그레 쳐다보며, "언제 왔는가?" 물었다. 그는 아직 열여덟의 나한테도 '언제 왔느냐'보다는 한 등 윗급인 이런 말투를 썼다.

"넉 시 반 차로 왔습니다."

나는 무언지 좀 거북한 말투로 이렇게 대답한 걸 기억한다.

"넉 시 반이라니?"

그는 대단히 중요한 일에 열중하다가 마음에 안 들어 힐문하는 어조로 내게 바짝 가까이 접어들었다.

나는 처음 이 힐문이 무엇을 뜻하는 것인지를 몰라 "네?" 하고 도리어 반문하며 그를 주시했다.

"야, 이 사람아."

그는 이미 어느 타협도 할 수 없는 단호한 음조가 되었다.

"네 시면 네 시고, 넉 점이면 넉 점이라고 말하는 법이지 넉 시가 무엇인가, 넉 시가? 제 나라 말을 그런 식으로 써서 되나?"

이렇던 이분의 고마움을 나는 더 좀 나이가 든 뒤에 천천히 알게 되었지만, 이때엔 '그게 무슨 잘못이라고 왜 저래?' 하는 뭉클한 감정이 앞서 아무 대답도 더는 않고 방바닥만 보며 되게 꼴고 앉았다가 이내 물러나고 말았다. 그러고는 그 뒤 몇 해 동안을 내 아버지가 아무리 졸라도 그한테 인사 가는 일을 작파하고 말았다.

그러다가 1935년이던가 내가 중앙불교전문학교에 재학 중일 때 돈을 꾸러 다시 그를 찾게 되었다. 아버지가 보내 준 학비를 죄끔만 마신다는 것이 어쩌다가 몽땅 다 마셔 버리고 깨나서 궁리궁리하다가 그를 생각해 낸 것이다. 마음속 한쪽에선 그 '넉 시'가 여전히 어느 만큼 걸렸지만 여기밖엔 더 갈 데가 생각이 나지 않아 마지못해 찾아갔던 것인데, 그는 내가 말을 마치기가 바쁘게 '그러소' 한마디로 그걸 내게 바로 내주었다. 그리고 그 '그러소'의 음조는 백 프로의 반가움만을 그득히 담고 있었다.

그래 이때 이미 한 문학청년으로 우리말 맛을 손수 고르기도 하고 있었던 나는 인촌이 '넉 시'를 '네 시'와 '넉 점'으로 그렇게도 열심히 고쳐 주던 고마움을 곰곰이 생각해 보게 되었다.

그리고 나서 한두 해 뒤, 내가 한 신진 시인으로 처녀시집 『화사집』을 출판했을 때 연희전문학교(지금의 연세대) 영문과에 재학 중인 한 문학청년이 아주 매우 반가운 음성과 미소로 어느 다방에서 바싹 가까이 다가와 내 손을 몽땅 붙들어 잡았는데, 보니, 그게 바로 인촌 선생의 넷째 아들인 상흠이었다. 뒤에 국회의원이 된 김상흠 말이다.

상흠은 나하고 얼린 지 오래지 않아 조선어학회사건으로 함흥의 일본인 감옥에 끌려가서 오랫동안 갇혀 지내는 몸이 되었지만, 나와의 다방의 상봉 이후 한동안은 우리 신진 문인의 떼에 한몫 끼어 명동으로 관수동으로 쏴다녔다. 관수동엔 이때 고대 몽고인적인 징기스칸 불고깃집이라는 것이 새로 생겨 여긴 고기가 큰 손바닥만큼씩 넓적한 데다 그걸 구워 집어먹는 젓갈이 또 보통 젓갈의 세 배의 길이는 되고 또 술잔도 여기 것은 큼직한 사발인 점이 대인풍이 있다 하여 우리는 여길 될 수 있는 대로 자주 찾아들었다. 잠뿍 짓눌려서 쬐그맣게 오그리고 사는 억울한 감각 때문에 술과 안주라도 대인풍인 걸 즐겼던 것이다.

이 김상흠이 1948년 봄의 어떤 날 문득 어느 거리에서 나와 딱 마주치자, "여—서 공. 그렇잖아도 찾던 중이었는데 잘 되었어" 하고 내게 동아일보사에 입사하라고 권하는 것이다. 그도 그동안 거기 편집 일을 보아 왔다고 하며, 꼭 한곳에서 같이 일을 하자는 것이다. 그때 내가 동아일보사에 들어가 처음 얻은 자리가 사회부장이었다. 신문기자의 경력이 조금도 없는 사람을 사회부장의 자리에 앉힌 것은 전례가 없는 일이라고 했다. 그러나 김상흠은 그의 집의 신문인데도 부장도 하지 않고 한 평기자로서 아직 일을 하고 있었다.

내 입사는 내가 원하지 않은 한 섭섭한 일을 낳았다. 사회부 차장으로 있어 온 모 씨가 부장 자리를 바라고 있다가 내가 앉는 바람에 그만 사표를 내고 경관으로 전직해 버리고 만 일이다. 그는 모 경찰국의 보도실장으로 갔다가 오래잖아 경찰국장으로까지 승진했지만 그에겐 나는 미안한 일을 했다.

2

제일 바쁜 신문사 사회부의 부장 자리에 앉아서 나는 별로 할 일이 없었다. 그걸 어떻게 하는 것인지조차도 나는 몰랐을 뿐만 아니라 눈치로라도 짐작해 잘해 볼 생각도 내지 못하는 먹보(귀머거리)였던 것이다.

남의 집에서 꾸어다 놓은 수탉처럼 웅크리고 앉아서 차라리 작문 교사같이 날마다 기자들이 써 오는 기사의 문장만을 고치고 있었다. 가뜩이나 바쁜 신문 기사들을 좀 화장시켜 내는 일쯤이 사회부장의 주임무라고 착각하고 있었던 것이다. 사회의 사건들은 평기자가 다 알아 하는 것이고, 부장은 덤으로 앉아서 기사들이나 좀 뜯어고치면 되는 거라는 생각이었다.

그런데 그 기사 화장의 사업은 오래잖아 불쑥 나온 편집부장의 한 마디의 직언 때문에 주춤하게 되고 내 얼굴을 귀밑까지 꽤 붉게 물들게 했다.

"사회부장, 사회부장, 어서 빨리 기사 넘겨 보내시오. 여기는 작문 교실 아니오."

열심히 기사의 글을 고쳐 가고 있는 나한테 이렇게 불쑥 쏘아 댄 것은 그 신경질과 직언으로 정평 있는 민재정이었다. 그는 일정 치하에서도 꽤 오랜 기자 생활의 경력을 가진 인물로 신경질이 나면 자기가 먼저 얼굴을 빨갛게 붉혀 가지고 생각하는 것을 숨기지 않고 쏘아붙이는 성질이었는데, 꽤 오랫동안 나 하는 사업을 지켜보고 그

발전을 기다리고 있다가 영 그게 안 보이자 되게 한마디 내뱉고 만 것이다.

이어서 주필이 또 나를 불렀다. 신문의 사회면은 여러 가지 음식을 잘 차려 내는 한 밥상과 같은 거고, 사회부장은 그걸 차리는 총책임자니까 사회 각 방면의 움직임에 정통해서 기자들을 동원할 줄을 알아야 한다. 그러니 때로는 직접 취재도 나가 보아라─하는 교훈이었다. 그래 나는 그 직접 취재라는 것을 해 보았는데, 내 관심은 주로 문화부가 할 만한 일에만 있어서 처음 다루어 본 게 겨우 태극기 네 귀퉁이의 괘들이 순서가 바뀌어 있다는 사실이었다. 경찰전문학교의 총경 하나가 여기 착안해서 "내 눈이 틀림없으니 꼭 좀 기사로 해 달라"고 하는 설명을 들어 보니 그럴 듯하여, 창해滄海에서 유주遺珠를 건져 낸 셈으로 이걸 한번 내놓아 본 것인데 이게 또 한바탕 말썽거리가 되고 말았다.

이 기사가 신문에 나기가 무섭게 고재욱 주필이 또 불러서 가니 그는 얼굴이 불그레하게 달아 가지고 나를 나무랐다. 그도 못마땅한 일을 보면 말보단 먼저 얼굴을 붉히었다.

"서 사회부장. 신문 기사를 이렇게 논문같이 쓰면 어찌히여? 아직 확실한 귀결도 안 난 태극기의 괘의 순서를 갖다가 어느 한쪽 주장의 편을 들어 그렇게 써서 되는가요?"

나는 그러나 김 총경의 주장의 근거가 확실한 것을 믿고 있었기 때문에 그걸 내세워 말하고는 있었지만, 마음 한 귀퉁이에서는 또다시 두 번째로 엉터리 기자 노릇을 한 게 자각되어 대답하는 어세마저 점점 풀이 죽어 갔다. 엄정 객관의 교훈의 한 항목은 아직도 기자 견습생인 내가 또 거치지 않을 수 없는 필수과목이었던 것이다.

이렇게 해서 한 사회부의 견습 기자가 부장직을 차지하는 일은 오래 계속되지 못하고 나는 이내 문화부장으로 좌천을 당해야 했다. 아니 오히려 나는 그쪽을 자원하리 만큼 되었다. 나를 아끼던 김상흠은 내가 사회부장에서 차츰 올라 편집국장도 되고 주필도 되기를 바랐지만, 나는 아무래도 문화부쯤의 방계밖에는 언론인의 소질이 없었던 것이다.

'소질이 없으니 나가거라' 해도 될 일이었지만 그래도 문화부로라도 옮겨준 것은 동아일보의 사시社是의 덕이었다. 여기 사시의 하나엔 일단 들어온 사람은 여간 큰 대과가 있기 전엔 내쫓지 않는다는 것이 있다. 그래 여기는 일정 때 이래 들어가기 무척 까다로운 곳이긴 하지만 한번 들어가기만 해 놓으면 누구도 쫓겨나는 일은 좀처럼 없었다.

동아일보사의 사시의 또 하나는 '남의 약점을 꼬집어 말하느니보단 그 장점을 북돋아 격려해 준다'는 것이다. 일정 이래 오랫동안 이곳의 사장이었던 고하 송진우 선생의 정신의 반영이라고 들었다. 고하는 아마 일본의 집정 밑에 자꾸 시들어만 가던 이 민족의 생명력들을 두고 오래 마음을 쓰다가 아직도 덜 시들고 덜 위축된 힘들이라도 이걸 칭찬해 육성해 올려서, 민족정신의 활로를 어떻게든 만들어 가고자 이 한 조목을 만든 것이리라. 내가 이때 한동안 여기 있을 때 마음에 이큰 이 교훈은 지금도 내겐 한 잊지 못할 것이 되어 있다.

내가 이 나라의 문학비평 같은 것을 쓸 때 그 장점으로 보이는 것만을 주로 들고 말하고 말기가 예사인 것은 여기 이 사시에서 참고한 게 많다.

고하의 이런 정신을 숭상하여 나는 뒤에 문화부장의 한직에 있을 때 그의 전기 집필의 의뢰를 받아 한쪽으론 또 전기의 자료를 모으는 데 주력하기도 했다. 그의 전기 자료를 모으고 다니노라고 나는 현상윤, 김병로, 현준호 같은 이들도 자주 만나 알게 되었다. 그중 현상윤 선생한테 들으니 고하는 기미 3·1운동의 독립 선언자 33인의 하나가 되지는 않고 33인 피체 뒤의 제2단계 운동을 맡기 위해 남아서 일반에 알려지기는 3·1운동의 주동 인물이 아닌 것처럼 되어 있지만 사실은 3·1운동 추진의 제일의 원동력이었다고 했다. 고하와 함께 3·1운동 준비에 가담했던 현 옹은 '고하가 3·1운동 준비의 정신적 주동력'이라 말하고 '최고 참모들도 머뭇거릴 때 그가 들어서 그 일을 하게 한 것'이라고 했다.

육당 최남선이 그의 '광문회' 일을 앞세우고 자기는 빠질 것을 말하자 최린도 육당의 귀를 만지고 앉았다가 "나도 못 하겠어" 하는 것을 고하가 혼자 꼿꼿이 어성을 높여 "해야지! 어떻게든 기어코 해야지!" 하고 나선 것이 그 일을 되게 한 것이라 했다.

이런 고하의 재발견은 그의 지도로 자란 동아일보사에 내가 있게 된 것을 다행으로 여기게 했고 또 그의 전기 집필을 내가 맡은 것을 자랑으로 느끼게도 했다. 그러나 나는 그 뒤 내 환경의 불여의와 6·25 사변과 또 발병 등으로 이걸 내 손으로 해내지도 못하고 말았다.

고하의 전기 자료를 모으고 다니던 때의 어느 날 인촌 댁엘 오전에 들렀더니, 고하의 이런 이야기 저런 이야기 끝에 인촌은 안을 향해 "점심은 손님하고 겸상으로 차려 내라"고 했다. 여기 손님이란 물론 나를 가리킨 것으로 이런 겸상 대우는 내가 그를 안 뒤 처음 있는 일이었다. 차려 들어온 밥상을 보니 그 그릇들은 고려청자와 이조 백자의 중간색인 연옥색으로 또 낱낱이 뚜껑들을 덮고 있었지만, 열어 보니 그 내용들은 내가 늘 먹는 것과 비교해도 아조 간소할 뿐인 것들이었다. 아조 성성하고 깨끗한 생굴 한 접시가 그중 값이 나가는 것이었다. 부와 사업들에 비해 너무 간소한 그의 식생활을 생각하고 있노라니, "거 정주, 자네가 거 문필이 상당하더구만……" 그는 밥숟갈을 나르면서 나직이 이렇게 말했다. 이렇게 해서 나는 그에게 겨우 인증된 것이다. 그러나 나는 이분도 이 무렵 만난 것을 마지막으로 다시 더는 찾아뵙지도 못하고 말았다. 나는 그렇게 무심한 사람인가 보다.

3

일정 때나 지금의 동아일보 문화부와는 달라서 해방 뒤 몇 해 동안 미군정 때의 여기엔 너무나 좁은 지면에 끼일 자리도 거의 없어서 기자는 한 사람 이상이 필요치 않아 그 책임자로 나 하나만을 놓아두었다. 내가 '놓아두었다'고 한 것은 나 하나마저도 한 부서의 이름을 지키기 위한 것일 뿐 특별한 일이나 있을 때밖엔 거의 날마다 별 할 일도 없이 탁자나 지키고 있으면 되었기 때문이다. 일테면 팔자 좋은 데로 옮겨온 것이다. 그래도 한 부部라고 내 탁자 위엔 전화까지도 따로 하나 매달아 주었지만, 전화하기를 좋아하지 않는 나는 이것을 별로 써 보는 일도 없이 번히 앉아 눈동자 보낼 데나 과히 심심치 않은 곳으로 옮기고 있으면 되는 것이었다.

향단아 그넷줄을 밀어라
머언 바다로
배를 내어밀듯이,
향단아.

이 다수굿이 흔들리는 수양버들 나무와
벼갯모에 뇌이듯한 풀꽃데미로부터,
자잘한 나비 새끼 꾀꼬리들로부터
아조 내어밀듯이, 향단아.

산호도 섬도 없는 저 하눌로
나를 밀어 올려다오
채색한 구름같이 나를 밀어 올려다오
이 울렁이는 가슴을 밀어 올려다오!

서으로 가는 달같이는
나는 아무래도 갈 수가 없다.

바람이 파도를 밀어 올리듯이
그렇게 나를 밀어 올려다오
향단아.

이 「추천사鞦韆詞」란 이름으로 된, 그네 위의 춘향의 말에 가탁한
내 한 편의 시는 아마 이 무렵의 언제 쓴 것 같은데, 그 그네 위에 새
로 앉은 춘향이처럼 하늘 멀리 어디로 밀려가고 싶은 새 모험의 동
경이나 마음속에 모락모락 끓여 올리고 앉아 있으면 거의 되는 노릇
이었다.

그것도 심심하면 편집국장 김삼규의 오래전의 지독한 여드름 구
멍으로 상당히 많이 패어 있는 육중한 얼굴이나 보고 앉아서 여드름
소년 때 일이나 회고하든지 또 질리면 딴 데로 눈을 돌리고 있으면
되었다. 이때의 여기 문화부장 자리의 한가한 눈요기의 산책에서 내
게 가장 시원스럽고 깨끗한 인상을 준 것은 내 앞을 가끔 드나들던
경리부 사원 S양의 그 여고 2학년 같은 눈과 얼굴과 모양이었다. 그
녀가 지나가면 여름 창에서 불어오는 한바탕의 시원한 바람을 쏘이
는 것같이 나는 잠시 서늘할 참이 되었다. 이렇기 때문에 어느 사무
실에도 소녀의 눈을 한 여인들을 하나둘쯤은 골라 두는 것인가. 아
니면 사무실에 와서 배겨 내게 되면 여인들은 할 수 없이 모다 소녀

의 눈이 되고 마는 것인가.

나는 여기 이 한직에 있는 동안에 그 덕으로 위의 「추천사」 외에도 춘향이가 말한 걸로 꾸민 몇 편의 시 「다시 밝은 날에」, 「춘향유문」 등을 썼다. 또 우리 대한민국의 새 정부가 선다고 그 수립 기념가를 쓰라 하여 그것도 지었다. 정부 수립 기념일마다 불러 온 '삼천만 무궁화 새로이 피고'로 시작되는 이흥렬 작곡의 그 노래 말이다. 그러나 내가 세운 문화부장의 업적이랄 것이 거의 없어 쓸쓸하다.

내가 한 거라곤 현재 신문지의 반 조각 두 페이지의 지면에 떼를 써서 억지로 설치한 독자 시란詩欄이 한 가지, 그리고 또 한 가지는 이때까지도 안창호 작으로 알려져 오던 우리 국가國歌의 사실의 작사자 윤치호를 밝혀내는 데 힘을 빌린 것이다. 그러고는 연재소설의 원고나 받아 넘긴 일을 빼면 별로 더는 한 것이 없다.

아직도 신인의 아무 발표 기관도 없던 때라 한 주일이던가 두 주일 만에 한 번씩 나가는 이 독자 시란에도 전심전력으로 기를 쓰고 대드는 신인들은 적지도 않았다. 그중의 어떤 이는 지금 시인으로 활동을 하고 있지만 또 어떤 이는 그 희망마저 고스란히 접어 두고 작고도 했다. 이런 일을 생각하는 것은 내게는 제일 큰 슬픔이다. 자라나는 내 자식들이나 후배들이나 손자의 그 두 손과 껌벅이는 눈방울과 숨소리를 옆에서 빤히 보고 듣고 앉아 있을 때 문득 내 가슴속을 못 견딜 만큼 뭉클하게 만드는 것은 이런 일이다.

그다음은 우리 국가의 작사자 이야긴데, 어느 오전이던가 오후던가 두 눈썹이 유난히 곱고 단정한 이십 대의 청년이 하나 아조 깨끗

214

한 이빨로 미소하며 내 너무나 한가한 사무실 앞에 나타나서 이조의 다듬이질한 한지 쪽 하나를 그 양복 안호주머니에서 꺼내 놓았다. 들으니 이 청년은 윤○○이라는 이로, 그의 아버지는 저 유명한 이조 말의 학부대신이었던 윤치호 옹이라고 했다.

윤치호 옹이라면 나도 이승만 박사의 전기 자료를 이 박사한테서 이야기 들었을 때 이조 말 대한제국 독립협회의 제2대 회장이 윤 옹이었다는 것을 들은 일이 있을 뿐더러 일정 치하에서는 마지막 판까지 절조를 잘 지켜 가다가 제2차대전에 우리 학병이 강제 징발당할 때 그 출전 권유를 한 번인가 강요당해 한 것 때문에 해방 바로 뒤 반민족행위자 처벌 재판에서 잠시 문제까지 되었던 것도 잘 알고 있었다.

그는 내 앞에 내놓은 그 이조 한지 위에 먹글씨로 써 있는 게 얼마 전에 돌아가신 그의 아버지의 친필의 필적이라 하고, 여기 쓰여 있는 '동해물과 백두산이'로 시작되는 애국가는 그의 아버지의 작품이라는 유언이었다는 걸 조용히 말했다. 그러고 이 사실을 동아일보 지면에서 좀 밝혀 달라고 했다.

나는 하여간 놓아두고 가라고 하고, 가만히 혼자 앉아서 곰곰이 생각해 봤다.

'윤치호 옹이라면 이조의 대신이었을 뿐만 아니라 이조 말의 독립 운동자로서도 서재필 박사의 뒤를 이은 대표적 인물이다. 이승만 박사도 한동안은 그의 한 부하에 지나지 않았다. 그는 일정 때도 그 말기 가까이까지 지킬 것을 잘 지켰다. 제2차대전이 나서 일본이 중국을 깔고 뭉개고 아시아의 구석구석을 휩쓸자 그만 민족 재기再起의 장기長期의 불가능을 느낀 것 아닌가. 그래서 그 학병 권유라는 것에 응한 것 아닌가? 반대하여 몰살당하고 가혹하게 얽매여 사느니보단 합류하고라도 어떻게든 살 사람들은 살아남아서 뒤나 기다리자는 마음 아니었을까. 그런 체념은 이십 대였던 내게도 경험이 있는 일이다……'

이렇게 생각해 가다가 나는 윤치호 옹이 그 임종의 유언에서야 겨우 밝힌 애국가 작자 표명이 거짓일 순 없다는 심증을 굳혔다. 친일파로 논란된 지 얼마 안 되어서 숨을 거둔 그의 입이 이걸 가족들에게 밝힌 것은 그 자녀의 일부도 아직 그걸 잘 모르는 일이기에 그랬을 뿐 이걸 발표해서 이해받을 만한 시기로는 좀 더 뒤를 기다려야지, 아직도 그때가 아니라는 것 등의 정황에서 이해가 갔기 때문이다.

그래 나는 그 사실을 이번에도 그 '신문의 엄정 객관'이라는 걸 한 술 더 넘어서서 어느 날의 지면에 그 먹글씨의 사진판까지 떠서 내고 말았다. 이번에는 문화부 일로 다루어서 그랬는지 아무 힐책도 없었다. 아마 이만쯤 한 이해는 주필실에서도 서 있은 때문이었으리라. 이로부터 얼마 지나지 않아 우리 새 정부 안에 새로 생긴 '국가 작사자 사정위원회'던가 하는 명칭의 위원회에 나도 동아일보에 내가 다룬 기사가 인연이 되어 한 위원으로 참가했다. 그래 나는 그 자리에서도 내 생각을 누누이 주장했는데, 그건 또 다행히 맞는 편이 되었다.

신생 대한민국 문교부 초대 예술과장

1

1948년 9월이었던가 10월이었던가, 벌써 서른세 살이 된 나는 창덕궁의 어느 어스컴컴한 옛 청요릿집 방 비슷한 흙때 자욱한 청마루방에서 금시 새로 생겨난 대한민국 3급 공무원의 시험을 치르고 앉아 있었다. 나는 기독교인은 아니지만 신약에 보이는 '너의 신을 시험하지 말 것이다'라는 말만은 아주 좋아해 온 사람이라 내가 그 시험이라는 것들을 치르는 것도 또 남한테 그걸 당하는 것도 영 싫어해 왔지만, 이번만은 그걸 몽땅 에누리해서 치르고 있었다. 우리 역사 있은 뒤에 맨 처음으로 생긴 대한민국 정부가 너무나 매력이 있어, 내 나이와 실력에 꼭 맞다고 생각된 서기관쯤으로 꼭 무슨 일을 해 보고 싶은 욕망 때문이었다.

그래 그리스도 앞에 왔던 사탄이 아니라 해방 뒤의 눈물과 에누리

뿐이었던 시험관들은 내 시험지들을 어떻게 본 것인지는 모르지만 하여간 합격으로 뽑아 주었다. 아마 해방이라는 센티멘털리즘이 그렇게 해 주었던 걸로 안다.

이 합격을 나는 누구보다도 내 아버지한테 먼저 알려 주고 싶었다. 왜냐면 이분은 일정 때 내가 일본인의 법과대학 같은 델 졸업해서 고등관 8등쯤이라도 되어 씨족의 모진 명맥을 유지해 주기만을 간절히 바랐었지만, 나는 그저 한 방랑하는 문학청년이 되고 말아 그게 늘 걱정거리시었기 때문이다. 겨우 씨족의 명맥이나 이어 가기 위한 남의 나라 종노릇의 고등관 8등보다는 바로 금시 재생한 내 나라의 한 3급 관리가 된 걸 아실 수 있었더라면 아버지는 얼마나 좋아하셨을까? 그러나 아버지는 땅속에 묻히신 지 이미 오래인 뒤였다.

나는 곧 문교부 예술과의 초대 과장의 자리에 앉게 되었다. 이것은 물론 감투로서 한 것은 아니다. 내가 만일에 감투로서 관리를 하기로 작정하고 덤볐다면, 나는 당시의 이승만 대통령의 전기 관계로 그와도 상당히 깊은 친교가 생겨 아직 금이 가지 않았던 때이니 좀 더 그럴듯한 것을 노려 볼 수도 있었지만, 그러기는 무에 어쩐지 움직여지지 않아 한 과장쯤으로 새 나라의 예술을 위해 무얼 해 보고 싶었을 따름이다.

내가 있던 동아일보사에 전직 의사를 말하니, 거기 간부들은 내게 다시 생각해 보기를 부탁해 주었고, 옆자리의 어떤 이들은 반드시 후회할 것이라고도 했다. 나는 관리보다는 아무래도 기자가 조금이라도 더 어울린다는 뜻이었을 것이다. 그러나 나는 거기 평안히 앉아 있질 못하고 그만 새 대한민국 정부에 흥분해 뛰어나오고 말았다. 이것도 나의 한 지병이라면 지병이었던 것이다.

예술과장 자리에 처음 앉았던 무렵을 생각하면, 맨 먼저 기억에 떠오르는 것은 그 영 비위에 맞지 않던 일정 말의 폐품인 듯한 구중 충한 회전의자다. 그 어느 일본인 하급 고등관의 엉덩이를 몇십 년이나 받치고 있던 것인지 엉덩이의 땀 냄새까지가 살살이 스민 그 더러운 불구의 회전의자라는 것은 앉아도 도무지 안심치가 않아, 여남은 달 만에 또 내가 이 자리를 아주 하직하고 떠날 때까지 늘 나를 괴롭혔다. 장관하고 차관 두 의자에만 겨우 하얀 광목 커버를 씌우고, 국장이나 과장들한텐 그것도 마저 씌워 주지도 못한 대로였는데 국장의 그것들은 그래도 삼등 열차에 까는 것 같은 남빛 빌로드로나되어 있어서 낡은 대로 빛깔이나 볼 만했지만, 내 건 똥빛 판에 은박무늬를 한 게 몇십 년을 늙은 끝이고 보니 이게 맨 처음 앉을 때부터 끝까지 내 모처럼의 기분을 잡치게 했다.

과원은 나까지 모두 합쳐서 일곱 사람. 조선총독부 때부터의 관리인 사무관이 한 사람, 주사가 둘, 서기가 둘 또 촉탁이 한 분뿐이었는데 그중 세 사람은 나보단 나이가 몇 살씩 위이어서 관리도官吏道의 상하를 모르는 나는 덮어놓고 수상壽上의 그들을 '선생'의 호칭으로 상대했다. 딴 국장이나 과장들은 '×사무관!', '×주사!' 어쩌고 그들을 관직명으로 불러 곧잘 다루기도 했지만 나는 이만큼 한 일도 처음부터 끝까지 생소키만 했던 것이다.

또 한 가지 처음부터 아주 딱 질색이었던 일이 있다.

그것은 시골에서 올라오는 도의 늙은 과장들이 내 앞에 와서 인사를 하면서 때로 가끔 '영감께서……' 어쩌고 하며 그 옛날 왕조식의 존대로 나를 거북하게 모셔 올리던 일이다.

이건 원래 간지럼을 잘 못 타는 내 신경과 귀와 눈을 얄궂게는 간지럽게 해서 뭐라고 말할 수 없는 묘한 상태 속에 나를 집어넣기도 했지만 또 곧 내 두 눈뚜껑 밑을 뜨겁게 해서 금시 글썽여지는 두 눈을 외면하지 않고는 못 견디게도 했다. 이 많이 딱했던 나라의 관도官道, 이조를 지나 일정 36년을 지나 눈앞에 민주주의를 역력히 꾸미면서도 아직도 오금을 못 펴고 이러는가 할 때 그것은 내게는 무엇보단 큰 애수가 되었다.

이 '영감께서……', '대감께서……' 어쩌고 군수나 과장이나 국장, 도지사, 장차관들을 부르는 슬픈 습관은 아직도 이 나라의 어디에 남아 있는가? 아직도 그 어디에 남아 있다면 당사자들은 조용하고도 친절하게 타일러 이 안쓰러운 습관이 한시바삐 낫도록 해야 할 일이다.

하긴, 이것도 그 목에 깜정 수달피 털을 붙인 내 외투 때문이 아니었는가 하는 생각도 들긴 한다. 이건 앞의 어디에선가도 말한 것처럼 일정 때의 내 일본인 시의 친구 고타마 긴고란 사람이 제 나라가 패하여 돌아갈 때 주고 간 것을 내가 단순히 딴 외투를 살 돈이 없어서 입고 다니고 있었던 것뿐인데 혹 이것의 영향이 내 본심과는 달리 작용한 것 아니었나 하는 생각도 들긴 한다. 일정 때 기껏해야 서기나 주사나 지내면서 목에 모피를 단 일본 고급 관리들 앞에 머리도 감히 제대로 쳐들지 못하고 지내다가 해방이라고 되어 대한민국 정부는 섰지만 그런 외투 무섬증은 그대로 남아 외투에다 대고 우리말로 존대를 하자니 '영감님' 어쩌고 하는 그런 말이 나온 것은 아닐까? 그렇다면 죄는 내 외투에—딴 것을 새로 구할 길을 전연 모른 채 불가불 입고 다녔던 그 외투에 있었던 것일는지도 모르겠다.

월탄은 내가 이 자리에 앉은 뒤의 어느 날, 그 댁의 저녁 술자리에 들렀더니 '정언正言'이라는 이조 관명으로 나를 한번 부르곤 그 두 눈을 거의 다 감은 염소웃음으로 별 소리도 없이 길게 웃으며 나를 한바탕 놀려 대 주었다.

나는 속으로 그때에도 '그야 두보도 관도官途에선 미관말직 정도였지요' 어쩌고 투덜거리고 있었던 게 생각나지만, 지금도 월탄의 그 염소웃음 옆에 이 관도가 이렇게 이 정도로 내게 잠시 왔던 것은 뉘우칠 생각은 없다.

2

나는 문교부 초대 예술과장으로 들어간 지 오래지 않은 어느 날, 내 과의 전 직원들에게 점심은 꼭 집에서 도시락을 싸 오라는 명령을 내렸다.

그리고 나는 그때 마침 위장이 좋지 않아 직장염이라는 병에 걸려 있던 때라 의사의 권고대로 흰무리떡을 한 덩어리씩 백 속에 넣어 가지고 나가 그걸 물에 풀어서 전기 곤로에 끓여 먹고 지냈다.

이승만 박사가 대한민국 대통령으로 앉기 전의 어느 날, 그의 전기의 일로 나와 단둘이서만 만났을 때 그는 소년 시절 중의 도동桃洞 시절을 말하면서 "남산골 샌님은 풀되죽만 마시고도 점잖게 이를 쑤셨네"하던 말씀을 잘 기억하면서 말이다.

그렇지만 내 이 명령은 오래잖아 퍽 어려운 여러 고비들을 만나게 되었다.

나는 직장염이라는 위장병과 함께 과장 자리 옆에서 간단히 곤로에 끓여 먹을 수 있는 흰무리떡이라도 있어 망정이었지만, 그런 것과는 전연 아랑곳없는 건전한 위장과 왕성한 식욕을 가진 과원들은 오래잖아 내 명령과는 정반대의 태도를 취하기 시작했다. 그들은 처음 며칠은 도시락의 식은 밥을 과 안에서 먹는 시늉을 하더니, 하나둘씩 그걸 작파해 가다가 나중엔 무어든 나를 따르는 단 한 사람의 주사만 나와 같이 남고는 점심시간이면 모조리 다 자취를 감추게 되었다.

"서 과장 이거 큰일입니더 큰일이라…… 흐흥……"나보단 몇 살 나이 위인 철학과 출신의 주사는 딴딴하게 말라붙은 암빵 조각을 짓씹고 앉아서 흰무리떡 죽을 훌쩍이고 있는 나보고 매양 그 경상도의 억지로 다지고는 있었지만, 그와 나 두 사람의 고집만으로 이 일이 성취되는 것은 물론 아니었다.

나는 꽤 여러 날을 두고 생각하다가 점심은 역시 무슨 뜨거운 국물이라도 같이 사 마시는 게 좋겠다고 느껴져서 곧 의견을 고쳐 그렇게 하고 싶은 사람은 그렇게 해도 좋다고 했다.

그러나 내 이 우유부단은 또 다른 거북한 풍속 하나를 내게 데불고 왔다.

한동안 나와 Y주사만을 남겨 두고 슬슬 빠져나가던 외식자들은 내 태도가 달라진 걸 듣자 드디어는 나까지도 유치하기 시작했는데 또 그것은 알고 보니 공짜로 그걸 얻어먹는 길이었다.

지금은 그 소관이 문화공보부로 갔지만 영화와 연극의 검열을 이때엔 문교부의 예술과에서 다루고 있었는데, 그 검열 통과를 바라는 제작자들은 내가 점심 외식을 허락한 소문을 어떻게 탐지한 것인지 이어 거의 매일같이 찾아와서는 모시겠으니 잠시만 나가자고 졸라 댔다.

나는 물론 그들의 유인을 대강은 거의 다 거절했다. 그러나 중학때의 동기의 친구나 모교의 직원이 손수 찾아와서 거듭거듭 잠깐만 나가자는 데는 잡아떼기가 무엇해 어슬렁어슬렁 그 뒤를 따라나선 것이 전례를 만들어서 점심 얻어먹지 않는 이도離를 만드는 걸 오래잖아선 스스로 식어질 만큼 에누리하지 않을 수 없었다.

관리는 잘사는 집 사람을 골라 쓰거나 아니면 그들에게 찾아오는 손님과 같이 고기반찬의 점심밥도 늘 사 먹을 만한 월급은 지불해주어야 할 줄 안다. 그러지 않고서는 첫째 허기져서 못할 일이고, 허기진 배를 채우고 일을 해내자면 얻어먹지 않을 수 없고, 얻어먹고선 또 무슨 기강이랄 것이 똑바로 잡힐 리 없으니 말이다.

나는 내 중앙학교 때의 동기인 김 모 군의 영화 회사에서 낸 점심을 한 번, 또 내 모교 동국대학의 일부 간부가 중심이 되어 제작 기획 중이었던 불교 선전 영화의 일로 또 한 번, 이런 얻어먹는 점심 자리에는 참가했을 뿐 그 밖의 초대는 한동안 전연 받지 않았으나 뒤에 다시 고쳐 생각한 것이 있어 어떤 국악 관계자가 부르는 자리에도 두 차렌가 나가 보았다. 무슨 맛있는 음식이나 그 음식 옆에서 '영감님' 어쩌고 하며 술 따르는 색시들이 좋아서가 아니라 이런 참가까지도 중요한 데는 하지 않고선 과장이라는 것도 노자의 저 제사상 위의 인형—그 추구芻狗라는 것처럼 결국은 일의 실제에서 소외될 뿐이라는 것을 느꼈기 때문이다.

이런 공으로 먹는 음식 자리에 더러 불려 다니면서 생각해 보니 아닌 게 아니라 일부 고급 관리들의 그 대개는 기름기 번지르르한 얼굴과 뒤로 어깨를 바짝 제끼는 고자세는 저절로 첩경 가능한 일이긴 했다. 한개 과장만 되어도 차로 모셔서부터 맨 뒤에 벗어 놓은 구두에 번질번질한 슈샤인이라는 걸 해 신겨 제자리에 되돌려다 앉혀 놓도록까지 초청자는 마치 평양감사나 대하는 것처럼 온갖 시중을 두루 다 들었다. "그러지 마십시오, 선생" 아무리 이편에서 머리를 숙여 막으려 해도 천만에, 그건 단시일의 단속으로선 도저히 안 끝날 한 낡은 관습의 고질인 것이다.

초대받은 방에 들어가 보면 거기엔 거의 어디나 꼭 옛날의 영감, 대감들 사랑방같이 두터웁고 깨끗한 보료에 안석까지가 받쳐져서 깔리고, 옛 관기 그대로의 접대부라는 젊은 여인들이 사이사이 나붓나붓 끼어 앉아서 젓가락 숟가락에 음식 담아 입으로 나르는 것까지 시중을 들고, 거기다가 또 '영감님', '대감님'으로만 공손키만 한 음성으로 떠받들어 불러 대니, 조금만 실없는 구멍이 마음속에 뚫려 있는 사내라도 이게 되풀이되는 동안에는 잘 얻어먹어 번지르르해진 얼굴이 어깨 위에서 바짝 뒤로 제껴지긴 쉬운 일이다. 그래 이런 자리나 이 비슷한 자리의 일들이 거듭 쌓이고 쌓이는 동안에 우리나라의 일부 고급 관리들의 그 유들유들한 고자세라는 것은 터무니없이도 공으로 생긴 것이 아닌가 생각된다.

그러나 내 가정생활과는 너무나 어울리지 않는 이 공짜의 기이한 음식 자리들은 밥숟갈을 움직이다가도 문득 나를 실소케 하여 입안에서 밥알들이 폭발되어 튀어나오려는 걸 참느라고 한참씩 애쓰게한 적도 있다.

옛날에 어떤 빈쭐쭐이 사내는 제 집은 똥구멍이 말라붙을 만큼 가난했지만, 제 혼자만은 매양 낯바닥이나 수염이 두루 번지르르하게 기름이 잘 돌았다. 그러곤 날마다 아침에 나가 저녁에 돌아와선 출출히 굶주리고 있는 식구들보고 "에, 오늘은 참 자알 먹었다"고 했다. 이렇게 혼자만이라도 잘 먹는 사내라 마누라는 또 둘이나 있었던 모양인데, 이 두 마누라가 하루는 상의해서 남편이 어디 가서 그렇게 날마다 혼자만 잘 먹는 것인가 먼발치로라도 한번 보기라도 하자고 하고, 멀리서 안 보일 만큼 따라가 보았다. 그랬더니 그 사내가 먼 길을 걸어서 마침내 당도한 곳은 산속의 누구네 산소고, 거기서 얻어먹는 것은 제사꾼들이 제사 다 지내고 뒤에 뿌리는 잡귀와 까마귀 것인 무릇밥이더라는 이야기다. 나는 이 이야기를 이 무렵의 어느 날인가 밤에 내 아내한테 들려주며 "나도 오늘은 참 자알 먹었다"고 한 일이 있는데, 아내는 그 뒤에도 내가 밤에 좀 늦게 들어오면 "오늘도 무릇밥 자알 자셨소?" 하고 웃는 버릇이 생겼다.

3

1949년 봄부터 우리 예술과의 일로 부산과 대구의 두 국립극장 공사가 진행되었다. 돈이 상당히 많이 들어가는 일이어서, 내 사무탁 근처에는 이 일에 얼크러진 사람들이 많이 드나들게 되고 그중에는 나보다도 자기가 더 높다는 사람과 분 잘 바른 여자도 얼씬거렸지만 또 아주 두 주먹이 굵은 우락부락한 사내들도 나타나게 되었다. 들으면 이 일은 ×장관이 그의 형의 지인한테다가 맡겨서 하는 일이라고도 하고, 아무래도 부정이 깃들 염려가 있다는 주변의 숙덕공론들이고 또 내 밑의 ×사무관이 그런 데서 한몫 먹을 위험성이 다분히 있다고 하는 사람들도 있고 또 아닌 게 아니라 여기 바짝 눈을 붙여 신문기자들도 자주 드나들고 하게 되어, 나는 적지 아니 머릿골치를 앓아야 할 마련이 되었다. 내가 아는 무슨 뚜렷한 부정의 확증이라도 있었다면 내 한 몸이 거기 끼이기 전에 빠져 물러나 버리면 그만인 것이었지만, 뜬소문과 숙덕공론만이 에워싸는 속에서 나는 그 책임 과장으로서 많이 당황하지 않을 수 없었다.

그래 마지막으로 내 일신을 위해 우선 마련한 신안新案이라는 것이 내 바로 위의 문화국장한테 가서 말한 "이 공사에는 저는 아직 결재 도장은 찍지 못하겠구먼요"였다. 시인 조지훈의 백부님인 국장께서는 한참 생각해 보더니 내 속을 잘 알아차리고 또 그건 그래도 무방하다고 생각됐는지, "그래도 되겠다"고 했다. 지금이라면 사표도 내지 않고 그대로 앉아서 이런 무책임을 하는 건 용납되지 않았을 것이다.

나는 '이거 까딱 잘못하다간 나까지 걸려들어 시인의 이름에 큰 오점을 찍지 않을까' 그것만 늘 생각하며 매양 앞에 있는 ×사무관만 경계하고 한동안을 지냈다. 이 ×사무관은 요즘도 어쩌다가 길거리에서 더러 만나지만, 이거 그렇게까지 의심하고 꺼려할 일도 없었던 걸 가지고 미안하게 되었다. 데카르트가 말했던가 한 '의심하라. 더 의심할 여지가 없을 때까지 의심하라'는 구절이 속에서 기억되어 또 나를 조력해 주었다. 이러다간 첫여름의 어느 날 나는 명색이 과장이라고 부산 국립극장 공사의 현장감독을 한 차례 하러 내려갔다. ×사무관과 동행이었다.

공사는 둘러봤지만 송아지 못물 굽어보기 같아서 내 알 바 아닌 데다가 난생처음으로 미리 기다리고 있는 침대와 양욕조가 있는 호텔에서 자면서 나는 밤내 잠이 잘 오지 않았다. 거기다가 진흙으로 빚은 어딘지 불구의 조각 같은 노인 하나가 찾아와서 "제가 이 토건사 사장입니더. 모든 걸 과장님만 믿심더. 까딱하면 우린 망하고 맙니더. 우리 아들 하나도 과장님 다니신 동국대학교 다니지러……" 하고 간 뒤에는 크게 마음에 걸려 밥도 목구멍에 잘 넘어가지 않았다. 나는 지금도 술과 어떤 특수한 안주밖에 외식은 특별히 내가 자진해서 사 먹으러 간 것 외에는 잘 먹지 못하지만, 이때는 똥이 타서 더구나 그게 가까이 잘 보이지도 않았다. 나는 이렇게 쓸데없는 겁이 많은 사람이다.

출장 이튿날은 종일 침대에 누워 있다가 밤에도 업자의 초대연에 나가서 밥도 안 먹고 잠뿍 취해 벽에다가 큰 먹글씨로 '우리는 두루 잘 살아야 한다'고 엉뚱한 글발을 써 놓았다고 뒤에 누군가가 귀띔해 주었다. 이것만이 이때 부산 현장감독 길에 내가 한 사업이었다.

이틀 만에 서울행 이등 차칸까지 "우리 아이도 동국대학 다니지러" 하던 묘한 사장은 그 동국대 학생 아들과 함께 찾아와서 내게 부산 명물의 날전복을 한 바구니 들려 주고, 뭔지 불안한 나의 불안한 새 그림자처럼 흔들흔들, 어름어름하다가 사라졌는데, 내가 상경한 지 얼마 뒤에는 그의 젊은 부하 한 사람을 내 과로 보내 말린 멸치 한 푸대를 또 받아 달라고 했다. 물론 나는 '그쯤 받아도 괜찮겠다'고 속으로 생각하면서도 부하들의 안목과 거기 줄 영향을 생각해서 '안 된다'고 한마디로 거절하긴 했지만, 이 영감을 본 뒤부터 나는 이 나라의 무슨 공사 이야기가 나올 때마다 이 노인의 머뭇거림을 한 상징처럼 기억해 내는 묘한 버릇이 생겼다. 그것은 건실하기만 해야 할 텐데도 사실은 무척 안타깝고도 불안 많은 것이다.

그러나 나는 원래 관리의 소질이 아니어서 겨우 여남은 달 예술과장 노릇을 하곤 병으로 나자빠져 버렸다. 이십 대 때부터 지니고 오던 하혈병이 연달은 피로와 걱정으로 분량이 너무 많아지고, 심장까지 쇠약할 대로 쇠약해져서 가슴이 문득 되게 쓰려 오며 바짝 오그라지고 하여 견딜 수가 없었던 것이다. 문교부는 내 사의 표명을 받지 않고 병이 낫도록은 쉬라고 하여 휴직의 혜택을 주었다. 그러나 내 병은 쉬이 낫지 않고 또다시 돌아갈 생각도 이어 없어지고 하여 흐지부지 그만두게 되었다.

조국 광복 초에 이건 민족 앞에 퍽 미안한 일이었던 것은 나도 잘 안다. 직무유기로 문책을 주지 않은 게 오직 감사할 따름이다. 그러나 이렇게 슬그머니 물러앉을 기회라도 없었더라면 나는 이미 벌써 그만 다 망가져 버리고 말았을 것이다. 그걸 생각하면 그래도 다행한 일은 다행한 일이었다고 느껴진다.

6·25 사변

1

1950년 6월 25일 북한 공산군의 남침이 시작된 지 이틀 뒤인 27일 저녁 어둑어둑할 무렵까지도 우리 문인들의 일단—[쎄]은 자신들의 장래를 위한 어떠한 일치된 의견의 결정도 없이, 남대문로의 문예빌딩 2층에 자리 잡은 잡지 『문예』사에 모여 앉아, 국방부에서 하라는 대로 남으로 남으로 몰려 내려가고 있는 피란민들을 향해 '곧 동경 맥아더 장군의 UN군 사령부에서 진주해 들어오니 그렇게 겁내 서두르지 말라'는 가두 스피커 방송을 번갈아 가며 길거리에 퍼붓고만 있었다.

그러나 '우리 국군보단 훨씬 우세한 공산군이 벌써 의정부를 넘어서 오고 있다'는 피란민들의 귀띔은, 꼭 언제 올지 모르는 UN군 진주만을 믿고 여기 그대로 안심하고 있게만 할 수는 없었다. 여기 그대로 남을 사람은 남고 도망갈 사람은 가기로 겨우 결정된 것은 초저녁도 어느 만큼 지났을 무렵. 나는 아무래도 여기 그대로 있는 게 안심치 않아, 역시 안심치 않아 있던 조지훈, 이한직을 데불고 원효로 4가에 있던 처이모님네 집으로 우선 가기로 했다. 여기는 바짝 한강변이어서 강 건너 뺑소니를 치기엔 편리하다고 생각했고 또 우리 셋은 모두 자기 집으로 이 밤에 돌아가는 것이 어쩐지 위험하게만 느껴져서였다.

이것은 지금 돌이켜 보면 이만큼이라도 썩 잘 꾀를 낸 것이라고 생각된다. 만일에 국방부의 C대령이 하라는 대로 여기 이러고 있었더라면, 이날 밤 중앙방송국에 가서 거기를 지키다가 그만 적의 흉탄에 쓰러지고 말았다는 그 C대령 비슷하게 우리도 안 될 수는 없었을 것이니까. 안 죽었더라도 그 납치라는 것만은 '떼 놓은 당상'이었을 것이니까. 하여간 꾀는 마지막까지 있고 볼 일인가 한다.

이날의 한강가의 그 하늘의 모든 번개와 벼락이 한꺼번에 쏟아져 내리는 것 같던 밤을 우리는 물론 한잠도 잘 수 없었다. 우리 군 측의 누가 잘못 생각으로 폭파했다고 뒤에 들은 한강 인도교가 무너질 때는 그 사정을 이때 전연 모르던 우리는 적군의 공중폭격이 우리까지도 내리치는 게 아닌가 하여 마음이 벌써 언짢은 정도가 아니었다.

날이 밝기를 가까스로 기다려 문을 열고 나가 보니 한강가는 피란민으로 자욱이 덮였고, 인도교는 벌써 끊어져 버린 뒤였고, 공산군의 탱크는 두어 언덕을 돌아가면 바로 거기인 마포에까지 들어왔다고 사람들이 아우성이었다.

"어떻게들 할 텐가?"

나는 조지훈과 이한직한테 물었다.

"나는 아버님한테 작별 인사도 못 드리고 와서 아무래도 성북동에 좀 다녀와야겠어."

지훈은 말했다.

"나는 내 친구가 서울대학 병원의 ×과 과장이니까 거기 입원실에 나 들어가서 가만히 엎드려 있을까 부다. 곧 맥아더 군대가 오긴 올 테니까."

한직은 대답했다.

"그럴 겨를도 여지도 없을 건데. 하여간 지금 바로 강을 건널 도리를 하든지 말든지 양단간에 정해 놓게."

하고 나는 뒤가 급하여 뒷간엘 갔다.

그래 뒷간에 다녀와서 다시 물으니 '아무래도 지금 같이 달아나기는 달아나야겠다'는 것이다.

처이모님이 보자기에 싸 주는 주먹밥 뭉치를 들고, 내 아내와 어머니와 아이들의 일을 부탁하고, 이들 둘과 같이 강둑 위에 나오긴 했으나 도강도 그전처럼 그렇게 쉬운 일은 벌써 아니었다. 너무나 많은 사람들이 두려워 나룻배들은 가까이 오지도 못하고, 저만큼 떠서 약만 올려, 약이 바짝 오른 헌병 중의 어떤 사람은 피스톨을 꺼내 들고 마구 공포空砲를 쏘아 대며 "오너라! 오너라! 안 오면 쏜다!"고 고함치고도 있었다.

지훈은 이런 꼴들을 한참 훑어보더니 강 언덕 위 풀밭에 폭삭 주저앉아 버렸다.

"아무래도 가기 어려운데……"

나는 처이모님에게 내 가족들을 부탁이라도 하고 나섰고, 한직은 또 아직 총각인 데다 혼자 남은 어머니를 믿고 맡긴 데는 있어서 어느 만큼 안심이라도 할 수 있었지만, 지훈은 그의 춘당이 현직 제헌 국회 의원이어서 이것저것이 두루 마음에 걸리기만 하는 모양이었다.

"여보게, 일어나게. 저기 저 지붕을 한 방배가 보이지? 여기서 우리가 잘만 뛰어내리면 저 방배의 한쪽 기둥에 매달릴 수가 있네만……"

아마 내가 그 배 있는 데를 손가락으로 가리키며 말했던 듯하다. 셋은 그걸 자세히 살피고, 그것의 한 기둥에 뛰어 매달릴 수 있는 가능성을 한동안 생각해 보고 있었다. 여기는 한강 가운데서도 제일 수심이 깊다는 데인데도 '실패해 죽으면 말지' 그런 따위의 말은 누구도 한마디도 않고 오직 그 방배의 기둥과 우리의 거리만을 한동안 살피고 있었다.

그래 나는 바로 옆에 오고 있는 공산군한테 붙잡혀 욕보고 죽는 것보다는 뛰어 보는 게 낫다는 생각이 들자 '될 대로 되어라' 하며 죽을힘을 다해 두 손을 벌리고 그 방배의 한 기둥만을 노려 내리뛰었다. 그러고 그 일은 뛰고 있으면서도 긴가민가 했는데도 되긴 되었다. 용하게 나는 내 두 손아귀에 그 기둥 하나를 거머쥐었으니까……

이런 걸로 보면 꼭 하려는 건 웬만한 건 되긴 다 되는 모양이지.

내 이 짓을 보고 바로 이어 한직도 그걸 해내고 지훈도 또 해냈다. 또 딴 사람들도 우리 뒤를 이어 배가 저쪽으로 떠나가도록까지는 다 해냈다.

그래 우리 배가 강물 저쪽 모래밭에 닿았을 때 나보다도 몇 살 나이 아래인 한직이 하던 어린애 같은 말이 기억난다.

"정주! 우리 인젠 다시 공부를 하는 거야. 세계의 어디까지라도 가서 공부를 다시 한번 해 보는 거야."

일본의 게이오대학을 졸업반에 병정으로 끌려가서 아직 그걸 다 마치지도 못한 채 있던 그여서, 그걸 어린애 다 되어 다시 생각하고 한 소린지 아니면 좀 딴 뜻으로 말한 것인지 그건 지금까지도 내가 다시 묻지 않아 잘 모르겠다. 그러나 지훈이나 나한테도 그의 이때의 이 말은 웬일인지 많이 실감이 있어 "그러자!" 하고 맞장구를 쳤었던 것 같다.

2

수원에서 하룻밤을 자고, 그 이튿날 29일 우리는 하물 열차에 그득한 하물 꼭 그대로 2, 3층으로 포개지기까지 하여 한 대여섯 시간 좋이 걸려서 대전에 내렸다.

어느 틈에 어떻게 왔는지 정부의 기구도 분산된 대로나마 여기 도청을 중심으로 움직이기 시작하여, 우리는 국방부 정훈국장이었던 이선근 대령을 찾아 종군할 것을 지망해서 승낙을 받고 곧 종군 문인단을 만들었다. 조지훈과 이한직, 나 외에 박목월, 구상, 김윤성, 조흔파, 김송, 박용구, 박화목, 서정태 등이 그 단원들이었고, 이 단원의 양식과 합숙소는 정훈국에서 봐주기로 되었다. 문인으론 우리 말고 또 이헌구, 김광섭 두 분이 내려와 있었으나 이헌구 씨는 공보부 차관으로, 김광섭 씨는 대통령 비서로 있어 우리와는 자주 만날 기회가 없었다.

우리는 이 심란스런 7월 초순, 대전에서 참으로 많은 일을 했다. 신문과 방송을 비롯해 길거리에 벽보 붙이는 것과 가두의 스피커 방송에 이르기까지 얼마 안 되는 우리들이 도맡다시피 모조리 해 왔다. 신문기자로는 박성환 등 몇이 겨우 남하했을 뿐이어서 단 한 개 나오는 것이긴 했지만 신문의 일까지도 거의 우리들이 다 해내야 했다.

나와 지훈은 또 정훈국장의 의뢰로 전라북도의 도청과 방송국들을 찾아다니며 스피커를 거둬들이는 일까지 맡아 전주와 이리와 광주, 목포 등지를 쏠고 다니며 그 일을 하는 한편 또 그 고장의 방송에도 참가했다. 지훈이 방송했던 내용은 잊어버렸지만, 내가 그때 역설한 것은 서울에서 우리 지도자들이 공산군에 체포되어 협박에 못이겨서 혹 뭐라고 안 할 말을 방송해 오더라도 그건 모두 공산당이 시키는 대로 마지못해 그러는 것이니 절대로 그대로 믿어선 안 된다는 아마 그런 이야기였던 듯하다.

그러나 이때의 우리들의 꼴이란 거지 거지도 상거지 그대로였다. 서울서 벌써 여러 날을 입고 다녔던 흰 대마의 양복은 벌써 악취를 못 참을 정도로 다닥때가 올라서, 도청 같은 데 가서 통성명을 해도 신분증의 사진과 우리 쌍판을 여러 차례 대조해 보고야 '네에' 하고 겨우 인증할 정도였다.

거기다가 영양도 물론 제대로가 아니어서 미안스런 일이었지만 호남 출장의 도중 우리는 정읍의 내 처가에 들러 뭐 먹고 싶은 것이라도 하룻동안만 먹고 묵어가기로 했다. 그리고 거기 시장에서 요즘 사병들의 제대복보다도 훨씬 더 질이 낮은 군복 비슷한 것을 한 벌씩 사 입고, 역시 같은 빛깔의 헝겊 군화와 또 이것만은 하이연 포플린의 캡을 하나씩 샀다. 해방 바로 뒤 공산당이 서울에 간판을 걸고 지낼 때 보니 거기 드나드는 사람들이 많이 이런 흰 캡을 쓰고 있었기 때문에 이런 때엔 이런 것이 호신상 좋다고 생각해서였다.

대전에서 우리들이 일하고 있는 동안에 내가 듣고 본 일들 가운데서 지금도 잘 잊혀지지 않는 일이 두 가지 있다.

그 하나는 구상한테 들은 일인데, 이 일만은 더욱 안 잊혀진다.

구상은 이때엔 군 특무대의 문관으로 일하고 있으면서도 반나마 우리와 같이 지내다시피 하고 있었는데, 하루저녁 때는 이마에 유난히 땀이 많이 배나고, 숨이 차서 우리가 있는 합숙소의 방으로 들어왔다.

"나 오늘은 많이 흥분했쉐다" 해서 "뭔데?" 하고 내가 바짝 옆으로 가서 물으니 "사람을 하나 가까스로 구해 내고 오느라고 진땀 뺐지" 했다.

그의 이야기를 들으면, 사변 전의 보도연맹원들의 일부라던가 과

거에 좌익에 관계했던 사람들로 뉘우친다는 의사는 표시했지만 아직도 이 사변에 위험시되는 인물들—그들을 뽑아 싣고 총살하러 가다가 잠시 멎은 트럭을 길에서 우연히 만났는데, 그 트럭 위에서 누가 듣기에 안쓰러워 못 견딜 큰 소리로 "구 선생님! 구 선생님! 구 선생님!" 연달아 불러 대더라는 것이다.

그래 그 소리의 임자를 찾아 얼굴을 알아보니, 그 청년은 구상과는 알 만큼은 아는 사람으로 어쩌다가 좌익 위험분자로까지 보이게 되었는지는 모르지만, 구상 그가 알기에는 그런 위험인물은 아니더라는 것이다. 그래 그 사람 하나를 거기서 빼내노라고 그렇게 진땀을 뺐다는 것이다.

나는 지금도 너무나 섬뜩한 이 이야기를 생각하며 이런 경우는 이 트럭 하나에만 있었을까, 또 다른 더 많은 트럭 위에도 있지 않았을까, 그런 걸 생각해 보곤 머리가 아찔해진다. 이런 일은 앞으론 어느 경우에도 이 나라에 단 한 사람을 두고도 더는 있어선 안 된다고 생각한다.

또 한 가지 안 잊히는 일은 이른 아침의 충남도청 울타리 바짝 안에서 당시의 주한 미국대사였던 무초 씨가 혼자 우두커니 서 있던 모양과 대조하여 이보단 한걸음 앞서 우리 정부 고관들이 대구로 뺑소니를 치느라고 허둥지둥하더라는 이야기다.

나는 마침 공예가 김재석과 친교가 있는 관계로 그의 친척이 경영하는 유성온천의 어느 여관에 초대되어 내 아우 정태와 함께 하룻밤을 묵은 일이 있었는데, 내가 여기서 새벽에 잠을 깨어 들으니 지난밤에 온천 호텔에서는 고관들이 허겁지겁 달아나느라고 상아 파이프며 애견까지도 모두 팽개쳐 놓아두어 버렸다는 것이었다.

"체! 참! 그 사람들은 차나 있어서 좋겠구만두 우리는 지금 당장 쳐들어오면 어떻게 하지?"

내가 말하니

"논에 모가 꽤 자랐으니 그런 속에나 가서 위선 숨고 보지. 키도 나지막하니까."

김재석은 그 독특한 황소의 미소를 얼굴에 지으며 대답했었다.

그리고 새벽길을 쳐서 대전 시내로 들어와 도청 옆을 아침에 지나는데 거기 울타리 바짝 안에 아까 위에서 말한 것과 같은 주한 미국 대사 무초 씨의 그 매우 따분한 듯한 얼굴을 발견한 것이다. 그는 그때 무엇을 생각하고 있었는지 물론 나는 모른다. 그러나 그 누구의 눈에도 곧 뜨일 수 있을 만큼 특징적인 굵은 안경 속의 그의 얼굴을 거기 보자, 나는 내가 직접 책임자가 아닌데도 미안스런 느낌이 들어 견딜 길이 없었다.

3

7월 하순으로부터 8월까지를 우리는 대구로 옮겨져서, 그 한증막 속같이 끈적끈적한 대구의 무더위 속에서 일을 계속했다. 가두 스피커 방송이나 벽보 쓰는 일 대신에 일선 종군이나 비행기 편의 삐라

작성 등의 일이 여기에 오자 새로 생겨서 종군하는 실감이 한결 더 나게 되었다.

구상과 나는 김천 지구의 전선에 종군해서 진중신문의 편집 일도 한동안 같이했고, 유재홍 준장 휘하의 일선에 말씀만의 위문도 갔다. 이 위문에서는 금시 적의 흉탄에 피투성이가 되어 후방으로 계속 실려 나오는 장병들의 모양도 자주 보게 되었다.

그러나 미안했던 일은 이 많은 전선의 피들을 보고 합숙소로 돌아온 날 밤, 내가 너무 지나치게 흥분한 감정으로 우리 일행들에게 과격한 참전을 연설해 권고한 일이다. 이건 내가 우리 장병의 그 많은 피를 본 때문에 온 한때의 흥분일 뿐이었는데, 일행 중의 누군가는 내 이런 꼴을 풍자해서 '각하'라는 호칭으로 나를 한동안 부르기도 했다.

또 하나 이때 내가 미안한 일을 한 게 있다.

내가 그 흥분한 과격 참전론을 떠들어 댄 이튿날인가 그다음 날인가 멍하니 혼자 합숙소의 뒤 툇마루에 늘편히 나자빠져서 거기 뒷마당의 석류나무를 보고 '잡것. 저것도 지지리는 답답하게 생겨먹었다' 그런 생각을 하고 있는 판인데, 지훈이 내 곁으로 와서 활짝 펴고 있는 내 한쪽 팔 위에 머리를 얹고 옆에 바짝 같이 드러누우며

"정주 형. 왜 그래?" 했다.

그는 아마 서울의 가족 생각이나 원효로에서 우리가 같이 탈출할 때의 일 같은 걸 생각하고 틀림없이 그랬었을 것이다. 그러나 나는 그때 그런 걸 전연 이해할 만한 정신 상태가 아니어서 그하고마저

무슨 가까운 수작도 하는 것이 메스껍기만 하여, 그가 그 머리를 얹고 있는 내 한쪽 팔을 빼내 버리고 말았다.

내가 팔을 빨리 빼내는 서슬에 지훈의 머리는 마루에 부딪쳐 죄끔 쾅 소리를 내고, 지훈은 그만 냉큼 일어나 딴 데로 가 버렸다.

그러고 나서 그는 한동안 내가 뭐라고 말을 걸어도 무뚝뚝하게 되어 대답도 건성으로만 해 댔는데, 이건 내가 용잔해서 내 대학 때부터의 후배인 그한테 먼저 잘못했던 걸로 안다. 인제 그가 고인이 되고 나니 그 생각이 더욱 간절해진다.

지훈이 와서 제 머리를 내 팔에 얹는 것을 빼 버린 뒤 오래지 않아 나는 국방부 정훈국으로 김기완 공군 대위를 찾았다. 그것은 이미 대구 북방 몇십 리 밖에까지 적군이 몰려와서 있었고, 남쪽에서는 마산까지 함락되었다는 소식이 들려 만일의 경우의 대응책을 그한테 상의하기 위해서였다.

내가 그 소식들은 사실이냐고 하니, 그도 그건 사실이라고 했다.

"그러면 우리 죽을 것도 좀 생각해 두어야겠소그려."

하니, 그는 처음엔 아무 대답도 없이 그 소년같이 선량한 두 줄 흰 이빨이 잘 보이는 눈웃음만을 짓고 있었던 듯하다.

"쬐끄만 쌀자루 속에 들어 있는 것 같은데, 할 수 없이 부산까지 밀려가면 그것들한테 붙잡혀서 못 당할 욕당하고 죽느니보단 무슨 약 같은 거라도 미리 좀 구해 놓아야 하지 않겠소? 우리 문인들 힘으론 그걸 구하기도 어려우니 말입니다."

내가 말했다.

그는 내 이 말에 여전히 그 선량한 소년적인 미소 속에서

"그거요? 그거라면 염려 마십시오. 우리는 서 선생님 말씀하시기 전부터 벌써 그런 건 다 준비해 놓고 지냅니다. 필요하실 때는 언제든지 적당한 분량을 노나 드리지요."

했다. 무슨 약이냐고 하니 그건 '청산가리'라는 것이라고, 그것도 꼭 소년같이 솔직하게 잘 알려 주었다.

그래 우리 종군 문인들은 이때부터 한동안은 이 김기완 대위의 청산가리만을 믿고 일하면서 살게 되었다. 마지막으로 부산의 바닷가의 어느 황토 언덕으로 몰리는 경우가 온다 해도 인제는 붙잡혀 욕당할 염려는 없어졌기 때문이다. 쐬주나 적당히 사 가지고 올라가서 취한 뒤에 그 청산가리를 마셔도 고통이 좀 덜해 숨 거둘 요량이었다.

나는 신경이 많이 쇠약해 있었던 모양이다. 이러다가 병이 나서 구상의 알선으로 군용의 무료 병원에 입원하게 되었다.

입원하던 날 밤이 꽤 깊었을 무렵 옆방에서 누가 나 있는 방과의 사이의 벽을 손가락으로 똑똑똑똑 두들겼다. 그러면서 옆방에선지 공중에선지 식별하기 어려운 소리로 말했다.

"문총 구국대장 선생. 문총 구국대장 선생."

이 문총 구국대라는 것은 대전에서 우리가 종군 문인단을 결성할 때 한국문화단체 총연합회의 구국대란 뜻으로 우리가 붙였던 것으로 그 표면상의 대장은 김광섭 씨를 내세우고 있었지만, 그는 대통령 비서 노릇 때문에 나오지 못해 내가 실질로는 대행을 하고 있었으니까 그래서 나를 그렇게 부르는 것이려니 하여 '예' 하고 마음속

으로 대답하고 바로 말로 이걸 막 옮기려 했다. 그러나 말로 채 옮기기도 전에 내 마음속의 대답은 그대로 하늘에서 뚜렷한 음성으로 나타나 말로까지 옮길 것도 없이 그대로 잘 대답해 내고 있었다.

"문총 구국대장. 문총 구국대장. 여기는 인민군 사령부입니다. 지금 바로 여기 지프차를 대기하고 있으니 빨리 일어나 도망쳐 나오십시오."

공중에선지 옆방에선지 그 소리는 다시 말했다.

나는 바로 곧 그것에 대답해서,

"선비는 그렇게는 못하는 것이다. 내가 어떻게 너이들한테로 도망치겠느냐."

고 했다. 물론 그것도 생각뿐이었는데 그러나 그건 역력히 공중에서 적지도 않은 소리로 울렸다. 그러고는 나를 유혹하던 그 소리는 끊어지고, 나를 축하하는 만세 소리가 여러 군데서 여러 음성으로 울려 나오기 시작했다.

이것은 자의식의 반영이었는가 혹은 무슨 기계로 나를 시험하는 진짜 공산군 측 문화선전대쯤의 장난이었는가, 나는 아직도 그걸 잘 식별하지 못하고 있다.

또 그때 조금만 더 내가 조급하게 행동할 만한 힘만 있었더라도 나는 이날 밤 안에 2층에서 길거리로 떨어져 머리를 찧어 죽었거나 아니면 겨우 불구의 신세나 되어 남았을 것을 지금 생각한다.

바로 위에서 말한 그런 대화를 하고 있는 중인데 문득 눈앞엔 지훈과 목월 등이 지하실이라는 데서 나란히 앉아 나를 보고 비웃고 있는 선명한 모양이 나타나 보였다.

나는 일어나서 그리로 발걸음을 옮기려 했다. 그렇지만 그것도 귀찮아 한동안 그대로 누워 있는 동안에 그 환상은 꺼져 버리고 말았으니 말이다.

만일에 내가 이 꽉 닫아 놓은 도어밖에는 없는 2층 병실에서 그리로 가려고 행동을 했다면 널찍하게 열어 놓은 유리창에서 길거리로 떨어질 마련밖에 딴 마련은 아무것도 없었으니까.

4

시인 구상의 알선으로 하룬가 이틀 동안 들어가 있었던 군 특무대(지금의 중앙정보부) 소속이라는 대구의 어떤 병원에서 나는 '심신의 피곤에서 오는 신경쇠약이니 정양이 필요하다'는 진단만을 받고 퇴원하여 공초 오상순 선생과 함께 부산으로 옮겨 갔다.

구상과 같이 전선에 다녀와서 병원 신세까지 진 나인지라 30리 바로 북쪽에 전쟁의 전선을 앞두고 있는 대구에서 그래도 아직은 비교적 불안이 덜한 후방 부산에 우리를 먼저 갖다 두려는 구상 등의 배려가 우리를 권해 이렇게 만든 것이었다.

그러나 이 후우厚遇는 내게 정신의 좀 더 나은 안정을 가져오지는 못했다. 앞에서도 잠깐 말한 일이 있지만 나는 6·25 사변 이래 늘 내 의식에 직접 접촉해 와서 치열한 공격과 협박을 퍼부어 온 정체불명의 공중의 소리 속에 끊임없는 불안을 겪어가야만 했던 것이다.

무슨 전파에 실어 보내는 듯한 공중의 소리는 대구의 병원에서 나한테 '바로 이 집 뒤에 지프차가 있으니 와서 타고 인민군 사령부로 오라'고 권하다가 거절하자 나를 무척은 추켜올려 찬양한 뒤에도, 이어서 부산행의 열차 속에서나 부산에 도착한 뒤나 여전히 나를 놓지 않고 다시 시험하고 공격해 댔다.

"너는 서울에서 네가 문교부 재직 때의 부하였던 Y사무관을 죽이고 내려온 놈이다."

"너는 공산당 오열五列의 앞잡이로 잠입해 내려온 놈이다. 네 아우 서정태는 그래서 전라도로 내려보냈지?"

"저 문둥이. 저 흉악한 문둥이. 네가 쓴 시 「문둥이」를 생각해 봐라. 얼마나 흉악한가. 여러분들, 저 서정주라는 놈하고는 같은 대야에 세수해서도 안 됩니다. 그놈을 까맣게 태워 죽이는 소살형에 처해라!"

"저의 장모를 강간하고 온 놈. 저런 놈은 두 대의 지프차에 손발을 노나 묶어 매달아 찢어 죽여야 한다!"

"서울에 남은 네 계집과 자식의 소리를 들어 봐라."

그러고는 아직 국민학교의 어린애인 내 자식의 마음이라고 '아버지', '아버지' 연거푸 부르는 소리를 전해 보내고, 뒤이어 '내 남편은 부산에 첩을 두고 살고 있어라우' 하고 내 아내의 마음이라고 소개하는 것을 전해 보냈다. 그러고는

"해병대 사령부로 오라. 너를 오늘 오전 ×시 ××분 함포사격으로

244

사형한다!"

"헌병대 사령부로 오라. ×소위의 명령으로 너를 오늘 오후 ×시 정각에 총살한다."

"××방위대 사령부로 ×시에 오라. ×소령 명령으로 너를 타살한다!"

대개 이런 것이 공중에서 들리는 그 무형의 소리가 퍼부어 대는 전연 터무니없는 공격이고 협박이었다.

내가 죽이고 왔다는 문교부의 ×사무관은 바로 사오십 일 뒤인 9·28 수복 뒤 아주 잘 건재해 있는 것이 드러났으며, 내가 공산당 오열이 아니라는 것은 해방 뒤의 내 전 경력에 물을 것까지도 없이 그 알리바이를 뭉개 버릴 만한 어느 기억도 그들이 직접 상대하고 있는 내 의식 그것 속에마저 전연 없는 일이었으며, 전라도로 오열 노릇을 하러 갔다고 공격해 댄 내 아우 정태는 그 공격에서 며칠 안 돼 전라도에서 다시 도망쳐 부산으로 우리를 의지해 찾아왔으며, 내가 「문둥이」라는 시 한 편을 스무 살 때 쓰긴 했지만 그렇다고 바로 내 자신이 문둥병자가 아니라는 것쯤은 서울에서 같이 남하해 온 문인들도 두루 잘 알고 있는 일이었으니 말이다. 더구나 '장모를 강간' 운운은 무고 중에서도 지독하게 쌍스럽기까지 한 무고였다. 나는 이 글의 어느 앞 장에서도 말한 일이 있는 것처럼 내 장모님을 마음속으로 많이 존경하고 좋아해 모셔 온 건 사실이다. 그렇지만 그렇다고 이런 존경이나 찬미의 감각이나 정서들이 난륜과 일치할 수는 없는 것이니 말이다.

그러나 나는 아무 정체도 보이지 않는 공기 속의 이런 협박에 늘 와들와들 떨고 있었다. 이때의 내 생각인즉, 군에 있는 누구 무력지 않은 사람이 공짜로 내 목숨을 노려 무슨 기계의 힘을 빌려 내 뒤를 쫓고 있다고 상상했기 때문이다. 1949년 여름, 내가 문교부 예술과 장으로 있을 때 부산 국립극장 건립의 현장감독을 하러 내려갔다가 이틀 만엔가 서울로 돌아오는 열차 속에서도 나는 이미 이런 공중의 소리의 협박을 받은 일이 있었다.

"이 거미 같은 놈! 일찌감치 어서 앞발 벗고 꿇어앉아라, 모략—만일에 모략이라고만 말하는 날은 너는 다시는 없는 줄 알어!……"

그때의 협박은 대개 이런 것들이었다. 그래 그때 나는 내가 있던 문교부 예술과의 내 부하인 ×사무관을 국립극장 건축을 에워싸고 의심하고 있던 때라 (그건 시간이 지나 생각하면 아무 확실한 근거도 없는 의심이긴 했지만) 아, 이것은 군의 누가 ×사무관과 결탁하고 해 먹기 위해 나를 모함하는 것이구나 생각하고 적지 아니 떨며 왔었다. 그 소리는 쉬임 없이 그때에도 나를 협박해 대다가 내 주소였던 마포 공덕동에서 과히 멀지 않은 아현동 로터리 언저리에 내가 와서야 '모략이라고만 하는 날은 너는 아주 없다'는 뜻을 또 한 번 되풀이하곤 뚝 끊어졌었다. 그런데 그때와 그 모습은 매우 방불하면서 그 조건들만이 다른 그 형체 모를 공기 속의 협박이 또 치열하고도 끊임없이 1950년 8월 초순 대구에서부터 계속된 것이다.

더구나 나는 이승만 박사가 대통령이 되기 전에 그의 구수를 받아 모은 자료로 1949년 봄 내 자의로 삼팔사라는 데서『이승만 박사전』이라는 전기를 냈다가 그 글 내용이 이 박사의 마음에 안 들어 그의 사적인 몰수 처분을 받은 뒤여서 그에게도 이쁘게는 보여 있지 않다는 것을 알던 때라 마음속의 불안과 초조는 대단한 것이었다.

우리 정부가 서기 전의 미군 군정 때 일어났던 여수·순천의 군 반란 사건이라는 것이 생각히웠다. 군 속에 끼어 있던 좌익 분자들이 주동하여 많은 경찰관들을 학살하기까지 해냈던 그 사건을 생각하며, 그런 분자가 군에 아직도 남아서 나와 이 박사의 사이가 벙그러진 걸 알고, 내 부하였던 ×사무관과 결탁해서 해 먹은 비밀을 아주 완전히 보존하기 위해 나를 공짜로 없애려 하는 것이라면 나는 끝장이구나 하는 생각만이 연달아 일어나는 속에, 나는 점차 말하는 습관까지를 잊어 가고 있었다. 그러면서 고지식하게도

"해군 헌병대로 오라. 오정 때 ×소위가 너를 총살한다."

하면, 그 해군 헌병대가 어디냐는 걸 물어 뚜벅뚜벅 그리로 찾아가서

"×소위라는 이가 있습니까. 나를 찾는다고 해서 왔습니다마는……"

하고 문 안의 아무 헌병에게나 묻다가

"뭐요, ×소위라니, 이름이 뭐요?"

하는 반문에 이름을 몰라서 못 대 망신을 당하기도 했다.

공초 오상순 선생과 내가 부산으로 온 뒤 며칠 사이에 대구에 남았던 문인들은 이어 우리 뒤를 따라오게 되어 우리는 그때 역전의 여관에 며칠 동안 묵고 있었는데, 나는 여기서 나서서 헌병대도 찾아가고 ××방위대라는 데도 공중에서 들려오는 소리를 표준해 찾

아가고 했던 것이다. ××방위대라는 곳은 바닷가에서 별로 멀지 않
은 곳에 있어 역전에서는 상당한 거리가 있었지만, 나는 역시 뚜벅
뚜벅 찾아가서 문지기 보초에게,

"×소령이 찾아오라고 해서 왔는데 어디 있습니까?"
하고 묻고,

"이층에 올라가 보시오."
하면 또 올라가서 허탕을 치고 나오다간 그 집 마당가에 깔린 가마
니 위에 가 펑퍼짐히 앉아서 나를 사형하기 위한 집행원이 데불러
올 때를 한 식경씩 기다리다간 헛되이 돌아오고 했던 것이다.

　나는 꼭 무조건 사형수 지원병과 같은 꼴이 되어 있었다. 대구 바
짝 가까이까지 적군은 와 있고 마산은 점령되고 우리 군의 승전의
소식은 까마득한 대로인 속에서, 어차피 곧 언젠가는 황토 언덕에
깁더 올라 현해탄을 바라보며 자살해 버려야 할 형편에 놓여서, 나
는 차라리 사형해 주겠으니 오라는 그 소리가 달가웁게도 생각되어
반정신병자 다 되어 헤매고 다녔던 것이다.

　그로부터 이십 년이 꼭 지난 오늘도 나는 여전히 공중의 소리 병
자 그대로긴 하지만, 너무나 여러 가지로 그걸 잘 겪어 참아 온 나머
지고 또 그건 공산 세계가 주로 책동하고 있는 일일 것이라는 요량
도 서서 지금은

"이놈들 그따위 기계, 엿 사 먹어라."
어쩌고 마음속 농담으로 상대도 곧잘 해내게 되었지만 그때는 그렇
게 생각할 만한 여지도 전연 못 가진 겁보요, 지독한 편집광이요, 회

의자였던 것이다.

"빨갱이! 빨갱이! 빨갱이!"

하고 부지런히 불러 대는 공중의 소리를 모두 나를 모함해서 없애려는 모략으로만 여겨 떨다가는 이를 악물고, 사형할 테니 어디로 오라는 소리를 그대로 지켜 한동안 찾아다녔던 것이다. 이건 모두 해방 후의 어수선 속에서 내 불신과 의심이 만들어 온 의식의 결과가 아니었던가 하는 것을 생각할 때 저으기 미안하고 민망한 일이지만…… 내가 이렇게 되어 있을 때 청마 유치환이 우리 여관으로 찾아와서 나를 맡아 가겠다고 자원해 준 것은 내게는 정말 큰 기댈 힘이 되었다.

가끔 내 곁에 오는 공초 선생한테 공중에서 들리는 협박을 내가 겁에 질려 말하면 그는

"그래? 그것 그렇게 대수롭게 듣지 말고, 꼭 중요한 데만 간단히 마음으로 대답해 치우게."

하고 위로해 주긴 했지만, 안 드나드는 사람 없이 두루 왕래하는 여관의 불안 속에 떨던 내게는 벗의 가족 속에 가 잠기는 것은 흙 위에 나동그라졌던 산 고기가 물을 만난 것만큼이나 반가운 일이었다.

그러나 나는 그 반가움을 말로써 표현할 마음의 아무 여유도 아직 못 회복한 대로 그를 따라갈 때나 그의 가족에게 소개받을 때나 또 그들 속에 한몫 끼어 앉게 된 때나 늘 항시 단 한마디의 말도 없이 뼬로 만든 인형처럼 까맣게 잠잠하기만 해서, 그와 그의 식구들의 속을 무던히는 썩였을 것이다.

5

이때 청마가 묵고 있던 집이 무슨 동이었는지 외지 못했지만, 그건 앞과 옆에 뜰이 2백 평쯤은 달린 일본식 별장풍의 단층 목조의 집으로 산자락에 자리한 데다가 남동쪽으로 현해탄의 바다가 환히 내려다보여 지치고 불안한 마음을 가다듬기에는 아주 알맞은 곳이었다. 이것은 물론 그의 소유가 아니고 그의 지인의 것으로, 사변 뒤에 여기가 잠시 비게 되어 청마의 가족들은 임시 그 집지기 겸해서 빌려 쓰고 있는 것이라 했다. 그는 그의 부인과 딸들을 시켜 거의 날마다 장을 보아 오게 해서는 나를 칙사처럼 극진히 대접했다.

"무얼 먹을래? 궁발은 생선을 좋아하재? 그래도 뭐라꼬 말을 해야 먹고 싶은 걸 구해 오재? 말해 봐."

궁발窮髮은 이십 대의 내 자호다. 그는 자주 내게 이렇게 이런 걸 걱정까지 해 주었지만 나는 여전한 벙어리로 고마운 낯굿을 지어 보이는 일도 없이 그저 멍청하게 앉아 있기만 했던 듯하다. 그래도 그는 이것저것 번갈아 가며 여러 가지 생선들을 구해다가 굽고 삶아 내 부족해진 자양을 회복시키기에 지성을 다했다.

그는 6, 7평은 넉넉히 되는 이곳의 제일 큰 방에 나를 두고, 아마 이 집에 단 한 개뿐인 듯한 침대까지 내게 맡기고, 어느 밤에는 그의 큰따님과 손녀 애기까지를 이 방에 이끌어 들여 내 침대 밑 방바닥에서 같이 자며 내 중정中情이 다시 돌아오기를 바랐으나, 나는 이미 불신과 겁에 질려 불도, 김도 거의 다 날아 난 한 웅큼의 새까만 재

같은 꼴이었다.

청마는 가끔 그의 토박토박하게 귀여운, 돌도 채 다 안 된 손녀 애기를 안고 내 옆에 앉아 그 관심으로라도 내 말문을 열게 하려고 했던 것 같다. 그러나 이때에는 그 애기가 제 주먹을 빨고 있는 것마저 무슨 딴 세상의 일만같이 눈여겨져 한번 받아 안아 줄 줄도 몰랐다.

그렇지만 다 꺼져 들어가던 내 마음의 잿더미 속에서 그래도 무진장한 공중의 소리의 협박에 항의해 볼 새 용기를 내게 한 것은 청마와 그의 가족들의 우정의 울타리의 힘이었다고 기억된다.

"빨갱이, 빨갱이, 빨갱이, 빨갱이!"

공중의 소리가 협박해 대면 나는 비로소 빨갱이가 아니라 반공 투사의 하나였다는 것을 해방 뒤의 내 경력을 대 가며 마음속으로 변명해 공중에서 대꾸해 댈 용기를 새로 얻게 되었고, 문둥이가 아니라는 것, 장모 강간범이 아니라는 것—그런 것도 시인의 심리나 심미감 같은 걸 자잘하게 설명해 가며 억울하다고 항의할 마음이라도 겨우 새로 내게 되었던 것이다. 또 나는 이때 공중의 소리가 새 화제로 삼아 온 내 물질 관계의 부정에 대해서도 어려서부터 연대별로 이걸 총망라해 회고하면서 '소학교 때 여름방학 때 돌아온 이웃 서울 유학생의 방에서 혼자 놀며 그의 책상에 놓인 만년필을 만지다 그 속심지를 분질러 몰래 버리고 모른 체 한 것. 내 손에 묻은 많은 잉크가 죄인임을 말하는데도 안 그랬다고 한 것.' 중앙불교전문학교 때 같은 반 학생이 책상 속에 넣어 두었던 시계를 잃었을 때도 나는 '왜 같은 반 학생들을 두루 의심하느냐'는 항의를 했을 뿐이지 내가 그 범인은 아니었다는 것─이런 것들을 낱낱이 '네놈이 범인이었다'고 저쪽에서 억울하게 의심하는 말투로 공격해 올 때마다 아니라고 변명할 만한 여유가 그래도 참마 댁 방구석 침대 위에서 처음 싹텄던 것이다.

나는 이때에 (지금 생각하면 참 어줍잖은 일이지만) 또 예수 그리스도의 환영을 자주 이 댁의 그 방에서 보았다. 그는 언젠가 〈왕 중 왕〉이라던가 무슨 영화에서 본 모양 그대로 십자가를 메고 지나가며 침묵 속에 내 용기를 북돋고 있었다. 그래 나는 그의 이 환영이 내 앞에 어른거릴 무렵부터 공중에서 오는 그 많이 억울한 공격들에 항의하는 것까지를 작파하고, 그들이 공격하고 씌우는 대로 다 걸머질 것을 작정했다.

"무슨 죄든지 다 당하겠다. 언제든지 필요하면 나를 데려다 처형해라. 그 대신 인제는 내 손수 찾아다니지는 않을 테니까 꼭 와서 데려가거라."

태연히 공중에 그런 마음을 보낼 만큼 되었다.

그리고 '스탈린 쏜(자식)!'이니 하는 빗발치는 공격 속에서 억울하다 못한 나머지에 언제나 내 마음속에 자리 잡아 나타난 것도 이 그리스도의 초상이다. 이십 대에 읽은 에르네스트 르낭의 『예수전』이 가진 인간 중의 인간의 관념으로서밖엔 그를 아직도 더 이상 생각할 줄 몰랐던 나한테, 그는 무슨 인연으로 그렇게 선명한 상으로 나타났던 것인지 하여간 이때에 그를 생각하고 그에게서 얻은 힘은 적지 않았다.

하긴 고백이지만 우리 군 속에 아직 잠입해 있을지 모를 불순한 힘을 못 믿어 병이었던 나는 그것을 견제하려면 UN군 속의 기독교도의 힘을 빌리는 것 이상이 없겠다는 저의도 있고 하여, 일부러 기독교의 환상을 내 마음속에 불러일으키려 노력도 하기는 했다. 이런 나를 저쪽에 유력하고 경건한 기독교도라도 끼어 있다면 다시 생각해달라는 속셈도 있었던 것이다. 그러나 그런 어느 만큼의 불순한 저의에도 불구하고 그리스도는 여전히 생생한 모습으로 그 영상을 내 마음속에 잘 나타냈다. 아마 그는 억울한 사람들의 마음의 상징이기도 해서 그러셨던 것 아닌가 생각한다.

이때 대통령의 비서였던 시인 김광섭 씨의 큰따님이 어느 날 나를 찾아와서 내 마음속을 어떻게 안 것인지 '구세주'라는 한 단어를 내게 발언해 들려주고 간 것도 내게는 적지 않은 힘이 되었다. 그네는 문학소녀여서 병난 나를 위로하러 찾아와 우연히 그 단어를 발언해 낸 것이겠지만, 그네의 아버지의 현직이 현직인 만치 그네의 내방과 이 한 개 단어의 선물은 내겐 익사되어 가는 자의 손에 잡히는 한 든든한 지주만큼 느끼어졌다. 이렇게 해서, 이곳에 와 이십 일쯤 지낸 뒤에 겨우 나는 이 댁 뜰의 나무 밑 평상에 나가 앉아 바다를 바라다보기도 하는 사람쯤이 되었다.

소설가인 김말봉 여사가 좋은 망원경을 가지고 찾아와서 바다 쪽을 향해 그걸 자기 눈에 갖다 대 보이며 "이렇게 좀 바다도 가끔 바라다보고 지내 보이소" 했다. 마침 한자리에 앉아 있던 청마댁의 친구의 누가 그걸 받아 눈에 대고 그 바다 쪽을 내다보고 있더니 "야!" 하고 무척 반가운 소리를 쳐서 "뭐길래?" 하고 누군가가 물으니 "신기루!" 하고 아까보단 훨씬 높은 고음조로 다시 소리친다. "저게 뭘까? 저 하얗게 뻗쳐 있는 성 둘레 같은 것, 저게 아마 대마도나 어디 있는 것 아닐까?" 한다.

나도 그 소리엔 그 망원경을 좀 빌려 달라는 시늉으로 한쪽 팔과 손을 벌려서 그걸 받아 눈에 대고 그곳을 바라다보게 되었다. 이건 아마 내가 대구에서 병원을 떠난 뒤 남의 앞에 나타낸 내 능동적 행동의 맨 처음 것이었을 것이다. 그러나 그 망원경에 비친 신기루도 그저 한 어루레기 같은 병의 반점만 같을 뿐 죽음에 바로 가까이 온 문둥이 같은 격리감 때문에 내게는 아무 신선한 인상도 주지는 못했다. 김말봉 여사는 그런 내 낯굿을 보고 못내 안타까워 하고 있었던 것 같다.

내가 이 무렵에 육군 대령이던 시인 김종문의 초대를 받고 한 끼니 밥을 같이 먹고 있던 자리에서 문득 복받치는 통곡을 참지 못해 나자빠져 오열했던 까닭의 완전한 걸 지금도 나는 다 귀납하지 못한 채로 있다. 여전히 이 자리에서도 나는 아무 말도 않았으니까, 동석한 누구도 나나 마찬가지로 완전히는 모를 것이다.

이것은 그래도 내 회생의 전조였던가.

청마 덕택에 그래도 먹을 것도 제대로 얻어먹고, 질릴 대로 질린 내 겁신경들을 어느 만큼은 가라앉히고 나서 꽉 막혔던 정의 샘구멍이 톡 터져 솟아오르던 소생의 첫 폭발이었던 것인가.

그러고 나서부터 내 마음속은 어느 만큼 심정을 돌리고, 공중에서 나는 소리에서도 이제는 "종군 문인이면 암어暗語를 알아야지 않나? 암어를 말 그대로 알아들어서야 되나?" 어쩌고 하는, 범인이 아니라 종군 문인으로서 다루는 뜻이 들려오기도 했다.

6

6·25 사변 나던 해의 8월달을 거의 한 달 가까이 청마 유치환 댁의 임시 가거에서 두꺼비 날아들어 오는 파리 채 먹듯 무얼 한마디 발음해 보는 일도 없이 날라다 주는 밥상의 밥만 채 먹고 앉았다 누웠다 하던 나를 하루는 시인 구상이 찾아와서, "무엇하면 인젠 우리하고 같이 합숙소에 가서 지내 보자우" 하여 뿌시시시 일어나서 그의 뒤를 따라나서지 않을 수 없었다. 아니 피동으로나마 '그렇게 하는 게 좋겠다'는 그런 무슨 자각 하나 마음속에 마련하지도 못한 채 그저 물건 들리듯이 그한테 들리어서 옮겨져 가고 있었다는 것이 옳을 것이다.

나는 무슨 한 가지 생각에만 골몰할 때는 늘 이 꼴이다. 스무 살 무렵의 문학청년 시절에도 아버지가 내 방에 군불을 지펴 주고 일어서서 열어 놓은 방문 앞을 다시 지나갈 때까지 영 쳐다보지도 않고 있다가 "이 넋 나간 놈아. 너는 뻘흙으로 만든 놈이냐?"는 꾸지람에 비로소 눈을 번쩍 뜬 일이 그 뒤 가끔 기억나지만, 이런 내 투는 이 전란 때의 어려운 객지살이에서는 청마 댁도 또 다른 친구들도 무척 질색이었을 것이다.

"그 영감 잘 좀 데리고 가이소."

내 옆에 바짝 나붙어서 축대의 계단을 내려가고 있는 구상한테 우리 등 뒤에서 청마 부인이 특별히 부탁한 것도 무슨 탁송 하물을 부탁하듯 하는 그런 감각 아니었을까 한다. 그렇게 되어 있던 나였던 만큼 또 나는 '고마웠다'든지 '미안했다'든지 '안녕히 계십시오'라든지 그만큼 한 인격의 표시 한마디도 없이 그저 구상한테 들리어진 채 내려가고만 있었다.

부산의 피란 문인 합숙소에 와서는 나는 숫제 허줄한 한개 보자기처럼 구석에 처박히어 늘펀히 자빠져서 내 옆을 지나는 사람들의 통행에 거스릴 형편이었던 것이다. 그래도 이 고경苦境에 그들이 한마디의 핀잔도 면대해서 나한테 퍼붓지 않은 걸 보면 우리 민족은 역시 동방예의지국의 국민다운 데는 어느 때나 늘 가지고 있는 줄 안다. 2차대전 뒤 일본의 전쟁범죄자들이 재판을 받고 있는 광경을 찍은 영화를 보면 일본의 사학자 오카와 슈메이가 국무총리였던 도조 히데키의 대가리를 내리갈기는 장면도 있는데 우리 민족은 마지막 판에 가서도 확실히 일본인들보다는 훨씬 더 의리가 있는 걸로 안다.

그러나 나는 인복이 있는 사람이라 오래는 우리 마지막 판 문인 친구들의 짐이 안 되어도 되게 되었다. 해방 바로 다음 해인 1946년에 동아대학교의 전임강사로 있을 때 내게서 잠시 배운 일이 있는 배영명이라는 사람이 내 발병의 기별을 어디선가 듣고 찾아와서 선선히 나를 맡아 가게 된 것이다. 나는 이런 종류의 인복은 꽤 타고난 것 같다. 아주 할 수 없이 되면 누군가 나타나서 우선 급한 면은 하게 되는 것이다. 배영명이 나를 데불고 간 곳은 그의 누님 댁으로 해방 전에 무슨 일본인 중장이라던가가 지은 집이라 하여 큰 모과나무와 석류나무 들이 선 뜰도 있었고, 내게 준 2층의 방에서는 영도의 제일 좋은 산모롱도 잘 보이고 하여 내 정양에는 더없을 만큼 알맞은 곳이었다. 또 이 댁에선 그 처남의 은사라 하여 알량하게는 된 나를 칙사 대접하듯 정성을 다해 돌봐 주었다.

그러나 그들의 그런 너무 지나친 친절은 내겐 적지 않은 괴롬이 되었다. 더구나 이 댁 주부의 안방인 듯한 곳에 밥상을 늘 보아 놓고 까지 우대하는 데는 이것 너무나 과분만같이 느끼어져 밥이 잘 식도를 넘어가지 않는 때가 많았다. 더운 가물에 난로 앞에 모셔져 건 밥상을 받는 사람처럼 나는 매양 화끈히 달아오른 채 벙어리 바보 그대로 묵묵하기만 했다. 너무나 친절한 이 댁 내외의 말씀 앞에선 벙어리의 침묵마저도 제대론 끝까지 유지가 안 돼 "아이……", "아이……" 그런 허한 계집애 소리 같은 외마디 소리만을 한두 마디씩 되풀이하고 있었던 것이다.

그런데 이 '아이……', '아이……' 소리는 인제 돌이켜 생각해 보니 식은 재 다 된 내가 새로 살아날 때 처음으로 내뱉었던 일종의 헛김 소리였던 것 같기도 하다.

나는 이때 안방의 밥상머리에서 많이 과열해 '아이……', '아이……' 하고 앉았다가 2층의 독방으로 올라와선 그 단란한 가족의 분위기와 친절에 화끈거려 떨고 있는 내 신열과 감정의 열을 뜰 앞 모과나무와 석류나무에 옮기고는 그것들이 새로 그리워지기 시작했다.

이 떨리는 신열과 감정의 열은 모과나무와 석류나무에서 하늘 속으로 번져 다시 바위들의 산등을 타고 그 모롱으로 깁더 올랐다. 그래 나는 이 무렵의 어느 날 밤 자정 넘어 그 영도의 산봉우리가 아주 그리워 못 견딜 만한 애인 같은 음성으로 나직이 노래하고 있는 소리를 들었다.

"진달래…… 만달래……"

그 두 마디 말을 되풀이 되풀이해서……

6·25 사변 뒤 나는 눈에 안 보이는 사람들의 소리와 내 마음속으로 대화를 해 오고 있었는데, 늘 나를 힐난하고 사형선고만 일삼던 사내들의 소리는 잠시 멎고 전연 모를 여인의 아름다운 음성이 영도의 산속에선 듯 내게 노래를 불러 보내기 시작한 것이다.

『서정주시선』 속에 들어 있는 내 작품 「산하일지초山下日誌抄」는 쓰기는 이해 9·28 수복 뒤에 서울로 올라와서 12월엔가 쓴 것이지만 이 상想은 그 영도에 묵고 있던 그때 얻은 것이다.

어느 날 아침
나는 문득 눈을 들어 우리 늙은 산둘레들을 다시 한번 바라보았다. 역시 꺼칫꺼칫하고 멍청한 것이 잊은 듯이 앉아 있을 따름으로, 다만 하늘의 구름이 거기에도 몰려와서 몸을 대고 지내가긴 했지만. 무엇 때문에 그 밉상인 것을 그렇게까지 가까이하는

지 여전히 알 길이 없었다.

허나 이튿날도 그 다음 날도 또 그 다음 날도 이것들이 되풀이해서 사귀는 모양을 보고 있는 동안 그것이 무엇이라는 걸 알기는 알았다.

그것은 우리 한 쌍의 젊은 남녀가 서로 뺨을 마조 부비고 머리털을 매만지고 하는 바로 그것과 같은 것으로서, 이 짓거리는 아마 몇십만 년도 더 계속되어 왔으리라는 것이다. 이미 모든 땅 우의 더러운 싸움의 찌꺼기들을 맑힐 대로 맑히어 날아올라서, 인제는 오직 한 빛 옥색의 터전을 영원히 흐를 뿐인─ 저 한정 없는 그리움의 몸짓과 같은 것들은. 저 산이 젊었을 때부터도 한결같이 저렇게만 어루만지고 있었으리라는 것이다.

그러자 나는 바로 그날 밤, 그 산이 랑랑한 창으로 노래하는 소리를 들었다. 천길 바닷물 속에나 가라앉은 듯한 멍멍한 어둠 속에서 그 산이 노래하는 것을 분명히 들었다.

삼경이나 되었을까. 그것은 마치 시집와서 스무 날쯤 되는 신부가 처음으로 목청이 열려서 혼자 나죽히 불러 보는 노래와도 흡사하였다. 그러헌 노래에서는 먼 처녀 시절에 본 꽃밭들이 뵈이기도 하고, 그런 내음새가 나기도 하는 것이다.─그런 꽃들, 아니 그 뿌리까지를 불러일으키려는 듯한 나죽하고도 깊은 음성으로 산은 노래를 불렀다.

안 잊는다는 것이 이렇게 오래도 있을 수 있는 일일까. 녹의홍

상으로 시집온 채 한 삼십 년쯤을 혼자 고스란이 수절한 신부의 이애기는 이 나라에도 더러 있긴 있다. 허나 산이 처음 와서 그 자리에 뇌인 것은 그게 그 언제 적 일인가.

수백 왕조의 몰락을 겪고도 오히려 늙지 않는 저 물같이 맑은 소리— 저런 소리는 정말로 산마다 아직도 오히려 살아 있는 것일까.

이튿날.

밝은 날빛 속에서 오랫동안 내 눈을 이끌게 한 것은, 필연코 무슨 사연이 깃들인 듯한— 그곳 녹음이었다. 뜯기어 드문드문한 대로나마 그 속에선 무엇들이 새파랗게 어리어 소근거리고 있는 듯하더니, 문득, 한 크낙한 향기의 가르마와 같이 그것을 가르고, 한 소슬한 젊은이를 실은 금빛 그네를 나를 향해 내어밀었다. 마치 산 바로 그 자기 아니면 그 아들딸이나 들날리는 것처럼……

7

나는 이렇게 된 내 눈앞의 산길을 자연히 산책하게 되고, 그러자니 여긴 섬이라 또 바닷가의 낭떠러지나 파도 앞에도 서게 되었다. 낱낱이 새빨간 혈맥 위에 하이얀 향기로 보이던 메밀밭의 메밀들, 그 옆에 내가 찾아낸 오래 묻힌 채 잊혀진 옛날 배의 닻줄을 감았던 쇠말뚝—그런 것들은 지금도 눈에 서언하다.

그런데 그렇게 헤매 다니던 어떤 날 저녁나절, 나는 뜻하지 아니한 일을 눈앞에 당하고 한동안 그 자리에 못 박힌 듯 멎었어야 했다.

영도의 내 숙소에서 일 킬로쯤 바닷가 언덕길을 타고 걸어 나와 몇 채의 인가가 있는 옆을 지나면서 보니 쉰 살쯤 되어 보이는 이곳 촌 아주머니가 길가에 멍석을 깔고 앉아 무슨 일을 하고 있었는데 '이분은 조끔 그분 같다. 얼굴 모습이라든지, 쭈그리고 있는 꼴이나 굵은 손 모습이라든지 그분 비슷하다' 하고 내가 속으로 친척 여자 어른 누구를 이 여인과 비교해 생각하자, 공중에서는 6·25 사변 뒤 나를 무턱대고 힐난하고 협박하던 누군가의 목소리가 '어쩌는가 보게 벌떡 좀 드러누워 보아라!' 하고, 그 소리가 막 끝날까 말까 해서 그 아주머니는 정체불명의 공중의 명령을 그대로 지켜 일하고 있던 멍석 위의 그 자리에 배를 위로 두 다리를 쭉 뻗고 두 눈을 딱 감고 나자빠져 버린 것이다. 어이없다면 참 어이없는 일이었지만 그건 사실이었다. 지금도 내 머릿속에는 이 그림 한 폭이 선명히 살아 있다.

이것은 악마가 산 위에 그리스도를 시험한 것이나 메피스토펠레스가 파우스트한테 했던 짓보다도 성질이 많이 다른 것이다. 누구의 무슨 기계의 짓인지 아니면 무슨 특수 지옥의 특수 악귀인지 이때부터도 내 마음속의 어떤 향수나 회의나 심미감을 재빠르게는 추적해 왔다. 그래 가지곤 얼토당토않은 죄목으로 매양 그걸 협박하고 여럿 앞에 모함하려 했다.

나는 어안이 벙벙해 못 박혀 꼿꼿이 섰던 그 자리에서 그 굳은 못을 살이 찢어져라 겨우 빼고 다시 걸어 바다의 소용돌이가 여러 길

아래 내려다보이는 어느 높은 낭떠러지 위에 올랐다.

대구에서 김기완 대위에게 부탁해 둔 청산가리를 바로 사용해야 할 만큼 적이 가까워져 온 건 아니지만, 여전히 그 청산가리만이 두드러진 값으로 아직도 하늘에 치솟아 보이는 마당에서 낭떠러지 아래 현해탄의 바다는 나와는 참 많이 가까운 바로 옆방이었다.

'일찌감치 더 애태울 것 없이 들어가 버릴까' 내가 마음속으로 생각하면, 누군가 공중의 한 소리는 '자살해 버려라! 자살해 버려라!' 하고 권했다.

그러고 누군가 딴 한 소리는 '지지리는 못난 놈, 그래선 억울하지 않으냐. 살아 있거라. 살아 있거라' 했다.

그러나 나는 그 어느 권에도 응하지 않고 반발하며 앞으로 나왔다 뒤로 물러갔다 하고 있었다. '자살해 버려라' 하면 뒤로 몇 걸음 물러서고, '살아 있거라' 하면 다시 몇 걸음 앞으로 나아가고 했다. 나는 이렇게 해 공중의 소리에 대항해 나가고 물러서다가 마침내 이것이 자기인 것을 겨우 짐작하고 그 낭떠러지의 한가운데 지점에 퍽 주저앉았다. 그러고는 무심결에 두 눈을 들어 하늘 한쪽을 우러러보았다.

때마침 해 어스름에 접어들어 있었고 또 무슨 마련인지 내가 보고 있는 하늘 한 귀퉁이에는 꽤 선명한 포도빛 구름이 떼 지어 엉기고 있었다.

그러자 이 구름더미들의 포도빛은 내게 서울의 내 아내가 미군 파자마에 수를 놓으러 다니던 공덕동의 수방을 기억게 했다.

그러고 내 아내의 수틀과 쌀바가지 곁에 매달려 있던 내 어린 자식의 기억을 불러일으켰다.

나는 어느 결엔지 무의식중에 되돌아서 내 작품 「산하일지초」 속에 보이는 금빛의 그네가 몰려나오는 환상을 담은 산골의 수풀이 잘 보이는 쪽으로 발걸음을 옮겼다.

걸어가며 나는 다시 그 포도빛 싱그러운 구름을 되돌아보았다. 그러자 이번에는 누가 보내 주는 것인지 그 서울의 수방집 여인네들의 도란거리는 음성이 몇 개 역력히 들리고, 그 아래 영도산의 째어진 골짜기로는 산 너머 바다가 넘쳐 몰려들어 오는 소리와 모양이 눈과 귀에 아른거렸다.

내 병은 한 고비를 넘어서서 회복기에 들어섰던 것인가. 이 무렵 어느 날 내 아우 정태의 친구인 시인 김종문 대령의 초대를 받아 점심을 얻어먹으러 갔다가 식사 도중 치밀어 오르는 통곡에 나는 한동안 나자빠져 그걸 걷잡지를 못했는데, 이것은 내 병의 막바지의 중요한 고비였던 것 같다.

죽음을 앞에 두고 앞당겨 죽어 있던 내가 겨우 죽어도 살아서 죽는 일반인의 길로 다시 접어들어 온 것이다. 사람들의 세상에는 어떤 한 사람을 끝까지 그 회의 속에 시들고 말지도 못하게 하는 정이 어디엔가는 있어 비록 죽을 사람이라도 눈물 적셔서 가게 하는 것인가 보다.

강가에 푸른 풀은   靑靑河畔草

곰곰이 생각느니, 머나먼 길을.   綿綿思遠道

중국 고시의 한 구절에도 보이는 것같이, 산 풀잎뿐 아니라 산 사람도 죽어서 죽어 가진 못하게 하고, 살아서 날것이 되어 죽음과 영원을 생각하며 가게 하는 것인 듯하다.

9·28 수복

1

마산이 공산군에게 점령되고, 대구 북쪽 몇십 리 언저리까지 그들에게 빼앗긴 숨 막히는 판국에서 우리들은 한동안 현해탄의 바다가 보이는 언덕 위에서 자살의 날만 기다리고 지냈지만, 일은 또 늘 그렇게 간단하게 끝나 버리라는 것도 아니어서 미국 사람들의 진격의 덕을 입어 그 뒤를 따라서 생전 또 못 볼 줄 알았던 가족들과 다시 만나게 되었다.

그런 9·28 수복이 온 것이다. 기분이 어쨌었느냐고? 도스토옙스키의 『죽음의 집의 기록』이라는 책에 정부 전복 음모 사건에 가담한 혐의를 입어 사형 집행대에까지 올라 있던 그가 황제의 특별한 감형의 긴급 지시를 받아 형틀에서 풀려 내려진 뒤의 기분을 말한 것이 보인다. '예수를 십자가에서 살려 내려놓았다면 못 견딜 모욕감에 그는 어쩔 수 없었을 것이다. 내가 느낀 건 그런 것이었다.'— 대강 이런 뜻의 말이다.

그러나 내가 느낀 것은 이렇게 사치스러운 것도 되지는 못했다. 그보다는 역시 예수에 관한 것이지만, 신약에 보이는 저 너무나 한 헐값으로 팔리는 참샛값의 느낌에나 가까운 것이었다. 그러나 참새는 인심 좋은 방생가의 손에서 풀려 다시 날게 되면 무척은 기가 막히게 좋을 것이지만 나는 그래도 사람이라 그랬는지 별 그런 기쁨이랄 것도 일어나질 않았다. '억울한 사형수의 휴가 귀택'— 그런 특전이라는 것이 있을 수 있다면 아마 그 비슷한 느낌이었던 것 같은데, 그나마 그것도 죽었는지 살았는지 누가 집어갔는지도 모를 그런 가족들을 찾아가고 있는 것 같은 그런 암담하고 치사하고 창피하기 짝이 없는 것이었다.

우리가 6·25 사변 직후 대구에서 종군하고 있을 때 하루저녁 때는 시인 이호우가 가슴이 새빨갛게 피멍이 들어 우리 합숙소로 누구에겐가 업혀 들어온 일이 있다. 들으면, 그의 꽤 괜찮게 생긴 소유 주택을 탐낸 한 장교가 그를 UN군에 따라온 어느 일본인에게 빨갱이 혐의자로 무고하여 붙들려 가서 죽도록 고문당하고 풀려나오는 길이라고 하며, 그는 아직도 와들와들 떨면서 무서워 못 살겠으니 우리 합숙소에 부디 좀 같이 끼어 있게 해 달라는 것이었는데, 그 비슷한 불안마저 곁들여 있는 참 기이한 귀가행을 하고 있는 것이었다.

그래도 9·28 수복의 때를 맞이하여 군용차들의 꼬리를 따르고 있는 우리 행색은 아주 몰라보리 만큼 일신되었다. 순 미제의 좋은 빛깔의 산뜻한 휴가 복장에 WRITE IN FRONT라 이쁜 색실로 수놓은 모표와 완장까지 다시고, 어떤 사람들은 재빠르게 어디서 구했는지 번질번질한 네플류도프 공작용 비슷한 새 가죽 장화까지 쓱 신고, 썩 근사해 보였다. 나는 그걸 하나 구해 신어 보지도 못하고 7월 초에 정훈국장 명령으로 호남에 스피커를 구하러 갈 때 지훈과 함께 정읍 장에서 사 신은 훈련용 포장 군화 그대로였지만, 지훈도 그 가죽 장화를 한 켤레 구해 신고 의기양양해 하던 게 눈에 선하다.

서울에 오자 이내 다시 납북되어 간 아버지의 행방을 찾아서 북진 부대의 뒤를 따라 평양까지 갔던 그, 가서는 허행하고 돌아왔던 그를 생각하면 그 장신에 이 가죽 장화의 소년다움이 유달리 눈에 선하다. 대구에서 통행금지 시간을 조금 어기고 나와 같이 돌아오다가 헌병대에 붙들려 가 몽둥이로 얻어맞을 때, 고려대학교 부교수의 신분증을 내밀며 "나를 이렇게 패도 되느냐!"고 호통하고 더 얻어맞던 모습도 아울러 눈에 선하다.

그러나 나도 서울에 오자 이내 장화는 아니지만 집에 아껴 두었던 새 가죽 단화를 그 산뜻한 WRITE IN FRONT의 복장에 맞추어 새로 신긴 신었다. 이런 치기는 묘한 것이다. 사람은 역시 이런 것이 있어서 사는 것 아닐까. 집에 와서 가족에게 단 한마디의 위로 말도 없이 석 달을 지낸 동안 거의 벙어리 다 되었던 나까지 산뜻한 새 군복엔 역시 산뜻한 새 신발이라야 했으니 말이다. 레마르크라는 사람의 『서부전선 이상 없다』 속에 시체의 가죽 장화 벗겨 신는 장면은 물론 너무 농도가 진한 것이겠지만, 내게도 역시 새 광이 나는 가죽 신발은 필요했으니 말이다.

　그러나 요만큼한 치기는 그래도 그대로 지닌 채로 웬일인지 나는 가족과 다시 만나서도 영 말문이 잘 열리지 않아 거의 입을 굳이 다문 채로만 있어 내 아내를 많이 울렸다. 내 눈에서는 눈물 한 방울마저 나오지도 않아 그것이 더 내 아내를 울게 했다. 북에서는 첩첩한 빨갱이가, 남에서도 첩첩한 모략배가 언제 어떻게 나를 잡아다가 쥐도 새도 몰래 없이 할는지 모른다. 그건 이미 내 힘이나 내 가족의 힘으로선 어찌할 수 없는 일이고, 아무도 내가 덤으로 죽는 것을—한동안은 이 나라 제일의 천재 시인이라고 하던 내가, 땅 위에서 제일 싸게 억울하게 희생당하는 걸 알아주지도 못하리라는 막다른 불신과 회의와 불안과 체념의 짙은 안개 속에 굳게 밀폐되어 버렸던 것이다.

　"총 든 빨갱이 세 놈이 우리 집을 찾아왔었어요" 하고 아내가 말해도 그 소리는 내 공명선에까지 젖어 들지 못하고 귓전에서 맴돌다 사라져 버리고, "우리 식구들보고, 어머니나 승해(이때 국민학교에 다니던 내 아들)까지 모두 나와 집 앞에 늘어서라고 해서 그렇게 했었어요" 해도, 또 "이웃집 계순네랑 가까운 데 사람들이 보구 모두 뛰어나와 '이 댁엔 죄가 없다'고 외쳤어요. 우리가 산 건 그 덕택이었어요. 여보! 우리가 산 건 그 덕택이었다니까요! 여보! 왜 이렇게 되어 오셨어요!" 해도 막무가내였다.

　아내는 "저 승해란 놈이……" 하고 목이 메어 통곡을 터뜨렸다. "그놈들이 와서 당신 사진을 찾으니까 겁이 나서 책갈피에 끼워 둔 걸 언제 알아 두었는지 냉큼 꺼내다 주어 버렸어요" 해도 내게서는 눈물 한 방울, 단 한마디의 말도 나와지지는 않았다.

그렇게 나는 이때 극단의 불신과 겁 속에 사로잡혀 육친에 대한 애정마저도 제대로 미처 솟지도 못하고 있었던 것이다.

'경인(1950년) 초동初冬'이라는 단서가 붙어 있는 이때의 내 노트의 하나엔 아래와 같은 것이 보인다.

나는 대한민국 최대의 중죄인이 되어 한국 남방의 어느 해안 지대를 헤매이고 있었다.

살인, 간첩, 오리汚吏, 간통, 횡령…… 그런 것들이 어느 새인지 내가 가진 죄명이었다.

어느 비 내리는 날 오후, 나는 나의 진주 감옥으로부터 15리를 걸어 나와서 UN군의 굉장한 기계들이 내려다뵈는 어떤 움막집의 처마 밑에 서서 있었다.

거기도 역시 땅 위에 풀이 나 있는 게 이상해 뵈이는―그러한 중에도 유난히 그러한 곳이었다.

……

'그래도 사람인데……'

뜻밖에 그런 소리가 나서 천천히 돌아다보니 그것은 남루한 할머니의 등에 업힌 처음 보는 애기의 말이었다. 분명히 내 두 귀에는 그 소리가 들렸다.

강가에 푸른 풀은　　　　　　　　青青河畔草

곰곰이 생각느니, 머나먼 길을.　　　綿綿思遠道

　　나는 문득 눈앞에 풀밭을 보며 이러한 고시古詩의 구절을 생각
해 보고 있었다.
　　어디에다가 쏟아도 좋다고 늘 주장해 오던 내 피였건마는 그
얘기를 위해서는 물론, 그 그리운 초원장제草原長堤의 어느 곳에도
이미 내 피를 뿌릴 곳도 없었다.

　　피의 혼탁과 비루 ─ 나까지 싸잡아서 모든 피의 추잡한 혼란을 버
릴 길마저 없어 헤매던 심경이었던 듯하다.

2

　　10월달이지, 아마. 9·28 수복의 바로 뒤를 밟아 올라온 직후의 일
이었으니까, 아마 그랬을 것이다. 우리 한국문화단체 총연합회에서
는 정부에서 준 벼 ─ 껍질을 아직 벗기지 못한 벼 몇 말을 얻어 한
두 되씩을 우리들 간부의 구명용으로 손에 들려 배급해 주고 (지금
도 생각하면 이것만은 눈물 난다) 이어 군검경 합동 수사본부란 데
서 한 서류를 보내왔다. WRITE IN FRONT의 완장을 두르고 올라
온 우리들과 서울에서 지하에 숨어 다니던 김동리, 조연현 등이 모
여 읽어 보니, 그건 예술가 중에서 6·25 사변 동안 공산군에 부역했

다는 사람들의 명단인데, 수사본부의 의견과 요구는 '예술가의 일은 예술가인 여러분이 잘 아실 것이니 이 명단을 잘 검토하여 그 죄상의 경중을 평가해 보내라'는 것이고, '평가 기준은 A·B·C·D·E 5등급으로서 A라 써 넣으면 총살, B는 장기형, C는 단기형, D는 설유석방, E는 무죄로 한다'는 것이었던 듯하다. 어마어마한 심판의 자리였다.

쭈욱 훑어 이름 읽는 것을 들어 보니, 여기에는 문단과 그밖에 예술계의 현존의 적지 않은 수의 중진들을 비롯해서 지금은 이미 고인이 된 이들도 더러 끼어 있었는데, 우리 심사위원회는 이걸 일률적으로 D와 E급으로 해서 그들을 모조리 석방케 했다. 부역이래야 서울에 남아 잘 숨지 못하다가 끌려가 마지못해 공산당 계통의 회합에 얼굴을 내놓은 게 고작인데, 이 리스트에 이름이 오른 이들 사정을 잘 아는 우리들에게 평가를 받게 되어 다행한 일이었다고 지금도 생각한다. 아니었더라면 앞의 어디에선가 내가 보고한 것처럼 대전에서 구상이 우연히 만나 구해 낸 사람 같은 트럭 위의 신세가 될 사람들이었을는지도 모를 일이었으니까. 이 점, 그 리스트 속의 인물들은 일생 두고 우리 심사위원회에 감사해야 할 줄 안다. 하긴 요즘 보면 그중에는 그 고마움마저도 까마득히 잊어버린 인물도 있긴 있는 것 같지만……

그러나 이런 심사위원회에도 벙어리로 참가하는 한편으로 내겐 불안은 여전키만 했다. 서울에 와서 문교부 예술과장 시절의 내 부하였던 ×사무관의 건재를 알았기 때문에 사변 후 대구·부산 시절에 공중의 소리가 나를 몰아대던 ×사무관 살해라는 죄명은 없어지겠고, 또 같은 무형의 소리가 몰아대던 간첩이었느니 오리였느니 또 무엇이었느니 하는 등의 협박도 그 무죄를 증언할 사람들이 나타날 수 있어 어느 만큼 안심은 되었으나 그래도 마음 켕기기는 여전했으니 그것은 바로 대통령 이승만 박사의 미움을 사고 있는 데서 생기는 것이었다.

지금은 다 나았지만 내 협심증과 일종의 과대망상은 '만일에 그전에 내 부하였던 ×사무관이 오리였고, 저 공중의 무형의 협박의 소리를 조종하는 사람 속에 그의 옹호자가 끼어 있다면, 대통령의 나에 대한 미움의 틈을 타서 그들의 증거 인멸을 위해 나를 모해할 수도 있으리라'는 상상 속에서 나는 아직도 많이 초조해야 했다. 이런 불신과 불안은 나 혼자만의 특수한 꼴이었는가 또는 많은 사람들이 가졌던 것 중의 한 모양이었는가 그걸 나는 아직도 똑똑히는 정하지 못하고 있다. 그러나 하여간 내 이런 상태는 해방 뒤의 혼란의 여러 경험을 통해 얻어진 것만은 사실이다.

그래 나는 마침내 11월 말인가 12월 초의 어느 날 아침, 용기를 내어 이승만 대통령의 미움을 꺼 보려고 북악산 밑의 그의 관저를 향해 집을 나섰다.

미움이라야 그건 내가 그의 구수를 받아써서 펴낸 전기가 그의 비위에 안 맞아 사적인 발매금지 처분을 받은 것뿐이니, "어디가 안 좋습니까, 선생님" 하고 물어서 어디 어디라고 하면 "그것은 저의 본의가 아니었습니다. 저는 그때나 지금이나 그저 선생님을 위하는 마음뿐입니다" 하는 걸로 그의 미움은 씻어질 것이고, 이게 되면 그 밑의 누구도 나를 모해하지만은 못할 것이라고 생각해서였다.

그러나 6·25 사변 이후 늘 내 마음의 뒤를 쫓고 있던 공중의 협박 소리는 내가 경무대 대통령 관저의 대합실에 들어갔을 때에도 나를 따라와서, 내가 나보단 먼저 와서 여기 앉아 있던 어느 삼사십 대의 한 중년 여인의 한쪽 손의 식지를 눈여겨보고 '야 담배 많이 피우는 군' 생각하자 바로 그 생각을 공중에 뽑아내 소리로 내게 하여, 그 여인에게도 그게 들렸는지 그 자신의 식지와 그 옆의 가운데 손가락을 슬쩍 내 앞에서 움츠리게까지 했다.

그렇지만 이런 내 마음속의 폭로는 이런 때의 내겐 오히려 다행한 일이라 생각되었다. 대통령께 내 본마음을 제대로 다 보이기라도 하여 그의 바른 이해를 구해야 되겠다고 생각한 때문이다.

그러나 나는 대통령을 직접 만날 수는 없었고, 다만 그분의 공보 비서였던 시인 김광섭을 만나 이 대통령의 마음속을 떠볼 수 있었을 따름이다.

"내 생각이지만, 그 전기 속에 나오는 각하의 선군자의 이름 밑에 경칭을 붙이지 않은 것 등 그런 일 때문이 아닐까요? 지금 그분을 뵈올 수는 없습니다만……"

그의 대변자는 그렇게 말했다. 그래 나는

"그건 내가 그분을 낮추는 일이 아니라, 김 선생도 아시다시피 세계의 모든 전기가 이름 밑의 경칭은 생략하는 습관이어서 거기 따른 것이니, 이 말을 그분께 잘 알아들으시게 말씀 좀 해주십시오."

대개 그런 뜻의 부탁만을 간절히 하고 여기를 그냥 물러서야 했다.

그래 그런 대로 이 방문은 내겐 적지 않은 위안이 되었다.

김광섭으로 말하자면, 해방 전에도 내 무슨 시인가를 좋게 평한 일도 있어 나를 알 만큼은 아는 사이니 좋게 말해 주겠지, 그리고 만일의 경우 나를 몰려 죽게 내버려 두지는 않겠지—그런 아주 지극히는 약하고 불쌍해져 버린 자의 위안이었다. 그렇지만 물론 이건 내가 이때까지도 이 대통령을 천신天神같이 존경하고 있었던 까닭이다. 만일 그를 존경하지 않았다면 죽어도 나는 그렇게까지 약해지지 않았을 줄 안다.

허나 이 방문 뒤에도 내 마음에 대한 공중의 추격과 협박은 끝나지를 않았다. 1945년의 해방 바로 뒤 내가 그때의 문단인 누구나 마찬가지로 YMCA에서 열린 문학가 동맹 대회라는 것을 방청하러 잠시 들렀던 것을 기억하고 있노라면, 공중의 소리는 '남로당 프락치' 운운으로 나를 협박 공격하고 또 내가 이 글의 맨 먼저에서 그려 보인 내 스무 살 때인 중앙불교전문학교 시절에 급우인 어느 학생이 시계를 잃어버리곤 이 학생 저 학생 살피고 있는 눈치를 보이다가 나한테 톡톡히 공격을 당한 사건을 문득 마음속으로 회고하고 있으면 즉시 또 '중앙불전에서 시계 훔친 놈'으로 몰아대고 하는 식으로 끈질기게 나를 무고해 대고 있었다.

12월의 어느 날이던가 나는 국립도서관 앞의 문화단체 총연합회 회관에서 사뭇 걸어 서대문을 지나서 내 집이 있는 공덕동을 향해 가다가, 아현동 마루턱 근처의 어느 문방구점에서 노트던가 무엇을 사고 호주머니에 돈이 모자라 요새 값으로 하면 한 5원쯤 에누리를 하니, 다음에 나올 때 갖다 달라 하여 그 물건을 가지고 나온 채 그 5원쯤은 까마득히 며칠 잊어버린 일이 있었다. 이런 때면 무슨 기계론지 꾸준하게는 내 뒤를 따르는 공중의 소리는 또 '협잡꾼'이라던가 그런 죄목으로 나를 협박해 대어 내 기억력을 보충해 주기도 했다. 이런 경우는 내게 이 기계력이 주효한 부분이 된 것인 셈일까.

그러나 그것은 지금도 그렇듯이 늘 나를 해해 온 것만은 사실이다. 그 가장 큰 예론 내가 시를 쓰거나 무엇을 쓰거나 이 무렵부터 그 기계가 내 구상에서부터 집필에 이르기까지 모조리 공중에다 소리로 표출해 놓으며, 갖은 힐난과 어수선을 여러 지명知名 문인들의 음성을 빌려 빈틈없이 오늘까지 이십 년이나 계속해 오고 있는 점이다. 나는 최근 십여 년래 그것이 틀림없이 공산 세계 기계력의 짓이거니 짐작하고 있으니 그래도 그대로 무시하고 견뎌 왔지, 우리 쪽에서 그러는 것이라고 생각되었다면 지금쯤은 화나고 피곤해서도 벌써 절필을 해 버리고 말았을 것이다.

내가 이 대통령 댁을 다녀와서 이내 쓴 『서정주시선』 속의 「광화문」이나 「내리는 눈발 속에서는」 같은 작품 언저리부터 정체불명의 기계력은 내게서 늘 그 작품화 때의 마음속을 송두리째 음향화해 공중에 강제로 표출하면서 지금까지 계속해 내려오고 있는 사실을 혹 나 같은 종신 신경쇠약의 인물들은 더러 들었음 직도 한데, 그것도 아니라, 그저 내 지독한 노이로제의 일종일 따름인가.

개울로 끌고 가 쏘아 버려라

1

그러나 이 대통령의 미움을 풀어 안심할 수 있는 마음이 되지도 못한 채 나는 다시 저 지긋지긋한 1951년 정월의 1·4 후퇴를 만나 가족들과 같이 또 남쪽으로 남쪽으로 도망쳐 떠돌아다니는 몸이 돼야만 했다. 우리 한국의 군대는 이때 UN군 사령관이었던 맥아더 원수의 그 나폴레옹식 영웅주의의 덕택으로 한때 38선을 넘어 백두산 밑 압록강 언저리까지 밀고 올라가 보긴 했지만, 트루먼 미국 대통령의 맥아더 해임으로 이 길마저 막히고, 연달아 일어난 중공군의 참전 진격에 몰리어 다시 후퇴하기 시작하여 마침내는 또 서울에서까지 물러나야 할 형편이 되었기 때문이다.

이 해임감인 20세기의 보나파르트의 덕택으로 그래도 우리는 크게 도움을 받은 일이 있다. 그것은 그래도 이 백두산 밑까지의 돌진의 퇴로에 북한 거주의 상당수의 반공 동포들을 구해 데불고 오게 되었으니 말이다. 6·25 때 북으로 납치되어 간 아버지를 찾아 북진하는 군대를 따라갔다가 그냥 혼자만 돌아온 조지훈이나 그 가족 같은 사람들이 물론 훨씬 더 많았지만 그래도 꽤 많은 수가 이 기회에 남하해 따라왔으니 말이다. 김이석, 박남수, 김동진 같은 문인, 음악가들도 그 속에는 보여 우리 예술하는 사람들한테도 그건 적지 않은 감격이 되었다.

명동의 어느 다방에서 나는 뺑소니쳐 온 이 몇몇 예술인들을 처음 만났는데 해 질 녘이 되어 내가 "우리 집으로 갑시다" 하니 그중에서 소설가 김이석 하나가 내 뒤를 따라와 주었다. 우리 둘이는 물론 이때 처음 인사를 나눈 사이지만, 1930년대에 평양에서 그가 낸 『단층斷層』이란 문학 동인지의 그의 작품을 내가 좋게 보아온 것만큼은 그는 내가 써 온 시들을 싫지 않게 보아 왔던 모양이다.

그와 내가 하룻밤을 내 집에서 드새는 동안 우리는 우리 이십 대 때의 그의 잡지 『단층』을 두고 서로 몇 마디씩 말을 나눈 외엔 거의 아무 말도 하진 않았고, 또 그 뒤에도 연전의 그의 작고 때까지 서로 만나자 해서 만난 일은 단 한 번도 없었지만 별나게도 이 사람 생각은 밤 깊어 자리에 누웠으면 가끔 문득 생기곤 해 오고 있다.

"나는 인젠 더 피란하기도 귀찮고, 그냥 여기 이 자리에 누워 있고 말 테야. 어찌 되건……"
하고 내가 그때 그와 나의 이승에서의 오직 단 한 번뿐인 동숙의 자리에서 문득 말하니,

"응, 그래……"

하고 꼭 두 마디 낱말만 대답하고 더 하지 않던 일. 또 그 뒤 언젠가 그의 죽음 몇 해 전에 어디선가 그가 쓴 수필을 하나 보니,

'쓰기 싫은 글 쓰기 싫어 못 살겠다. 통속소설 쓰라 해도 그럽시다, 잡문 쓰라고 해도 그럽시다, 또 야담 같은 것 쓰라고 해도 또 그럽시다—그러기 싫어 죽겠다. 그런 것 다 쓰지 않고는 영 먹고 살 수 없는 것이 귀찮아 못 살겠다.'

그런 뜻으로 말했던 일이 서로 뒤범벅이 되어 밤의 한때씩 불쑥 내 기억 속에 뭉클하게 생기곤 해 오고 있다.

1951년 1월 4일의 그 소위 1·4 후퇴라는 것의 때에는 나는 정말 어디로도 더 내 두 다리를 움직이고 싶진 않았다.

들으면 중공군은 몇백만 명씩 인해전술을 써 몰려들어 오면서 갖은 만행을 다 하고 있다고 했다. 원래 사람을 다루는 형벌과 고문의 종류도 중국 역사책 속에는 없는 것이 없이 풍부하니까 많이 살과 뼈가 얼마 동안 아플 것도 느껴졌다. 그 매캐한 파 내음새와 함께 무딘 청룡도식의 그들의 형(刑)이 더 오랫동안 살과 뼈에 아플 것도 잘 예상되었다. 그러나 독자는 아직도 잘 곧이들리지 않을는지 모르지만 내 의식 속으로 파고들어 오는 정체 모를 기계력을 빌린 갖가지 무고와 추궁은 이때에도 일 초의 쉬임도 없이 무형의 공중의 음성으로 되풀이되어, 이걸 이때에도 이 대통령의 내게 대한 미움을 틈탄 해악 분자들이 작용하는 짓일 거라고 상상하고 있던 내게는 중공군의 손에서 잠시 아프고 마는 것이 오히려 가뜬한 일이라고 생각되기

도 했던 것이다.

　거기다가 인젠 중공과 국제전으로까지 번지었으니 소련도 참전하지 않을 수 없을 것이고 그리되면 자유와 공산 진영의 어느 한쪽이 아주 무너질 때까지는 전쟁은 계속되어 한정이 없을 것이고, 만일에 그동안에 우리가 불리하여 한반도가 공산군의 완전 점령이나 되고 마는 날은 그 봉쇄와 질곡이 언제 풀릴는지 기약도 없는 일일 것만 같아, 나는 그저 늘펀히 나자빠져 더 일어나 볼 의욕마저 잃어버리고 말았던 것이다. 인제 돌이켜 생각하면 그런 내 생각들은 더러는 미안한 일이 되기도 했지만 그땐 그게 내 마음의 실상이었다.

　　괜, 찬, 타, ……
　　괜, 찬, 타, ……
　　괜, 찬, 타, ……
　　괜, 찬, 타, ……
　　수부룩이 내려오는 눈발 속에서는
　　까투리 매추래기 새끼들도 깃들이어 오는 소리. ……

　　괜찮타, ……괜찮타, ……괜찮타, ……괜찮타, ……
　　폭으은히 내려오는 눈발 속에서는
　　낯이 붉은 처녀 아이들도 깃들이어 오는 소리. ……

　　울고

웃고

수구리고

새파라니 얼어서

운명들이 모두 다 안끼어 드는 소리. ……

큰놈에겐 큰 눈물 자죽, 작은놈에겐 작은 웃음 흔적,

큰 이얘기 작은 이얘기들이 오부록이 도란그리며 안끼어 오는

소리. ……

괜찬타, ……

괜찬타, ……

괜찬타, ……

괜찬타, ……

끊임없이 내리는 눈발 속에서는

산도 산도 청산도 안끼어 드는 소리. ……

―「내리는 눈발 속에서는」

이것이 그 1·4 후퇴 바로 얼마쯤 전에 서울서 쓴 것이다.

눈 오는 거리를 마포 공덕동의 내 소굴로 걸어가며 나는 모든 것

을 다 괜찮다고 느끼는 데 도달하게 되었고 이 체념 속에 무한정 늘

편히 나자빠져 버릴 수 있는 힘만이 겨우 생겨져 있었던 것이다.

이렇게 되어 나는 영락없이 중공군에 무찔리었거나 아니면 납치 되었어야 할 사람이었다. 그것을 현재와 같이 나를 있게 한 것은 전연 내 아내와 내 가족들과 처가 식구들의 덕이다.

6·25 사변 때 우리 집의 장정들을 따라 남하 피란을 가지 못하고 어린 자식 승해와 함께 서울에서 갖은 고생을 다 치른 내 아내가 이번엔 특별히 앞장서 나서서 내 아우 정태를 시켜 부산까지 남하하는 군용 화물열차 승차 자격권을 얻게 하고 (나는 이때까지도 아직 명색은 WRITE IN FRONT—번역하면 종군작가였으니까) 안 간다는 나를 무슨 아주 무거운 마지막의 트렁크나 운반하듯 여럿이서 부축하여 서울역까지 억지로 끌고 가 차에 올려놓은 것이다. 역시 이런 때는 가족의 힘도 큰 것이다.

2

부산까지의 군용 화물열차에 올려지긴 했지만 어디로 갔으면 좋은 것인지조차 모를 우리들의 향방은 까마득하기만 한 것이었다. 내 아우 정태는 먼저 부산으로 달아나고, 이 차에는 우리 내외와 어린 놈 승해, 처이모와 중고교생인 그 두 딸이 이불 보따리, 양은솥 그런 것들하고 같이 올라 더러는 어깨로 남의 좌석 노릇을 하며, 더러는 또 남의 어깨를 깔고 달려 간다기보단 사태같이 쏟아져 내려가고 있었는데, 줄르 로맹 같은 사람은 이런 사람들의 무데기 속에서 인간성의 일체된 신을 느끼기도 했다지만 내 마음속에는 그런 건 생기지 않았고 다만 '모든 건 다 괜찮다'는 운명 객관만이 나를 지탱하는 힘이 되어 있었다. "떠밀지 마세요. 떨어지면 어쩔려고 그래요?" 외마디 소리로 내지르는 어린아이들의 소리, "할아버지 미안해요" 하고 내 한쪽 어깨를 할 수 없이 깔고 앉던 아주머니의 우거짓국 냄새 나는 음성—그런 것은 두루 다 할 수 없이 괜찮다고 생각하며 멍청하게 앉아 있는 것만이 힘이 되었다.

나는 이때에도 일정 치하 때의 내 시의 일본인 친구 고타마 긴고가 해방 바로 뒤에 나한테 벗어 주고 간 그 것에 깜정 모피를 단 귀족풍의 오버를 딴 게 없어서 할 수 없이 입고 있었고, 복덕방 영감들이 겨울에 쓰는 것 같은 깜정 방한 모자를 방한만을 위해서 쓰고 있었고, 또 수염도 자라는 대로 덥수룩이 내버려 두고 있어서, 이 말씀에도 우거지 냄새 배인 아주머니는 자기보단도 아마 열 살은 더 손아래일 겨우 서른여섯 살의 나를 할아버지로 오인하고 기대어 걸터앉았던 모양이다.

우리는 부산까지 가지 않고 이 차에 오른 이튿날 오정 때쯤 대전에서 내렸다.

내 처이모는 전주에서 오래 살던 전前 검사의 미망인이라 그리로 가면 그래도 살 거라고 내 아내를 꼬수아 놓은 데다가 또 나도 6·25 사변 때의 진절머리 때문에 대구·부산으론 다시 가길 싫어하던 때라 별 활로가 전주에 있는 것도 아니지만 대전에서 내려 이렇게라도 길을 잡아 보는 수밖엔 별수도 없었다. 하긴 전주로 가자는 내 아내의 이야기가 나오면서, 나는 저 전주의 내 후배 시인 이철균과 하희주 두 사람을 마음속으로 손꼽아 보기는 했었지.

'이 두 사람 중 이철균이는 내가 『문예』라는 잡지에 한 번 추천을 하다가 전란으로 놓아두고 있고, 이 두 사람의 형제 같은 친구는 나란히 전주고등학교의 국어 교사니까 두 사람은 설마 나를 모른 체하진 않을 것이고, 그래 그들이 들면 전주 어디 중학교에 국어 교사쯤으로는 밥을 먹을 수 있을는지도 모르겠다' 하는 따위의—아주 거지가 되어 버리기 전 마지막으로 밥 먹을 자리를 궁리해 본 사람이면 누구나 잘 흔히 겪는 그런 속궁리 말씀이다.

그래 내 처이모는 가진 돈을 셈해서 대전에서 이리까지만 트럭을 한 대 빌려 타고, 이리에서 전주까지는 짐만 우마차에 싣고 우리는 그 뒤를 따라 걷기로 해 이리에 와서 내렸는데, 이리의 어느 네 갈림인가 세 갈림길에 서자 우연히도 (아니, 우연이란 없는 거니까, 눈에 안 보이게 연결된 무슨 필연의 인연으로였는지는 모르지만) 뜻밖에 우리 앞에 돌출해 나선 엉뚱한 어떤 청년 장정 하나를 우리 일행 속에 가입시켜야만 했다.

뜻밖에 우리 떠나려는 당나귀 마차 앞에 돌출해 나타나서 내 이름을 간절하게 불러 대는 사람이 있어 보니, 이 청년은 황해도 해주 용매도 어업조합 이사고 또 김구 선생 밑에서 한동안 '백골단'인가 무엇 그 비슷한 무서운 이름을 가진 단체의 일원 노릇도 한 오학환이란 사람인데, 그가 "서 선생님 어디로 가십네까. 나도 좀 같이 끼입

세다. 전라도는 완전히 타관이라 영 어쩔 도리가 없쇠다" 하여, 그 말이 전연 나나 내 가족의 힘으로는 절대로 달리 좌우할 수 없을 만큼 무거운 중량을 가지고 있어서 꼼짝 못하고 거기 눌려 그를 어쩔 수 없이 우리 향방도 분명치 못한 일행에 끼고 만 것이다. "할 수 없지……" 아마 이런 순 피동적 대답을 겨우 한마디 나는 했던 듯하다. 사람들은 이런 경우 동정이니 의리니 그런 말들을 가지고 곧잘 말하는 관습이 있다. 그러나 내 경험으론 이건 그런 게 아니라 이런 돌출자의 육박해 오는 힘과 그 충격만이 크게 문제고 그다음은 그 압력에 움직여지는 피동력만이 남는다는 의견이다.

그를 할 수 없이 맞아들이기로 한 뒤 내 피동력이 완화되어 다시 능동하기 시작하면서, 곰곰 생각해 보니 우리 일행에 그가 불쑥 끼어든 것은 꽤 재미있게 생각도 되었다. 나는 이때 아마 괴테의 『빌헬름 마이스터의 편력시대』 속의 그 편력의 여행들을 당나귀 마차 뒤를 따라 걸으며 그래도 생각해 내기까지 했던 듯하다. 오학환의 그 단단하게 희고 가지런한 이빨들과 총명하게 번쩍이는 눈과 그 넉넉한 체력이 우리 일행에 끼게 된 것은 이런 여행엔 잘 어울린다고도 생각되면서, 에라 이것 전시 피란이니 뭐니 그따위 생각 다 걷어치워 버리고 그냥 여행으로 해 버리자, 언제 어떻게 죽을는진 모르지만, 엣다, 그놈의 것 그냥 여행으로 해 버리자 하는 작정도 생겼다.

삼례에서의 하룻밤의 당나귀 똥내 나는 마굿간 바짝 곁의 가족들과의 뜨내기 새우잠, 또 대장촌 눈벌판의 그 많은 기러기 떼들의 휴식의 광경, 그 기러기 떼들의 휴식을 에워싸고 출렁거리고 있는 듯이 보이는 둘레의 산맥들의 세련된 음률 같은 선들―이런 것들에 맞추어 가기라면 모든 행로는 어느 전시에라도 여행일 수 있겠다고 도 생각되었다.

이것은 인제 생각해 보면 역시 가족을 동반하고 가고 있었기 때문 이었다. 자식과 아내를 데불고 나섰으니 말이지 그들과 헤어져서 그 들의 생사를 모르고, 다시 만날 기약도 없이 6·25 바로 뒤처럼 나 혼 자서 여길 거치고 있었다면 이 무렵의 내 정신의 힘 정도로는 이렇 게도 되진 못했을 것 같다. 도인 아니거든―아니 도인이라 하더라 도 피란엔 처자가 있으면 반드시 처자를 대동하기를 바란다. 죽어가 는 경우를 위해서도 살아남는 경우를 위해서도 헤어져 뿔뿔이 있는 것보단 그게 훨씬 편안할 것이다.

이 새로 생긴 여행의 느낌으로 나는 일행을 이끌고 전주에 와서 미리 속궁리해 놓은 대로 내 시의 후배인 전주고등학교 교사 이철균 을 찾았더니 "아따, 그건 아무 염려 마시오" 한다. "우리 학교 교장 유 청 씨도 선생님이면 잘 알 만하니, 우리가 말씀드리면 됩니다. 염려 마시오" 하고 하희주하고 둘이서 아주 몽땅 맡아 버린다. "여기, 이 리서 만난 오학환 씨는 대학에서는 법률을 했다는데, 역시 '공민'이 나 뭘로 같이 좀 끼어야겠는데……" 하니, "글쎄요……" 잠시 머뭇거 리며 오학환의 저리로 밀어 버릴 수는 도무지 없는 두 눈을 잘 보고 는 "역시 될 겁니다" 한다.

그래 이 두 후배의 알선과 노력의 덕택으로 나와 오학환은 바로 전주고등학교의 교사가 되고, 우리 식구는 전주에 짐을 풀게 되고,

곧 이어서 나는 또 전국 문화단체 총연합회 전북 지부장과 전시연합 대학 강사의 직을 겸하게 되었다.

이철균과 하희주가 이때 나와 오학환을 위해서 마음 쓴 것 같은 그런 식의 마음의 씀씀이는 좋은 노가다 판 빼놓고는 역시 아직도 우리 문인들이나 예술가들 판에 그중 많이 남아 있는 걸로 안다. 그 때문에 아직도 나는 내가 빈쭐쭐이의 허기진 시인이 된 걸 후회하지 않고, 또 모든 일터 중에서도 의리 있는 노가다 판을 좋아한다.

이럭저럭하여 이 위험한 전란의 바로 뒤켠에서 나는 어느 만큼의 마음의 평화를 돌이킬 수 있었고, 제법 CIC(정보부) 파견대장하고 같이 시민 안도安堵를 권하는 연설도 해 대고, 국민학교의 특강 강사로 나다니며 어린이들에게 옛날이야기들도 들려주고, 또 『논어』와 『삼국유사』를 마음먹고 다시 읽어 보게도 되었다.

그러나 여전히 일 초도 빠짐없이 계속해 추궁해 대고 있었던 것은 내 마음속 의식을 노리는 그 정체불명의 알 수 없는 기계력이었다. 이 기계력은 공중의 음향이 조금이라도 있는 곳에서는— 실바람 소리나 작은 벌레의 소리만 있어도 그들의 뜻을 곧 거기 언어화하여 내 의식을 노리고 논란하고 공격하고 때로는 무고해 대고 있었다.

그렇지만 이때부터 그것에 대해서도 내 태도는 아주 달라져 있었다. 나는 인젠 그 무형의 공격과 모함에 전율하는 것도 대항하는 것도 다아 쉬고, 오직 그것을 모조리 '천사'라는 한마디로 늘 상대해 가는 새 지혜를 발견하게 되었던 것이다.

일정 때 언젠가 서울서 몽고의 풍속 전시회를 한 일이 있었는데 거기엔 귀뚜라미의 등때기를 간질이어 울게 하는 고양이털 몇 개로 된 붓이 진열되어 보였다. 설명을 들으면, 몽고 귀뚜라미의 좋은 울음소리를 일으켜 듣고 싶은 사람은 이 고양이털 붓으로 그 귀뚜라미의 등을 가벼이 부드럽게 살살 어루만지면 되는 것이라고 했었다. 그래 그걸 이 1·4 후퇴 바로 뒤의 어느 날 새벽 전주 서울여관이란 데 묵고 있을 때 바로 옆 예배당의 종소리를 들으며 기억해 내곤 깨우친 바 있어, 모든 그 부당한 공격자와 모함가들을 천사로 대접해서 어루만져 아름다운 소리가 나오게 하려고 의도해 보게 되었던 것이다.

그러나 이 '천사'의 호부護符만으로는 안 될 것 같아 이내 나는 '김일성 집단 멸해라', '스탈린(이때의 소련 수상) 정권 멸해라!' 두 가지의 호부를 겸해 사용해 상대하게 되었다.

이건 물론 우리나라와 우리 우방뿐이 아니라 공산 세계의 무형의 기계도 작용하고 있는 눈치니까, 천사 일변도의 호부만으론 모든 공격을 두루 막는 길은 되지 못한다고 계산해서였다.

그리고 그것은 너무나 단순한 대로 오래 그렇게 계속하는 동안 상당히 효력이 있었다. 내 마음속을 공중에 음향화하여 공개하고 노리면서도 공중에서 오는 소리들은 점점 그 공격과 모함의 수효를 줄이고, '성인군자놈!' 어쩌고 하는 찬사가 점점 더 많이 들려오게 되었다.

돌이켜 보면 그건 꽤는 우스운 일이었다.

3

"성인군자놈! 안심해라!" 어쩌고 하는 공중의 찬사와 위무와 아울러 '민족 각하' 어쩌고 하는 두 개의 낱말로 이은 뜻이 좀 무식한 찬사, "민족 각하님께 빌어라" 하는 누구를 향한 권고인지는 모르지만 그런 권고도 나를 두고 공중에서 울려왔다.

더구나 놀라운 것은 이런 효력이 바로 현실로 나타난 일이다.

1951년 2월이던가 전주로 와서 얼마 지난 뒤의 어느 날 나는 정읍의 내 처가엘 들렀는데, 거기 내 처가의 식구들과 마침 동석해 있던 이웃 사내 하나가 내 장모님을 향해 "인제는 걱정 없으시겠소. 사위님이 저만하신데 대체 무슨 걱정이시오?" 해서, 장모님이 "무엇이라우? 겨우 선생 노릇인데라우" 하셨던가 하니 "그런 이얘기간디라우. 들어 보시오. 들어 보시면 몰라서 그렇겨라우?" 어쩌고 하며 공중 쪽을 가리키는 듯 천정을 향해 두 눈을 꼿꼿이 주고 있지 않는가.

나는 그걸 보고 듣고 어안이 벙벙하여 낯을 붉히지 않을 수 없었다.

그러나 나는 이런 공중의 '각하' 대우에도 불구하고 바로 그날 밤엔 정읍 뒤의 개울가로 헌병한테 끌려 나가 속절없이 총살당해야 할 마련이 되고 말았다.

해 질 무렵에 마침 이곳 정읍여자중학교에 국어 교사로 와 있던 한태석이라는 내 중학 동기가 찾아와서 우리 집에 술이 좋은 게 있으니 가서 마시자고 해서 따라가 마시다가 보니 통행금지 시간이 지났다. 이때 정읍 주변의 산 둘레엔 아직도 좌익 빨치산이라는 것이 적지 않게 있어 통행금지 시간은 무척 긴 데다가 길거리에선 곳곳에 헌병들이 총을 들고 지키고 있어 아주 삼엄하기 짝이 없는 분위기였던 모양인데, 그걸 잘 알지 못했던 나는 한 군이 자고 가라고 거듭 말리는데도 술기운에 부풀어 그의 손을 뿌리치고 한밤중에 길거리로 나선 게 사고였던 것이다. "염려 마라, 염려 말어, 나를 누가 설마 감히 어쩔라구" 어쩌고 호기를 부리어 잔뜩 취한 한 군을 안심시키고 뛰쳐나온 것이 사고였다.

내 처가에서 한 이백 미터쯤 될까 한 큰길의 어느 귀퉁이를 흐느적흐느적 막 돌려 하고 있는데, "누구냐? 거기 섯!" 하는 청소년의 좀 앳된 소리와 함께 어느 틈엔지 달려든 몇 사람의 병사에게 나는 꼼짝달싹도 못하게 붙잡히고 말았다. 플래시로 내 위아래를 비춰 보며 "생김새가 꼭 빨치산인데……" 하곤 "지금이 어느 땐데 밤중에 함부로 나돌아 다녀?" 호통을 치며 "신분증 있건 내놔 봣!" 했다.

나는 신분증을 찾아내려 주춤거리며 오버의 겉호주머니 안호주머니를 거듭거듭 뒤져보았다. 그러나 운 나쁘게도 신분증마저 그 아무 데도 들어 있진 않았다. 한 군의 집 술을 마시러 급히 일어서 나오는 바람에 내 신분증이 들어 있는 한복 조끼를 처갓집 아랫목에 벗은 채 놓아두고 바지저고리 위에 오버만 후닥딱 걸치고 나왔던 것이다.

신분증도 가지지 않은 것을 확인하자 그 병사들 중의 누군가가 "틀림없이 빨치산이지? 이놈!" 하고 고함을 치며 유도 비슷한 걸로 나를 냅다 땅에 쓰러뜨려 눕히고는 군홧발로 질근질근 밟으며 총대로 마구 후려갈겨 치는 것이다. 그것은 처음엔 아팠으나 연달아 내리치는 동안에는 점점 멍멍해져 갔다. 그건 내가 뭐라고 말 한마디 할 만한 사이도 없이 행해졌다.

그들은 나른해져 있는 나를 무슨 축 처진 걸레나 집어 올리듯이 다시 집어 일으켜 세우며 "개울가로 끌고 가 쏘아 버려라!" 하고 그 중의 누가 명령했다.

그러고는 두 사람의 병사였지 아마 한 사람이 한쪽씩 내 양 겨드랑이에 팔을 넣어 되게 조여 붙들어 잡고는 어둠 속에 나를 끌고 발걸음을 옮겨 갔다.

몇 걸음인가 걸어가다가 둘 중의 한 병사가 "이 정읍에 누구 보증서 줄 만한 사람 하나도 없나? 유력한 인물로 말이야" 했다.

그래 그 말에 비로소 나는 정읍에 있는 내 친구들 가운데는 중학 동창인 현직 경찰서장도 있는 것을 생각해 내고 "있소. 여기 경찰서장이 내 중학 동창이오" 했다.

여기까지 오기까지에는 그들의 동작이 어찌나 빠르고 충격적인지 이만한 기억도 내게 미처 떠올리지도 못하게 했던 것이다.

그래 그 병사의 질문 한마디의 덕으로 또 거기 맞춘 내 한마디 대답의 덕으로 나는 겨우 다시 살게 되었다.

"뭐요? 정말이오?" 그 두 병사는 나란히 반문했다. "정말인지 아닌지는 가 보면 알겠지만, 왜 그런 친구가 있었다면 미리 말하지 않았소?"

그렇지만 이 너무나 앳된 병사들은 그들의 애국과 반공의 감정만이 앞서 있었을 뿐 내 또래, 나 같은 구성 분자의 자존심까지는 이해하고 있지 못했던 듯하다. 나는 땅에 쓰러뜨려지고 군화로 밟히고 총대로 무수히 두들겨 맞고, 또 어디론지 끌려갈 때까지도 내가 누구인지를 스스로 잘 알기 때문에 이런 짓은 내겐 맞는 게 아닌 걸 알기 때문에 그저 먹먹하고 잠잠한 속에 그들의 짓은 더구나 내 취중이라 그저 어린애의 아무것도 모르는 장난같이만 느끼고 있었을 뿐이었던 것이다.

그렇지만 내게 '보증인 없느냐?'고 물을 만한 성의가 있던 그 병사의 정신이 있어 참 다행이었다. 만일 아니었더라면 나는 이 빨치산 출몰 지구의 즉결 처분이라는 법의 처결 속에 계산되어 이미 적멸에 귀속되어 있었을 것이다.

나는 이 내 부주의의 벌로 이듬해 광주 조선대학 훈장 시절에 지독한 늑막염을 앓아야 했고, 지금도 그건 만성으로 남아 아주 없어지지도 않았지만, 이때의 내게 보증인까지를 물을 만큼 정이 있던 병사를 생각하곤 내 부주의의 과실밖에 이때의 딴 고초는 일절 마음에 두지 않기로 해 오고 있다.

전주 풍류

1

전주는 둘레의 언덕들이나 개울물이 눈과 얼음에 덮인 겨울날에도 눈굴헝을 헤치고 캐어 낸 향기론 쑥국을 항용 술국으로 해 먹을 수 있는 일을 비롯해서 그 산과 들녘과 바다의 술안주가 술집에 갖추어 있는 것도 썩 좋지만, 그런 술집에 나오는 여자들 속에는 아직도 육자배기 같은 옛 노래를 꽤 잘하는 사람들이 드문드문 끼어 있고, 거문고나 가야금을 탈 줄 아는 여자들도 섭섭지 않게 있고, 또 그런 말하자면 모든 것이 두루 불쌍하게만 보여져야 할 여자들이 그런 느낌을 주지 않고, 꼭 무슨 어린 때부터의 흉허물 없는 친구처럼만 느껴지는 것이 재미있는 곳이다.

"저 산홍이라고 합니다" 하며 무릎을 꿇고 나타나는 것이 아니라 「춘향전」의 향단이가 방자나 찾아드는 것처럼 화투나 한 벌 손에 들

고 옆에 와 앉으면서 "우리 뭐 서로 위체爲體할 것 없이 허물없이 지
내드라고, 인" 이런 식으로 가까이 와서 아직도 이조 때나 다름없는
유기 술잔이며 화로, 병풍, 보료 그런 것들 새에서 꽤는 넉넉하게 굴
뿐 조금도 궁상을 피우지 않아 술맛이 제대로 나기도 하는 곳이다.

이것은 아마 이 전주 바짝 옆에 이 나라에서 제일 넓고 기름진 들
—김제·만경평야가 가로 누워 있는 때문이기도 하리라. 그 때문에
또 아무것도 생산하지 않는 건달이란 직업만을 가진 사내들이 아직
도 제법 명주나 선내의 좋은 한복을 잘 다려 입고, 잔칫집과 제삿집
또는 잘 지내는 집 사랑 식객 아니면 술집 상머리의 여벌로 꽤 유창
히 헤엄치고 다니는 것을 보게 되는 것도 재미나는 곳이다.

서울말이라면 '그러니까' 하고, 광주 근방이면 되게 '그렁깨' 해야
할 말도 '그러닝가니—' 하고 부드럽게는 음절 수를 늘여서 느리고
도 길게 말해 빼고 다니는 이곳. 이곳의 이런 안한은 6·25 사변 불안
과 초조 속에 시달릴 대로 시달린 내게는 피란길에 머물 자리론 무
던하게 생각되었다.

언제 우리가 죽음을 당하는지 모르는 전쟁 때일수록 오래된 인습
과 안일은 우리한텐 중요한 것이 되는 모양이나 그것이 퀴퀴한 것이
고 떳떳지 못한 것이라 해도 역시 그런 모양이다. 내게는 전주 장거
리의 된장으로 끓인 이른 봄의 쑥국 또 콩나물국, 으레 많이 불쌍히
느껴야 할 기생 연옥이의 부드러운 손등을 불쌍하다는 생각 그것마
저도 까마득히 되어 먹은 채 쓰다듬어 보고 있는 것, 경기전 앞뜰의
늙은 매화꽃, 그 옆 참봉 소실댁 술집의 옛 서화 골동의 눈요기, 돌아

간 내 아버지의 어렸을 때 친구 김득후 노인의 가야금과 거문고 소리, 이런 것을 아주 조용히 숨어 음미하고 있는 것은 새삼스레 중요한 일이 되었다. 그중에서도 기생 연옥이의 그 고운 손등을 사르르 내 손바닥으로 가벼이 쓸어 문지르며 그 선명한 연분홍의 이쁜 손톱들 사이 흰 반달이 뚜렷이 솟아 있는 것을 보는 것은 이때 내가 보고자 한 것들 가운데에서도 제일 대견한 것의 하나였다.

나는 전주 장에서 헌 가야금을 한 채 사서 돌아가신 아버지의 옛 친구를 저녁때마다 찾아다니며 한동안 풍류를 이쿠는 데 잠겼고, 거기서 돌아오는 길에는 호주머니에 술값이 전연 없는 혼자인 때도 가끔 연옥이가 나가는 술집을 찾아가서 그네를 툇마룻가로 잠깐씩 불러내어 그 손등을 쓸어 문질러 보고 또 그 연분홍 손톱 속의 반달을 유심히 들여다보다 오곤 했다. 연옥이는 속으로 아마 이런 나를 무척은 거지 같은 호색가놈이라고 생각했을는지도 모르겠다. 그러나 내 본심인즉 그렇게까지 된 건 아니고, 그전에 미처 못해 보고 접어 두기만 했던 그 정도의 눈요기와 귀동냥만을 하는 것으로도 그저 마음이 안심되었기 때문이다.

이태조의 초상이 걸려 있는 경기전 뒤뜰의 구석, 그 큰 나무의 매화 향기와 아울러 그 옆의 참봉 소실댁 술집의 술맛과 거기 놓였던 서화 골동들도 내게는 중요한 것이었다. 아마 바로 이 경기전지기의 참봉이었겠지, 그는 벌써 돌아가 없었지만 이미 늙은 할머니가 된 그의 소실이 하고 있는 단칸방의 술집에는 꽤 좋은 옛 서화와 골동이 아직도 그대로 많이 남아 있었다. 그중에서도 내가 가지고 싶었던 것은 투각으로 매화 가지를 파서 새기어 그 핀 꽃술마다 선연한 선지핏빛의 진사辰砂를 놓은 삼삼한 옥빛 이조 백자의 필통과 과히 작지 않은 연잎 모양의 단계丹溪 벼루였다. 더구나 그 백자 필통의 매화 꽃술들에 찍힌 선지핏빛 진사의 타는 매력은 이제 마지막으로 불붙여 나온 이 나라의 모든 미의 초점인 것만 같아 많이 가지고 싶었다.

내가 그걸 되게는 만지작거려 대니까 옆에서 나와 대작하고 있던 이곳 시인 이철균이 "내가 다리 놔 드릴게 가져가 버리십시오" 하고 그 참봉 미망인을 달래 쌀 닷 말인가를 뒤에 주기로 해, 우리는 그것과 단계 벼루 두 가지를 노송동의 내 임시 숙소로 왈칵 들여다 놓아 버렸다. 그러나 이건 내나 이철균이나 이때의 우리의 쌀 그릇 속 일을 너무나 깡그리 잊어버린 짓이었음은 물론이다.

나는 보름인가를 그 필통과 같이 살고, 참봉댁이 온 걸 또 연기하여 또 보름인가를 그걸 옆에 가져 봤을 뿐 드디어는 얼굴이 수치로 홍당무처럼 돼 가지고 "미안합니다" 빌며 도로 돌려주어야 했으니 말이다.

나는 이 쌀 닷 말이 없는 화풀이로 애먼 내 아내만 볶고, 뒤에는 중학 때 선배를 깜박 취해서 짚고 있던 지팡이로 후려갈기는 짓까지 했지만 이건 모두 그 필통 속의 그 선지핏빛의 진사가 시켰던 짓이었다. 내 중학 선배는 이곳에선 큰 어떤 회사의 사장으로 이때 내가 맡아 하고 있던 어떤 이의 전기 관계로 그 원고료를 내게 지불할 책임을 맡아 가지고 있었던 건데, 내가 그 얼마 안 되는 선금을 좀 미리 달라고 아무리 사정해도 돈이 안 된다고 들어 먹지를 않아 많이 취해서 그 아랫도리에 내 지팡이를 대기까지 했던 것이다. 이게 모두 그 백자의 진사나 그 동류들 때문이었던 걸 그는 아직도 물론 모른다. 속도 모르는 사람한테 미안한 일을 나는 했다.

2

나는 또 이 전쟁 속에 이곳에 와서 참 못난 그 의처증이라는 것에까지 빠지고 말았다.

　　　　전주 장 가셨는가요.
　　　　그 어디다 등에 진 것 놓고 쉬세요.
　　　　진 데는 밟지 말고,
　　　　꼬똑꼬똑 마른 데만 밟고 오세요.

이건 백제의 어떤 행상인의 노래라고 전해 오는 〈정읍사〉라는 시의 한쪽의 뜻이다. 내 아내의 친정은 바로 그 정읍이고 또 처가의 여인들은 많이 그 〈정읍사〉 속의 여인 같다고 늘 생각해 온 나이고, 거기다가 이 전주는 바로 그 〈정읍사〉 속 여인이 마음눈을 달밤에 보내고 서 있던 곳이기도 했는데 나는 왜 하필 골라서 이 전주에 와서 그 못난 의처증이라는 것에 빠졌는지 모르겠다. 아무래도 이건 이 전주의 풍류보단 내가 너무나 많이 모자란 데서 빚은 발작이었겠지.

나는 이 전쟁 동안 안심치 않은 목숨을 이끌고 여기 와서 기생 연옥이의 손톱 속의 혈색이며 반달 같은 걸 들여다보고 지내는 동안에 어느새인지 이십 대에 읽었던 D. H. 로렌스를 매력 있는 것으로 돌이켜 생각해 보는 사람이 되어 있었고, 그래 그걸 내가 이때 나가던 전시연합대학에서도 가끔 말하고, 또 어느 때는 내 아내한테까지도 『채털리 부인의 연인』 같은 작품을 예로 들어 강조해 말하기도 했다. 이것은 지나칠 때는 너무나 지나치고 마는 내 친절 때문이다. 내가 매력이라고 생각한 것을 나만 혼자 누리고 말지 못하고 가까운 사람한테 다 털어 놓아야 견디던 내 마흔 전까지의 너무 지나친 친절 때문이다.

그런데 나는 그로부터 또 오래잖아서는 내 아내가 혹시 그 채털리 부인이 되지나 않았나 하는 의심 때문에 그네의 따귀를 또 마구 갈겨 대고 있었다.

1951년 첫여름의 어떤 밤이었는데, 한집의 딴 채에 살고 있던 '백'이라는 음악 교사와 '최'라는 미술 교사를 불러 나는 내가 사는 채의 윗방에서 같이 술을 마시고 있었다. 꽤 오래 마시었지만 그들은 도무지 일어서지 않아, 나는 고단해서 아랫방으로 좀 비키려 내려오며 내 대신 아내를 거기 앉아 있게 했다.

그것이 내가 막 자리에 누우려 하니 "아이……" 하는 아내의 소리가 들리고, 이어 "에헤헤헤…… 이것 미안……" 어쩌고 하는 음악 교사의 소리가 들리며 누가 탁 하고 방바닥에 나동그라지는 소리가 들려 두 방 사이에 열린 미닫이 새로 보니 그 에헤헤헤 소리의 음악 교사가 내 아내한테 덮쳐 나자빠졌다가 뿌시시 일어서는 게 아닌가.

그 옆에 있던 미술 교사가 "이거 왜 이러시오. 백 선생, 그만 갑시다, 가요" 하며 비틀거리는 그 백을 끌고 겨우 나갔다.

나는 아무리 취중일망정 백의 내 아내에 대한 이런 행동을 보자 문득 며칠 전의 어느 해 질 무렵 내가 밖에서 들어오다가 내 아내와 미술 교사의 아내가 백의 아내와 같이 백의 앞에 나란히 앉아 무언지 그의 익살에 웃고 있던 것을 기억해 내고 '이놈 봐라' 하는 생각에 일어나 앉았다.

나는 내 자식과 이웃이 다 잠든 듯 조용해진 뒤를 기다려 아내를 불러 일으켜서 먼저 다짜고짜 따귀를 대여섯 대 후려갈기고, 나직이 말했다.

"아무리 취중이라도 그 녀석이 그런 무례한 짓을 해도 좋다고 에누리하고 덤빌 만한 배짱을 갖게 한 것은 누구요? 실없이 그 녀석이 익살부리는 자리에 냉큼냉큼 가서 눈웃음이라도 허술하게 보였으니까 그리된 것 아니야? 내가 저번에 D. H. 로렌스 이야기를 했지만, 로렌스가 생각한 건 그런 실없는 수작은 아니야. 대답해 봐."

"아니에요!" 아내는 꼭 한마디만을 목울음 속에서 대답하곤 흐느끼기만 했다.

나는 다시 그 백이 여자들한테 행실이 점잖지 못하다는 것, 그의 과부된 처제하고도 이상하다는 것, 얼굴이 미국 영화에 나오는 무슨 미남 배우 비슷한 걸 코에 걸고 다닌다는 것, 그런 이야기들을 몇 사람의 교사들한테 들은 걸 또다시 기억해 내고 "D. H. 로렌스는 그런 장난이 절대로 아니야. 성을 가지고 장난하려는 연놈들, 그런 것들을 위해서 『채털리 부인의 연인』이 쓰여진 거라고 언제 내가 말했어? 입이 있으면 말해 봐! 어서 말해 봐!" 하곤 또 그네의 따귀를 연거푸 후려갈겼다.

그래도 그네는 "아니에요……" 한마디뿐 나머지는 그저 흐느끼고만 있었다. 나는 이런 식으로 아마 새벽녘이 될 때까지 내 아내를 거듭거듭 탓하고는 거듭거듭 그 따귀를 후려갈기고 있었다.

그러자 이 새벽부터였을 것이다. 공중에서 오는 소리—무슨 기계로 누가 운영하는 것인진 모르지만, 내 마음속을 비교적 잘 읽고 상대해 오는 소리는 "네 아내는 6·25 사변 때—네가 네 아내를 놔두고 남으로 피란 갔을 때 서울에 남아 인민군 대위한테 강간을 당했다"고, 그 뒤 연달아서 꽤 여러 날을 두고 내게 되풀이 강조해 방송해 보내고 있었다.

그래 또 나는 이 무렵 이 공중의 소리는 자유 진영과 공산 진영 양쪽에서 오고 또 그건 어느 만큼은 사람들의 마음속에만 있는 비밀을 정확하게 들여다보고 수작해 오는 것이라고 생각하고 있었으므로 "저 소리가 들리지 않느냐?"고 아내한테 대들며 아무 근거도 없는 그 6·25 사변 동안의 강간당한 일이라는 것까지를 힐문하기 시작했다. 6·25 사변에 혹 그런 경험이 새로 생겨 아내의 성감각이 난잡해진 것 아닌가 의심까지 했던 것이다.

그러나 이 일은 그 뒤의 그네의 모든 행동을 종합해서 보면 결국

내 지나친 의처증이라는 것밖에 그네의 부정을 증명하는 사실은 아무것도 나타나지 않았다. 아내와 아들의 말처럼 나는 어느 사인지 그저 병자였을 따름이다. 병이라니 말이지만, 이해 2월에 정읍에서 헌병한테 밟히고 총대로 얻어맞은 여독은 여름에 접어들면서 온몸에 반점을 피우며 나타나기 시작하고 가슴은 뜨끈거리고 그렇던 때이기도 하긴 했다.

그 뒤 오래 지나서 아내가 한 말이지만, 이 의처증의 난폭이 만일 아내에 대한 사랑 때문이 아니라 미움에서였다면 나는 이때 아내를 그만 잃어버렸을는지도 모른다.

3

내가 자살하려고 약을 먹었던 사실은 아직까진 나밖엔 아무도 모른다. 1951년의 여름에 내가 전주에서 치사량이 넘는 약을 마시고 시인 이철균의 민첩한 조력으로 겨우 죽지 않고 살아난 사실은 내 가족 밖에도 아는 이들이 더러 있지만, 나는 이때 이 짓을 감쪽같이 자살 의사가 아닌 단순한 복약상의 실수로 만들어 놓았기 때문에 그걸 누구도 알 수는 없었다. 그러나 인젠 내 나이도 육십이 가깝고, 이런 일의 졸업도 인젠 거의 확실하고 또 이런 일을 여기 사실대로 말해 두는 것이 뒷사람에게도 실수 않는 쪽의 한 참고가 될 것 같아 여기 처음으로 그걸 말할 마음을 내게 되었다.

나는 이 한국전쟁 이태째의 여름, 아내를 여러 날 채근하고 난 뒤에 정체 모를 열병으로 자리에 눕게 되어 며칠을 부대끼자 이내 슬그머니 없어져 버리고 싶은 생각이 들었다.

이때 바로 옆채의 미술 교사 최가 문병을 와서 "그거 혹 학질이 아닐께라우? 학질이라면 나한테도 잘 듣는 약이 아직 상당히 많이 남아 있긴 합니다만" 말했다. 나는 그 말에 귀가 번쩍 띄었다. 학질 약은 어느 정도 분량을 넘겨 먹으면 목숨을 앗아 간다는 걸 들어 알고 있었기 때문에 옳지 되었구나 생각하고, "그건 위험하진 않은 약인가요?" 해 대 놓고, 답변만 기다렸다.

"왜요, 분량을 넘으면 위험키야 위험치만, 거기 적어 논 용법대로만 자시면 학질이라면야 금방이지라우."

내가 바라던 대답을 그는 해 주었다. 나는 곧 서슴지 않고 "용하게 맞았소. 나도 학질은 전에 많이 앓아 봐서 잘 짐작하지만 틀림없는 그거요. 인색하게 또 쬐끔만 가져오지 말고, 놔두고 며칠 써 보게 있는 대로 좀 갖다 주시오" 했다.

나는 이때 전국 문화단체 총연합회의 전북 지부장인 데다가 그는 이곳 미술부의 간부이기도 하고 또 나는 거죽일망정 윗수염도 기르고 꽤 의젓하게 굴려던 때라 절대로 내 자살 의사를 그가 의심할 수 없을 거라고 속으로 생각했었다. 아닌 게 아니라 내 생각은 그대로 들어맞아서, 그는 그 정제의 극약이 얼마 사용되지도 않은 채 거의 그뜩히 담긴 꽤 큰 병을 고스란히 옮겨다가 내 손에 쥐어 주며 "우리는 또 구할 수 있으니, 염려 마시고 두고 쓰셔라우" 했다.

그래 나는 그가 내 옆을 떠나기가 바쁘게 그것을 몽땅 내 속에 털어 넣어 버렸고, 뒷핑계는 '한목 먹으면 곧 나을까 해서……'라고 누구에게나 말하기로 작정한 것이다. 열에 괴로워하고 있었으니 이만한 조급한 실수도 누구나 다 믿을 거라고 나는 확신한 것이다.

그러나 사람이 죽는 것도 그렇게 간단히 제 맘대로만도 되지는 않는 모양이다. 이곳 시인 이철균이 내가 그 약을 몽땅 집어삼킨 뒤 얼마 되지 않아 내 옆에 찾아와서 내가 몸부림하고 있는 것을 보자 곧 이곳의 명의 이 의사의 병원으로 달려가 그를 데불고 온 것이다.

나는 그저 실수를 가장해 가려던 판이라 아내와 아직 어린 중학 1년생인 내 아들의 우는 얼굴을 옆에 보자 의사를 다시 거부할 용기까진 생기지도 않아 의사가 시키는 대로 이번엔 다시 많은 설사약과 물을 마시고, 그 물에 타진 피가 분홍으로 목구멍을 타고 넘어오는 것을 여러 차례 토하고 그러고는 늘펀히 반송장 다 되어 기억상실의 어둠 속에 잠기고 말았다.

나는 한동안 뒤에 겨우 다시 일어나 앉긴 했지만 기억이 없는 채로 또 꽤 여러 날을 지내야 했다. "여기가 어데냐"고 내가 물어서, 어디라고, 어찌어찌해서 여기를 온 거라고 서울서 피란 온 이야길 내 아내가 누누이 설명해 주어도 나는 영 이해하지 못했었다고 한다.

인제 생각이거니와 이게 모두 전주 풍류의 가락 속의 일이었던 것 같기도 하다. 저 여러 천년 쌓여 온 전라도 산조의 자진모리나 어디 그런 데 휘말려들어서, 약질이 그걸 멋들어지게 아조 썩 잘 견뎌 내지 못하고 삐르적거리고 있었던 것 아닌가 한다. 그 전주 풍류를 이쿠어 본다는 것이 이렇게도 되어 먹었던 것 아닌가 생각된다. 왜 그렇게까지해서 죽으려고 했느냐고? 또 왜 그걸 여직껏까지 아무한테도 말하지 않고 숨겨 왔느냐고? 그걸 왜 인제 겨우 이런 자리에 슬그머니 말해 두는 것이냐고?

글쎄, 그게 모두 다 두루 그 전주 풍류 속이라는 것밖에는 별로 나는 더 할 말도 없다.

무등산 밑에서

1

　'데라볼'이라던가 뭐라던가 하는 학질 약의 다량 음독의 결과로 생긴 내 기억력 상실증은 그러나 다행히도 점차로 회복되어 2학기의 학교 수업에는 별 지장이 없이 되었다. 그러고 또 나는 이 음독을 끝까지 단순한 내 무지의 실수로만 가장했기 때문에 내 자살 계획을 아는 사람은 이 하늘 밑에서는 나 혼자밖엔 아무도 없었다.

　『논어』에서 보면, 공자는 남자南子라는 여자와 그의 스캔들의 소문이 나서 어떤 제자가 그걸 그한테 물었을 때 "내가 못되었다면 하늘이 싫어한다, 하늘이 싫어해" 하고 말했다 하지만, 내 그 비밀한 자살 계획은 깊은 바닷속에 던지어져 가라앉은 한 개의 차돌처럼 하늘 속 깊숙이 혼잣것으로만 가라앉아 누구 묻는 이 하나 없이 조용히 호젓할 수가 있었던 것이다.

나는 이 일을 그 뒤 한 이십 년을 두고 혼자서만 가끔 생각하며, 나 이전에 자살한 이 땅 위의 시인들의 짓과 대조해 보곤 해 왔다. '자살이란 혼자서만 하는 짓이기 때문에 숨기려면 얼마든지 숨길 수 있다. 그걸 세상에서 알게 하고 가는 것은 자살자가 그걸 알리고 싶으니 그러는 거다. 자살을 한 가치라고 생각하는 사람들이 그러는 것일 거다. 그러나 나같이 그게 가치라고는 아무래도 생각할 수 없는 사람은 그걸 그대로 알릴 수조차 없다.'— 이런 생각도 해 보곤 해 왔다. 그래 이 자살의 사실마저 숨기고 간 사람들의 수효가 의외로 많지 않을까 상상하곤 오싹해져 왔다. 하늘과 자기 둘이서만이 아는 일은 때로 우리를 웃기기도 하지만 때론 문득 오싹하기도 한 것이다.

그런데 나, 이것, 끝까지 이 자살 미수한 걸 하늘과 둘이서만 숨겨 두지 못하고 이십 년도 채 다 못 되어 여기 말해 놓고 만 것 보니, 나도 입이 아주 썩은 무거웁지도 못한 자인가 보다. 그러나 이건 내 생애의 이야기들 속에서 내가 커트하지 않기로 한 이야기만은 한번 꺼내면 거짓 없이 자세키로 작정해 놓았기 때문에 1951년 여름의 그 학질 약 과용한 이야기를 꺼내다 보니 그리되었다. 이건 내 타고난 그릇이 작은 것을 스스로 보이는 일인 줄도 나는 잘 알지만, 작정이어서 이렇게 하는 것이다.

그야 어이튼 자살 미수자의 그 미수 직후의 한동안은 또 별다른 맛인 것이다. 내장이야 상했건 어쨌건 햇볕의 그리운 간절도가 한결 더해지는 것만은 사실이다.

그래 나는 상당히 엉망이 되었을 내 내장이 나아가는 동안의 이

높아진 간절도 속에서 공자의 『논어』와 『중용』 그리고 또 우리 『삼국유사』와 『삼국사기』 같은 책의 내용을 한길 더 깊이 애독하게 되고, 다니는 길가의 풀포기, 그 곁의 어린애들의 눈을 좀 더 유심히 바라다보게 되었다.

오늘 제일 기쁜 것은 고목나무에 푸르므레 봄빛이 드는 거와, 걸어가는 발뿌리에 풀잎사귀들이 희한하게도 돋아나오는 일이다. 또 두어 살쯤 되는 어린것들이 서투른 말을 배우고 이쿠는 것과, 성화聖畵의 애기들과 같은 그런 눈으로 우리들을 빤이 쳐다보는 일이다. 무심코 우리들을 쳐다보는 일이다.

「무제」라 제목한 이 소품은 이 무렵의 내 심경의 토막들 속의 하나다. 「상리과원上里果園」이란 작품은 쓰기는 그 이듬해 1952년 봄, 정읍 내 누이의 과수원에 잠시 있을 때 쓴 것이지만 생각의 뼉다귀는 이 자살 미수 뒤의 햇볕의 간절도 속에서 이루어졌던 것이다.

꽃밭은 그 향기만으로 볼진대 한강수나 낙동강 상류와도 같은 륭륭隆隆한 흐름이다. 그러나 그 낱낱의 얼골들로 볼진대 우리 조카딸년들이나 그 조카딸년들의 친구들의 웃음판과도 같은 굉장히 질거운 웃음판이다.
세상에 이렇게도 타고난 기쁨을 찬란히 터트리는 몸뚱아리들이 또 어디 있는가. 더구나 서양에서 건네온 배나무의 어떤 것들은 머리나 가슴패기뿐만이 아니라 배와 허리와 다리 발꿈치에까지도 이쁜 꽃숭어리들을 달았다. 맵새, 참새, 때까치, 꾀꼬리, 꾀꼬리 새끼들이 조석으로 이 많은 기쁨을 대신 읊조리고, 수십만 마리의 꿀벌들이 왼종일 북 치고 소구 치고 마짓굿 올리는 소리를 허고, 그래도 모자라는 놈은 더러 그 속에 묻혀 자기도 하는 것은 참으로 당연한 일이다.

우리가 이것들을 사랑할려면 어떻게 했으면 좋겠는가. 묻혀서 누어 있는 못물과 같이 저 아래 저것들을 비취고 누어서, 때로 가냘푸게도 떨어져 내리는 저 어린것들의 꽃잎사귀들을 우리 몸 우에 받어라도 볼 것인가. 아니면 머언 산들과 나란히 마조 서서, 이것들의 아침의 유두분면油頭粉面과, 한낮의 춤과, 황혼의 어둠 속에 이것들이 잦아들어 돌아오는 — 아스라한 침잠이나 지킬 것인가.

하여간 이 한나도 서러울 것이 없는 것들 옆에서, 또 이것들을 서러워하는 미물 하나도 없는 곳에서, 우리는 서뿔리 우리 어린것들에게 서름 같은 걸 가르치지 말 일이다. 저것들을 축복하는 때까치의 어느 것, 비비새의 어느 것, 벌 나비의 어느 것, 또는 저것들의 꽃봉오리와 꽃숭어리의 어느 것에 대체 우리가 항용 나즉히 서로 주고받는 슬픔이란 것이 깃들이어 있단 말인가.

이것들의 초밤에의 완전 귀소가 끝난 뒤, 어둠이 우리와 우리 어린것들과 산과 냇물을 까마득히 덮을 때가 되거던, 우리는 차라리 우리 어린것들에게 제일 가까운 곳의 별을 가르쳐 뵈일 일이요, 제일 오래인 종소리를 들릴 일이다.

또 나는 『삼국유사』와 『삼국사기』 속의 이야기들하고도 눈이 잘 맞아 그것들을 한문 재수 겸해서 이쁜 카드들에 한 이야기씩 한 이야기씩 또박또박 정성을 다해 가는 글씨로 옮겨 베끼고는 특별히 마음에 드는 구절엔 붉은빛의 관주를 쳐 갔다. 여기서 이렇게 시작하여 만들어 지니고 다닌 이 카드 다발이 뒤에 내가 하게 된 그 신라의 기초가 된 것이다.

그러고 이때 내가 읽은—읽은 게 아니라 흡수한 공자의 『논어』와 『중용』 속에서 지금까지 제일 마음에 남아 있는 구절은 그 귀신 이야기 속에 나오는 '보아도 안 보이고, 들어도 안 들리지만, 보이는 것마다 붙어 떼낼 수 없는 것이다視之而弗見 聽之而弗聞 體物而不可遺'고 하신 부분이다.

2

그렇기는 하지만 나는 몸뚱아리 속에 복잡한 병을 꽤 많이 만들고 있었던 모양이고, 신경도 많이 참아야만 하는 것인 대인관계에서 잘 견딜 만한 것도 못 되어 있었던 것 같다.

부산으로 옮긴 이승만 대통령이 전북도 경찰국으로 무전을 보내게 해서 나보고 한가하면 잠시 다녀가라는 연락을 주기도 했지만 나는 거기에 응할 아량도 내지 못했고, 내가 있던 전주고등학교의 이때의 교장 유청하곤 무슨 배급쌀이던가 그런 문제로 몇 마디 의견

대립을 만들고는 곧 사표를 내 버리고 하는 한 못난이가 되어 있었다. 이승만 대통령은 대통령 취임 전 한동안의 그의 전기 자료 수집자였던 나를 다시 기억해 내고 무엇엔지 나를 써 주려고 그러는 것이리라곤 생각했다.

그러나 이때는 마침 김윤근이라는 향토 방위군 사령관이 방위군 운영비를 그 군복값까지 몽땅 주색질에 처먹어 버린 뒤여서 나는 그 방위군에 뽑혀 갔던 농부들이 입고 갔던 옷이 굴뚝새같이 새까맣게 절어 돌아오는 것을 어느 버스 속에선가 자세히 두 눈으로 봤던 뒤라 그걸 마치 이승만 박사 그분 자신의 일처럼 느껴 '안 응했다고 잡아 가둘 테면 가두라'는 신경질로 그의 초청에 상대했고, 또 교장 유청이 배급쌀을 좌우할 수 없는 것이라는 사정도 잘 이해할 만큼 되어 있지도 못했다. 미안스러운 일이었다. 나는 1952년 이른 봄이 되자 전주고등학교 교장 앞에 사표를 내고 광주로 달려갔다.

1948년에 우리 정부가 선 뒤 오래지 않아 광주의 시인 김현승이가 서울에선 맨 먼저 찾은 것이라 하며 나를 찾아와서 그 뒤 6·25사변까지 상종하고 지낸 사이라 거기 가면 그가 있는 조선대학교에 그와 함께 있을 수 있지 않을까 하는 속깜냥에서였다.

그리고 이 속깜냥은 딱 들어맞았다. 내가 광주로 달려갔을 때는 내 두 눈엔 눈꼽도 상당히 끼고 있었던 것으로 기억하는데, 김현승은 나를 친동기처럼 맞이해 주었고, 이때 조선대학의 문학부장이었던 장용건과 설립자 박철웅을 졸라 나를 바로 거기 있게 해 주었다. 이 결정이 나는 동안 내 시의 좋은 옹호자이기도 했던 그 장용건 교수 댁에서 묵으며, 늘 새삼스레 끼기 시작하던 내 두 눈의 눈꼽을 마음속으로 걱정하고 지내던 일—인상이 더러웁진 않을까 걱정하고 지내던 일이 기억에 새로웁다. 밤 깊도록 나는 잠을 못 자고 내 눈꼽의 얘기를 그들 부부가 하고 있는 것이나 아닌가, 엿듣고 지새었었다.

그러나 이 장용건이 내 시를 좋아했던 것은 내 눈꼽보다는 나은 것이었던가. 나는 이 사람의 추천으로 곧 광주 조선대학교의 부교수로 발령되었다.

부교수의 월급은 한 달에 겉보리 열닷 말, 그 밖에 우리 식구가 살게 될 방을 하나 겸쳐 준다는 것이었다. 나는 이런 조건들을 들으며 이때는 돌아가 안 계시던 내 아버님의 젊었을 때의 한동안의 일을 생각하고 있었다. 돌아가신 아버지도 서당의 훈장으로 『통감』이니 그런 것을 가르치고 돌아다녔었는데, 그때도 이 비슷하게 한 해에 쌀로 몇 섬씩 받았었다는 이야기가 새삼스레 기억에 떠올랐다. 그래 누구네 제삿집이나 혼인 잔칫집에 축제문 써 주고 한밤중의 막걸리 얻어먹던 내 아버지 때의 한 조목은 빠진 대로 이런 것이 좋아 나는 그 겉보리 열닷 말의 대학교수의 자리에 속으로 손뼉을 쳤던 것이다.

나와 우리 식구가 있을 곳은 남광주역 옆의 어느 긴 줄행랑집의 셋째 번인가 넷째 번 방으로 마련되었고, 우리 방 옆방은 또 마침 일정 때의 순사부장의 방이었는데 그 일정 순사부장은 무어론지 병들어 늘 누워 있었고, 그때 오십 대의 그 순사부장 부인이 꼭 우리 옛 식구 같은 손톱을 내 눈에 잘 보이게 움직이며, 내 아내가 싸게 산 밀기울떡을 굽고 있는데 자주 엿보러 오던 것이 생각난다.

그렇지만 여기서 조선대학까지 가는 사이에는 광주의 주인 무등산의 제일 좋은 상봉들의 모양과 그 위의 하늘빛이 어디서보다도 눈에 배게 잘 드러나는 곳이다. 나와 똑같이 한 달에 겉보리 열닷 말을 받는 음악 교수 하길담하고 이 길을 동행하면서 '개불알꽃' 같은 새 꽃도 이 길에서 새로 이쿠었지만, 저 무등산 바짝 위의 하늘의 코발트가 아니라 빛나는 초록빛이 이내라는 것도 여기 와서 이 길을 오고 가며 처음 알게 되었다. 광주 무등산 위의 어느 때때의 이내는 우리나라에서는 보기 드문 것이다. 이 빛깔은 우리가 늘 보는 코발트의 하늘빛하고는 아주 다른 빛이고, 그건 풀빛에 가깝지만 또 아주 깊이깊이 몇천 길같이 빛나는 풀빛이다. 이것이 이내다. 옛 신선들이 그들의 정신의 어떤 전답으로 아니면 내려와 숨 쉬어 가끔 마시던 것으로 정했던 그 이내인 것이다.

　이 이내가 떠오르는 날은 나는 그 중간에 늘 주춤해 서서 그것 속에 몰입하기가 일쑤였다. 무등산에 이 이내가 자주 끼는 것은 가을—그중에서도 10월의 가장 맑은 날이다. 조선대학교에서 일정 순사 부장 옆방의 내 방으로 오는 동안에 나는 이 무등산 위의 이내 속에 잠입해서 내가 저 이백이나 도연명, 장자, 노자의 자연 몰입의 경지를 난생처음 잘 이해한 것은 이 언저리 아니었던가 한다.

　광주 무등산은 앞에 앉은 산과 뒤에 있는 산의 두 겹으로 되어 있다. 앞에 있는 것은 엣비슥히 누워 있는 것 같고, 뒤에 있는 산은 뭔지 안심찮아 일어나 앉아 있는 것 같다. 나는 광주에 와서 조선대학의 한 달 겉보리 열닷 말의 훈장 노릇을 하면서, 날마다 내가 있는 방과 학교 사이를 오고 가며 이런 뜻을 마련해 내고 이것은 어쩌면 두 오랜 부부의 어느 오후의 휴식의 모습 같다고도 생각하고 있었다. 아내는 너무 피곤하여 옛비슷히 누워 있는 오후, 옆에 앉은 남편이 바야흐로 그 누운 아내의 고단한 이마를 짚을 자세로 있는 것이라고 생각하는 데 이르렀다. 이래 이런 연상이 내게 자극하여 시를 일으켜서 그걸 나는 다음과 같은 글로 바꾸기로 했다.

가난이야 한낱 남루에 지내지 않는다
저 눈부신 햇빛 속에
갈매빛 등성이를 드러내고 서 있는
여름 산 같은
우리들의 타고난 살결,
타고난 마음씨까지야 다 가릴 수 있으랴

청산이 그 무릎 아래 지란芝蘭을 기르듯
우리는 우리 새끼들을 기를 수밖엔 없다

목숨이 가다 가다 농울쳐 휘여드는
오후의 때가 오거든
내외들이여 그대들도
더러는 앉고
더러는 차라리 그 곁에 누어라

지어미는 지아비를 물끄럼히 우러러보고
지아비는 지어미의 이마라도 짚어라

어느 가시덤풀 쑥굴형에 뇌일지라도
우리는 늘 옥돌같이
호젓이 묻혔다고 생각할 일이요
청태靑苔라도 자욱이 끼일 일인 것이다

— 「무등을 보며」

3

광주를 알려고 하는 사람은 남광주의 개울가로 오고, 거기서 새벽 네 시쯤에 눈을 뜨고, 거기서 일어나서 남광주의 개울가를 서성이다가 무등산 위에 새로 새벽발이 뻗치는 것부터 보아 가는 것이 순서일 줄 안다. 여기서 처음 떠오르는 아침 해는 발가벗은 우리 두세 살짜리 애기들 이삼만 명쯤이 한꺼번에 뛰노는 모양으로 떠오르고, 그 밑 개울물 속의 돌들도 그것을 닮아 물속에서 곤두박질한다. 아침이어서 하늘에 깔리기 시작하는 구름들의 빛깔—그 속에는 옛날에 잊어버렸던 빛깔들이 많이 나타난다. 녹둣빛, 늙은 은빛, 붉저리콩빛, 눈에 삼삼히 배는 진짜 꼭두서니—그런 빛깔들이 이 광주의 이른 아침 하늘에선 보인다. 그래서 광주光州라고 한 것이 아닌가 한다.

또 여기서 우러러보는 무등산의 한 쌍의 부모님의 안방의 자세같이 곧 놋재떨이 소리라도 울려 올 듯한 느낌—이 산 앞에서 본향本鄕의 평화를 안 느끼는 사람은 없을 것이다.

나도 여기 와선 모든 걸 다 안심해 버렸다. 한 달에 겉보리로 열닷 말씩 하는 대학의 월급 속에서 광주 서중학교에 다니는 내 자식의 공책이나 연필을 사려면 그중 몇 됫박을 싸 들고 장에 나가서 팔면 되었고, 한 두어 됫박의 겉보리만 더 들고 나가면 무등산 근처의 머루, 다래 같은 산과일이며 우렁, 돌미나리 같은 반찬들도 그릇에 가득히 담겨 오는 데니 말이다.

이해—그러니까 1952년 첫여름에 내가 처음으로 만난 광주의 화가 천경자 여사가 내게 들려준 이야기 하나가 생각난다.

"임자연 씨란 동양화가를 아세요?" 천 여사가 물어서 "네 잘 압니다" 나는 6·25 사변에 행방불명이 되어 버린 저 역량 있는 금강산의 화가—임자연 그의 1949년인가의 개인 전람회 때의 좋은 인상을 생각하며 좋아서 대답했다.

"그 사람이요" 천 여사는 말했다.

"광주 와서 저보고 같이 걸어가자고 해서요, 따라갔지요. 따라갔더니마는, 자꾸 논두렁길로 걸어서 어떤 물꼬 옆에 가 앉았지 않아요? 수박을 한 개 큰 걸 들고요. 물꼬 옆에 주저앉아 그걸 주먹으로 두들겨 깨더니마는 나보고 자꾸 같이 먹자고 그래요. 내가 가만히 있으니까, 자기 혼자서 그걸 막 먹어 버려요. 재미있지요."

나도 여기에는 안 웃는 장사일 수가 없었다. 나는 참 오랜만에 눈물까지 좀 적시며 많이 소리 내어 웃어 댔다.

　광주를 생각하면 이 얘기가 늘 생각난다. 이 얘기는 광주를 많이 닮은 모양이다.

광주에서

1

1952년 7월 내가 부교수로 있던 광주 조선대학교의 여름방학이 되자, 나는 아내와 광주 서중학교 2년생이던 아들 승해를 정읍의 처가에 보내고 시인 이동주와 함께 해남 대흥사에 가서 한여름을 지냈다. 목포일보라는 일간신문에 신라에 관한 무슨 연재물을 하나 쓸 것을 이동주가 교섭해 주어서 원고료를 좀 벌어 볼 모양으로 갔던 것인데 잘 써질 줄 예정했던 글마저 영 되지 않아 마음이 마음이 아니었다.

목포에서 해남 대흥사로 떠나올 때 동주와 함께 여류 화가 배숙당 여사도 동행해 따라와서 나를 옆에서 많이 격려해 주었지만 영 생각할 힘이 모자라 애꿎은 원고지만 수없이 찢어 방 안에 수북이 쌓아올리며 한동안을 지냈다. 신문은 큼직하게 예고까지 해 놓고 글을 못 받아 실없이 되었고, 나는 또 나대로 바닥나 안 나오는 술병 쥔 손의 흐르는 땀 꼴이 되어 애만 바작바작 태우고 있었다.

그러다가 어느 날 나는 내가 가졌던 안전면도로 수염을 깎고 앉았다가 그만 머리털까지 그걸로 깡그리 밀어 버리면 좀 시원할 것 같아 잠깐 동안에 그것을 맨숭맨숭하게 다 밀어내 버리고 늘편히 나자빠져 버렸다. 그러고 나니 또 문득 인도의 간디가 가끔 했다는 그 단식이라는 것이 다음으로 한번 해 봄 직한 일로 느끼어져 바로 그걸 시작해 버렸다.

물하고 담배만을 가끔 입에 대면서 한 주일 넘도록 나는 딴 것은 아무것도 먹지도 마시지도 않았다. 그러면서 나는 이런 단식의 효력 속에 투영되어 오는 외계 인상의 선명도가 높아져 가기만을 바랐던 것이다. 가슴속에 뭔지 답답하고 이글거리는 더웁고 더러운 것이 쌓여서 감각이 제대로 움직이지 않는 것만 같아 이렇게라도 않고는 견딜 수가 없었던 것이다. 이것은 이해 겨울에 내 속에서 마침내 터진 늑막염으로 봐서 이미 그 병의 한 증상이었던 것을 나는 이 곪아 들어오는 가슴속 더위를 순 정신적인 걸로만 여겨 그런 짓을 하고 있었던 것이다.

그러나 이 단식은 이미 시작되고 있었던 늑막염엔 어찌 되었는지 모르지만, 하여간 한동안일망정 내 감각에 한 새 것을 가져오긴 왔다. 나는 단식 뒤에도 한 45일은 거의 매일같이 지팡이를 손에 들고 절 동구 앞 고산 윤선도 선생의 비가 서 있는 언저리까지 걸어 나와서 거기 검은 상석에 걸터앉아 내 감각의 변화를 재어 보고 지냈지만 그건 처음 겪는 내게 참 대단한 황홀이기도 했다.

여러분들은 음력 7월에 암내 낸 젊은 암소의 뒤꽁무니에 코를 바짝 가까이 가져다 대고 기막혀 웃고 있는 수소의 그 가만한 웃음소리를 들은 일이 있나 모르겠다. 자연은 바로 그 수소의 웃음 앞의 암소의 암내처럼 바짝 그리운 것으로 다가오고, 단식자의 감각에서는 그 수소의 가만한 웃음이 바람에 이는 파문처럼 연달아서 번져 나오기 망정인 것이다. 고향을 오래 떠난 사람이라야 고향을 그리워하듯이 오래 굶은 사람이라야 눈에 보이는 것이 기막히게 그리워지는 것을 나는 이때 비로소 깨달았다. 그야 그전에도 한두 끼니씩 굶고 배고파 음식 그리워했던 일쯤이야 상당히 많이 경험했지만 그런 미각의 안타까움만이 아니라 단식을 작정해서 하는 이가 불과 45일이면 겪게 되는 것은 시각과 청각, 촉각, 후각, 미각의 감각 전부로써 자연을 바짝 가까이 연애하게 되는 그 황홀한 그리움인 것이다.

나는 이 무렵부터 예술가는 적당히 굴풋하게 굶주릴 필요가 있다는 것을 생각해 와서 지금도 역시 포만 뒤에 오는 싫증나는 길보단 적당한 금욕의 굶주림 뒤에 오는 그리움의 매력 쪽의 길을 시의 후배들에게도 권해 오고 있는 터이지만, 내 이런 자각은 이때 비롯해서 뒤에 또 몇 번 계속한 단식에서 맛본 그 황홀경 때문이 아닌가 한다.

해남 대흥사에서의 이 단식이 계속되던 중이었던가, 바로 끝낸 뒤의 모든 것이 두루 달기만 한 그 환장할 만한 식욕의 때였던가, 어느 초저녁 비도 한 방울 두 방울씩 듣고 있을 땐데 문득 하늘과 땅의 한복판을 짝 빠개고 솟아 나온 무슨 『아라비안나이트』 속의 마왕의 공주처럼 상당히 굵직하고 싱싱한 젊은 여인 하나가 나를 불러내서 나를 끌고 내 방으로 몰입해 들어왔다.

방에 마주 앉아 보니, 이빨과 눈과 손톱 등이 야광주같이 광나고 번질번질한 흰 살결이 토슬토슬한 스무남은 살쯤 되어 보이는 여자였는데 어디서 왔느냐고 물으니 강원도 산골이 집이라고 했다. 무엇을 하고 사는 사람이냐고 하니, 전쟁통에 쫓기어 피란살이로 떠돌아다니는 사람이라고 했다. 나를 어찌 알고 여기까지 찾아 들어왔느냐고 하니, 「국화 옆에서」라든가 「귀촉도」라든가 그런 당신 시를 잘 읽어 기억하고 있는 사람이라고 했다. 색시도 시를 쓰는가 하니, 시는 안 쓰지만 소설은 쓰고 싶은데 도스토옙스키를 서정주 선생도 꽤 읽었다면 당장에 같이 좀 얘기해 보겠느냐는 것이다.

『악령』의 스타부로긴이란 사내를 아는가, 여남은 살밖에 안 된 불쌍한 소녀를 강간하고 그 가책으로 그 계집아이가 목매달아 죽을 때 도어의 솔공이 빠진 구멍으로 그 꼴을 들여다보며 시계를 들고 그 마지막 숨 넘어갈 때까지의 시간을 재고 있던 스타부로긴이라는 사내를 아는가 하니, 그렇잖아도 자기도 그런 걸 좀 묻고 싶었다고 하며 스타부로긴은 그래도 마지막엔 저도 비누 묻힌 끄나풀에 목매달아 자살이라도 하지만 요새 사내들은 어디 자살이나 할 줄 아느냐, 그렇기 때문에 나는 그래도 스타부로긴의 편이지만 당신은 어느 편이냐 한다.

나는 이때 대답 대신 단식한 내 감성이 꽤 센 강진이 일어나 땀을 흘리고 있었던 것을 지금도 잘 기억한다. 오래 잊고 있던 일이 오래 내버려 두었다가 새로 닦은 거울에 비치듯이 문득 하나 되살아 나왔는데 그건 내 열여덟 살 때던가 우리 집에서 살며 어느 날 나 혼자 있는 초당으로 저녁밥을 날라 왔다가 내게 손목을 붙잡힌 심부름하던 계집아이다. 이 애는 이때 내게서 되게 붙잡힌 손을 뿌리치고 달아나 다행이기는 했지만 내가 그 뒤 이리저리 떠돌아다니는 동안에도 여러 해를 더 우리 집에 있다가 시집갔는데, 뒤에 들으면 늘 남편의 학대가 심해 뜨거운 인두로 오줌 누는 델 지짐 당하기도 했다는 기별이 누구한테서던가 내게도 들려왔었으니 말이다.

　나는 막걸리에 취해서 그저 그 애의 손목을 한번 잡아끌었을 뿐이고 더는 건드리지 않았다는 걸로 안심하고 있었지만, 이 애는 시집가서 남편을 다 믿은 나머지 내게 손목 잡힌 그것까지도 고백했다가 손목뿐이 아닐 것이라는 남편의 된의심을 사고 살아오는 것이 아닐까. 이런 생각은 그전에도 더러 하기는 했었지만 단식 뒤의 이날 밤같이 선명하고도 충격적인 것으로 느끼어진 일은 그전엔 없었다. 단식은 그만한 것이다.

　　　보름을 굶은 아이가
　　　산 한 개로 낯을 가리고
　　　바위에 앉아서
　　　너무 높은 나무의 꽃을
　　　밥상을 받은 듯 보고 웃으면

보름을 더 굶은 아이는
산 두 개로 낯을 가리고
그 소식을
구름 끝 바람에서
겸상한 양 듣고 웃고

또 보름을 더 굶은 아이는
산 세 개로 낯을 가리고
그 소식의 소식을 알아들었는가
인제는 다 먹고 난 아이처럼
부시시 일어서 가며 피식히 웃는다.

—「춘궁」

　　이것은 몇 해 전인가 내가 문인협회 추천으로 어떤 2백만 원짜리
문화상 후보에 입후보해 놓고, 군침은 영 안 삼키기로 꽤는 점잔하
게 마음을 단속하고 기다리고 있던 때 쓰긴 쓴 것이지만, 여기 그 제
1절에 나오는 굶은 자 앞의 꽃나무의 영상은 역시 1952년 여름 해
남 대흥사 단식 때에 나와 보던 그 목백일홍 꽃나무다. 단식의 효력
은 또 역시 이만하기도 한 것이다.

홍어라는 생선이 있다. 이걸 이쿠지도 않고 날로 썰어 회로 해서 빨간 고추장에 찍어 진땀을 흘리며 쐬주나 약주, 막걸리하고 같이 먹고 마시고는 늘펀히 뻐드러져 혼수상태에 빠지는 것도 우리 한국적인 것의 하나인 줄 안다.

나한테 좋은 옛 판『송강집』한 질을 선물로 주고 가야금 한 채를 내 보답의 선물로 가져간 이병주라는 문학청년—옛부터의 우리나라식으로 문인 노릇까지 되는 것까지도 일찌감치 포기해 버리고 만 광주의 이 이병주라는 문학청년이 또 내 가야금을 받은 여벌 선물로 1952년 겨울에 사 가지고 온 큼직한 홍어 한 마리를 술에 끼어서 양껏 먹고 난 뒤 그러나 나는 그냥 멍청한 대로 한바탕 부자 같은 그런 단순한 혼수상태에 놓인 것이 아니라 꽉 터져나오는 늑막염의 폭발로 가슴 아픔을 어쩌지 못해 나뒹굴며 울부짖는 철없는 병인이 되어 있었다.

1951년 정읍 내 처가에 갔다가 마을의 어느 친구 집 밤 술자리에서 늦게 돌아가던 길, 계엄령 치하의 헌병의 총대와 발길에 지독하게 얻어맞고 채였던 것이 속에서 곪아 오다가 인제 이 홍어와 술의 양껏 바람에 퍼져 폭발하고 만 것이다.

자미 두보 선생은 언제라던가 그 아들의 친구로 어디 군수 노릇을 하고 있는 녀석을 찾아가서 시장하던 김에 주는 음식을 양껏 집으시다가 점잖지 못하다는 괄시를 받은 것으로 그 '양껏'의 이야기를 전해 주어 내려오고 있지만, 내 '양껏'은 그 이야기하고도 또 꽤 많이 성질이 다르겠다. '양껏'에도 여러 가지가 있긴 있는 모양이다.

광주 서중학교에 편입해 다니고 있던 큰아이 승해가 학동에 살고 있던 해방 이래의 내 시의 친구 김현승한테로 달려갔다. 여기 상의해 볼밖엔 이 광주서 더 두터이 아는 데도 약값도 아무것도 내게는 없었던 것이다.

현승은 즉시 적십자사 병원의 의사를 데불고 나를 찾아와서 나를 진단케 하고, 처방케 하고, 약과 주사를 써 나를 낫는 길로 가게 해 주었다. 의사는 내 가슴 속에서 꽤 많이 고인 노오란 물을 뽑아내고, 그대로 두었더라면 틀림없이 죽지만 자기를 만났으니 자기 하라는 대로만 하면 고칠 수는 있을 것 같다고 했다.

이때부터 내가 이 늑막염에서 기동할 수 있게 되도록까지 제일 많이 나를 도운 이는 김현승이다. 그나 내나 똑같은 조선대학교의 겉보리 열닷 말짜리의 일개 부교수로 어떻게 이때 그가 내 의료비를 마련해 댔는지 아직 한 번도 묻지도 못하고 있지만 대단한 일이었을 것이다.

이 일이 있은 뒤부터 나는 김현승이면 그가 뭐라고 나를 두고 말했다 하건 두루 침묵 속에 그를 인증하는 길을 지켜 온 셈이다.

몇 해 전인가 현대문학사 주최로 지방문학 강연회를 지방도시들에서 열기로 하고 그 강사 초빙을 문인협회에 의뢰해 왔을 때, 내가 그 강사 중의 한 사람으로 제청되는 것을 듣고 있던 김현승은 자리에서 불쑥 일어서더니 "그래 서정주나 ××× 같은 사람들만 항시 제

일이냐. 이동주나 이형기 같은 좀 더 젊은 사람들도 나가면 어때서 안 된단 말이냐?"고 얼굴에 열을 올려 가지고 대들었다고, 그때 그 이사회에 나가지 않았던 내게 어느 분이 귀띔해 주며, "참, 김현승이란 사람은 묘짜다"고 했다. "『현대문학』이라는 잡지사가 뭘 어떻게 원하는 건지, 그런 건 영 안중에 없는 사람이고, 당신 같은 친구도 깜빡 잊어버리는 사람이다"고 했었다.

그때에도 나는 웃으며 "그게 현승이란 사람의 정의 수행이다. 그 사람은 이런 경우 서정주 같은 자기 친구만 잊어버리는 것이 아니라 때로는 그 사람 가족 누구라도 잊어버릴 수 있는 사람이다" 해서 현승 그를 알려 동감을 얻었던 게 기억에 남는다.

나는 또 내 생애가 남아 있는 한 언제까지라도 이런 그를 누가 내게 물으면 그건 작건 크건 그의 정의라는 걸 설명하기에 골몰할 것 같다. 나는 내 생애에서 내가 병이 들어 죽게 되었을 때 누구보다 먼저 발버둥 쳐 뛰어왔던 그의 우정을 알기 때문에 그가 내게 뭐라고 했다고 누가 전해 오건 그 전언보단 먼저 그의 발버둥 치던 우정을 생각하는 버릇이 생겨 있다.

내가 광주에서 생사 미판 중에 나자빠져 있던 1952년 겨울로부터 1953년 봄까지 동안에 현승 다음으로 내 삶을 도와준 친구는 이곳 시인 이수복이다. 그는 이때 아마 수피아여자고등학교란 데에서 훈장 노릇을 하고 있었던 것 같은데, 학교에나 나가는지 안 나가는지를 모를 정도로 오전이나 오후나 잠깐잠깐씩 그는 내 옆에 나타나서 내 엉덩이에 날마다 끊임없이 그 마이신 주사침을 놓고 있었다.

아마 학교에 잠깐, 내 집에 잠깐, 그렇게 줄달음치고 있었던 것 같다.

"저도 김현승 선생도 장로교 신돕니다."

그가 맨 먼저 내게 한 말들 가운데서 지금도 기억에 남아 있는 것은 이 말이다. 그래서 기독교 하면 장로교를 먼저 생각하는 버릇을 이때부터 나는 가져왔다.

……

홍치마 자락에 내린

하늘 비친 누님의 눈물……

꼭 이렇던가 좀 다르던가는 잊었지만 이 비슷한 게 그 뒤 몇 해 뒤에 내가 『현대문학』지에 처음 추천했던 그의 시의 한 구절이고, 또 내가 지금도 외고 있는 몇 개 안 되는 이 나라 현대시 구절 가운데 하나다. 이건 동백꽃을 두고 쓴 것이고 또 이수복 그의 고향이 전남 함평이었다는 것을 들었으므로, 그 뒤 동백꽃을 보면 문득 그의 이 구절을 기억해 내고 아울러 함평이나 그런 언저리를 생각하고, 내게 그때 마이신 주사침을 이어서 꽂고 있던 것은 이 언저리의 '하늘 비친' 그런 눈물이었을 거라고 생각하는 습관이 생겼다.

한 칠팔 년쯤 전엔가 이수복이 서울 온 길에 나를 찾아 와서 "미국 사람들이 공부를 하러 오라고 하니 얼마 동안 가 배우고 올까 합니다" 하더니만, 그 뒤 얼마 뒤엔가 또 만났더니 "처자를 맡길 데가 있어야지요? 외국 유학은 자식들 대로나 미루기로 했습니다" 하고, 아주 잘 누그러져 피식 웃었다. 나는 그때 틀림없이 "잘 생각했다"고 칭찬해 주었던 것 같다.

현승, 수복 외에도 시인 박흡은 무슨 풀뿌리를 한 보따리 싸 들고 와서 이걸 빻아 가슴에 바르면 틀림없이 낫는다고 걱정해 주었고, 조선대학교 박철웅 총장이 숭어던가 내 키로 반 길씩은 됨 직한 큰 생선을 한 짐 사 보내며 병후의 영양으로 해 달라고 하던 일—두루 잊혀지지 않는다. 그 두둑한 광주 무등산의 산 모양과 아울러 두루 잘 잊혀지지 않는다.

3

그러나 이런 친구들의 돌봄 속에서 늑막염이 위험한 고비를 넘기고 내 의식이 다시 겨우 제대로 움직이기 비롯하자 나는 또다시 내 정신의 혹독한 병과 맞부닥쳐야 하게 되었다. 그것은 딴 게 아니라 저 6·25 사변 이후의 기록에서 내가 이에 가끔 말해 온—하늘에 울려 들려오는 내 의식과 딴 사람의 의식과의 교환에의 몰입이었다. 내 마음속에서 생각하고 있는 것이 그대로 고스란히 음향화되어 하늘 속에 울려 퍼지면 거기 호응하여 거기 적합한 딴 사람들의 마음속 생각이 대답해 울려오거나 또 딴 데서 먼저 전해 오는 내용을 내 쪽에서 받아 마음속으로 대답하고 있어야 했던 것인데, 이것은 내 의식이 잠이 들거나 혼수상태에 빠지기 전에는 늘 당하고 있어야만 했기 때문에 여간한 고역이 아니었던 것이다.

더구나 내게 이 짓을 강요하고 있는 기계, 눈에 안 보이는 조종자는 매양 좌익 세계에 반대하고 있는 내 의식과 일치하고 있는 걸로 봐서, 더 많이 우리 정부거나 우리 정부와 우호적인 나라의 정부가 하는 일이라고 이때엔 믿고 있었으므로, 이걸 나는 한 개의 뚜렷한 현실 력으로 믿고 현실화해 나가려는 난폭 속에 놓이기까지 했던 것이다.

나와 내 아내와 광주 서중 2년생이었던 내 자식 승해, 셋이서 아침 밥상을 받고 있을 때 혹 거기 상에 놓인 계란 찐 것 같은 것에 젓갈을 갖다 대려 하면 "너만 혼자 다 먹어라, 이놈아!" 하는 소리가 공중에서 귀에 잘 울려 들릴 만큼 똑똑히 울려 온다.

"누구냐?" 하고 내가 내 마음속에서 물으면, 내 이 물음도 역시 똑똑히 하늘 속에 소리로 울리고, 거기 대한 대답으론 "그건 네 자식의 마음이다" 이런 식으로 전달되어 온다. 나는 이것이 내 마음속의 자문자답이 아닐까, 촘촘히 내 마음속을 살펴보기도 했다. 그러나 이것은 틀림없는 자타의 마음의 문답이었다.

그래 나는 어느 날 밥상머리에서 똑같은 이런 식의 문답 상태에 놓였다가 덜 나은 늑막염으로 아직도 뜨거운 가슴이 문득 뭉클하게 터져 나오는 것을 느끼며 자제력을 잃고 밥상을 걷어차고 일어서서 내 자식 승해를 두들겨 패기 시작했다.

어디를 어떻게 두들겼는지 아직도 어린 내 자식의 입에서는 뼈다귀의 어디서 울려 나는 듯한 외마디의 비명이 나오고, 그걸 받아 아내는 우리 두 부자 사이에 끼어들어 매달리며 "그 어린것이 세상에 무슨 죄요? 당신 큰일 났소" 탓하고, 나는 그 옆에 기진맥진해 늘펀히 나자빠져 버렸던 것이다.

「무등을 보며」나 「학」을 쓴 지 얼마 안 되어 내가 이따위 자제력 없는 정신 상태에 놓였던 걸 말하면 독자들은 나보고 터무니없는 말만의 언어 예인이었다고 비웃으실 듯도 하다. 그러나 남편과 아내와 자녀와 친우─적어도 이런 관계만은 마음속으로도 일치해야 한다는 것을 절대로 믿고 있었던 나인지라 또 이때의 하늘 속의 의식 교류는 우리 쪽 기계가 주동하고 있는 것이라고 굳게 믿었던 때라 내 병든 육신 속에 담긴 의식의 이 발작은 또 그대로 필연이라면 필연이기도 했던 것 같다.

승해야, 아직도 어리던 너와 네 어머니한테 나는 참 못 할 일을 했다. 나를 그때 발끈 치밀게 한 그것이 바로 어린 너의 오래 먹을 것도 제대로 못 먹은 마음속의 식욕의 표현 그대로였다 하더라도 내가 조금만 더 건강했더라면 너를 그렇게까지 대하지는 않았을 것을……

그러나 「무등을 보며」니 「학」 같은 광주 시절의 내 시 작품과는 너무나 거리가 먼─희괭이를 겸한 무당 넋두리 같은 이런 내 의식의 발작은 그 뒤에도 오래 잘 낫지 않고 계속되어서 이번에는 다시 내 아내를 두들겨 패고 있었다.

조선대학교의 월급으로 받은 겉보리의 어느 만큼을 쌀로 바꾸어 내게 죽을 쑤어 주기 위해서 아내가 이웃집엘 간다.

"네 아내가 네 아낸 줄 아냐? ×××× 장將께 물어 봐라. 벌써 서방질할 마음이다. 에헤헤헤헤헤헷! 피오논고록삐……(이건 지금도 잘 기억하지만 무슨 뜻인진 여전히 모르고 있다.) 피어논고록삐나 네 아내다. 에헤헤헤헤헤헤헷!"

공중에서는 누가 보내는 것인지 이런 뜻의 소리가 울려와 내 귀에 들린다. 그러고는 "무엇하러 살아왔니?" 꼭 그대로 기억은 안 되지만 이 비슷한 후렴이 달려온다. 그러면 그만큼 한 공중의 소리가 들려온 것만으로 나는 내 죽을 쑤기 위해 겉보리를 쌀로 바꾸어 들고 돌아오는 아내를 바로 방으로 불러들여서는 "아까 공중에서 나는 소리 못 들었어? 당신 마음이 어떻게 생겼으면 그따위로 나타나지?" 대들고, "무얼 말이오? 당신 암만해도 큰일 났소" 하고 울음을 터뜨리는 것을 또 그냥 마구 갈겨 대었다.

이런 나를 이때 아직 서른다섯도 채 다 안 되었던 내 아내가 버리지 않고 끝까지 따라 살고 있었던 이유를 나는 지금 생각해 보고 있다. 그것은 역시 그네가 새 시대의 공부를 한 여자가 아니라 이조 그대로의 부도婦道를 그네의 친정 부모에게서 어려서부터 배워 이쿠어 온 데 있다고 생각한다. 새 시대의 정신을 가진 여자였다면 이때 벌써 그네는 나를 작파하고 떠나 버렸을 것이다.

그러나 내가 무슨 모르는 한문 글자 하나를 옥편에서 찾아보고 있는 마음속까지 두루 다 들추어내 공중에다 음향화해 울리면서 늘 내 마음의 뒤를 추격하고 있던 눈에 안 보이는 기계력이 주로 우리 것일 거라는 맹신 속에서 나는 더 오래 아내를 울리는 난폭한 독심술자를 자처하고 있었던 것이다. 마음속까지의 언제나의 완전 일치 —그것이 물론 이때 내가 부부와 부자의 길로 늘 생각하고 있었던 점이다.

명천옥 시대

1

1953년 가을 UN군과 중공, 김일성 괴뢰 연합군 사이에는 휴전협정이라는 것이 되어서 3년의 피란살이 끝에 우리 정부는 부산에서 다시 서울로 돌아오고, 광주에 있던 나와 내 식구들도 서울 공덕동의 옛집을 찾아들게 되었다. 그러나 이때의 서울은 터전만 서울이지 두루 구멍 뚫린 중앙정부 청사를 비롯해서 참으로 많은 집들이 구멍 났거나 아주 무너져 버린 반나마 폐허가 다 된 때여서 그저 으시시하고 걷잡을 길 없는 느낌만을 내게 주었다.

공덕동 우리 집은 물론 폭격의 대상까진 되지 않았으나 우리 식구 없는 동안에 여기 살던 이웃 마부의 전시의 체념으로 헐어지건 망가지건 내버려만 놓아두어서 무너진 안방 뒷벽의 한쪽엔 거적이 쳐져 있었고 창도 문짝도 성한 건 거의 없었다. 또 물론 그대로 그냥 놓아

두고 간 세간이나 책도 쓸 만한 건 다 없어져 버린 뒤였다.

그런데 그런 속에서도 나와 내 식구들한테 좁쌀 한 알의 씨앗의 새싹만큼 위안을 주고 웃긴 것은 우리 식구가 쓰다가 놓아두고 간 밥그릇과 숟갈, 젓갈 들이 우리가 돌아온 지 오래잖아 우리를 찾아 되돌아온 일이다. 축음기니 책이니 뭐니 그런 것은 영 되돌아오지 않았지만, 그 식기들엔 내 아내의 말마따나 우리와 무슨 인연이 깊은 귀신이 붙어 그랬는지 친절하게도 되돌아온 일이다.

"댁에서 놔두고 떠나셨기에 그동안 우리가 갖다가 맡아서 좀 받아먹었습죠."

가져갔던 이는 이렇게 말씀하며 그걸 내 아내한테 가져다 돌려주더라던가. 별일이 있더라도 밥을 같이 벌어먹고 살아 보자는 데서는 정이 남았다는 표시였겠지.

그 돌아온 그릇들 속에는 벌써 1942년에 저승에 드신 아버님이 내게 남긴 유물들 속에서 마지막으로 남은 단 한 가지 것이었던 그분 생전의 유기 국그릇까지가 또 제대로 고스란히 남아 있어서 이건 아무래도 그냥일 같지가 않았다.

그렇다. 이건 절대로 그냥일은 아니다. 우리는 일정 치하 36년의 일본의 압박 속의 종들로선 같이 설움을 달래며 살아오다가도 남의 덕으로 어떻게 어떻게 해방이라는 것이 되어 북에 소련군이 들어오고 남에 미군이 들어오고 하면 왁자지껄 돌리고 갈라져서 공산당들 판에 끼어서까지 다 취직이라는 걸 해 가지고 무기를 얻어 가지고 동족을 죽이려 몰려오기까지도 한다.

그러나 이것은 생각해 보자면 모두가 먹고 살기 위한 일이라고도 할 수 있고 또 먹고 사는 것은 그렇게도 중요한 일이니 그 먹는 데 가장 필요한 숟갈이나 젓갈만은 그래 아주 뺏어 가지진 말기로 옛부터 무언중에 길들어 온 건 아닐까. 몰라, 북쪽 공산당 세력의 인심은 경우에 따라서는 숟갈 젓갈까지도 슬그머니 혹은 공공연히 뺏어 가기도 하는지 안 하는지. 그야 어이튼 내게 다시 돌아온 숟갈 젓갈을 보고 있자니, '야 그래도 우리 민족은 밥이야 어떻든 밥숟갈만은 그래도 같이 가지잔다' 하는 것만 같은 느낌이 내 뼉다귀 언저리에까지 으시시한 대로나마 느껴져 그것만이 오래 두고 대견했었다. 이건 그 단군 때의, 낙랑 때의, 고구려, 백제, 신라, 또 고려, 이조 때의 어느 때 어디서부터 어쩌다가 생긴 수수한 습관일까?—이렇게 생각해 보는 것은 생각해 보는 그것까지도 제법 수수한 일 같았다.

그러나 숟갈 젓갈은 한번 뜻있는 것이 되었지만 그걸로 밥을 먹기는 이때의 폐허된 서울에선 쉬운 일은 아니었다.

지금도 명동 입구에서 멀지 않은 뒷골목에 명천옥이라는 국밥과 막걸리 같은 걸 파는 집이 제법 타일 같은 걸 붙여 가지고 나지막이 박혀 있지만, 1953년의 명동의 집들이 많이 전란으로 무너져 있던 가을에도 이 집만은 웬일인지 고스란히 그대로 남아 아직 타일도 붙이지 않은 낡은 목조의 옛 모양을 그대로 간직하고 있었다. 이 집이 바로 1953년 환도 이래 꽤 여러 해 동안 우리 많은 문인들이 그 호주머니 속의 푼돈들을 만지작거리며 극락이나 생각하는 것처럼 늘 갈구하던 곳이다.

이곳에서 과히 멀지 않은 국립도서관 앞에 있는 '문예 싸롱'이라는 지하실 다방에서 누가 혹 몇천 원짜리쯤의 원고나 부탁하러 와주지 않나 그런 거나 기다리면서 해를 넘기고 우두커니 들앉아 있다가 어둑어둑해지면 우리는 이 명천옥이라는 데로 몰려갔었는데 몇 푼 안 되는 음식값이긴 했지만 그것도 누구 혼자서 자주 도맡을 만한 재력도 이때 우리에게는 아무도 없어 우리는 소설가 김동리의 제안으로 이내 그 '주식회사'라는 걸 모아 그걸 치러 나가는 습관을 갖게 되었다.

대개 백 원 정도씩 기본 액수를 정해 가지고 그 이상으로 내놓으라 하면, 요행히 그날 원고료라도 2, 3천 원쯤 따담은 사람은 쓰윽 2백 원도 내놓기도 하고 3백 원도 내놓는 수도 있다. 그러면 한 푼도 낼 수 없는 빈털터리 딱한 친구도 몇 사람씩은 덤으로 끼어 주어 데불고 가서 그걸로 막걸리를 그렇지 적어도 한 사람이 한 되쯤씩은 들이키고, 비지찌개니 두부찌개니 또 더 두둑할 때는 동태 매운탕이니 그런 것도 한 냄비씩 시켜 몇 숟갈씩 노나 떠 마시고 아주 기세가 당당하여 제 집으로 다시 돌아가곤 했지만, 집에는 물론 이틀을 이을 양식도 제대로 마련되어 있지 못한 형편들이었다.

아마 이 무렵 우리들의 주부와 자녀들은 밤늦어 돌아가는 우리들의 일금 백 원어치의 막걸리와 두부찌개와의 호기豪氣가 무척 부럽고 또 원망스러웠을 것이다. 그러나 이만한 일은 이 나라에 나서 고생하고 살아온 사람이면 누구나 다 잘 아는 것처럼 벌써 오랜 옛적부터 할 수 없이 그리 되어 온 일 아닌가.

소설가 황순원, 김동리, 지금은 벌써 세상을 뜬 시인 조지훈과 그 때나 이제나 항시 그대로 찌개 막걸리를 주식으로 하고 사는 박기원, 이 밖에 좀 더 나이 아래 축으론 김윤성하고 정한모가 많이 끼어 있었는데 황순원은 가끔 그의 집에다가 어떤 밤엔 한 상씩을 차리고 우리를 불러 그냥 마시게 하여 이때엔 유일한 예외의 일로 지금도 내게 기억된다.

누구한테던가 들으면 이때 순원은 우리만 못하지 않게 어려웠던 때라 하는데 그 어려운 속에서 이렇게 하기란 그것 참 썩 어려운 일이었을 것 같다.

이 명천옥 파에 끼어서 그렁저렁 한동안 지내는 사이, 나는 1954년 봄부터 초청을 받아 남산의 동쪽 기슭에 아주 송진 냄새 물씬한 솔나무의 원색 판자로 길게 지어 놓은 서라벌예술학교에서 강의를 맡게 되어 한시름 덜게 되었는데, 한시름 덜긴 덜었지만 지금의 서라벌예술대학의 전신인 이 학교는 그때엔 영 수지가 맞질 않아서 교수도 명색만 교수지 주는 것은 아주 조금씩 주었기 때문에 여전히 많이 굴풋할밖에 없었다. 그러나 여기엔 명천옥의 두부찌개 막걸리보다는 그래도 한결 나은 너비아니에 청주 대접도 가끔 있고 해서 이만해도 다시 부자나 된 것 같은 느낌이었다. 작곡가 김동진이라든지 고인 된 극작가 이광래가 다 나와 같이 이 무렵의 이 판잣집 학교의 교수들이었지만, 그들도 이 점은 나와 동감인 듯 가끔 너비아니에 청주병이 붙은 점심 대접을 받으면 그저 게 눈 감추듯 바닥까지 후닥닥 집어세 버렸다.

여기다가 이때의 서라벌예술학교엔 오후 다섯 시만 넘으면 어느 때고 막걸리 동이가 마련되어 있어 해 질 무렵부터 너무나 많이 허전했던 우리들의 창자를 어느 때고 자유로이 축일 수가 있어 그것도 적지 않은 위안이 되었다.

"이거 목이 답답해서 한 사발 들이켜야만 얘기가 나오겠는데⋯⋯" 하면 직원은 기다리고 있다가 "예, 여기 있습니다. 한잔 하시고 시작하십시오. 예, 깍두기도 여기 있습니다."—이렇게 해 주는 것은 이 무렵의 야간 강의에는 아주 썩 잘 들어맞는 일이었던 것이다.

2

우리 정부가 부산에서 서울로 되돌아온 다음 해인 1954년 4월이 되자, 문교부 주관으로 우리나라 최초인 예술원과 학술원이 만들어지게 되어 그 회원 선거가 있었다. 이 일이 사실은 1948년 가을 대한민국 정부가 맨 처음 서고 문교부 초대 예술과장으로 내가 있을 때 벌써 구상하고 계획해 두었지만, 6·25 동란에 잇따른 세 해 동안의 남북전쟁으로 이루지 못하고 있던 것을 겨우 성립시킨 것이긴 하지만 이때의 그 망가진 서울의 폐허 위에서 이걸 만들어 갖는다는 것은 헐벗은 아이들이 사 먹는 10원짜리 싼 캬라멜 곽 속에서 덤으로 거기에 든 깡통 조각제의 무슨 장난감 훈장이나 하나씩 꺼내 차고 뽐내 보는 것 같은 느낌도 없진 않아서 말하자면 한쪽으론 역시 픽 우리를 웃겼다.

그러나 그야 하여간에 이때의 문교부 장관이었던 범산 김법린 스님의 열심으로 이건 두 개가 다 거의 이름만이긴 했지만 한번 쓰윽 서기로 되어 4월 며칠날이던가 그 선거를 청계천 뒤켠의 매동국민학교에서던가 갖게 되었다. 예술원, 학술원의 이 거의 발가벗은 탄생과 범산 김법린 스님을 같이 아울러 생각해 보는 것은 내게는 더구나 꽤 재미가 있었다.

내가 1936년의 봄부터 여름까지 경남 합천군 해인사에서 한동안 거기 사설 국민학교 훈장으로 있을 때 프랑스 파리의 소르본느의 철학 석사로 귀국해서 동국대학교 전신인 중앙전문의 교수로 있다가 다시 불경 공부를 작정하고 해인사에 박혀 있던 그를 만나게 되어 그한테서 불어 초보를 배운 인연으로 이분을 나는 좀 아는 편이지만, 언제 무슨 일이 있건 그 기분이라는 것만은 그래도 접어 두지 않고 늘 내고 있었던 그의 성질이 이때의 이 예·학술원의 탄생에서도 냄새를 맡자면 역력히 맡을 수가 있었으니 말이다. 그는 1936년의 그 역겨운 일본인의 식민지 시절에 절간에 박혀 불경이나 읽고 앉아서도 기분과 웃음만은 언제 보나 마냥 새 캬라멜을 사 먹고 거기 든 장난감 훈장이라도 하나 갖고 나오는 아이 그대로 하나도 침체할 것 없이 늘 빙그레해 보이기만 하더니, 이 예·학술원의 탄생에서도 역시 그건 엿보이고 있었으니 말이다.

"베르그송의 철학 강의 시간 말인가. 재미있지, 재미있어, 하무 재미가 있고말고. 베르그송의 강의도 강의지만, 이 사람, 남녀공학의 재미를 자네는 아직 모를 테지만 싱싱한 남녀끼리 바짝 응뎅이를 마주 가까이 대고 앉아서 비비대기도 하고 가끔 살짝 꼬집어 대기도 하고, 하 그건 그거 더구나 재미있지. 하하하하하하하……"

언젠가 내가 불어 일과를 마치고 나서 그의 소르본느 때의 스승이 었다는 철학자 베르그송의 강의의 인상을 물었더니 그는 이렇게 대답하고 또 여전히 기분 좋게 당부하던 게 생각히운다.

"정주. 우리나라도 지금은 이 꼴이지만, 빠르면 빨리 다시 독립할 수도 있는 것이니 불어 공부를 잘해 두었다가 그때가 오거든 우리 같이 상의해서 한번 프랑스 문학작품들도 두루 번역해 읽혀야지. 하하하하……"

이런 그였었으니 이런 폐허의 때에 일테면 한림원을 세우기로 한 거라 생각되어 재미있다면 역시 상당히 재미가 있었다.

학술원 일은 나와는 직접 관계가 없어서 잘 기억하고 있지 못하지만 매동국민학교에서 있은 1954년 4월의 예술원 회원 첫 선거에서는 문교부에 등록된 오백 몇십 명의 전국 예술가들이 여기 모여 투표를 했었는데, 문학 분과에서는 박종화, 염상섭, 오상순, 김동리, 조연현, 유치환, 이런 이들과 내가 거기 뽑히었다. 득표순으로 보면 지금의 예술문화단체 총연합회의 회장인 이해랑이 예술원 전 회원 중 최고 표수로 연극 분과에서 당선되었고, 그다음 표수가 아마 나한테 왔던 듯하다. 음악가로 현제명, 김성태, 정훈모, 화가로 고희동, 노수현, 배염, 김환기, 도상봉, 서예가로 손재형, 배길기, 극작가 유치진, 서항석, 이광래, 오영진 등이 이 처음 예술원 회원으로 뽑히었었다.

그런데 이만큼 기분 좋게 되는 일 옆에서도 아주 기분 나빠진 사람들이 생겨 따로 여기 등을 두르고 한바탕 또 법석을 떨었으니, 이건 단순히 그 캬라멜 곽 속의 훈장 비슷한 그거나마 하나씩 뽑아서 사용해 보지 못한 사람들 사이에서 일어난 것이다.

주로 이때 이승만 대통령 비서였던 김광섭과 이헌구, 모윤숙, 이하윤 등의 문인들이 그 가까운 후배들과 힘을 합해서 예술원 선거 바로 다음에 있는 전국문화단체 총연합회(지금의 예술문화단체 총연합회의 전신) 총회에서 한바탕 되게는 벌인 일인데, 그건 이때까지도 그 문총의 회장이었던 박종화와 부회장이었던 김동리, 그 밖에 현제명, 유치진 등의 약점을 열거하고 육박해 지탄해서 몰아내려는 일로 아주 참 들을 만하겐 치열했다.

나도 그때 문총 총회의 대의원의 한 사람으로 참석해서 잘 기억하고 있지만, 그중에서도 제일 많이 공격의 대상이 된 건 김 모 씨였다.

"문단에 섹트^{sect}를 구성해서 정실로 자파의 이익만을 일삼은 사람 —×××를 핀셋으로 집어내라!"

대개 이런 공격이 퍼부어졌는데, 이건 김동리 편의 말을 들으면 딴 게 아니라 단순히 아까 위에서 내가 잠시 말해 보인 그 예술원 회원을 바라면서 거기 못 뽑힌 사람들 몇이 화가 나서 그 화풀이로 그들의 가까운 후배들을 시켜 해 대는 것이라는 것이었다.

사실대로 말이지만, 나는 이 문총의 총회보단 얼마쯤 전에 김동리한테서 한 사신私信을 받았었는데 그건 내 십 대 말기부터의 친구인 그가 이 무렵의 그의 고독을 내게 호소하고 힘을 좀 빌려줄 것을 말하고 있어서, "오냐, 그렇게 하마" 생각하곤 있었지만, 이렇게 생긴 마당에 나서니 다만 어안이 벙벙하여 나로서도 김동리 그를 어떻게 말을 꺼내 변호할 것인지 쉬 염두가 열리지 않았다.

나만 그런 게 아니라 딴 누구도 다 나같이 염두는 모두 막혀만 있었는지 그 치열한 공격들엔 별다른 답변이 없었던 걸로 기억한다.

왜 그런다느냐고 동리에겐가 그 옆에 누구한텐가 물으니 "정주는 정부 따라 부산으로 가지 않고 전주·광주 쪽으로 피란 가서 살다 왔기 때문에 잘 모르겠지만, 이 대립은 부산 피란 시절에 이미 굳게 만들어졌고, 김동리를 공격하는 사람들은 문교부 장관 김법린과 김동리 둘이 짜고 예술원 회원을 선거한 예술가들의 인선까지도 모두 김동리 가까운 사람들로만 등록해 놓았기 때문에 그게 자기들의 낙선의 원인이라고 분개하고 있다"는 것이었다.

아닌 게 아니라 나는 1951년 1월의 중공 참전의 그 소위 1·4 후퇴 뒤 정부가 간 부산이 아닌 전주·광주에서 근 삼 년을 살고 올라왔기 때문에 그동안이 어찌 된 영문인진 모를밖에 없었다. 그러나 이 사태는 내겐 범산 김법린 스님의 그 빙그레 나를 늘 웃기는 것과는 달리 많이 따분하고도 답답한 일이었다.

나는 1950년 여름의 6·25 동란 때 그 곡간 열차라는 것에 실리어 대구까지 간 일이 있었는데, 그건 뭐더라, 일테면 그득히 포개어져 실은 짐짝들처럼 그냥 마구 2층, 3층으로 사람들이 짓눌리며 포개어져 도무지 그렇게 서로 포개어진 사람끼리의 당연히 가져야 할 정과 친화력이 생길 겨를도 없이 짜증만 나는 일이었다. 그때 일이 생각나서 "그런 일이 아니었느냐?"고 부산 갔다 온 누구한텐가 물으니 여긴 잠시 동감이었는지 그도 침묵하고만 있긴 있었다.

이 문총 총회에서 마침내 박종화, 김동리 정부회장을 떨어뜨리고 새로 꾸민 최고위원 속에 최고위원들이 된 김광섭, 이헌구, 모윤숙, 이하윤 등은 오래잖아 다시 백철, 이무영 등과 같이 1949년 이래 같이 꾸며 지내 온 한국문학가협회에서 별립해 나가 다시 자유문학자 협회라는 단체를 만들었다. 그리고 이건 1945년의 해방 후 우익문인 단체나 문화단체에서 있은 최초의 분열이었다.

3

그 다음다음 해, 그러니 1956년 2월인가 3월쯤의 꽤 으시시한 날이었다. 내게는 참 한 번 그 운이라고 하는 것이 썩 잘 돌아와서 미국 사람들이 경영하는 아시아재단이라는 데서 주는 '자유문학상'이란 이름이 붙은 상이 내가 이 땅에 난 지 처음으로 덩그렇게 차례되어 왔다. 염상섭, 김동리, 박목월과 같이 내 난생처음으로 들어서 보는 반도호텔의 다이너스티 룸이라는 방에서 너무나 많이 흥분 감격해 있는 나를 에워싸고 꿈만 같이 진행되었다.

천 달러던가 천 몇백 달러를 가지고 네 사람한테 똑같이 노나준다는 것이었는데, 이 돈도 이때 내 형편에는 적지 않은 것이려니와 난생 꿈에도 꾸어 본 일이 없던 그 영광이라는 것도 분수 밖의 일만 같아 얼얼하기만 했다.

나는 순 무명베에 깜정 물을 들인 두루마기에 새 동정을 달게 하여 입고 그 위에 물러가던 일정의 찌끄레기인 — 앞서도 어디서 말한 일이 있는 그 깃에 깜정 모피를 붙인 외투까지를 받쳐 입고 가서 이스팀이 아주 잘 들어오는 반도호텔의 방이 너무 더워 외투는 벗어 놓고도 솜두루마기엔 역시 더운 방 안의 온도라 흥분으로 땀에 촉촉이 젖은 채 시치미를 떼고 버티어 견디고 있는데, 꿈결에 처음 보는 진귀한 새 지줄대듯 하는 깨끗하게 생긴 미국 색시가 나와 우리 일행을 부른다고 나가서 그 앞에 가 서라고 옆에 누가 귀띔하며 내 옆구리를 꾹꾹 질러 겨우 기다리던 그때가 온 걸 눈치채고 묘하게는 참 어색하고 거북살스런 마음만으로 엉금엉금 걸어나가 하얀 봉투에 든 것 하나가 그네한테서 내 손에 옮겨지자 무심코 나는 "아이엠 서정주, 탱큐 베리 머취" 하고 요만한 토막말마저도 제대로 되지 못한 내용을 나직한 소리로 뇌까려 댔다. 고마웁다는 것과 당신은 우리말을 몰라 그렇지 읽어 이해만 한다면 나도 꽤 상당키는 상당한 시인이다 — 하는 그런 느낌이 합쳐져서 그런 소리를 했던 건 사실인데 이제 돌이켜 생각해 보면 이런 소리는 무엇하러 했는지 그저 가만히 받아 들고 그렇지 그 악수라는 것에나 응하고 있을걸 괜한 짓을 했다. 나는 머리까지도 아마 공손히 우리나라식으로 숙여 보이고 있었던 듯하다. 이게 내 나이 갓 마흔 살 때의 일이다.

그러나 이 얼얼한 영광이야 어이컨 그 몇백 달러의 돈은 이때의 우리 식구들에겐 눈이 번쩍 뜨일 만큼 대견한 것이었다. 나는 이걸 한 푼도 내 것으론 쓰지 않고 아내에게 주며 무엇 하고 싶은 것 있으면 해 보라고 했는데, 아내는 이걸로 아마 금가락지도 하나 해서 끼고, 무엇 새 감으로 치마저고리도 한 벌 해 입고, 나 따라 서울로 온 뒤 처음으로 한번 호사를 했을 것이다.

이래서 나는 이때부터 비로소 이 상이라는 것은 탈 만한 것이라고 재미를 새로 붙이게 되어 3년 전 내가 이걸 더는 안 타기로 한 때까지 계속해 이 생각을 이어 왔다. 그러나 나는 그렇게 철부지였던 걸 요 몇 해 동안 지내면서야 겨우 느낀다. 그걸 탄다고 팔자를 아주 고치는 것도 아닌데, 그건 뭐라고 탐하여 특별히 더 타서 못 타는 친구들을 섭섭하게 할 것 있나 하는 생각이 생긴 것은 겨우 요 몇 해 사이의 일인 것이다.

김관식의 혼인

　김관식이 1955년 양력 1월 2일에 결혼식을 올리게 된 것은 물론 그 신랑 본인의 소원을 따라서 내가 시행한 것이다. 나는 내가 한번 인정하는 후배나 제자들에겐 상당히 무리한 요구까지 잘 들어주었던 게 사실이다. 좀 더 나이가 들면서 그래서는 안 되겠다는 것도 느끼게 되었지만, 내 사십 대까지도 나는 많이 그랬던 것이다.

　제 결혼식 날은 꼭 1월 1일이라야 하고, 주례는 누가 뭐라 하건 육당 최남선이라야만 하고, 피로연 자리와 첫날밤의 신방 자리는 서정주의 집이라야만 한다는 김관식 그의 요구를 나는 그 하나도 빼지 않고 다 들어주었던 것이다. 뿐만 아니라 내가 김관식의 늙은 아버지의 눈에 개진개진 긴 눈꼽을 손수 내 옷고름으로 닦아 주어 본 것도 내 생애에서는 이런 일은 이날에 꼭 한 번 있었을 뿐이다. 김관식은 만득의 막내아들이라 그 아버지는 이때 이미 칠순이 훨씬 넘은 할아버지였는데, 그 눈에 눈꼽이 남의 눈에 뜨일까 거기까지도 나는 신경을 곤두세우고 있었던 것이다.

내가 왜 그렇게 돼 있었는지를 좀 자세히 말하자면 그 맹랑한 녀석 김관식이를 아무리 싫어하던 이라도 잘 이해하실 줄 안다.

1951년 1월 4일에 김일성이가 중국 공산군의 많은 수의 힘을 빌려 우리나라를 다시 침범해 와서 할 수 없이 나도 전주로 피란 가 전주고등학교의 국어 교사와 전주 전시연합대학의 수업의 일부를 막 맡고 나선 봄이었는데, 고등학교 제2학년 차림의 김관식이가 무슨 책 보따리를 담뿍 싸들고 전주 노송동의 내 우거를 찾아들었다. 어디 학생이냐고 물으니 충남 강경상업고등학교 학생이라고 하고, 그 보따리는 뭐냐고 하니 『주자대전』이라고 했다. "『주자대전』과 서정주 나와 무슨 상관이 있느냐"고 하니, 이건 서정주 선생님한테 가지고 온 게 아니고 최병심이라는 유학자한테 물을 게 있어 메고 온 것이며, 서정주 선생님과 가람 이병기 선생님의 강의는 전주 전시연합대학에서 별도로 청강할 목적이기 때문에 서정주에게는 그 청강에 앞선 인사를 치르러 왔노라는 것이었다. 나이가 몇 살이냐고 물으니 "열일곱입니다"라고 했었다.

나는 좀 놀랐다. 이병기 선생과 내 강의의 청강쯤이라면 또 몰라도 『주자대전』 속의 의문점을 들고 최병심 선생을 찾아간다는 열일곱 살짜리의 고등학생을 나는 전에 본 일도 전연 없고, 상상도 해 본 일이 없었기 때문이다. 전주에 이때까지도 살아 계셨던 최병심 선생이 이조 유학의 법통 속의 몇 남지 않은 마지막 분 중의 하나라는 것쯤은 나도 알고 있었고, 현상윤 저 『한국유학사』 속의 몇 가지 아리숭한 점을 가지고 이 최병심 선생을 내가 찾아 그 대답에 감동했던 것은 김관식이 나를 찾기 얼마 전의 일이었기 때문이다.

관식이가 전주에 머무는 한 주일쯤 되는 동안 최병심과 이병기와 나를 아주 열심히 배우며 우거처의 두 개 방 중의 하나를 차지할 권리를 하도 이뻐서 나는 그에게 주었다.

그 애는 우리 이 우거에 있는 동안에 내 앞에서 한 번도 두 다리를 펴고 앉아 본 일이 없고, 단 한 번도 허튼 웃음이나 싫은 표정을 보인 일이 없으며, 관식이 저 때문에 어떤 부족한 것들을 내게 상상시키는 일도 하지는 않았다. 신화는 아니라 하더라도 이 아이는 인간 존엄을 높이려 온 놈으로 내게는 인상되었던 것이다.

그런데 그때 마침 관식이가 있던 방엔 그가 오기 얼마 전부터 내 기호로 내 처제 중의 하나인 처녀 방옥례의 한글로 된 무슨 시조던가 한 수가 족자로 걸려 있었는데 어느 때던가 관식이는 나와 마주치자 그걸 손가락질해 가리키며 "누구 글씹니까?" 했다. 그래 그게 내 처제 중의 하나인 처녀 모야某也 거라고 하니 더는 그때는 아무 말도 하지 않았다. 그러나 그는 그가 이미 국민학교 저학년의 아이 때 일본제국의 무슨 서예 전람회가 있어 담임교사와 학교의 권고로 거기 글씨를 냈다가 입선되어 그 업으로 추사 김정희의 친필 두 폭을 받아 가지고 있다는 것을 내게 말했다. "추사를 좋아하신다면 그 두 폭 중 한 폭은 선생님한테 드리겠요" 하기도 했다.

그리고 이때의 우리 상종은 끝났던 것인데, 그 다음다음 해 내가 광주 조선대학의 교수를 두 해째 하고 있던 여름에 뜻밖에 우리 집 장모님이 내 광주의 오두막을 찾아드셨다.

　"김관식이라는 아이는 대체 어찌된 아이냐? 우리 옥례한테 벌써 여러 차례 연애편지라든가 뭐라든가 그따위 것을 보내왔어도 형부 체면 생각해서 내버려두고 모른 체하고만 있었는데, 얼마 전에 우리 집을 찾아와선 옥례를 만나자고만 해서 그럴 수는 없다고 했더니 무슨 여관엔가 틀어박혀서는 독약을 마셨다고 안 카나? 저이 집으로 급히 알려서 데려가기는 했지만 그것들이 뭐 어디 쓸모나 있게 생긴 사람들이가? 하도 답답해서 너한테 알아볼라고 왔다."

　울산에서 뼈가 굵으신 장모님의 무척 당황하셨던 듯한 하소연이시고 또 화풀이였다.

　나는 장모에게 관식이 그 녀석은 보통 아이가 아니라 천 명 만 명 몫도 더 넘게 할 놈이란 걸 역설하고 내가 전주에 있을 때 열일곱 살짜리의 그를 일주일 동안 우리 집에 두고 겪었을 때의 이야기를 말할 수 있는 대로 다 말해 들려드렸다.

　내 장모님은 나하고도 어떤 데서는 잘 통하는 슬기로우신 분이라 "응 그래? 정말 그 애가 그만하던고? 그렇다면 내사 그만 모르겠으니 너 맘대로 해라" 하셨다.

　이렇게 해서 내 처가의 팔남매 중 셋째 처제이고, 내 처제들 중에서는 제일로 이쁘고 슬기롭고 인자한 처제 방옥례는 김관식의 아내로 정해지고 만 것이다.

그러나 내가 김관식 그의 결혼 뒤에 장모님에게도 많이 사과드렸고 또 김관식 부인이나 그 밖에 김관식의 투정의 폐를 많이 받은 모든 이들한테 늘 사과한 것처럼 그는 그 뒤 웬일인지 늘 부모형제들과 스승들의 걱정거리밖엔 되지 않았다.

　　그는 오래잖아 그를 이뻐하는 내 마음으로 시단에도 나갔지만, 내 친한 친구보고 이놈 저놈 욕했다는 소문이 들리고 그 때문에 내 앞에 왔단 따귀도 많이 두들겨 맞고, 그러고는 "형님! 저를 모르세요? 저는 가람 이병기하고 그래도 고등학교 습자책을 같이 쓴 놈입니다. 가람은 한글을 쓰고 저는 한자를 쓴 습자책이었지만 저는 고1 학생으로 그걸 선생 대신 가르치기도 한 사람이에요" 울며 말하곤 했다.

　　이것은 한국 아니면 안 될 정신상의 특수 토양의 문제일 것이다. 김관식이 그 많은 행패라든가 그런 걸 누구한테나 열병 난 소학생처럼 부리다가 죽어서 다 없어진 뒤에 우리가 느끼는 것은 무엇인가? 우리도 그 애한테 더 줄 것이 없었던 것만 같아서 미안한 느낌만이 앞서는 것이 지금의 내 심경이다.

조지훈과 나

1

지훈과 내가 처음 만났던 건 1943년이었던 것 같다. 내 아버지의 세상 뜨신 해가 1942년이고, 그 유산의 덕으로 흑석동 중앙보육(지금의 중앙대학교) 바로 바짝 옆에 쬐그만 집을 샀던 것은 그해 겨울 일이고, 지훈이 나를 그리로 처음 찾은 것은 내가 흑석동에 산 뒤의 첫 여름이었으니 말이다.

그는 1930년대 후반기 저널리즘이 1, 2인자로 부르던 시단의 신진 세대 나와 오장환 중의 하나인 오장환의 안내로 흑석동의 내 집에 첫발을 들였는데, 그때 혜화전문도 졸업했고 정지용 추천으로 『문장』지를 통해 시단에도 등장한 뒤였지만 하얀 마포의 우굴쭈굴한 양복에다가 깜정 기성旣成의 나비타이를 달고 나이보담은 훨씬 더 점잖하려 하는 것이 그만큼 내게는 이뻐 보이기도 했다.

"이 사람이 말이야, 이래 봬도 제법 괜찮은 놈이란 말이야. 아닌가 두고 보라구. 종로4가 그 조카님 선술집에 가면 말이야, 이제는 제법 한잔 값을 내구 서너 잔씩두 잡숫구 나올 줄도 알거든……"

오장환은 내게 그를 소개했지만, 내가 보기엔 그런 장환이 같은 사람 같지는 않고 어느 편이나 하면 그런 장환이같이도 해 보고는 싶지만 그것도 또 마음에 흡족잖은 듯이도 보였다.

그때는 먹을 양식도 전폭적으로 모자라고, 가정에는 어디나 막걸리까지도 떨어져서 없고, 그러니 기껏해서 호박 나물에 의약용 알코올 물 탄 것 한두 잔을 같이 나누면 오장환이는 그 어린애 같은 와자지껄임을 점점 더하고, 나는 그게 그래도 그중 이뻐 좋아라 미소도 보냈지마는 지훈은 그런 내 웃음에도 제 웃음을 장단 쳐 보낸다는 것마저 잊고 있는 적이 꽤 많았다. 뒤에 들어 보니 그는 오장환보단 나를 더 좋아한다고 했으니 이 무렵에 그가 제일 좋아하던 시의 선배는 나였던 것 같다.

해방이 되어 한동안 법석을 떤 뒤에 6·25 사변이 발진처럼 터져서 그래도 우리 눈치 빠른 문인들이 남하해 도망쳐 가고 있을 때도 내 옆에 바짝 내 아우처럼 따라다니며 있던 사람은 지훈이다.

6·25가 서울에서 일어났던 1950년 6월 26일이었던가 7일 밤 지훈과 나는 그 쾅쾅 터지는 대포알 속에 같이 한밤을 뜬눈으로 서울 원효로의 내 처이모님 댁에서 지내었던 것인데, 아침이 새어 와서 내가 한강을 건너 빨리 도망가자고 하자 지훈은 처음엔 성북동의 아버님께 하직 인사도 못 드렸다는 이유로 반대해 보려 했지만 곧 뒤

엔 그걸 취소해 버리고 내 말을 따랐다. 공산군의 탱크 부대가 벌써 마포에까지 진주해 왔다는 소문에 할 수 없이 우리하고 같이 동숙했던 시인 이한직과 함께 내 뒤를 따라나섰다.

그야말로 인산인해를 이룬 이때의 한강가에서 배를 잡아타는 것은 거의 불가능한 일이었다. 배들은 너무나 많은 사람들의 육박肉迫을 피해 강 위에 저만치 멀리 떠 있으면서도 헌병이 피스톨로 공포를 빵빵 쏘아 대며 "이 새끼들! 배를 빨리 대 오지 않으면 정말로 쏜다!"고 위협해도 좀처럼 가까이 사람들을 태우러 올 기색도 보이지 않았다.

우리 세 사람은 강둑을 헤매고 다니다가 꽤나 가파른 한 절벽 위에 이르렀다. 낭떠러지의 높이는 한 열 자쯤 될까. 바로 그 낭떠러지에서 얼마 되지 않는 거리의 강물 위에 꽤 큰 방배가 한 척 보였는데, 이것은 네 귀에 기둥을 세워 지붕까지 한 방배라 그 기둥 중에 하나를 겨냥해서 두 손을 벌리고 잘만 뛰어내린다면 어쩌면 그것을 붙들어 잡을 수 있을 것도 같았다.

이런 경우에는 그래도 좀 용감한 것이 내 성미다. 이 언저리 강물 깊이가 꽤 깊다는 것도 들어서 잘 알고는 있었지만, 그것도 또 내가 헤엄을 전연 칠 줄 모른다는 사실로 다 가벼이 접어 버리고 나는 "에잇! 잡것!" 소리와 함께 목숨을 하늘에 맡겨 뛰어내리고 만 것이다. 그래 하늘은 나를 도와, 그 네 기둥 중의 하나를 내 벌린 두 손은 단단히 단단히 움켜잡을 수가 있었던 것이다. 지훈이도 한직이도 이 판에야 어찌 그대로 있겠는가. 곰과 메뚜기가 합해진 것처럼 폴짝폴짝 꽤나 잘 내려 뛰어 그 배의 기둥을 잘은 붙잡았다.

배가 물 건너 저쪽 모랫벌에 닿자 "야! 살았다!"고 우리는 두 손을 높이 들어 합창하고, "야 인제는 공부나 하자!"고 우리 중에서도 제일 나이 어린 이한직은 이게 무슨 국민학교 상학길이나 되는 듯 속없이 첨가하기도 했다. "어디를 가서 무슨 공부를 한다는 말인가?" 내가 물으니 부산으로 가서 밀선이나 하나 구해 타고 일본으로나 가서 공부나 해 보자는 것이다. 일본의 게이오대학 졸업반에서 제2차 대전에 학병으로 끌려 나갔다가 해방되어 우연히 살아 돌아왔다가 해방 뒤의 법석 기분 속에 휘말려 다니던 그인지라, 인제 바짝 가까이 온 공산군의 총들 앞에서 또 한번 겨우 살아 "살았다!"고 외치고 보니 본의 밖에 접어 두었던 대학 노트 생각이 문득 뇌리에 떠오른 것이리라. 나와 지훈은 그런 이한직의 소년다운 모습을 좋아해 왔었다. 그러나 그 '공부나 하자'도 이런 때만의 한마디 즉흥일 뿐 이행될 수도 없는 것이었음은 물론이다.

수원까지 백 리를 걸으면서 스무 명쯤의 후배 문인들과 합세한 우리는 곳간차에 2층, 3층으로 그 많은 피란민 속에 포개어져 앉아 대전에 내리자 국방부 정훈국 가사무소로 국장 이선근 대령을 찾아 끼니를 의뢰할 만한 슬기는 그래도 있어 다행이었다. 종군 문인단을 조직하겠으니 합숙소와 끼니를 대 달라고 사정해서 그 보장을 받고 이 국장이 하라는 대로 지훈과 나는 이때의 시급한 선무 용품 스피커를 거둬들이러 전북 도청과 전남 도청 두 군데로 특사행을 갔다. 신문기자로 도망쳐 온 사람도 박성환이 하고 누구누군가 하고 두 서너 사람뿐이어서 그들까지 한동안은 종군 문인단에 흡수하고 있었던 듯하다.

나와 지훈이 이 특사행을 하고 다닐 때의 꼬락서니는 거지 거지 중에서도 상거지 그대로였다. 이때까지도 신사라는 사람들은 여름은 흰 마직 양복을 좋아해서 우리 둘도 자연 다 그걸 착용하고 다니다가 뺑소니쳐 나왔던 것인데, 그게 이 다난한 풍진 속의 여러 날을 겪고 다니다 보니 마치 굴뚝 속에서 살다 나온 굴뚝새 그대로의 꼴이 다 되어서, 도청 같은 데를 들어가려면 여간한 조사와 단속이 아니라 그게 첫째 장해까지 되었다.

그래 생각다 못해 나는 내 처가가 있는 정읍이란 데를 광주 도청에서의 귀환 도중 지훈과 함께 들러서 하룻밤을 처가에서 쉬며 맛난 것도 장만해서 먹고, 장에 나가 비로소 군복 비슷한 옷도 한 벌씩 사서 입고, 사병들이 신는 그 국방색의 포화도 또 한 켤레씩 사서 신게 되었다. 모자도 하나씩 하기로 하여 내가 역시 헝겊 전투모로 하자고 하니 지훈은 여긴 맹렬히 반대해서 캡으로만 하자고 하여 이 한 가지는 내 고집을 접어 에누리해서 저 소련 공산혁명의 제일 지도자 니콜라이 레닌이 일찍이 사진에서 쓰고 있던 것과 많이 비슷한 하이연 면직제의 레닌 캡을 하나씩 멋들어지겐 재껴 쓰게 되었다.

그의 생각인즉 이런 레닌모의 착용은 공산주의자들의 노리는 눈을 피하기에 유리할 것이라고 착안했던 것이지만, 사실은 그건 오히려 역효과를 더 많이 가져왔던 것도 사실이다. 대구로 다시 쫓겨가서 우리가 문인과 예술가의 구국대를 조직하고 상당히 위엄을 지니기로 작정하고 있을 때에도 이게 우리 군인들의 눈에 차악 차악 통과되지 못한 건 이 어줍잖은 레닌 모자에도 이유가 꽤나 있었던 걸로 안다.

어느 날 황혼이던가, 지훈과 내가 비록 레닌모이긴 하지만 그래도 의기충천하여 거나하게 한잔씩을 마시고 오후 다섯 시 통행금지 시간에서 약간 늦게 대로를 활보해 숙소로 돌아가고 있는 중인데 어느 헌병집합소던가 앞을 지나가려 하자 "거기 서엇!" 하는 소리와 함께 집총한 헌병들의 손아귀들은 우리의 덜미를 짚고 그들의 집합소 속으로 여지없이 끌고 갔다.

"뭐 하는 놈들이냐?" 중사던가 상사 계급장을 단, 손에 큼직한 곤봉을 든 헌병 하나가 크고도 호된 소리를 치는데, 레닌모를 쓴 그대로 "고려대학 부교수요!" 하며 신분증을 먼저 꺼내 보인 것은 지훈이었다.

헌병은 그 신분증을 받아 유심히 보다가 또 그 벗어 들 줄도 모르는 지훈의 머리 위의 레닌모를 눈여겨보다가 하는 짓을 한참 동안 되풀이하고 있더니, 무얼 어떻게 작정한 것인지, "네 이놈의 자식! 고려대학 부교수면 다냐! 실컷 좀 얻어맞아 봐라! 맛이 어떤가!" 하며 지훈에게 마구잡이로 그 곤봉 세례를 퍼붓기 시작했다. 지훈은 꽤나 아픈 모양이었다. 그는 아프면 비는 것이 아니라 대드는 편인 사람이라, "이놈들! 우리를 벌할려거든 통금 위반으로 법에 따라 다스리면 되었지, 때리긴 왜 때려! 이놈들, 나는 너희보단 나이도 더 위가 아니냐?" 하고 분에 복받치는지 뒷소리는 울고 있었다.

이것이 지훈의 한 중요한 일면의 모습이다. 이 자리엔 나 외에 시인 박노석도 같이 끌려가 있었지만 나와 노석은 모자를 벗어 들고 있었고, 그는 부지불식간에 그걸 그대로 쓰고 있었던 게 먼저 두들겨 맞은 화근이 아니었던가 한다.

그 레닌모는 그렇게 역효과를 우리한테 가져왔던 것이다.

2

지훈의 그런 어느 경우에도 굽힐 줄 모르는 정신을 나는 염려하면서도 좋아했다.

그래 나는 1955년엔가 정음사에서 낸 『조지훈시선』의 선택과 편집도 그의 부탁대로 맡아서 해 주었고, 그 책 뒤에 발문도 써 준 것이다. 단 45년일망정 후배의 책에 내가 이렇게 해 준 것은 지훈의 경우를 빼놓고는 전연 없는 일이었다.

나이도 나보단 다섯 살이나 아래고, 학교에서도 꼭 다섯 해가 후배지만 나는 그의 굽힐 줄 모르는 값 때문에 나를 좀 에누리해서 그와 붕배가 되고, 그의 나를 향한 두터운 신망을 받아들여 맡긴 원고 다발을 정독해서 처음의 시선을 취사선택도 해 주었고, 친우 명분의 발문도 부쳐 준 것이다.

그러나 그런 그의 굽힐 줄 모르는 정신은 때로 딱한 때가 있었던 것도 사실이다. 일테면 월하 김달진과 나와 지훈, 셋이서 앉는 술자리 같은 경우가 그것이다. 월하 김달진으로 말하면 나보단 비록 나이는 5, 6년 위지만, 학교 동창 관계로는 오히려 내가 1년 선배인 데다가 또 내가 1936년에 낸 잡지 『시인부락』의 동인이기도 하고 또 학창 시절 이래의 술친구니까 서로 평교간의 언행이 되지만, 지훈과 월하의 사이는 나이도 십여 년의 차가 있을 뿐더러 월하의 시와 술의 가장 가까운 친구 일도 오희병으로 말하면 지훈의 아버지인 헌영 선생과는 의형제 사이라던가 하는 그런 얽힘까지도 서로 잘 알고 있는 터라 지훈이 월하를 부를 때는 선생을 또박또박 붙여서 불러야 할 형편이었는데, 우리 셋이서 술잔을 나누다가 내가 문득 그런 일도 생각이 나서, "지훈 너는 결국 내 조카 푼수니까, 내게도 말을 인제부턴 존대어로 해라" 하고 반 농조로 걸어 보면 이런 경우는 "예" 하고 좀 굽혀도 될 일일 텐데 그것도 영 할 줄을 모르고, 이런 내게 발끈하여 어느 자리에선가는 술잔을 내어던지기까지 한 경우 같은 것이 그것이다. 물론 이건 내 취중의 농조의 결과니까 나로서야 픽 웃고 말밖에 없는 일이었다.

그가 이런 나한테까지도 굽히지 않던 이야기가 또 하나 있다.

1955년 3월쯤이던가 꽤 쌀랑한 첫봄 초저녁이었는데 지훈이 송욱을 데불고 공덕동의 우리 집엘 나타났다. 둘이서 내게 열심히 걸어오는 이야긴즉 얼마 전부터 나와 지훈 사이에 한 문젯거리로 되어 있던 한국시인협회의 창립과 그 초대 회장 내정에 관한 것인데, 지훈은 벌써 여러 차례 내게 졸라 오던 그대로 나보고 그 초대 회장이 돼야 한다고 우겨 대고, 송욱도 또 지훈을 거들어 꼭 그래야 한다고 토를 달고 있었다.

그러나 그 둘이 우리 시단을 정말로 아끼고 또 나를 많이 아끼는 줄을 속으로 잘 알면서도 나는 나대로 생각이 다른 것이 있어서 거기 동조할 수가 없었다. 내 생각인즉 그 회장이니 고문이니 하는 것은 현역의 중추 실력이 맡지 않아도 좋을 것이니, 우리보단 훨씬 나이 더 많은 선배인 수주 변영로라든지 그쯤 되는 이들한테 우선 맡기고 해 나가면서 서서히 때를 기다리는 것이 좋지 않겠느냐는 것이었다. 그래야 시단 전체의 인화를 모아갈 수 있다는 것이었다.

그래 내가 그런 내 뜻을 자세히 알아듣게 설명해 주었는데도 그 둘은 그걸 아랑곳하지 않고 끝까지 그들의 주장만을 되풀이하고 있었다. 지금은 마땅히 세대교체가 돼야 할 때고, 정주가 회장을 한다고 아무도 무리하다고는 하지 않을 것이니 주저하지 말고 그들의 주장을 따라 달라는 것이었다.

그들 둘과 나 사이의 이 논전은 아마 마지막 버스가 떠날 무렵 가까이까지 계속되었던 듯하다. 그러나 내가 끝까지 그들의 생각을 거부하자 할 수 없이 그들은 꽤나 섭섭한 표정으로 일어서서 갔는데, 대문간까지 그들을 전송해 나갔던 내 아내의 말을 뒤에 들으면 지훈은 우리 집 대문간을 나서면서 어린애같이 그 두 눈에 눈물을 가득히 고여 내며 울고 있더라는 것이었다. 그는 그렇게 눈물도 많은 사내고 또 아무에게도 굽히지 않던 사내인 것이다.

그 뒤 그는 꽤 자주 드나들던 내 집으로의 걸음을 뚜욱 끊어 버리고, 아마 한 십 년쯤 나를 다시 찾지는 않았다. 그러나 그는 그의 주장인 한국시인협회를 그해 창립하고 또 오래잖아 그 스스로 회장도 되었다.

1960년 4월 19일 이승만 정권이 우리 학생들의 피로 큰길을 물들이면서 허물어지고 민주당 정권이 잠시 서 있는 동안 나날이 수를 늘려 나가며 있던 문학단체의 분립 상태를 내가 염려하여 『현대문학』지에 그 단합론을 썼을 때 지훈은 여기 반박을 해 왔지만, 거기서 내가 마치 이승만 정권의 부정의 편이라도 든 사람인 것처럼 표현한 것은 그의 오기誤記였다.

세상이 두루 다 잘 알고 있고, 이 글 「천지유정」에서도 이미 내가 사실대로 밝혀 온 것처럼 내가 이승만 박사를 존경해서 그의 구수를 받아 전기를 쓴 것은 1947년에서 48년까지 두 해 동안의 일이었을 뿐이고 또 그 전기는 1949년 봄 발간되자 이내 이 박사의 비위에 맞지 않아서 법 밖의 그의 개인적인 지시로 몰수되고 말았으며, 대통령 취임 이후에는 이 박사를 나는 단 한 번도 만나지 않았을 뿐만 아니라 나 개인으로나 내가 오랫동안 부회장으로 있었던 한국문학가협회 이름으로나 단 한 번도 자유당 정권의 부정에 편든 일은 전혀 없었으니 말이다.

마침 이 글의 순서가 1955년에 접어들어 있고 또 이 무렵이 그가 내게 섭섭한 느낌을 품고 간 때이기도 해서, 뒤에 말해도 될 것을 좀 앞당겨 여기 말해 두거니와 이승만 정권의 말기, 동아일보사의 청탁으로 내가 써 보낸 한 시 작품에선 '…… 남산의 동상 위엔 피뢰침을 달아라……' 하는 표현을 했다가 동아일보사를 놀라게 하여 '이거 우리 신문사를 아주 망하게 할려느냐……'는 당황을 편집국장 민재정 편에 내 집으로 가만히 전해 귀띔해 보내게도 하고 있었으니 말이다.

내가 『현대문학』지에 쓴 문단 대동단결론의 반박으로 지훈이 1960년 9월 동아일보에 쓴 「문단 통합에 앞서야 할 일」이라는 글에서는 내가 관계하던 한국문학가협회까지도 이 박사의 자유당 정부의 부정의 어용 단체로 표현해 놓고 있으나 한국문학가협회와 이 박사 정권이 아직도 많이 남아 있는 누구에게 물어본대도 그건 당치 않은 오기인 것이다. 4·19 학생 의거는 지훈에게 귀중한 것이었던 것처럼 내게도 역시 귀중한 것이었기에 지금도 덕수상업고등학교의 교정에 서 있는 한 의거기념탑에는 내가 지은 글이 새겨져 있고, 4·19에 죽은 영령들 중의 유일한 시인이었던 내 아끼던 문하생 안종길 군의 유시집遺詩集에는 내 통곡의 서문이 얹혀 있기도 하는 것이다.

지훈! 그대가 고인 된 뒤에 쓰는 이 글에서 그대를 탓하는 듯한 용렬함을 나는 느낀다. 그러나 그대가 나를 너무나 억울하게 다룬 그 일문一文이 작년에 나온 그대 전집에도 그대로 끼어 있는 것을 보고 후세의 내 독자들을 위해 여기 몇 마디 안 해 둘 수 없어 이렇게 쓰는 것이니 지훈의 혼은 이해하기 바란다. 지금 이 글을 쓰며 내 전집을 들쳐 보니 그대와 나 사이의 이 조목의 글은 빼내 던져 버리고 실리지 않았기에 여기 불가불 내 섭섭한 느낌을 첨가해 두는 것이니 그대도 이젠 내게 대한 섭섭한 생각 다 풀기만 바란다.

내가 가진 루비니 뭐니 그런 것들

1

신진 시인 오규원이 얼마 전에 나를 찾아와서 말하기를 "미당 그대의 시에선 루비(홍옥)라는 것이 꽤나 중요한 한 가지인 것 같은데, 그게 어찌된 곡절인지 좀 말해 달라"고 해서 추상적으로만 조금 대답한 일이 있었다. 오늘은 이걸 좀 구체적으로 여기 말해 두어야겠다.

오규원에게도 말해 들려주었듯이 저 초서의 어떤 시나 폴 엘뤼아르의 「연인」 같은 데 박혀 있는 이 루비는 시인의 마음속엔 적건 크건 거의 다 얼마만큼씩은 있는 것으로, 그걸 루비라고 하지 않고 무슨 이름으로 부르고 있건 간에 그건 그들의 연정의 상징이라고 나는 생각한다. 보들레르가 「여행에의 유혹」이라는 시에서 황혼의 애절한 연정들을 '히야신스와 금'의 배합으로 표현하고 있는 것도 바로 이것이고, 우리 이상이 그의 어떤 시의 제목에서 「근본적 영화[素榮爲題]」라고 하고 있는 것도 이 연정의 영화榮華를 말하는 것이다.

> 마리아, 내 사랑은 이젠
> 네 후광을 채색하는 물감이나 될 수밖에 없네.
> 어둠을 뚫고 오는 여울과 같이
> 그대 처음 내 앞에 이르렀을 땐,
> 초파일 같은 새 보리꽃밭 같은 나의 무대에
> 숱한 남사당 굿도 놀기사 놀았네만,
> 피란 결국은 느글거리어 못 견딜 노릇.
> 마리아.
> 이 춤추고, 전기 울듯하는 피는 달여서
> 여름날의 제주祭酒 같은 쐬주나 짓거나,
> 쐬주로도 안 되는 노릇이라면 또 그걸로 먹이나 만들어서,
> 자네 뒤를 마지막으로 따르는─
> 허이옇고도 푸르스름한 후광을 채색하는
> 물감이나 될 수밖엔 없네.

이 졸하디졸한 시「무제」에 보이는 '네 후광을 채색하는 물감'이라는 것도 그런 것의 일종이다.

말하기는 부끄러운 일이지만, 1956년이던가의 여름부터 나는 이미 내 나이 사십이 넘은 것도 잊기도 하고 또 속으로 한탄도 하면서

어줍잖게도 어떤 여자 대학생 한 사람을 그리워 못 견디는 병에 또 한번 빠지고 말아서, 위의 글은 바로 그 일종의 정신적 지랄병을 나타낸 것이다.

나는 내 이십 대 이래 해 온 습관 그대로 이런 연정의 지랄병을 상대에게 단 한마디도 말해 본 일은 처음부터 끝까지 전혀 없었지만 속은 이걸로 한 3, 4년 좋이 타오르고 이걸로 시도 꽤나 많이 썼다. 위에 쓴 시 외에도 내 시집 『신라초』 속에 들어 있는 「사십」, 세 편의 다른 「무제」들, 「여수」, 「바다」, 「재롱조」 등의 시편들이 여기서 나온 것들이다. 나는 그 애를 처음 만나던 때에 내가 마침 혹독한 치신경통으로 앞니 몇 개를 빼고 있었던 것을 의치로 다시 해 박기는 했지만 그것이 영 그 아이의 감각엔 파(罷)일 것을 염려하면서, 그 애가 어쩌다가 내 집을 찾아와도 추물 죄인 다 되어 말도 제대로 그 애 앞에 선 하지 못했던 걸 지금도 딱하게 생각하고 있거니와 그렇게 지질히는 또 한번 못나 빠진 것이 그대로 내 시에는 무얼 보태지 않았던가 회고되기도 한다.

그런 심리의 꼬락서니이면서도 나는 의치를 치과대학에 가서 이쁘게 박아 달라고 해, 박고 나서는, 내가 벌어들이는 생활비를 무시한 영국 천의 양복도 월부로 한 벌 싸악 지어 입고, 넥타이도 아마 영국제였지, 다홍 바탕에 초록 줄이 굵직하게 옆으로 주욱주욱 진 것을 하나 사 빼고, 그 애가 우리 집에 올 듯하면서 안 오는 날들은 명동으로 어디로 그 애와 그 애 친구들이 들릴 직한 다방이란 다방은 한동안 왕성히는 휩쓸고 기웃거리고 다녔던 것이다.

그러다가는 또 나는 이조의 진짜 귀족이나 입음 직한 옥색 순면의 두루마기에 진짜 명주의 바지저고리의 한복 차림까지를 다 하게 되었다. 내가 그 애를 처음 만났을 때 마침 빠져 있었던 몇 개의 앞니의 아주 나빴을 인상을 보족하기 위해서였다.

그러나 그 애는 그런 내 속을 알았는지 몰랐는지 내가 찾아다니는 다방들에도 모양을 나타내는 일은 거의 없었고 또 우리 집을 찾는 일도 한 해에 한 서너 차례 있을까 말까 했을 뿐이었다.

나는 겨울이 되면 이 딱한 내 감정을 데불고, 우리 집 공덕동에서 과히 멀지 않은 서강의 얼어붙은 한강가의 언덕으로 나를 달래며 아침마다 눈길을 헤매 가기도 했다.

내 마음속 우리 님의 고운 눈섭을
즈믄 밤의 꿈으로 맑게 씻어서
하늘에다 옮기어 심어 놨더니
동지섣달 날으는 매서운 새가
그걸 알고 시늉하며 비끼어 가네

내 시 「동천冬天」의 처음 시상이 떠오른 것도 사실은 이런 겨울의 내 서강 쪽의 아침 산보 속에서였다.

이 시는 훨씬 더 세월이 지난 뒤에 이 다섯 줄로 빚어졌지만 그 겨울 하늘을 내 머리 위에서 날던 새, 그것과의 사실의 상봉과 그런 느낌은 이때의 겨울 아침 눈길 위의 산책에서 새로 얻은 것이다.

그러나 나와 비슷한 꼴을 겪어서 나를 염려하시는 독자가 있거든 안심하시기 바란다. 나의 이런 일들을 나는 그 상대 본인에게는 물론 이 땅 위의 어떤 사람에게도 말하지 않기를 깊은 바닷속에 차돌 하나 던진 것처럼은 늘 해 오고 있는 사람이니 말이다. 공자가 그의 연애 소문을 듣고 온 어떤 제자더러 "내가 하늘이 싫어하는 일을 한다면 하늘이 나를 싫어한다, 싫어해" 『논어』 속에 말했던 게 기억에 새롭거니와 나는 그런 소문까지도 아무 데서도 나 자신에게서도 새어나는 어느 향불만큼도 풍기게 하지는 절대로 않는 사람이니까 말이다.

2

1957년이던가의 겨울, 어떤 단체가 돈을 대어 우리 문인들에게 지방 강연을 가게 했을 때 ××지방의 일원이 된 나는 때마침 우리 집을 찾은 그 여대생—나의 둘시네아 델 토보소한테, "방학이고 하니 같이 가지 않겠느냐?"고 권해서, 그네의 좋아하는 승낙을 얻어 같이 떠났다. 돈키호테는 나보다도 더 수줍어 그 마음속의 짝사랑의 연인—둘시네아 델 토보소를 감히 동행해 나서지도 못했지만, 나는 그래도 그보담은 좀 덜 수줍은 편 아니었는가 한다.

그래 내 가까운 후배 시인 금×× 군과 나는 △△이라는 곳에 강연 배당이 되어 내 토보소 희嬉를 사이에 끼어 데불고 현지에 닿아서 맡은 일을 본 뒤 호젓한 여관의 밤을 맞이했던 것인데, 이렇게 호젓한 곳의 호젓한 밤에 놓이자 내 둘시네아 그네는 내 방에 들러 이야기를 나누는 건 피하고, 내 후배인 금×× 군의 방에 가서만 웃고 조잘대기를 좋아하는 것이었다.

금×× 군은 그때는 아직도 총각 교수였던 터라 그래서 그네가 그러는 것이려니 짐작은 되었고 또 그것이 빠른 일인 것도 물론 요량은 되었으나 역시 내게는 상당히 서글픈 일임에는 틀림없었다.

내 쓸쓸함을 금 군은 염려한 것인지 그네를 데불고 잠시 내 방으로 건너와서 쐬주나 좀 자시지 않겠느냐고 위로 말도 해 주긴 해 주었지만, 겉으로는 웃는 낯인데도 매우 못된 그 쓸쓸함과 서글픔을 나는 그때 어쩔 길이 없었던 것만은 사실이다. 내가 이렇게 웃는데 시무룩하니, 그들도 할 수 없이 물러가서 다시 금 군의 방으로 옮겨 밤이 깊도록 둘이서만 낄낄거리고 좋아라 했다. 그러나 나는 나의 둘시네아 그네가 금 군의 방에서 그네의 정해진 방으로 옮겨 가는 소리가 들린 뒤에도 오래오래 잠도 잘 들지 못했다.

이 글을 보시는 독자 가운데서는 나더러 '이 죽일 놈……'이라고 격할 분이 있을 듯하다. 그러나 언행으로는 나타내지 못한 채로나마 이것이 이때의 내 마음속의 실상이었으니 어쩔 수 없이 사실대로 여기선 적을밖에 없는 것이다.

그런데 그 이튿날 새벽 기차로 △△시를 떠나서 ○○시로 옮겨 오는 도중 그 나의 둘시네아가 내 귀에 대고 가만히 소곤거린 한마디의 내용은 나를 한층 더 당황하게 만드는 것이었다.

"선생님!…… 선생님은 정말 예수 그리스도이셔…… 메시아이셔……"

이렇게 그네가 내 어깨를 가벼이 치며 나만 알아듣게 소곤거렸을 때 그 섭섭하고 당황스런 느낌이란 머리가 쭈뼷하여 지금도 영 잊을 길이 없다. 하도 많이 그리워서 보고 또 본 나머지에 어떤 산수의 경치가 꿈에까지 그 선명한 총천연색으로 나타나 펼쳐지듯이 이때의 그네의 그 소곤거리던 음성의 음색은 내가 작곡가였다면 음부를 바로 옮길 수 있을 정도로 지금도 내 귀에 생생한 것이다.

그리고 지금 나는 그네를 두고 또 한쪽으로 생각하고 있다. 우리나라의 처녀들의 지혜는 밝게만 트이는 때는 참으로 놀라웁고도 황홀한 것이다라고…… 그때 만일 그 처녀가 내 어줍지 않은 대로의 벙어리와 앉은뱅이 상태를 과장 칭찬해서 메시아라고 반 핀잔삼아 못 박아 두지 않았더라면 내 어줍잖은 마음속의 혼탁은 얼마를 더 이어져 갔을 것인가를 생각하며 말이다.

괴테의 『빌헬름 마이스터의 편력시대』를 보면 「순례하는 여인」이란 제목의 한 이야기가 보이고, 거기에는 꽤나 잘사는 어느 홀애비 아버지와 총각 아들 부자가 동거하는 부잣집에 그 여인이 나타나 부자 두 사람의 짝사랑을 한꺼번에 받아야 할 형편이 된 게 그려지고, 여인은 거기에서의 원만한 회피책으로 총각 아들 앞에 서서 그네의 배를 손가락으로 가리키며 "여기 당신의 아버지의 싹이 들었다고 생각해 보아!" 하는 연극적인 한 장면을 전개하고 그러고는 어느 새벽바람처럼 아무 눈에도 안 보이게 하늘 끝으로 사라져 버리는 표현들이 있다. 그리고 나는 내 둘시네아에게서 일생 동안 보아 온 모든 소설책 속에서도 가장 내게 많은 감동을 준 이야기의 하나인 이 「순례하는 여인」만 못하지 않은 지혜를 '선생님은 정말 메시아이셔……'의 그 한마디 핀잔에서 지금 골수에 닿게 느끼고 있는 것이다.

이것이 그런데 ○○시의 강연이 끝나고 여관방에 들렀을 때는 정말 나로서는 견디기 어려운 딴 국면으로 내 앞에 나타났다. 금 군과 나와 그네 우리 세 사람이 역시 따로 한 방씩을 맡아 하룻밤을 새고 난 이튿날 열한 시쯤의 소강의 상간裳間인데, 내 둘시네아 델 토보소였다가 내 망령된 마음을 고쳐 준 그 전통 한국의 슬기로운 처녀는 그네의 그 까만 학생 외투 바람으로 내 혼자 있는 방에 들어서서는 거기 어디 아무 데나 털썩 주저앉아 그 외투의 어느 호주머니에선가 바늘과 실을 꺼내 가지고는 외투의 헐어 터진 데를 꿰매기 시작하는 것이다.

그네도 아무 말 없이 그걸 꿰매고만 있어 나도 또 아무 말도 없이 가끔가끔 눈 보내 보고 있노라니, 그네는 어느새인지 두 눈에서 뺨으로 두 줄기의 눈물방울의 줄을 그으며 소리 없이 울고 있었다.

'왜 그러느냐?'고 내가 물으려 하다가 말이 잘 나오지 않아 그대로 우두커니 보고만 있는 동안 그네의 그 말없는 울음과 그 바느질은 한참 동안 계속되었다.

나는 그때 내 호주머니 속을 계산해 보고 있었다. '얼마면 저런 외투보다 조금 더 나은 새것을 살 수 있을까?' 하고……

그러나 내 어느 호주머니 속에도 그만큼 한 돈은 없어 가만히 요

위에 누워서만 있노라니, 그네의 그 바느질도 어느 사인가 제대로 멎고, 그네는 빙그레 웃고 일어서서 다 꿰맨 외투를 들고 제 방으로 옮겨가 버렸다.

이것이 나의 둘시네아—그네와 나와의 공동 여행에서 내가 그네를 바짝 옆에 두고 겪은 전부이기 때문에 그 아직 덜된 것을 가지고 나는 그 뒤에도 여러 해 동안 그네를 두고 마음속으로 생각을 더 오래 계속하고 또 더 싯줄도 쓰게 되었다.

지당池塘 앞에 앉을깨가 둘이 있어서
네 옆에 가까이 내가 앉아 있긴 했어도
"사랑한다" 그것은 말씀도 아닌
벙어리 속의 오르막 음계의 메아리들 같아서
그렇게밖엔 아무것도 더하지도 못하고
한 음계씩 차근차근 올라가고만 있었더니.
너 어디까지나 따라왔던 것인가
한 식경 뒤엔 벌써 거기 자리해 있진 않았다.

그 뒤부터 나는 산보로를 택했다.
처음엔 이 지당을 비켜 꼬부라져 간 길로.
그다음에는 이 길을 비켜 또 꼬부라져 간 길로,
그다음에는 그 길에서 또 멀리 꼬부라져 간 길로.

그런데 요즘은 아침 산책을 나가면
아닌 게 아니라 지당 쪽으로 또 한번 가 볼 생각도
가끔가끔 걸어가다 나기는 한다.

이 「사십」이란 제목의 내 시는 그네와 강연 여행에서 헤어진 다음 해엔가 그 여전한 서강 쪽의 겨울 산책에서 내가 만든 것이다. 여기 그네와 같이 앉아 있은 것같이 표현한 건 실제로 우리 둘이 거기 앉은 게 아니라 내 마음속의 소원과 필연을 그렇게 말한 것임은 물론이다.

하여간 난 무언지 잃긴 잃었다.
약질의 체구에 맞게
무슨 됫박이나 하나 들고
바닷물이나 퍼내고 여기 있어 볼까.

별에는 도망갈 구멍도 없고
호주 말로 마구잡이 달려간대도
끝끝내 미어지는 포장布帳도 없을 테니!

여기 내 바랜 피 같은 물들
모여 괴어 서걱이는
이것 바닷물

되질하는 시늉이나 하고 있을까.

살 닿는 데 끼려온 그런 거든가.
네 손이 짧거든 내 손이 길거나
내 손이 짧거든 네 손이 길 것을.
아무리 닿으려도 닿지 않던 것인가.
하여간 난 무엇인지 잃긴 잃었다.

이 「무제」도 그때의 그 손 안 닿는 안타까움을 그린 것이고,

　　종이야 될 테지, 되려면 될 테지
　　에 울던 대로 높다라히 걸려서

　　여기 갈림길
　　네 갈래 갈림길
　　해도 저물어
　　땅거미 끼는 제

　　종이야 될 테지, 되려면 될 테지
　　깨지면 깨진 대로 얼얼히 울어

　　자네 속 몰라

애탈 뿐이지
애타다가는
녹아갈 뿐이지

일천 년 자네 집 문지방에 울더라도
종이야 될 테지, 되려면 될 테지

젊어, 성城 둘레
맴돌아 부르다가
금 가건 내려져
시궁소릴 할지라도

종이야 될 테지, 되려면 될 테지
종이야 될 테지, 되려면 될 테지

　이「무제」도 또 그때의 그 하염없던 내 마음속의 끝없던 울림을
나타낸 것이다.
　이 아이는 언젠가 불쑥 또 나한테 와서 '산 접동새는 이슥하요이
다……' 하는 우리 옛 가사의 어떤 것의 한 구절을 들려준 일이 있어,
"얘, 너두 허긴 이슥하긴 이슥하기도 한 것 같다"고 대꾸해 보내고
나서, 내가 쓴

언니 언니 큰언니

깨묵 같은 큰언니

아직은 난 새 밑천이

바닥 아니 났으니,

언니 언니 큰언니

삼경 같은 큰언니

눈 그리메서껀 아울러

안아나 한번 드릴까.

이 「재롱조」라는 제목의 작품 속에도 그 애의 모습을 담으려고 나는 꽤나 골몰했던 것이다.

누구, 글 쓰는 이들이 이 나라에서 이런 식으로 자기의 사십 넘은 어줍지 않은 연정을 적어 놓은 걸 나는 보지 못했고, 그렇기 때문에 이 나라에서 이렇게 하는 건 논란의 대상이 될 줄도 나는 잘 알지만 이 장의 표제와 같이 여기는 아무래도 내 시의 그 뇌쇄하는 루비의 부분이기 때문에 별 커트 않고 원형대로 남기기로 했다. 신진 시인 오규원은 내 루비라는 것이 어떤 것이었는지 아마 대강은 인제 이해가 섰을 줄 안다. 이 경우뿐이 아니라 대개 모든 사람의 사이, 애정의 경우에 결국은 자기의 그 새빨간 한 점의 루비만을 남몰래 만드는 것만이 장점인 그런 사람들의 심장 속의 루비를……

그 애가 대학을 졸업하고 아마 어느 고등학교의 선생님으로 취직이 되었을 무렵에 그 애는 우리 집을 찾아와서는 한참 별 대수롭지도 않은 세상의 이것저것을 두고 나하고 말을 주고받다가, "저 가겠어요" 하고 우리 집 현관문에서 나가려 할 즈음 내 어깨를 한 손으로 꼬옥 움켜쥐고는 아주 활짝 다 피인 꽃 모양의 소리 크게 있는 듯한 조로 그득히 미소했다.

"왜 이래?" 하니까, "응 좋았어…… 선생님……"이다.

그 뒤 몇 달인가 뒤에 그 애는 즈이 어머님하고 또 같이 우리 집을 찾아오고, 그때는 웬일인지 그 음력 오월 단옷날에 먹는 수리취떡을 한 바구니 담아 들고 와서, 나보고 또 내 아내보고 자꾸 많이 먹으라고만 하며 "예, 선생님……", "예, 사모님……" 조르고 있었는데 이건 참 나도 썩 잘된 일이라고 거듭 생각하고 있었다. 그래서 내 연정의 그 루비는 건재하고, 나는 수도원의 어떤 수녀가 그 손톱의 너무나 붉어 오는 붉은빛을 농담으로 지껄이며 지낼 만한 때가 오기까지 견디는 것처럼 견디려 했다. 그래 내 시 속에 루비가 아직 타고 있었다면 이런 등으로 그 도수를 좀 더할 순 있었을 것이다.

그 애가 내 어깨에 그 손을 짚던 건 아마 1959년의 어느 늦은 봄날 오후였던 것 같다.

내 연정의 시 「동천」과
윌리엄 포크너와의 인연

그런데 내가 좋아하는 우리 화가 수화 김환기가 〈어디서 무엇이 되어 다시 만나랴〉라는 제목의 그림에서 그린 그 복잡다단한 선들의 얼크러짐 속의 두 개의 선의 몰입 잠적처럼 인연의 얼크러짐이란 정말 착잡한 것이어서, 내가 내 둘시네아—내 여대생 때문에 썼던 시 「동천」은 이것이 당연히 가서 만나 헌정되어야 할 본 상대를 저만큼 놓아둔 채 이상하게도 전연 뜻하지 않았던 우여곡절의 인연의 골목길들을 거쳐서 엉뚱하게도 아메리카의 소설가인 윌리엄 포크너의 어떤 계획 속에 가 가만히 끼어 있을 형편이 되었던 것은 꽤나 묘한 일이었다. 그래서 꿈에도 단 한 번도 본 일이 없는 그 윌리엄 포크너가 자필로 정중히 헌사를 적어 부친 한 권의 책을 내게 보내게까지 한 것은 꽤나 묘한 일이다.

이 「동천」이 만들어진 때가 내 둘시네아와의 때여서 여기 이렇게 써 두는 것일 뿐 포크너 쪽으로 그것이 또 인연의 걸음을 옮긴 건 이 때에서 좀 지난 1962년인가 63년의 일이긴 하지만, 하여간 인연은 이번은 내 쪽에서 먼저 빚은 것이 아니라 포크너 쪽에서 한 줄을 늘이어 나를 향해 걸어와서 내 여러 가지 것 가운데서도 가리고 가려 꼭 내 시 「동천」하고만 만나 한 얽힘을 가진 것이다.

늦봄의 어느 날이었는데, 서울대 사대의 영문학 교수고 우리 시 영역英譯의 좋은 실력가며 또 시인이기도 한 피천득이 내게 전화를 걸어 다방 어디서 좀 만나자고 해서 나갔더니 호주머니에서 웬 그림엽서 한 장을 꺼내 주며 "이 그림의 인상이 어떻소?" 하는 것이다. 자세히 보니 그건 한 인물의 초상화로 검푸른 잉크빛의 을씨년스런 하늘만을 배경으로 초라하게 앉아 있는 백발 흑인의 상반신이었는데, 그 두 눈은 너무나 오랜 슬픔과 울음으로 짓물러 있어 마치 하늘 그 자체의 그런 두 개의 구멍같이도 느껴졌다. 시골뜨기빛의 핑크 넥타이가 이 깜둥이 노인 할아버지의 그런 슬픔에 어울러 있었다.

웬 거냐고 하니, 그건 아메리카 소설가인 윌리엄 포크너가 그린 것인데 싫지 않다면 그 그림을 본 인상으로 시를 한 수 써 달라는 것이다. 포크너의 그림은 또 뜻밖에 웬 포크너의 그림이냐 하니, 피 그는 미국의 하버드대학이라든가에 초청 교수로 가 있다가 귀국한 지 얼마 안 되는 참인데, 미국 사람들의 부탁으로 그 그림엽서를 맡아 가지고 온 것이며 또 그 그림엽서의 인상시를 쓸 작자의 선정이나 위촉까지도 피 그에게 마음먹히는 대로 해 달라고 했다는 것이다.

그래 그의 생각엔 서정주가 거기 해당될 것 같아 이렇게 만나자고 한 것이란 것이다. 한국뿐 아니라 세계 각국에 그 그림엽서는 전해져 있고, 그 인상을 쓴 시들이 모이면 그걸로 번역해서 한 시집을 엮을 예정인데 만일 내가 승낙해서 써 준다면 그 번역은 피 자기가 해볼 작정이라고 했다.

그래 반은 호기심으로 반은 피천득 그의 실력과 사람됨을 좋아하는 내 신뢰감으로 그걸 맡아 받아 오긴 받아 왔는데, 이 깜둥이의 설움 비슷한 것은 내게도 오래 함유량이 많은 것이라 곧잘 써질 줄만 여겼더니 막상 그 그림엽서를 꼬치꼬치 뜯어보며 시마음을 꾸며 보자니 그것도 쉽게 되지는 않았다. 나는 누가 주제를 주며 쓰라는 글이니, 남이 꾸며서 일석 끼워 주는 주석 같은 데에선 촌닭 관청에 잡아다가 놓은 것만 같이 되는 사람이어서, 그게 어느 경우에도 잘 길들지 않는다. 원고료를 제아무리 많이 줄 테니 쓰라고 해도, 그 주는 주제가 평소에 내가 잘 길들어 있던 무엇이 아니면 그저 촌닭 관청에 잡아다 놓은 것처럼 그저 푸덕거리고 푸덕거리다가 말기가 고작인 것이다.

아마 좋이 한 반년쯤 나마 나는 그것을 쓰지 못하고, 피 교수는 또 가끔 아직도 안 되었느냐고 전화로 조르고 하는 동안에 내 슬기구멍은 불가불 한 개의 젓길을 뚫을 밖엔 별 수가 없었다. 별것이 아니라 새로 만드는 것이 잘 안 되는 경우, 그전에 써 놓은 것 중에서라도 귀걸이를 갖다가 코에 걸면 코걸이도 되는 것을 골라 보는 그 면책의 길 말이다. 그래 나는 내 구작들을 두루두루 물색해 본 끝에 내 어줍지 못한 불혹 사련邪戀의 감정이 빚은 시 「동천」을 골라내서 그 윌리엄 포크너의 깜둥이의 슬픔의 그림에 갖다 대고 걸어 보니 어쩌면 거기에도 걸리기는 걸리는 것 같아 할 수 없이 그걸 베껴다가 피에게 주었다. 이렇게 해서 내 어줍잖은 사십 대 연정의 한 증발의 시는 우연이자 또 필연히 서방의 한 좋은 소설가의 그림에 가서 묘하게는 그 많은 거미줄 속의 한 개의 거미줄 같은 결합을 빚기도 한 것이다.

"이것이 우리가 원하는 것 같은 좋은 결과가 될 만한 것인지 아닌지 그건 두고 봅시다만, 하여간 무에 신통치도 못하게 되고 만다 하더래도 본전은 언제나 본전대로일 것이니 밑져야 본전이라고만 생각도록 합시다."

피 교수는 내 「동천」을 무척 좋아해서 받으며 이렇게 말하고 나는 또 나대로 쓴웃음을 웃었을 뿐 이게 내 사십도 훨씬 넘어서의 사련의 응결품을 대용으로 내놓는 것이라는 것도 말하지도 못했음은 물론이다.

그것이, 피 교수가 그걸 번역해서 미국으로 부쳤다고 알린 뒤로 '당신의 시는 영원한 가치가 될 것입니다' 하는 뜻의 그 책 맡은 편집 대표의 감사 서신이 한 번 있고는, 삼사 년인가 사오 년인가를 영꿩 구워 먹은 자리로 아무 기별도 없어서 '미국인도 역시 별수는 없어. 우리나 마찬가지여' 생각하며 피 교수가 말한 '밑져도 본전은 본전' 마음으로 누그러져 있는 판인데, 1970년엔가 71년에야 또 뜻밖에도 그 책이 인쇄되어 관악산 밑의 내 우거로 우송되어 왔다.

보니, 'WINTER SKY'라는 제목 밑에

With the dreams of a thousand nights

I bathed the brows of my loved one

I Planted them in the heavens,

That awful bird, that swoops through the winter sky

Saw, and knew them, and swerved aside not to touch them!

이렇게 번역된 그 역문 밑에 작자와 역자 소개란에는 작자인 나에 대한 약간의 소개밖엔, 역자가 누구라는 것도 전연 밝혀져 있지 않아 모르는 이는 꼭 이게 원작자인 내가 스스로 번역까지 해서 낸 것처럼 되어 있었다.

오직, 무슨 속셈으로였던지, 내 두 눈의 조기 노안 현상인 동자 밑의 그 흰 데도, 문둥이 얼굴 못지않은 얼덕덜덕한 내 낯의 피부의 꼴도 영 안 보이게 만든 사진관 방에서 전등 밝히고 찍어 낸 농화장한 것 같은 그 과장 미화된 사진 한 장만이 내 사십 대의 어름어름하던 혼자만의 꿍꿍이속의 마음속만의 사련을 상징하고 있었다.

피 교수의 그 우리 한국 전통적인 무명씨 의식 옆에 내 무슨 이 해괴한 사진인가. 더구나 이 『HENRY AN ANTHOLOGY BY WORLD POETS』라는 책은 아메리카의 흑인 인종 옹호인들의 마음을 모아 윌리엄 포크너가 그 취지에서 검둥이 슬픔을 그려 세계의 시를 모으고, 이 책이 바쳐진 곳은 저 링컨 이래의 흑인의 편이었던 암살당한 존 F. 케네디 대통령과 그의 아우 로버트 케네디 상원의원과 흑인으로 흑인의 맨 앞에 섰던 M. L. 킹 세 사람이었으니 이 견강부회라면 역시 적지 아니 견강부회된 내 글과 사진, 미안하고 또 미안할 따름이다. 더욱이 오래 타이프라이터만에 익은 손으로 국민학교 때 손수 쓰던 솜씨를 더듬어 '……With Sincere thanks and deepest appreciation' 이렇게 젖냄새 때 글씨로 내게 사인해 보내 준 노老 포크너에게는 나는 이중 삼중으로 미안할 따름이다.

그러나 이 「동천」이 한국적 인내와 우여곡절에서 서상敍上한 바와 같은 것이었더니만큼 그리고 거기 부수하는 필연도 또 그만큼 한 필연이어야 하는 만큼 내가 묘한 인연을 여러 벌로 더듬어 한 앙리Henry라는 흑인의 초상에게로도 뻗어 나가 연결하는 미묘한 인연의 길을 밉다고 할 수는 없는 것이다.

그래서 나는 서른 몇 나라의 시인이 쓴 이 시집이 내게 왔을 때에도, 그 편집자와 서명자 포크너에게도 아무 고맙다는 인사말 한마디도 전하지 못한 채 지금에 이르고 있다. 그것은 비례함으로써 똑똑하거나 무슨 자기이려는 것이 아니라 내 「동천」의 역자나 우리들의 선인들이 옛부터 그려 왔던 것처럼 연애에서나 딴 처신에서나 그 무속의 유의 맛을 되도록이면 더 많이 만끽하고자 해서였다.

언제 기회가 오면 피천득에게나 포크너에게나 그것도 좀 말했으면 싶지만 이승에서야 언제 그럴 만한 기회가 딱 맞게 올 수 있을 것일는지? 그 기회가 없다면 그대로 그건 더 감칠맛이야 있는 것 아닌가?

이렇게 내 둘시네아의 이야기를 맺은 건 나와 내 시한테는 그래도 어쩌다가 참 다행이었다.

독심기, 단식, 삭발, 자유당 정부 말기

1

앞에서 이미 말한 것처럼 6·25 사변이 일어나 서울을 탈출해서 남으로 달리던 6월 28일 오후, 수원 가까운 길에서부터 내 마음속의 전전긍긍하던 의식을 어디 누구의 무슨 기계력의 짓인지 잘은 파악하여 공중에 음성화시켜서 공개하고 또 잘은 변조해서 소개하고, 또 아주 썩 잘은 내 마음속을 노려 갖은 협박과 공갈을 일삼아 오던 그 눈에 안 보이는 독심기讀心機의 나에 대한 작용은 자유당 정부 말기에 접어들자 다시 한결 더 치밀해지는 듯했다.

내가 해방 후 대한민국 수립 전에 이승만 박사의 구수를 받은 자료로 그의 전기를 집필하고 발행했다가 1949년 법 외의 몰수 처분을 이 대통령에게서 받은 사람이기 때문에 이 박사 그가 나를 경계케 해서 그의 정부가 그러는 것이겠지 하여 쩔쩔매던 피란 동안의 불안은 어느 정도 덜해지기는 했으나, 한 사람의 문인으로서 무엇을 조용히 느끼고 생각해 보려도 내 마음속의 그것들까지를 일일이 파악하여 공개하고 힐난하고 또는 엉터리 소란으로 칭찬해 무너뜨리고 하여 적지 아니 내 정신은 소모 나고, 그런 소모 속에 짜증만 늘어가고 있었다.

나는 이 무렵 이 독심기에 대한 항의를 『현대문학』지와 동아일보에 글로 써내기로 했다. 이 글을 본 대다수의 문우들은 신비스런 눈초리로 나를 보며 '어디 그런 일이 있겠느냐?'고 믿으려 하지 않았는데 그것이 내게는 한결 더 안타까울 뿐이었다. 그중에 오직 한 사람 ─6·25 사변이 난 바로 뒤 나와 함께 한강을 건넜던 시인 이한직만이 내 말을 수긍해주었다.

"응. 왜 나도 공덕동 서 형 댁으로 가끔 내 마음속 사연을 공기에 실어 보냈는데 못 들으셨는지?"

그의 수긍의 표현은 간단하기는 했지만, 어디 마음 댈 곳이 전혀 없이만 느끼던 이때의 내게 그의 이 몇 마디는 큰 위안이 되었다. 모두 다 무얼 숨겨야 하는 세상에 그 하나만이 천사같이 보였다.

나는 이것이 어디서 하는 짓인가를 늘 이것에 걸려 있는 내 마음을 가지고 떠보기로 했다. 그래 이 박사 정부가 그러려니 하여 이때 신문에 잘 나던 선거 부정이니 그런 것에 대한 불만을 마음속 말로 공중에 발표해 대면 의외로 여기 협박해 오는 소리는 적고, 찬양하고 고무하는 소리들이 비교도 안 될 만큼 훨씬 더 많이 내게 호응해왔다. 그러면 나는 '응 이것은 이 박사 정부가 주동해서 지금 나를 열려고 하고 있는 것은 아니구나' 장님 소학생 더듬거려 요량하듯 겨

우 이만큼 이해했다. 또 '이 빨갱이 역적 놈들 네놈들 짓이구나……'
하며 김일성이 이름을 연달아 불러 대면서 그들의 비점非點을 지탄
하는 내용을 마음속으로 구절 꾸며 가며 퍼부어 대고 있으면, 역시
또 '저놈 감시해라!' 등의 내용은 비교적 적고 그 지탄이 아주 좋아
서 찬동하는 소리들만이 물결을 이루어 들려왔다. 그러면 또 나는
'아하 이것은 김일성의 무리가 주동하고 있는 건 아니구나' 가까스
로 알아차렸다.

이러다가 나는 용기를 내어 일어서서 반도호텔 앞으로 가 주한 미
국 대사관을 찾았다. 1958년인가의 봄 어느 날 오후였다.

내가 안내되어 가 만난 어떤 미국인 대사관원 앞에서 통역을 통해
나는 대강 아래처럼 말했다.

"어디서 가지고 있는 무슨 기계력인지 날이 날마다 한때도 쉬지
않고 내 마음속의 생각이나 느낌까지를 노려 이걸 공중에 음성화시
켜 공개하고 힐난하고 방해하고 있소. 댁들은 기계력이 위대한 나라
니 잘 아실 것이오. 왜 이런 불법한 짓으로 시 쓰는 사람의 정신생활
까지를 파탄으로 이끕니까? 다시는 그리 못하게 본국에라도 의뢰해
서 좀 해결시켜 주시오."

그랬더니 그 미국인은 내가 무얼 말하려는지를 거듭거듭 다짐해
겨우 그 뜻을 알아듣고는 "하, 글쎄요. 우리로서도 안다고 할 수가 없
는 일이구먼요" 아마 요러처럼한 대답이었던 듯하다.

할 수 없었다.

그래 나는 얼마 뒤 다시 우리 치안국으로 그 국장을 찾아갔다. 이

박사 정부의 선거 부정을 공격하는 내 마음속 연설이 하늘에 왕성히 공개되었던 것을 생각하고는, 그 말을 그가 하면 어쩔까 하고 좀 강박감도 느끼면서……

이때의 치안국장은 김장흥이란 사람으로 그와 나와는 1947년 여름 내가 이승만 박사의 전기 구수를 이 박사에게서 직접 들어 받아 쓰러 드나들 때부터 잘 알던 사이였다. 그는 그때는 일개 경위로 이 박사의 몇몇 경호 경관들의 으스뎅이었을 뿐이었으나 그사이 쭈욱 쭉 올라와서 인제는 전 경찰의 최고위에 놓여 있었던 것이다.

"요새 사람들의 마음속까지도 읽어 내려는 그 독심기라는 기계 시설을 아실 것 같아 찾아왔습니다. 우리나라에도 그건 있지요? 공산 세계가 나를 노리는 거야 어쩔 수 없겠지만 혹시라도 우리나라 것까지가 나를 잘못 알고 다루지나 않는가 해서 마음이 마음이 아닙니다. 국장께서 잘 좀 지시해 주시기만 바랍니다."

내가 대략 이런 뜻의 말을 하니, 그는 그 독심기의 유무에 대해서는 이렇다 할 한마디의 말도 하지는 않고 뜻밖에도 "서 선생께서는 무슨 한문을 읽으시다가 잘못해서 병나신 거나 아닙니까?" 이런 난데 모를 소리를 했다.

나는 그게 무슨 소리냐고 물으려 하다가 그의 비위를 건드리는 것은 좋지 않을 것 같아 그저 "잘 부탁합니다"라는 말만 남기고 그 자리를 떠나올밖에 없었다.

그러나 이 무렵부터였던 듯하다. 나는 그전엔 전혀 없던 일을 새로 또 한 가지 겪어야 했다. 내가 이때 살고 있던 공덕동의 관할 경찰서인 마포경찰서 정보 형사의 내방을 가끔 받아야 하는 요시찰 인 명부 속의 인물이 되어 까닭도 없이 가끔가끔 경찰서로 불려 다니는 사람이 된 것이다. 아무런 정당 관계도 정치 언행도 전혀 없던 내게 이 조처는 지금 생각해 보아도 참 알 수 없는 이상한 일이었다.

2

이렇게 나는 내 마음속의 생각이나 느낌까지를 한 알맹이도 빼지 않고 누구의 무슨 첨단과학적 기계력으론지 늘 공개당하고 간섭당 하고 살면서, 여기에 다시 정말 얼토당토않은 더 큰 불행 하나를 또 자초해 가졌다. 그것은 내 마음속의 온갖 비밀이 다 열리어 하늘에 공개되고 있다는 인식 때문에 나 아닌 남의 마음이라고 해서 공중으 로 알려 오는 내용들에 대해서도 그것을 어느 만큼은 사실로 믿으려 했고, 더구나 내 아내를 비롯한 가족들의 마음속 실상이라고 전해 오는 내용에 대해서는 관심을 더 많이 기울여서 그것이 내 뜻에 맞 지 않는 것일 때에는 "공중에서 당신 마음이 이러이렇다고 전해오는 데 그래서야 되겠는가?"라고 아내에게도 이걸 현실 문제로 삼아 대 어 드는 딱한 사람으로—광주 피란 시대 이래의 그 딱한 사람으로 다시 돌아와 버리고 만 것이다.

나는 생각했다—'부부는 그 마음속까지도 완전히 일치해야 한다. 어느 황제와 황후가 영화의 성애의 장면을 보며 즐기고 있을 경우라도 그 스크린에 나오는 어느 미남 미녀의 남녀 주인공의 쪽에도 황제와 황후는 한 점의 색정 감각도 느껴서는 안 된다. 만일에 그 둘 중에 누구 하나가 잠시라도 색정 감각을 갖는다면 그는 벌써 마음속 간음을 저지른 자니 현실이 그자에게 기회만 준다면 현실로도 넉넉히 간통할 수 있는 자니까 어떻게라도 타일러서 바로 가르쳐 내야 할 것이다. 또 황제 황후 둘이 다 그 꼴이라면 더 말할 건 없다. 둘이 다 머리 깎고 중노릇이라도 해서 먼저 그 마음의 완전한 일치를 얻은 뒤에 부부로 재출발해야 한다.'

이런 따위 생각이 되어 나는 공중에서 이건 누구의 마음이라고 전해 주는 내용을 표준으로 아내와 가족을 보며, 되게는 매서운 눈초리와 말과 행위까지를 가지는 참 딱한 사람의 상태에 여전히 놓여 있었다. 아니 피란 3년 동안보단도 이때의 내 극단 청교도적인 신경 쇠약병은 한층 더 심해져서는 가족들을 괜히 들볶고 불안 속에 떨게 했었다. 나는 한밤중에도 때때로 심장마비를 일으켜서 아내가 흐느끼며 밤새워 가슴에 갈아 대고 앉았던 그 더운물 물수건으로 안 되면 침쟁이를 불러 그걸로 여러 군데 꾹꾹 찌르게도 했었다.

이러던 어느 날, 나는 또 내 아내에게 폭행을 했다.

두어 시쯤 대학에서 강의가 끝나 집에 돌아오는데, 우리 집 안방 앞에 오자, 나는 어느 사내가 안방의 열려 있는 미닫이 사이로 방 속을 들여다보고 섰는 것을 발견하고 "거 누구냐?" 소리쳐서 그 돌아다보는 얼굴이 우리 이웃의 목수임을 알아차리곤 발끈했다. 그래 얼마 뒤에 시장에 갔다 돌아오는 아내에게 퍼부어 댔다.

"어떻게 사내들을 보고 다루고 지내면 그런 목수 같은 사람이 다 안방 속까지를 기웃거리게 만드느냐?"

아내는 나직이 대답했다.

"글쎄…… 그 사람이 무식해서 주책없이 그런 것 아니오? 그게 무슨 내 허물이 되는가요? 당신도 참 딱도 하시오……"

아내의 뒷말은 또 흐느낌이 되었다.

여기까지는 괜찮았었다. 그러나 지금 생각해 보아도 마치 저 E. A. 포의 「검은 고양이」 모양으로 참 불길하게는 내 신경쇠약 속에 나타난 녀석은 무지한 목수다. 그로부터 며칠 뒤의 어느 날 어스름해 그 목수는 식칼—그 재래식의 식칼 한 자루를 그의 딸아이에게 들려 우리 부엌으로 내 아내에게 보내 일단 가라앉았던 내 의처증에 다시 불을 붙였다.

"칼은 좋지는 않지만 김치나 썰어 자시라고 아버지가 갖다 드리래요"

그 목수의 딸이 그 말과 그 칼을 내 아내에게 전하고 가는 소리가 끝나기가 바쁘게 나는 아내를 안방으로 불러들여 앉히고 "그 녀석이 우리 안방을 기웃거린 것은 무엇이고 또 그 식칼은 무엇이야? 하필이면 그 식칼 선물은 또 무엇이야?" 외치면서, 마침 내 손에 쥐고 있던 능금알만큼씩은 한 붉은 차돌들로 꾸민 염주 꾸러미를 무심결에 그녀를 향해 내어던졌다. 큰일 날 뻔했었다. 그것을 내 아내가 잘 피해 주었으니 말이지, 머리에라도 맞았더라면 어찌 되었을 것인지 지금 생각하면 참 아찔한 일이다. 뿐만 아니라 나는 다시 그녀에게 덤벼서 주먹으로 그녀를 마구 갈기며 퍼부어 대고 있었던 것이다. "목수의 그런 무례는 네가 눈이라도 바로 늘 뜨고 다녔다면 왜 생기는 것이냐?"라고……

지금 생각하면 참 어처구니없는 계율의 부과였지만, 이 무렵은 나는 이렇게 하는 것이 아내를 가장 아끼는 길이라고 확신하고 있었던 것이다. 하기는 아내도 내 그런 본심을 알기는 알고 있었다. 그래 그 뒤 그녀는 가끔 말한다. "당신이 나를 너무나 아껴서 그런 줄 알았으니 망정이지, 그렇지 않았다면 참지 못했을 거요"라고……

이러다가 1958년 늦여름에던가 나는 밥이나 그밖에 모든 음식이나 너절한 사람들 그런 것이 두루 딱 싫어지면서 단식 속에 즐편히 나자빠져 버리고 말았다. 1952년의 피란 때 전남 해남 대흥사에서 그런 뒤 이건 두 번째의 단식이 된다.

단식을 정상적으로 하려면 처음엔 죽으로 시작해서 다음엔 미음으로, 그래 비로소 본단식을 하고, 그걸 끝낸 뒤에도 바로 뒤엔 미음으로, 그다음엔 또 죽으로…… 해서 다시 일상 식생활의 일반 노선으로 옮기는 것이 보통이었지만, 내가 이때 취한 길은 그렇게 순서적인 것도 되지 못하고, 그저 단식하려는 즉시 딱 끊어 버리고 만 그것이었다. 그러고는 그저 냉수나 숭늉만을 때때로 받아 마시고 담배는 할 수 없이 피우고 있었다.

단식하면 무엇이 좋아지느냐고? 1952년의 내 1차 경험의 이 얘기도 앞에 어디선가에서 조금 했었던 듯하지만 단식의 제일 큰 덕은 자기 이외의 하늘과 땅 사이의 온갖 것들에 대해 평상시 생각했던 것보다는 얼토당토않을 만큼 황홀한 매력을 갖게 하는 점이다. 단식

5일 후쯤이 완전히 지날 무렵에는 제군은 제군의 그 구역질나던 쓰레기통의 어느 쓰레기도 천국의 보물 이상으로 귀중해 못 견디게만 될 것이며, 제군이 싫증내어 거들떠보지도 않던 시디신 김치 깍두기의 한 점에서도 천상의 최고 진미를 맛볼 것이며, 제군이 버린 사람들—하잘것없다고 내던져 둔 사람들의 때에 절은 그 불쌍하디불쌍한 발뒤꿈치에서는 새로 피어나는 고향 연꽃의 그리웁디그리운 인정을 찾을 것이며, 괴테 아니라도 모든 먼지들에서까지도 우리 눈시울에 목메어 슬이는 맑디맑은 눈물을 안 느낄 수 없게 될 것이다. 세상은 두루 그렇게 다정한 한집안같이 한정 없이 그립고도 서럽고도 간절한 것만이 될 것이다.

나는 이 보름 단식의 환장할 그리움을 겨우겨우 참아서 만든 다음에 다시 목에 밥을 넣게 되자 아무래도 심경이 그러고만 싶어 면도날로 나 혼자 싹둑싹둑 내 장발을 깡그리 깎아 버리고, 음식도 또 가려 먹기로 했다.

나는 이때도 기독교의 주인 그리스도나 그 제자들의 어떤 이들은 존경하면서도 그 기독교도는 아니고, 석가모니의 생각 쪽에 많이 기울어져 있는 사람이긴 했지만 그래도 내 단식 후의 새 식품으로선 단연히 그리스도의 문벌의 제자였던 저 세례 요한이 황야 수행 시절에 애용했던 그 메뚜기를 주로 많이 먹기로 작정했다. 기독교 성경 요한복음에 '요한은 약대(낙타) 털옷을 입고, 가죽 허리띠를 띠었으며, 먹는 것은 메뚜기와 석청(벌꿀)일레라……' 한 대문을 청년 때 언젠가 읽은 것이 깊이 인상 박혀 있어서 요한의 먹던 그 메뚜기가 웬일인지 이때 내게는 딱 제 팔자 제격에 맞는 성만 싶어서였다.

이런 속에 1959년 신년호엔가, 나한테는 동아일보에서 시 특별 기고의 의뢰가 왔다. 나는 서슴지 않고, 이승만 박사 정부의 엉터리 정치를 풍자하는 데 마음을 모으고, '……남산 ×××박사의 동상에 는 피뢰침을 달아라……' 운운의 시 한 편 오륙 매짜리를 단숨에 써 서 보냈다. 그랬더니 바로 보내기가 바쁘게 동아일보사는 그 편집국 장 민재정 씨에게 내 그 원고를 손에 쥐여 되돌려 보내며 "여보시오. 이걸 실으면 우리 신문까지도 못 하오" 하는 동아일보사의 의견을 그 민의 가슴과 입에 담아 보내왔다.

시인 김상옥이 어디서 이걸 듣고 그 뒤에도 가끔 심심하면 "미당! 남산 ×××박사의 동상에는 피뢰침을 달아라! 이놈들! 어허" 하던 일이 아직도 기억에 새롭다.

4·19의 체험

1

이승만 박사의 자유당 정부가 벌써 여러 해를 이어 선거 부정의
자행으로 그 정권을 억지로 유지해 오다가 마침내는 전국의 중고등
학교 아이들까지 들고 일어나는 대규모의 학생 시위의 소용돌이 속
에 빠져 정신을 못 차리고 갈팡질팡하며 마산에서 무슨 탄이던가로
한 고등학교 아이의 눈을 쏘아 꿰뚫어 죽이고 그 시체를 바다에 던
져 버렸다는 사건까지 일으키자 나도 그들의 정권 몰락이 머지않은
걸 전 신경으로 느끼고 기다리고는 있었지만, 4·19 날이 막상 되어
서 학생과 젊은 시민들이 전차까지 빼내서 몰고, 정부의 발포질이
본격적으로 시작되고, 어린 학생들의 피를 본 시민들의 마음이 격앙
할 대로 격앙해 오르기 비롯하자 늘 내성內省으로만 살아온 나 같은
사람의 마음도 태연키만 할 수는 없었다.

내 사관으로는 1960년 언저리의 우리 민족의 사적 현실 역시 자율로 무얼 두루 밝게 할 수 있는 것이 못 되는 줄로 잘 알고 있었고, 또 딴 정권이 교체되어 본댔자 결국은 오십보백보일 테니 그건 굶은 자들 새로 배부르게 밥 먹이기 같아서 우선 국민의 경제적 부담만 더할 뿐일 것이라는 것까지도 잘 요량하고 있었기 때문에 정권 교체의 가능—그것에 전 희망을 걸 수 있던 것도 아닌 나 같은 사람에게는 4·19는 한쪽으로 시원스럽기는 하면서도 또 한쪽으론 참으로 딱하고 또 뼛속까지 와들와들 떨리는 가공한 일이기만 했다.

아침에 내 아들 승해가 다니고 있는 대학에 나가려기에 "어느 경우라도 지금 네가 죽을 필요는 없다. 재빨리 피할 데선 잘 피해 살아나와야 한다"고 타일러 등교시키기는 했지만, 이 무렵의 우리 학부형된 사람들의 불안은 자녀를 등교시키고도 진종일 어느 만큼의 안심도 가질 수 있는 것은 아니었다.

그것이 해가 지고 어둠발이 깔려도 그 애는 안 돌아오고, 라디오에선 나와 그 애가 사제 간으로 나다니고 있는 우리 동국대 학생들이 이승만 대통령의 저택 경무대 앞에 몰려가 경관대와 대치하고 있다는 뉴스가 숨찬 목소리로 들려오고, 나는 그저 심장이 바짝 조여져 떨리기만 할 뿐이었다.

한 울타리 안에, 우리 바짝 옆집에 살고 있던 서울시청 말단 공무원인 임 군이 죽을상이 다 되어 숨을 헐떡거리며 보통날의 시간보단 두어 시간이나 늦게 돌아오더니, "야단났습니다! 야단났습니다! 시청 앞에서도 마구 발포해서 사람들이 얼마나 많이 죽었는지 피바다가 되어 발을 들일 곳이 없습니다. 피비린내는 코를 찌르고 이리 저리 돌아서 겨우 빠져나오느라고 인제야 겨우 집에 돌아왔습니다" 했다. "누가 그러라고 했답디까?" 하니, "누구겠습니까? 이 박사랍니 다" 하는 것이다.

나는, 순간, 내가 알고 있는 이승만 박사의 생애를 재빨리 쭈욱 기억해 내고, 그가 외아들로 태어나서 또 역시 외아들 하나만을 두었다가 그마저 일찍 죽고 아들도 없는 신세로 지금까지 살아온 사람이라는 데 생각이 미쳤다.

'그러니까 그 늙은이가 민족광복운동의 제일 원로라면서 그렇게까지 아이들한테 몰인정할 수도 있는 것인가?'

나는 그런 생각까지를 하고 있었다. 또 동시에 그가 해방 전 민족독립운동을 이어 하고 다니면서도 도산 안창호와 무어든지 (아마 무슨 별것도 아닌 자존심이나 배타심 같은 것이었겠지) 틀어졌던 것과 또 해방 후엔 이상한 소문 속에 그의 가장 가까운 정신적 아우인 김구를, 그를 가장 섬긴다는 한 현역 장교가 쏘아 죽인 일도 결국은 그를 겨냥한 이 4·19와는 아주 가까운 인연인 것도 새삼스레 뚜렷이 느끼어졌다.

'그릇이 작다. 딴 그릇이 작은 게 아니라 사람들을 개인적으로건 전체적으로건 두루 아낄 줄 아는 그 사랑의 그릇이 작은 것이다.'

이런 생각도 자연히 일어나지 않을 수 없었다.

온 식구가 저녁밥도 목에 못 넘기는 속에 내가 이런 생각들에 심장을 조이고 있는데, 밤 열 시쯤일까 내 큰자식 승해가 겨우 돌아오기는 왔다.

"아버님. 아버님 말씀대로 살아 돌아오긴 했습니다만, 정말 총 맞아 죽은 한 학교 친구들한테는 얼굴 들지 못하겠습니다. 경무대 앞까지 같이 가서도 사는 것도 다 잊어버린 아이만 그냥 총 맞아 죽고, 저는 그 속에서도 총탄을 피해 살아남아 돌아왔으니까요."

살아온 그 애는 내게 말했다.

2

4·19 이튿날인 20일 오후 두어 시쯤 우리 집에 한 1년 전쯤서부터 드나들던 경복고등학교 2학년에 재학 중인 문학소년 ×군이 찾아왔다.

"안종길이는 왜 같이 안 왔냐? 너희들도 어제 저녁 데모에 참가했냐?" 하고, 나는 땀에 흥건한 고2짜리 ×군의 이마와 눈을 향해 물었다. 여기 내 물음 속에 나온 안종길로 말하면 여기 이때 온 ×군과는 한 학교의 동급으로 늘 행동이 ×군과 같아서 우리 집을 찾기가 예사였고, 그들이 가끔 같이 가지고 와서 내게 보이는 시 작품의 우열로 보자면 안종길은 이 ×군보다도 훨씬 더 뛰어났을 뿐 아니라 안 군 그는 이때의 경복고교 내에서는 물론 전 서울 시내 고등학생 시단에서도 가장 유력한 존재였었기에 시를 위해 살아온 내게는 안 군 그가 ×군보다도 더 궁금하여서였다. 나는 경복고등학교 문학의 날 행사에도 이 근년 몇 해 동안 강평을 맡아 참가해 오고 있던 터라 그걸 잘 알아오고 있었고, 그 안종길이도 나를 무척 가까이 따라오고 있었기 때문이었다.

그것이, 이 당시의 서울시경의 한 경감의 아들이었던 이 ×군의 대답은 나를 그저 망연자실케만 하는 것이었다.

"선생님! 안종길이는 어제 초저녁 시청 앞에서 이 대통령의 경관들이 쏜 총탄에 맞아 죽었어요. 안종길이하고 저하고는 낮에 우리 학교 학생끼리 데모는 했지만 밤 시청 앞 데모대 속에까지 끼어 간 것이 아니고, 종길이가 하도 한번 구경 가 보자고 해서요. 저하고 둘이만 구경하러 나갔었지요. 그랬더니 느닷없이 총소리가 빵빵빵빵 터지면서 총탄이 마구 날아오지 않아요? 뛰자! 뛰자! 잘 못 뛰면 맞아 죽는다. 뛰자! 종길이가 소리쳐서 우리 둘이는 처음 서로 한쪽 손을 마주 잡고 총탄을 피해 막 뛰었는데, 하도 총탄이 많이 쏟아져 내길래, 어쩌다가 그만 둘의 손의 깍지를 풀고 말았어요. 그래 저만 혼자 뛰다 보니 종길이가 총탄을 맞고 저만큼서 쓰러져 고함치다가 조용해져 버리고 있었습니다. 선생님!"

나는 말문이 막혀 말이라는 것이 아무것도 나오지 않았다. 그 몰인정한 기성세대 속에 포함되어 있는 내 무력함만이 거듭 느껴져서 내 말이 나와지지도 못하게 하고만 있었던 것이다.

거울은 흐리도다.
금강석의 부신 빛도

오히려 어스름이로다.

억만 년 쌓여 자던 하늘의 귀신들을 일깨우며
거기 새로 터 잡아 앉는 이 영위에 비해서는……

산 삼천만의 피는 불순이로다.
그저 이 아프게 매운 피 그리워서 울 뿐.

영위여, 영위여, 이 겨레의 넋의 하늘에
성소년聖少年의 새 맥줄 놓는 성영위聖靈位여!

내 그대의 입에 물린 시의 피리의 가락을 아노라고

어찌 감히 마주 바래 서리요……

허리 꺾어 그 어린 신바닥 밑 눈물 뭐어 적실 뿐……

　　　　—「4·19혁명에 순국한 소년 시인 고 안종길 군의 영전에」

　이것은 우리 아기 시인 안종길이 그렇게 죽은 뒤 추모식을 그의
소학생 때 모교인 덕수국민학교에서 열었을 때 내가 지어 읽은 것이
고, 또 유작 시집 『봄·밤·별』을 그의 유족들이 들어서 낼 때 거기 서

시로도 낀 것이지만, 그 애를 생각하면 지금도 영 할 말이 아무것도 생각나지 않는다. 물론 우리 모국어로 말이다.

3

이 4·19에 대학생 고등학생들이 백도 더 넘게 총 맞아 죽은 덕으로 이승만 박사 정부가 창피하게 물러나고 민주당이 윤보선 대통령에 장면을 국무총리로 해서 정권을 맡게 되자, 수유리엔 4·19 의거탑이 서서 우리 아기 시인 안종길이도 거기 끼게 되고, 죽은 학생들의 학교별로도 또 그 교정마다 의거탑이 세워지게 되어 덕수상업고등학교라는 데서는 내게 그 탑비의 글을 부탁해 와서 그걸 쓴 덕으로 나도 그 제막식에도 참석하게 되었다.

이 제막식에 나가 보니 상석은 첫째 번이 윤보선 대통령이요, 그러고 둘째 번은 아마 나였던 듯하다. 4·19 정신을 처음 맡아 받은 정부라 그런지 이 국가원수에게는 별다른 경호도 없는 듯해서 우리 둘이는 손쉽게 이내 서로 알아볼 수 있어 좋았다. 윤보선 대통령 그와나는 꽤 오래전 한동안 사귐도 있는 사이다. 이승만 박사가 해방 후 우리나라로 돌아와서 윤보선 그가 이 박사 환국 기념사업회를 이끌어 그 회장으로 있을 때, 나는 이때의 우익 문인들을 포함한 유일한 전국적인 문필가 단체였던 조선문필가협회의 선출과 추천을 받아 이 기념사업회의 중요한 기념사업의 하나인 이 박사 전기의 집필 책임을 맡고 한동안 거기 종사했던 터라 그와는 불가불 한동안 자주 만나는 사이였었고 또 그는 그 이유로 내게 한동안 생활비도 조금씩 주었고, 그러자니 무슨 음식점 같은 데도 같이 드나들기도 했었으니 말이다.

특히 지금은 없어졌지만 다동 미장美粧그릴의 삶은 통닭 맛도 그 기념사업 때 그의 안내로 가끔 맛보아 맛 들인 것이고 해서, 그는 내겐 그만큼은 가까운 인물이기도 한지라, '야! 윤 선생 반갑습니다. 축하합니다' 어쩌고 처음엔 한마디 그 비슷한 소리를 발음할까 어쩔까 하기도 했으나 묘하게도 어쩐 일인지 이런 말도 내게서는 쉬이 발음되어 나오지도 못했다.

그도 내가 옆에 있는 것을 알고 나를 돌아보며 픽 웃으려 하다가 이내 그만 접어 두어 버리고 만 걸로 보면 어딘지 그 대통령 자리 노릇이 그냥 아주 마음 평안한 것은 아닌 듯했다.

나는 내 지금까지의 생애에서 이때 이 자리에 앉았던 느낌과 같은 난처한 느낌을 가지고 자리에 앉아 본 일은 더는 없었던 것 같다.

얼굴을 어디다가 두어야 할지 그저 아찔키만 했던 것이다.

'아따 거 상석에도 다 앉게 되셨소그려. 선생님이 제자한테 덕을 보여야지, 우리 죽는 덕이나 보시기 작정이시오? 어디 우리 좀 보시오!'

안종길이와 그의 친구들이 주위의 공기 속에 이제는 형체도 없이 숨어 자꾸 나한테 이렇게 말하는 소리가 들리는 것만 같아 그저 아찔키만 했던 것이다.

혁명이 일어나서 억울하겐
달달달달 떨기만 했던 이야기

1961년 5월 16일의 혁명에서 이틀인가 사흘쯤 지난 날 아침 동국대학교에 마악 출강하려고 책가방을 챙기고 있는 내 앞에 문득 전연 낯이 선 장정 두 사람이 나타나서 "학교에 가시려는 참이지요? 잘되었습니다. 우리 ××서는 학교 가는 도중에 있으니까 잠깐 들렀다 가시지요" 하는 것이다.

나를 연행하겠다는 이유가 아무리 생각해 보아도 짐작되는 게 없어 "왜 그러시지요?" 하니 "인제 가 보시면 알게 되지요. 어서 갑시다" 하는 것이다.

그들은 내게 수갑이나 그런 건 채우지 않고 그냥 데불고 가서 잠시 호적 관계 등의 신원을 물어 기록하고 있더니 이내 어느 구석의 꽤나 어둠컴컴한 방으로 나를 이끌고 가서, 거기 두 손으로 허리를 짚고 섰는 꽤나 키가 큰 한 삼십쯤 되는 군 작업복의 사나이한테다가 "여기 데려왔습니다" 하고 인계한 뒤 경례를 하고 나갔다.

그 군 작업복의 사내는 나를 보고 씨익 두 줄의 이빨을 잘 드러내 보이며 소리 없이 잠시 웃더니 이내 "서정주 씨! 나는 좋은 시인인 줄 알고 존경해 왔더니, 이제 알고 보니까 사람 못 쓰겠구만그래! 고생 좀 해야겠는데……" 하며 그의 옆방의 도어를 두들기면서 "거기 누구 없어? 이 사람을 갖다가 집어넣어둬!" 하는 것이다.

"어허, 왜 이러시오? 왜 이러는지 어디 이유나 좀 압시다" 하니

"어허허허허허허헛!" 이번엔 소리 내어 한바탕 깔깔거리면서 "거 사람 못 쓰겠구만! 못 쓰겠어……" 할 따름인 것이다.

그래 나는 이유를 더 캐고 물을 나위도 없이 ××서 구치소의 한 켠에 냉큼 밀어 넣어져 폭삭 주저앉아 버리게 되었는데 거기 들어가서 "왜 왔소? 왜 왔어?" 소곤소곤 내게로 몰려 다가붙어 오는 노소의 사람들의 얼굴을 눈여겨보노라니, 그 속엔 일정 때 일본의 게이오대학 영문과를 다니다가 학병 갔다와서 해방 직후 시인이 되겠다고 내게도 가끔 드나들던 허백년이란 사내도 끼어 있어 "서 선생님 이게 웬일이시오?" 하기도 하는 것이었다. 아무 조사도 하지도 않는 며칠 동안의 낮과 밤이 지나가고 있었다. 눈이 도무지 감기지 않는 밤이 지샐 녘쯤이면 우리를 지키는 간수 순경들이 문득 서로 주고받는 "으흐흐흐흣…… 저것들이 어찌될 줄이나 짐작이나 할까? 뚜루루루루룻! 으흐흐흣!", "……어찌될 줄도 모르고…… 참 불쌍한 것들……" 이런 대화가 뼛속에 사무쳐 들어 그저 달달달달 억울한 전율

만이 전신을 흔들었다.

이 전율을 못 견디어 일어나 앉는 사람들 속에는 눈에 이지러진 눈물을 빚고 있는 사람도 있고, "용공파나 깡패는 살아남진 못할 것이야⋯⋯" 하는 사람, "자유당 때 깡패 두목 이정재도 여기 있고, 용공 민족일보 사장 조용수도 그 편집국장 송지영이도 다 여기 들어 있으니까, 아마 그 사람들 보고 순경들이 수군거리는 소리겠지. 설마 우릴 보고야 그럴라구⋯⋯" 한숨을 내쉬려다가 그걸 속으로 몰아넣으며 다시 즐펀히 나자빠져 버리는 사람도 있었다. "당신은 무슨 혐의요? 아마 용공파 혐의겠지? 큰일 났군. 큰일 났어⋯⋯" 자기 일인 양 나를 걱정해 내 어깻죽지를 불쌍한 듯 가벼이 치는 사람도 있었다.

용공파건 깡패건 조금이라도 그걸 한 실적이라도 있었다면 나는 이때를 당연한 대가로 하여 체념이라도 할 수 있었을 것이다. 그래서 마음을 가라앉힐 수도 있었을 것이다. 그러나 천만에다!

1929년에서 31년까지 내가 광주학생사건의 한 소년 주모자로 각처의 고등학교를 퇴학 맞으며 돌아다닐 때도 나는 물론 그때 유행의 공산주의자 적籍에도 남만큼은 길들었지만, 나는 거기서 가난하고 불쌍한 사람들을 불쌍히 여기는 소년의 감상만을 키웠을 뿐이다. 그 불쌍한 생각은 나를 몰고 가서 한 문학청년으로만 정착시켰을 뿐이었다. 나는 열아홉 살엔 이미 우리 불교 법주의 가장 큰 신임을 얻어 수행하여 소년 거사가 되기도 했던 사람 아니냐.

해방 전 십 년 동안 문단 생활을 해 오면서 내가 쓴 무슨 글에 공산주의에 공명하는 내용이 단 한마디라도 있거든 예시해 봐라. 해방 초야 나 서정주는 더구나 반공 문학자 가운데서도 손가락으로 곧 셀 만한 몇 사람 가운데 하나로만 찬탄되고 지탄되어 내려온 걸 몰라서 그러느냐. 나는 해방 후 최초의 우리 민족 우익의 문학가 단체인 한국문학가협회의 최초의 시부 위원장이다.

이어서 나는 이 협회의 최고 위원도 여러 해 동안 이어 맡아 해 오고 있는 사람 아니냐? 이승만 박사까지도 내가 우익의 실력 있는 시인인 걸 잘 알아서 환국하자 그의 소중한 대의 전기까지를 써 달라고 내게 한동안 맡기기까지 했는데 그것도 모른단 말이냐……

1950년의 6·25 사변에도 나는 서울에 가족까지 다 내팽개쳐 두고 군인들 따라 낙동강 전선의 일선에까지 종군했었다! 그때의 그 최전선의 두 사람은 구상이하고 또 하나는 내가 아니냐! 그런 나까지를 잊고 의심한단 말이냐?

이런 일 저런 일을 두루 회고하고 생각하고 느끼면서 이유를 알 수 없는 이 구금 — 심히 무시무시하기도 한 이 침묵 속의 구금을 겪어 가자니 영 무슨 체념도 되지도 않는 억울한 느낌만이 첩첩이 쌓여서 나는 내 운명의 전연 모르던 한 국면을 새로 체험하고 이해해야 할 절박한 정신 상태에 놓여져 있었다. 나는 겨우 생각해 냈다.

'하늘은 무엇 때문인지 우리 몰래 눈에 안 보이게 어디에 깊은 함정을 파 놓고, 우리가 걸어가는 어둔 어느 밤길엔 문득 거기에 빠져 죽게도 하는 것이구나! 이렇게도 사람은 그 아끼는 처자를 길거리에 놔두고 갈 수도 있는 것을 미처 그걸 몰랐었다!'

이렇게 생각하며 여기 처박혀져서 며칠이 지난 뒤의 어느 저녁 때 나를 처음으로 취조한다고 불러내기에 이끌려 가서 취조관을 보니 그는 바로 나를 구치소에 집어넣으라고 명령하던 그 군 작업복 그대로의 키 큰 청년이었다.

그는 내 눈에 생소한 이상한 기폭을 하나 그의 집무 탁자 위에 벌려 놓고 만지작거리다가 나를 쏘아보며 "당신, 이 기가 무엇인지 잘 아시겠구만, 아마……" 하기에 모르는 것이라 "모른다"고 하니, "일부 대학생들이 이것을 들고 다니면서 데모를 했단 말이오! 이런 김일성이의 인민공화국 기도 모른다고 해서 돼!" 큰소리로 고함을 치는 것이다.

"모르오. 아직 못 보던 것이니 모른다고 할밖에요."

나는 기도 차마 막히지도 않아서 이렇게 거듭 대답하며 머뭇거리고 있노라니, 그사이 무슨 신호로 어디서 어떻게 들어섰는지도 모르게 장정 몇 사람이 안개 속의 요술처럼 나타나 나를 뺑 둘러 에워싸고 히죽히죽 히죽거려 웃어 대고 있었다.

그러자 아까의 그 키다리 군복은 기폭을 차곡차곡 접어 들면서 아주 다정스런 어조로 "어떻소? 서 선생, 설렁탕이나 무엇 그런 것 한 그릇 하실랑기요?" 하고, 오래 서울말로만 말하려고 애쓰던 경상도 치가 우연히 그 숨은 경상도 말의 틀을 문득 무심결에 드러내 보이는 것마냥 내게 말했다. 그러고는 내가 찬성하고 어쩌고 할 나위도 없이 오래잖아 옹기 뚝배기에 담은 설렁탕을 한 그릇 내 앞에 덩그렇게 가져오게 해 놓았다.

나는 여기 들어온 뒤 벌써 여러 날을 굶어 왔지만, 또 아무래도 이 설렁탕이 목에 잘 넘어갈 것 같지 않아 숟갈을 좀 드는 척하다 말고 "못 먹겠소" 하니 키다리 군 작업복의 사내는 그 말엔 아무 대꾸도 없이 "죽일 놈들 같으니! 조××교수 왜 아시지요? 그자가 만든 혁신교수회에 서 선생도 한 위원 멤버시드구만그래?" 했다.

나는 이 말에 비로소 내가 여기 끌려 들어온 이유에 짐작이 가기는 가는 것이 있었다. 무엇이냐 하면, 4·19 뒤의 자유 만끽 시절에 혁신계의 무슨 교수단장이었던 조×× 박사는 일정기 이래 국문학자로는 그래도 손꼽혀 온 사람으로 해방 초엔 S대학교의 대학원장도 한동안 역임한 인물이라 나는 그가 좌익에 가까우리라고는 생각해 본 일이 없어서, 5·16 혁명으로부터 한 십여 일쯤 전에 내게 보내온 그의 단체의 위원 위촉의 서신을 받고도 그걸 거절하리라고 작정은 했으면서도 정식으로 거절 통지를 하루 이틀 미뤄오고 있다가 5·16 군사 혁명의 때를 맞이했었으니 말이다.

그래 나는 그가 묻기 전에 그 사실을 자세하게 쭈욱 그한테 말하고 "내가 혁신계엔들 가담할 사람인가요? 누구에게나 물어보시오? 내가 설만들 그럴 수 있는 사람이냐고? 가령 민주당 정부의 정헌주한테라도 물어보시오그려. 총무장관실로 그 사람을 언젠가 찾았을 때 혁신계 이야기가 나와서 그걸 첫째 잘 견제해 가야 한다고 내가 말한 건 정헌주 그도 얼마 안 되는 일이니 잘 기억하고 있을 것이오" 이렇게 내 머리에 먼저 떠오르는 대로의 증인을 대기까지 했던 것이다.

허허허! 인제 생각하면 꽤나 웃기는 일이기도 하다. 어디 끌어댈

증인이 없어서 하필이면 이 당시의 지탄 대상인 민주당 정부의 정헌주와 내 대화를 겨우 끌어다가 이런 자리에서 대다니……

억울한 사람은 죽을 때도 눈을 크게 뜬다던가?

내 눈도 이때는 몽땅 크게 뜨여만지고 있었던 것 같다.

그래서 그걸 그들도 어느 만큼은 눈치채서 알았는지, 나를 구치소에 다시 집어넣을 때는 "어이턴, 조×× 교수나 그 사무국장이 잡히면 당신의 죄 유무는 곧 알게 될 것이오. 들어가서 한동안 기다리시오" 좀 누그러진 말투로 나를 대해 주었다.

그러나 그 구치소로, 이번엔 2층으로부터 내려오며, 2층의 철창들 속에 갇혀 있는 몇몇 지면知面의 인물들의 나를 향한 환영의 손까불음을 보고 나는 또 가슴이 덜컥하지 않을 수 없었다. 그 지면의 사람들 속엔 내가 모르는 사이나 좀 뒤에 사형당한 민족일보 사장 조용수나 깡패 두목 이정재는 알 수 없었지만 이로부터 얼마 뒤에 사형을 받고 무기인가로 느꾸어졌던 송지영의 치켜든 손도 철창살 사이 그 얼굴과 함께 아스라이 어려 보였었으니 말이다.

그러나 거, 무엇이지, 서양이 1930년대에 제작한 〈모로코〉니 〈외인부대〉니 하는 그런 영화에서도 벌써 보인 것처럼 사람들은 죽는지도 혹 모를 만한 난경에 접어들면 똥 타다가는 또 어느 만큼의 손재주 같은 장난도 더러 하기는 하는 것인가? 어느 날 저녁 구치소 정식이 들어왔을 때 내 몫의 밥그릇을 열어 보니 거기에는 언제 무슨 이유로 끌려 들어와서 내가 여기 있는 것을 알았는지, 현재의 예술문화단체 총연합회장인 이봉래 군이 어찌어찌 수단껏 전해서 보낸 궐련 담배 한 개가 "잘 피우시오" 하는 쪽지와 함께 담겨져 있어 나를 쓰게 웃기기도 했다.

그런 틈틈이 아까의 그 군 작업복의 키 큰 사내(한방 피의자들의 말을 들으면 그가 여기 이때의 서장이었다)는 우리들이 들어 있는 우리만을 가끔 동물원을 구경하는 중학교 3학년 반장 비슷한 눈초리로 자세히 자세히 들여다보고는 지나가는 행각을 했다. 아마 우리 각자의 눈들을 불의에 습격하여 눈 속의 숨긴 기밀을 눈여겨보아 두려고 함이었겠지. 그래 나는 군 작업복의 그 키 큰 우리 서장님이 우리 칸 앞에 나타나 우리들을 물색하고 있을 때마다 저절로 눈깔이 더 크게 뜨여 내 속을 똑바로 더 좀 잘 살펴 주기만을 바라고 빌고 있을밖에 따로 살길은 아무 데도 없었던 것이다.

참, 여기 말해 두지 않으면 언제 또 말할 기회가 있을까 싶어 말이지만은, 내 과의 후배인 의학박사 엄장현이 이 고난의 때에 나를 염려하던 마음을 나는 일생 동안 잊을 길이 없다.

해방되던 해던지 그다음 해던지 겨울에 내가 무척 토라져서 벽만 보고 누웠는데, 2차대전 때 일본군이 신던 그 헌 돼지가죽 군화에 패전 일본 군복을 입은 청년 하나가 싸디싼 정종 한 병을 싸 들고 마포 공덕동의 내 누옥을 찾아들어서, 누구냐니까 "저는 일본 동경대학 학병 퇴물이지만 소월 시하고 선생님 시를 참 좋아해요!" 해서 처음 알고 같이 마셨던 젊은 친구.

"세상에 나서 살아가려면, 더구나 어려운 나라에 나서 살다 가려면 첫째 시인이 아니려면 둘째로 사람 살리는 의사쯤이라야겠어요"

하고, 동경대학의 농과 학력을 폐지로 돌리고 서울대학교의 의학 공부를 새로 시작해 마친 그 젊은 친구.

그 뒤 몇 해쯤 소식이 없다가는 또 싼 정종병과 해진 옷차림으로 나타나서 "저는 그동안 영국에서 원자 의학의 박사 학위를 얻노라고 이리 결례했습니다. 인제는 서울대학교 대학원의 조교수고 또 주임교수도 되어 왔습니다" 하면서 그 목에 맨 넥타이는 여러 해 전 그대로기만 하고 양말은 또 언제나 구멍 난 대로만 내 앞에 와 앉던 이 젊은 친구.

"선생님 우리가 뭐 있어요? 막걸리나 하십시다" 늘 그밖에는 딴 말수도 없던 친구. 이 친구의 사철 빵꾸 난 양말 뒤꿈치와 늘 한 개뿐인 넥타이와 돈암동의 너무나 굶주리던 단칸 셋방살이가 딱해서 내가 많이 권해 1963년쯤 그는 할 수 없이 영국으로 건너가 그곳 대학 연구실로 다시 돌아가 버렸지만, 내가 ××서에 억울하게 갇혀 있던 그 억울한 때 그는 상의사上醫師의 직책을 나를 위해 선용해서 내가 골탕 먹지 않을 정도의 수면제와 안정제를 내 아내나 가족들에게 들려 보내서 나를 면회할 법의학적 마련을 늘 덩그렇게 잘 마련해 주었으니 말이다.

엄장현의 그 약과 법의학의 한계 속에 아내가 나를 찾아와서 "정신 차리시오" 해서, 그냥 하늘이 파 놓은 숙명적인 함정에 체념하고 말까 하는 생각을 거두고 도사리지 않았더라면 나는 이때 참 공짜로 그냥 아조 잘못되어 버렸었을는지도 모른다.

그러다가 한동안이 지난 뒤 두 번째로 그 군 작업복의 ××서장은 나를 그의 앞에 불러냈다. 이번에는 그러나 그냥 작업복이 아니라 어깨에 중위의 견장을 똑똑히 달고 있었다.

"선생님!" 그는 내 앞에 머리까지도 약간 숙여 보이며 말했다. "저의 외가 숙부님은 선생님도 잘 아시는 최×환 교수입니다. 저는 선생님을 잘 알아요. 그 망할 놈들이 선생님 승낙도 없이 혁명계 교수단에 선생님의 성명을 마구 집어넣어 논 걸 겨우 알았습니다. 그 ××교수단의 사무국장 놈이 잡혔어요. 그놈을 조사해 보고 선생님이 그 단체를 전연 모르시는 사실을 알았습니다" 하는 것이었다.

들어 보니, 일은 두루 알 만하였다. 더구나 이 취조관의 외숙이 최×환 교수란 말을 들었을 때, 나는 "그래! 그래!" 하고 뛸 듯만 같은 우정의 맥을 거기 느끼기도 했던 것이다.

최×환 교수라면 그야 나이도 내 아우 나이려니와 우리가 서로 너무 가난한 강사일 적엔 버스의 찻삯까지도 모자라 그런 데까지 마음을 서로 쓰고 지냈던 같은 학교의 동직이기도 하지 않았는가?

1967년쯤이던가. 최×환 이 사람은 뒤엔 S대학교 총장도 되었지만 1957년경엔 너무나 가난한 샌님이어서 나하고 같이 사립 ××대학의 한 시간 5백 원짜리쯤의 시간강사의 요料까지를 합해서야 겨우 가족의 입에 풀을 칠하고 지낼 땐데, 어느 날 귀가 도중 우리는 그래도 입석 버스보단 한 등 위인 그 무엇이라지 좌석 버스라는 것에 같이 탔다. 그는 성북동으로 갈아타야 하는 삼선교라던가에서 내리며 내가 미리 꺼내 쥐고 있던 우리 둘의 좌석 찻삯 560원을 내게 안 물리고 자기가 맡아 물기 위해 학자로서는 너무나 폐로운 그 승강이의 시간을 얼마나 가졌던 것인가, 그런 것이 새삼스레 기억되자, 서장의 이 자기소개는 내게는 참 석가모니의 말마따나 그 하늘의 만다라 꽃비와 아조 같았던 것이다.

이래서 나는 억울하려다가 그럴 필요 없이 풀리어났다. 이만해도 참 장한 것은 우리 조국의 사람들의 힘인져!

그러나 내가 여기서 풀려나와 사람들을 만나 들으니 좀 섭섭한 일이 또 하나 생겨 있기는 있었다.

나는 민주당 정권이 두 해째 접어들던 1960년 봄에 한국시인협회의 회장으로 뽑히어 그 일을 맡아 가지고 있었는데, 내가 위에 말한 일로 ××서에 갇혀 있는 동안에 만부득이하여 내 회장 자격을 뭉개 버리고 딴 사람으로 그동안 내 자리를 뽑아 놓았다는 것이 그것이다.

광화문에서 당주동 쪽으로 들어가는 좁은 길가의 어느 왕대폿집에 박목월, 조지훈 등 몇이 나를 데불고 들어가서 마른 북어에 고추장을 찍어 우물거리며 이것을 내게 통고했을 때 "괜찮네. 암 그래야지" 했던 내 말과는 달리 내 속에서 아무도 몰래 솟아 흐르고 있었던 내 참 쓰라리고도 아픈 눈물의 흔적은 그때 그 동석의 아무도 몰랐을 것이다.

음지와 양지

1

　'음지도 양지 될 날이 있다'든가 '일음一陰이 지나면 일양一陽은 오는 것이고 또 일양이 가시면 일음이 오는 것이라'든가 '음지가 양지인지, 양지가 음지인지 내사 잘 모르겠는뎁쇼'라든가 하는 말들이 있다. 5·16 군사혁명 직후의 내 꼴은 말하자면 이 세 가지 표현 가운데 맨 나중 것 비슷했다.

　앞에서 말한 것 같은 불의의 횡액을 당한 뒤에 풀려나온 나는 불가불 내 인생의 한 새로운 좌우명을 세우지 않을 수 없었으니, 그것은 '부주의는 가장 큰 죄의 하나다. 억울하고 처참하게 사형될 수가지 있다. 사람들의 법률 속에서도 그렇지만 하늘은 이걸 가장 엄벌로 다스리는 것이다' 하는 것이었다. 그렇지 않은가? 1960년의 민주당 정권 시절에 내게 잘못이 있었다면, 무슨 교수단이 내게 묻지도 아니하고 자기들 멋대로 선정해 통지한 그 위원 임명을 거절하기로 하고도 대수롭지 않게 여겨 하루 이틀 바쁜 중에 미루고 있었던 것뿐인데 5·16 혁명 직후엔 그만한 부주의의 죄로 나는 덜컥 구속되어 저 사형수들 틈에 끼어서 와들와들 떨어야 하는 형편이 되기도 했었으니 말이다.

나는 해방 다음 해 여름 서울 삼청동의 어떤 친구네 집에서 저녁 대접으로 수제비를 얻어먹고 깜깜한 밤길을 더듬거려 내려오다가 꽤나 깊은 허방에 거꾸로 박혀 죽을 뻔했던 일이 새삼스레 뚜렷이 기억났다. 다행히 동행이 있어 나는 바로 끄집어 내져서 상한 얼굴에 약간의 흉터를 남기는 정도로 구제되었으니, 그 일도 부주의의 죄인 점은 이번 겪은 것과 너무나 흡사해서 그런 모양이었다.

나는 단순히 이 부주의의 죄만으로 죽은 많은 사람들의 경우를 오래 두고 생각해 왔다. 6·25 사변 때 공산주의자도 아니면서 공산주의자 친구와의 우정을 어쩌지 못해 거래를 막지 못하고 지내다가 도매금으로 총살된 그 적지도 않은 동포들, 다만 눈치 빨리 도망칠 줄을 몰라서 고향 마을 거창에 머뭇거리고 있다가 무데기로 소살되었다는 공산주의의 '공' 자도 모르는 경남 거창의 적지 않은 양민들, 또는 그저 믿고만 무심히 길을 가다가 차에 치어 나날이 죽어가는 그 교통사고 속의 죽음들—그런 여러 가지 부주의의 벌들을 나는 한동안 골몰해서 생각하고 지냈다.

그래 나는 이 결과로 내 어린것들에게도 새 계율을 하나 더 부과하기로 하고 아내에게도 그 실행을 강요하게 되었다. 그것은 언제 어디서건 우리 내외가 깨어 숨 쉬고 살아 있는 한 '차 주의해라!'를 비롯해서 '×× 주의해라!', '○○ 주의해라!' 그렇게 그들의 외출 때마다 빼지 않고 또박또박 당부해서 그들의 귀에 이 '주의'가 아주 못이 박히게 하려는 것이었다. 내 막내아들 윤이는 지금도 잘 기억할 것이다. 그 무렵부터 우리 내외의 입에서 오늘 이때까지 그 애의 외출 때마다 발음되어 나온 그 아마 만 번은 넉넉히 될 그 '×× 주의해라!' 소리를……

단테의 『신곡』은 본 지가 하도 오래되어서 그 속에 들어 있는 죄목 속에 이 '부주의'도 있었던가 없었던가 아스라하지만 나는 이 무렵엔 이 부주의의 벌, 이것을 천벌이라고 규정해 이름 붙이고, 이것에서나마 부디 면제되어 살기를 기회 있을 때마다 내가 만나는 모든 사람들에게 당부하고 지낼밖에 없었다.

그래 내 막내아들 윤이의 소학교를 서양의 카톨릭교 경영의 '시크릿 하트'를 택한 것도 그 교과목에 '어텐션Attention, 注意'이라는 것이 독립 과목으로 들어 있는 강점을 많이 고려해서였다. 서양인들이 형이상학은 유치원 정도지만 살아 있는 동안 주욱쭉 편리하게 통과해 살 줄은 아는 사람들이다. 이 과목을 아이들에게 한 독립 과목으로 가르쳐 훈련시켜 내는 것만 보아서도……

그래서 나는 5·16 군사혁명 직후에 서울 시내의 포장도로마다 새로 그어지기 비롯한 그 주의 표시의 희고 누른 선들을 달갑게 여기게 되었고, '담배꽁초와 가래침을 길에 뱉지 마라!' 하는 금단을 시행하기 위해 손수건을 두 개씩 꼭꼭 가지고 출근하고, 길에서 피우던 담배꽁초는 무의식인 때만 빼고는 또박또박 성냥곽 속에다가 몰아넣어 지니고 다녔던 것이다. 이런 내 심경은 그때의 정부 발행의 무슨 잡지책 속에도 한 편의 시로 끼어 있을 것이지만, 그건 조금도 허구 없는 사실 그대로였다.

여기 어쩌다가 담배꽁초 얘기가 나오게 되었으니 말이지만, 길에 버리지 말도록 금지되어 내 성냥곽 속에 모여진 담배꽁초가 창피한 대로 담배가 똑딱 떨어진 어느 늦은 밤에는 은근한 보탬이 되기도 했다. 담배를 좋아해서 오래 피어온 사람—특히 가난이 더 많은 이 나라에서 그리해 온 사람들은 두루 잘 기억하겠지만, 너무나 늦어 깜깜한 밤에 담배가 영 없을 때 그 꽁초 한 개라도 어디서 발견해 낸다는 것은 대단한 행복이 된다. 그 행복을 나는 추가해 느끼게 되었다는 말씀이다.

이걸 이러한 행복으로 새벽 두 시쯤 잠이 영 안 올 때 꺼내 피우며 나는 이런 점에서는 나와 매우 비슷한 대전의 시인 박용래를 생각하기도 했다. 언제던가 대전에 내가 무슨 문학 강연을 갔을 때 나를 그리로 찾아온 천성의 시인 박용래가 오므라이스 자리에서던가 서슴지 않고 웃으며 꺼내 피우던 그 성냥곽 속의 꽁초의 일을……

요렇게 음지는 양지가 된 것인가. 내 마음이 천벌에도 인벌에도 길들지 말라고 버틴 때문인가. 이렇게 되었는지 저렇게 되었는지 그건 똑똑히는 분간이 안 가지만 하여간에 나는 5·16 군사혁명 직후 가장 안쓰러운 사람이 됐던 저 억울한 구속 속의 역경의 체험과는 또 아주 대조적으로 1962년 5월 16일이 되자 그 5·16 혁명 기념 문예상의 제1회 문학 본상 수상자가 되어 그걸 받는 사람이 되었다.

상금은 그때만 해도 많은 돈은 줄래야 줄 것도 별로 없던 때라 원이 아닌 이 박사 유산의 환화라는 걸로 아마 10만 환인가 그쯤밖에는 되지 못했지만 그래도 이 돈과 아울러 내게 준 스텐인가 구리쇠 문면文面의 상패는 적지 아니 나를 위로해 주었다.

그러고 뒤에 들은 이야기지만, 여기 첨가해 둘 것은 1961년에 낸 내 넷째 번 시집 『신라초』에 주어진 이 상을 심사할 때 내 심우心友의 한 사람인 화가 수화 김환기가 나를 두둔해 행했다는 일장 연설의 이야기다. 그때만 해도 문학상을 비롯한 모든 상의 심사는 상 후보자 본인들 몰래 논의되어 결정되던 때였는데, 그때 내 문제는 문학 부문에서 정하지를 못하다가 예술가 전체회의에 넘겨져서야 김환기의 역설이 주효하여 그나마 차례가 왔다고 나는 듣고 있는 것이다.

그래 나는 나의 이해자로 시인은 아니지만 우리 화가 김환기를 잊을 수가 없다.

이 『신라초』는 6·25 사변 후 십 년간의 내 생사 속의 체험이 민족사와 맞닿으려는 노력에서 이루어진 불휴의 내 정신의 탐구인데도, 아직도 그 표현의 미비가 있는 까닭이겠지, 세상에서는 칭찬보다는 훨씬 더 많이 욕설을 내게 퍼부어 오는 속에 출간했던 것인데 문인도 아닌 김환기가 이걸 앞장서서 편든 사실, 그건 내게는 그와 나와의 정신적 근거리점 그걸로 쉬이 잊을 수 없는 일인 것이다. 그가 1960년대의 어느 때던가 내 「기도」라는 시 작품을 고스란히 그대로 화폭 안에 써넣은 그림을 그렸던 일이 선명하게 느끼어지게도 했다.

그런 그의 나에 대한 변호의 후문은……

2

    그리고 또 한 가지 5·16 혁명 직후의 가장 인상적인 일은 이승만 박사 정부에서나 민주당 정부에서나 늘 분열하고 싶으면 자유로이 분열해 나누어지기도 했던 각 단체들을 모조리 통합해서 한 덩어리가 되기를 강요한 일이다.

    우리 문인들의 단체도 그전까지는 한국문학가협회와 자유문학가협회로 감정의 호불호에 따라 분립해 있었던 것을 '합쳐라!' 해서 '한국문인협회'라는 이름으로 그 명칭을 약간 고쳐 합치지 않을 수 없었다. 그 회장을 이사장이라는 이름으로 바꾸어 처음 이사장으로는, 전의 두 분열된 단체의 대표자의 어느 분도 아닌 뜻밖의 인물 전영택 목사를 모셔다가 추대하게 되었는데 이것도 인상적이라면 꽤나 인상적인 일이 아닐 수 없다. 전 목사로 말하면 우리 문학 초창기 1920년대에 활동한 선배 원로일 뿐 그 뒤는 작가로서가 아니라 목사로서 주업을 삼아 온 인물이니 말이다.

    그러나 물론 나는 내가 길거리에 버리는 것을 금지당한, 담배꽁초를 성냥곽의 빈자리에 넣었다가 밤에 담배가 동났을 때 꺼내 피우는 거나 같은 훈련과 효과로 이 일도 꽤나 싱겁지는 않게 느끼어졌다. 담뱃갑 속의 담배가 아주 동나서야 꽁초라도 집어 들며 담배의 중요함을 새삼스레 알듯이 서로 마주 내버리고 살던 문인들도 비록 억지로일망정 한자리에 다시 모이게 되니 성냥갑 속에 같이 모인 꽁초들마냥 구정舊情을 전혀 안 생각할 수만도 없이 되었으니 말이다.

"아이고…… 나하고 ××를 갔다가 인민재판을 다 하지 않았쉬까? 4·19 때 말이야요. 자유당에서 자금 좀 얻어 쓰노라고 대표도 정부하고 자조 만났다고 4·19 뒤 ××문협총회 때 ○○씨하고 △△씨 등은 나하고 ××를 인민재판 꼭 같이 다루기까지 했다오만, ○○이나 △△은 어디 우리 ××문협의 대표들이 아니기나 했나요? 아이고…… 그 재판 기억하면 지금도 식은땀이 납네다."

요 무렵 어느 날엔가 우리 문인협회 간부 몇 사람을 자기 사택의 만찬에 초청해 놓고는 눈물로 하소연하던 구 ××문협의 대표 중의 하나였던 모 씨—그도 이제는 구정이 불가불 일어나지 않을 수 없는 그 박용래 소지품인 성냥갑 속의 담배꽁초 꼭 그대로였거니와 새로 통합된 문인협회의 이사회 같은 데서 우거지 상호를 하고 앉았던 4·19 때의 공격자들의 얼굴도 그저 꽁초와 다를 것도 별로 없는 점에서는 비슷비슷하였다.

지금은 시가지도 접어 두고 지내는 낭인이 된 이한직이 이승만 박사의 자유당 말기 때 그의 사택에 걸어 두었던 우리 한국문학가협회의 간판을 이 박사의 특무기관원이 와서 가택조사한 끝에 떼라고까지 했던 일, 이것이 우리 반대파 단체의 누군가의 의뢰 때문 아니겠느냐고 했었던 상상. 이런 착잡한 생각, 착잡한 느낌 속에서도 그러니만큼 이 통합 안 할 수도 없는 박용래 용품 동양同樣의 그 성냥갑

속의 꽁초들연한 이 구정 회복 강요 속의 동석의 우거지상들은 내게
는 재미있다면 참 재미있는 것이다.

이승만 박사 정부의 온갖 고약했던 죄의 최고 책임을 지고 일가
자살해 버렸던 저 참 불쌍한 만송 이기붕—이 박사의 양자이자 그
의 장남인 소위더러 부모인 자기 내외를 쏘아 죽이고 자살케 명령하
지 않을 수 없었던 이기붕의 호주머니에서 그의 만년의 부정선거 시
절 만 환, 2만 환씩 얻어먹고 그 부정 정책에 동의했던 상당수의 문
인들과 '그러지 말라'고 했다고 우기는 또 상당수의 문인들의 이 불
가피한 합석의 표정을 살피며, 나는, 몰라, 이것이 혹 성실한 표정이
아니라고 누가 할는지는 몰라도, 하여간 썩 재미있게 된 일이라는
느낌만은 어쩔 길이 없었다.

서정주 | 1915~2000

1915년   6월 30일, 전라북도 고창군 부안면 선운리(질마재 마을) 578번지에서
서광한(1885~1942)과 김정현(1886~1981)의 장남으로 출생.

1922년   마을 서당에서 한문 공부.

1924년   부안면 줄포로 이사. 줄포공립보통학교 입학, 6년 과정 5년 만에 수
료. 3학년 담임선생에게 글쓰기 과제를 칭찬받고 더욱 열심히 글을
쓰게 됨.

1929년   상경하여 중앙고등보통학교(현 중앙중고등학교) 입학. 11월, 광주학
생 항일운동 지지 시위 참여. 경찰에 끌려가 가죽채찍으로 얻어맞음.

1930년   아현동 빈민촌 움막집으로 하숙 옮김. 학질에 걸려 귀향, 구사일생으
로 살아남. 11월, 광주학생 항일운동 1주년 지지 시위 주모자 4명 중
하나로 구속되었으나 나이가 어려 석방. 학교에서 퇴학당함.

1931년   고창고등보통학교 2학년 편입. 비밀회합 및 백지동맹 사건으로 권고
자퇴. 동생들(정옥, 정태)과 작품집(1집 『무지개』, 2집 『형제시첩』) 만
듦. 아버지 돈 3백 원을 훔쳐 중국에서 독립군이 되려는 계획을 세웠
으나 서울에 눌러앉음. 막심 고리키 독파, 사회주의 회의.

1932년   여름, 고창 월곡리에서 톨스토이, 위고, 투르게네프, 도스토옙스키, 보
들레르, 니체 등 탐독.

1933년   마포 도화동 빈민촌에서 넝마주이 생활. 평생의 스승 석전 박한영 대종
사를 만나 개운사 대원암 중앙불교전문강원에서 머리 깎고 불경 공부.
12월 24일, 동아일보에 첫 작품 「그 어머니의 부탁」 발표.

1934년	봄, 금강산 마하연까지 걸어서 송만공 대선사 찾아감. 만공이 참선 지도를 해주지 않아 하루 만에 되돌아옴. 석전 대종사의 제안으로 중앙불교전문학교 입학 예정인 두 스님에게 일본어 가르침.
1935년	중앙불교전문학교(현 동국대학교) 교장직을 겸임한 석전의 권유로 중앙불전 입학. 동기생인 시인 함형수와 각별한 우정 쌓음.
1936년	동아일보 신춘문예에 「벽壁」 당선. 4~7월, 해인사 소학교에서 아이들 가르침. 해인사에서 불경을 공부하던 범산 김범린에게 프랑스어 배움. 『시인부락』 편집인 겸 발행인. 통의동 보안여관에 살던 함형수의 단칸방을 사무실로 씀.
1937년	4~7월, 제주도 방랑. 이때의 체험이 『화사집』의 「정오의 언덕」 및 '지귀도 시'편에 반영. 고향에 돌아와 추석 무렵 「자화상」 씀.
1938년	3월 24일, 전북 정읍에서 방옥숙과 결혼.
1939년	고창군청 임시직 경리로 잠시 근무. 여름, 서울로 올라와 노가다 판에 가입.
1940년	1월 20일, 장남 승해 출생. 8월, 어선을 얻어 타고 서해를 떠돌며 「춘향전」 읽음. 방랑 끝에 돌아와 조선일보 폐간 기념시 「행진곡」 씀. 이미 신문이 폐간되어 『신세기』(11월호)에 발표. 9월, 만주 양곡주식회사 간도성 연길시 지점 경리사원으로 입사. 겨울, 용정출장소로 전근.
1941년	귀향길에 잠시 서울 체류. 비평가 임화, 「현대의 서정정신」을 『신세기』(1월호)에 발표, '우리 젊은 시단 제일류 시인'으로 평가하며 「행진곡」 극찬. 첫 시집 『화사집』(남만서고) 출간. 동대문여학교 교사. 행촌동에서 처자식과 새살림 시작. 2학기에 동광학교로 옮김.

1942년	동광학교 사직. 연희동 궁골로 이사해 「옥루몽」 번역으로 생계 유지. 8월 1일, 부친 별세(향년 58세). 유산과 금융조합 융자로 흑석동에 오막살이 기와집 장만.
1943년	유산으로 생계를 유지하던 중 식량이 바닥남. 아내가 어린 아들을 데리고 친정인 정읍으로 감. 지독한 학질을 앓음. 9월부터 1944년까지 시(4편), 소설(1편) 등 친일작품 발표.
1944년	4~6월, 고창의 연극단원들에게 민족주의사상 고취 혐의로 고창경찰서 유치장에 구금.
1945년	가난과 징용 해결책으로 정읍 군청 임시직원이 되어 흑석동 집을 팔고 내려가려는 중 해방을 맞음. 마포구 공덕동 301번지로 이사. 택호는 '수숫대 사운거리는 소리 들린다'는 청서당聽黍堂. 10~12월, 『춘추』 편집장. 손기정, 장준하 등과 반공청년회 활동. 김구의 임시정부가 귀국해 결성한 한국청년회 가입.
1946년	11월, 부산 남조선대학교(현 동아대학교) 전임강사.
1947년	이승만 박사의 전기 작가로 위촉.
1948년	동아일보 사회부장, 문화부장. 제2시집 『귀촉도』(선문사) 출간. 정부 수립과 동시에 3급 갑류 시험 합격, 문교부 초대 예술과장. 『김좌진 장군전』(을유문화사) 출간.
1949년	7월, 지병인 장출혈 재발로 예술과장 사직. 『이승만 박사전』(삼팔사) 출간. 이승만 선친 이름에 경칭을 안 붙여 발매 금지 처분. 한국문학가협회 시부위원장. 『시창작법』(서정주·박목월·조지훈 공저, 선문사) 출간.
1950년	『현대조선명시선』(온문사), 『작고시인선』(정음사) 출간. 동국대학교 주최로 '시의 밤' 개최. 6·25전쟁이 나자 조지훈, 이한직과 서울 탈출. 대

구, 부산 등지에서 종군기자 활동. 환각 증세와 실어증으로 부산 영도 유치환 집에서 요양. 9·28수복 후 서울로 돌아옴. 12월 3일, 중증 환청과 극도의 신경쇠약 속에서 「내리는 눈발 속에서는」 씀.

1951년 중공군 개입으로 1·4후퇴가 시작되자 가족과 함께 전주로 피란. 2월, 비상계엄령 치하에서 헌병의 불심검문에 걸려 즉결 총살 직전 구사일생. 구타 후유증으로 늑막염 앓음. 전주고등학교 국어 교사.

1952년 광주 조선대학 국문과 부교수. 월급은 보리쌀 서른 말. 「무등을 보며」, 「학」, 「상리과원」 초고 씀.

1953년 여름방학 때 해남 대흥사에서 삭발 단식 체험. 7·27휴전협정 이후 조선대학교 사직. 9월 공덕동 집으로 돌아옴.

1954년 예술원 창립회원. 서라벌 예술대학교 교수. 동국대학교 국문과 강사. 『시창작법』(공저, 선문사) 재출간.

1955년 『현대문학』 창간호에 「산중문답」 게재. 이후 『현대문학』 시 부문 추천위원.

1956년 3월, 미국 아시아재단에서 수여하는 제3회 자유문학상 수상. 수상작은 「광화문」, 「산중문답」, 「전주우거」. 『시창작교실』(인간사), 제3시집 『서정주 시선』(정음사) 출간.

1957년 2월 4일, 차남 윤 출생. 이후 10여 년간 영어, 불어, 독어, 러시아어, 라틴어, 희랍어 공부. 말라르메의 「바다의 미풍」 번역(『불교세계』, 8월호).

1958년 『현대문학』(1, 3월호)에 「신라연구」 발표. 『동국』(2호)에 러시아 시편, 『한국평론』(9월호)에 투르게네프의 「첫사랑」 번역.

1959년 동국대학교 전임강사. 『시문학개론』(정음사) 출간.

1960년	세계일보에 자서전 「내 마음의 편력」 연재. 격월간 『한국시단』 주간. 6월, 논문 「신라연구」로 문교부 교수자격 취득. 7월, 동국대학교 부교수.
1961년	혁신파 교수단 위원회에 가입했다는 오해로 중부경찰서에 보름간 구금. 제4시집 『신라초』(정음사) 출간.
1962년	『신라초』로 5·16문예상 본상 수상.
1963년	춘천 성심여자대학교 강사. 장남 승해, 강은자와 결혼. 10월, 손자 거인 출생.
1964년	『문학춘추』에 시론 「시의 옹호」 연재.
1965년	장남 승해 미국 유학. 『문학춘추』에 「시어록」 연재.
1966년	7월, 제11회 대한민국 예술원상 수상.
1968년	『월간문학』에 자서전 「천지유정」 연재. 제5시집 『동천』(민중서관) 출간.
1969년	『현대문학』에 산문 「한국의 미」 연재. 『한국의 현대시』(일지사), 『시문학원론』(정음사) 출간.
1970년	3월, 서울시가 조성한 관악구 사당동(현 남현동) 예술인마을에 황순원, 이원수, 이해랑 등과 함께 이주.
1971년	『시문학』에 「내 시정신의 근황—나의 시적 편력」 발표.
1972년	10월, 『서정주문학전집』(전5권, 일지사) 출간.
1973년	『현대문학』에 장편소설 「석사 장이소의 산책」 연재.
1974년	『현대시학』에 산문 「봉산산방시화」 연재. 『문학사상』에 부처의 생애를

다룬 희곡 「영원의 미소」 발표. 5월, 고창 선운사 입구에 「선운사 동구」 시비 세움.

1975년 『서정주 육필시선』(문학사상사), 제6시집 『질마재 신화』(일지사), 『나의 문학적 자서전』(민음사) 출간. 전국 대도시에서 회갑기념 시화전 개최.

1976년 숙명여자대학교에서 명예문학박사학위 취득. 제7시집 『떠돌이의 시』(민음사) 출간.

1977년 장편소설 『석사 장이소의 산책』(삼중당), 자서전 『천지유정』(동원각) 출간. 11월, 한국문인협회 이사장 취임. 세계 일주 여행 떠남.

1978년 경향신문에 기행문 「미당 세계 방랑기」 연재. 2월, 멕시코에서 장 파열로 다량의 객혈, 멕시코인의 수혈로 회생. 중역 시집 『서정주시집』(허세욱 번역, 여명문화사업공업사) 출간. 9월 귀국.

1979년 『문학사상』에 세계 기행시 「서로 가는 달처럼…」 연재. 동국대학교 정년퇴임.

1980년 『문학사상』에 「학이 울고 간 날들의 시—시로 읽는 한국사 반만년」 연재. 세계 방랑기 『떠돌며 머흘며 무엇을 보려느뇨』(전2권, 동화출판사), 제8시집 『서로 가는 달처럼…』(문학사상사) 출간. 10월, 중앙일보 문화대상 수상.

1981년 미국의 『Quarterly Review of Literature』(여름호) '세계 시선'에 '서정주 : 동천Winter Sky(시 58편, 데이빗 맥캔 번역)' 수록. 10월 14일, 모친 별세(향년 96세). 『현대문학』에 자전시 「안 잊히는 일들」 연재.

1982년 제9시집 『학이 울고 간 날들의 시』(소설문학사), 일역 시집 『조선 민들레꽃의 노래』(김소운·시라카와 유타카·고노 에이지 공동 번역, 동수사), 불역 시집 『붉은 꽃』(민희식 번역, 룩셈부르크 유로에디터사) 출간.

| 1983년 | 제10시집 『안 잊히는 일들』(현대문학사), 『미당 서정주 시전집』(민음사), 『한용운 한시 선역』(예지각) 출간. |

| 1984년 | 1월, 〈11시에 만납시다〉(KBS, 대담 김동건) 방영. 범세계한국예술인회의 이사장 취임. 제11시집 『노래』(정음문화사) 출간. 프랑스 정부 지원으로 2차 세계 여행. 11월, 고희 기념 강연회 및 시화전 개최. |

| 1985년 | 경기대학교 대학원 초빙교수. 대한민국 예술원 원로회원. 6월, 차남 윤, 박승희와 결혼. 건(1990~), 신(1992~) 두 아들을 둠. |

| 1986년 | 10월, 월간 『문학정신』 창간 영역 시집 『안 잊히는 일들』(데이빗 맥캔 역, 시사영어사), 일역 시집 『신라 풍류』(고노 에이지 · 시라카와 유타카 공역, 각천서점) 출간. |

| 1987년 | 5·16민족상 수상. 일간스포츠에 담시로 엮은 자서전 「팔할이 바람」 연재. 불역 시집 『떠돌이의 시』(김화영 번역, 파리 셍제르맹 데 쁘레사) 출간. |

| 1988년 | 4~7월, 미국 체류. 제12시집 『팔할이 바람』(혜원출판사), 스페인어역 시집 『국화 옆에서』(김현창 번역, 마드리드대학출판부), 독역 시집 『석류꽃』(조화선 번역, 부비어사) 출간. 〈명작의 무대 : 떠돌이의 시—미당 서정주〉(MBC, 연출 신언훈) 방영. 12월, 『문학정신』을 열음사로 넘김. |

| 1989년 | 영역 시집 『서정주시선』(데이빗 맥캔 번역, 콜롬비아대학출판부) 출간. |

| 1990년 | 기억력 감퇴를 막기 위해 세계의 산 이름 1628개 매일 암송. 허리 디스크 수술로 부산 동래의 병원에 입원한 부인 간병. 5~6월, 관광단체에 합류하여 유고슬라비아, 헝가리, 러시아, 중국 여행. |

| 1991년 | 민음사에서 제13시집 『산시』, 『서정주 세계 민화집』(전5권), 『미당 서정주 시전집』(전2권), 음향시 『화사집』(윤정희 낭송, 백건우 연주) 출간. 언론인 김성우, 한국일보에 『화사집』 50년' 칼럼 발표 후 10월 24일, 『화사집』 출간 50주년 기념시제 개최(동숭아트센터). 복간한 『화사집』 특제본(도서출판 전원) 및 흉상(조각가 박재소) 헌정. |

1992년	7월, 부인과 함께 모스크바로 유학. 소련 해체 후 불안정한 정세로 유학 포기. 미국 큰아들 집에 머물다 11월 귀국.
1993년	희곡·장편소설 『영원의 미소·석사 장이소의 산책』(명문당), 민음사에서 그림동화 『우리나라 신선 선녀 이야기』(전5권), 산문집 『미당 산문』, 제14시집 『늙은 떠돌이의 시』 출간. 영역 시집 『MIDANG 서정주의 초기 시』(안선재 번역, 파리 유네스코), 『서정주 문학앨범』(웅진출판) 출간.
1994년	국민일보에 『미당 세계 방랑기』 연재 후 출간(전3권, 민예당). 러시아 바이칼 호수와 캄차카 반도 여행. 민음사에서 『미당 시전집』(전3권), 『미당 자서전』(전2권) 출간.
1995년	『우남 이승만전』(화산문화기획) 재출간. 영역 시집 『떠돌이의 시』 (케빈 오록 번역, 아일랜드 디덜러스), 스페인어역 시집 『서정주시선』 (김현창 번역, 마드리드국립대학교출판부) 출간.
1996년	명창 김소희 1주기 추모시 낭송(동숭아트센터). 김동리 1주기에 묘비시 지음. 계간 『만해새얼』 창간호(6월호)에 만해 추모시 발표.
1997년	수필선집 『인연』(민족사), 제15시집 『80소년 떠돌이의 시』(시와시학사), 스페인어역 시집 『신라초』(김현창 번역, 마드리드국립대학교출판부) 출간.
1998년	영역 시집 『밤이 깊으면』(안선재 번역, 답게) 출간.
1999년	『만해 한용운 한시선』(민음사) 재출간.
2000년	중앙일보에 「2000년 첫날을 위한 시」, 『시와시학』(봄호)에 마지막 작품 「겨울 어느 날의 늙은 아내와 나」 발표. 10월 10일, 부인이 세상을 떠나자 곡기 끊음. 12월 24일 밤 11시 7분, 함박눈이 내리는 가운데 영면. 12월 28일, 생가가 내려다보이는 질마재 마을 선영에 안장. 금관문화훈장 추서.

미당 서정주 전집 7

1판 1쇄 발행 2016년 2월 22일
1판 3쇄 발행 2024년 1월 24일

지은이 · 서정주
간행위원 · 이남호 이경철 윤재웅 전옥란 최현식
펴낸이 · 주연선

책임 편집 · 이진희
책임 교정 · 노홍주
자료 조사 · 김명미 박보름
표지 디자인 · 민진기

(주)은행나무
04035 서울특별시 마포구 양화로11길 54
전화 · 02)3143-0651~3 | 팩스 · 02)3143-0654
등록번호 · 제 1997-000168호(1997. 12. 12)
www.ehbook.co.kr
ehbook@ehbook.co.kr

ISBN 978-89-5660-893-8 04810
978-89-5660-885-3 (전집 세트)
978-89-5660-965-2 (자서전 세트)